珞渝文化丛书

灵在民间

冀文正 编著

电子科技大学出版社

国家出版基金项目
NATIONAL PUBLICATION FOUNDATION

国家出版基金资助项目
"十二五"国家重点出版物出版规划项目
四川省重点出版资金资助项目

中国民间文化遗产抢救工程
主办单位 四川省民间文艺家协会

“珞渝文化丛书”编委会

序言

北宋著名理学家、教育家程颐说：“凡事思所以然，天下第一学问。”

这不禁引起我深刻回想：在世界上有史以来的几千年里，中国都属经济、政治、军事、文化的强国，而在100多年前，中国突然被西方一些国家打得头破血流、割地赔款不说，还让他们在中国享有治外法权。中国人被称为“东亚病夫”，在公共地段甚至出现了“华人与狗不得入内”的侮辱性标志！但是，自新中国成立以来，仅半个多世纪，当今世界第一的美国，其不少政治家、军事家、智库强人都称中国是其“竞争对手”，另外还有人强调“与13亿人作对是愚蠢的”！为什么在短短的时间里发生了如此翻天覆地的变化？想通了，就是当今的“天下第一学问”！

要回答这一问题，是关心“天下大势”人的事，但不是本文主旨。

本文主旨要说的是，电子科技大学出版社根据党中央建设“文化强国”的指示，将“珞渝文化丛书”立项，申请了“十二五”国家重点出版物出版规划项目及国家出版基金并得到批准后，将中国56个民族中的珞巴族、门巴族的尚无文字记载的原生态口头文化以书籍形式出版发行，使其成为让更多人了解、研究这一原始神秘处女地文化的基础资料，也使之担负起将此文化传承下去的历史使命。

什么叫金瓯？原为盛酒的金属器具，后比喻疆土完固。《南史·朱异传》曰："我国家犹若金瓯，无一伤缺。"毛泽东有诗句曰"收拾金瓯一片"，即言将国家的一片疆土解放了。这里要着重阐明的是，冀文正同志十五六岁参加十八军，随着军号"向前向前向前，我们的队伍向太阳"，"脚踏着祖国的大地"，最后落脚于西藏长期不通公路的墨脱。"墨脱"即为"花朵"之意，在旧地图上曾标明为"白马岗"。"白马"不是白色的马匹，而是藏语"莲花"之意。"岗"是山，"白马岗"即是莲花山。传说藏传佛教的先驱、唐时印度高僧莲花生大士率先驻锡于此，因而得名。大家知道，佛陀、菩萨都坐于莲花宝座之上，取其"出淤泥而不染"的圣洁象征，要行善业于苦难的众生。而解放军战士冀文正有幸被分配到此莲花圣地戍边卫国，面对帝国主义强行划定的"麦克马洪线"，为完成神圣任务，坚决贯彻党的群众路线，以更好地为人民服务，在一不怕苦二不怕累精神的鼓舞下，他与珞巴、门巴、藏民族打成一片，学习他们的语言，了解他们的风俗习惯，百折不挠，坚持不懈。经过近60年的努力，他搜集、整理和翻译了500余万字的珞巴、门巴族的歌谣、谚语、习俗、故事，拍摄并保存了上千张照片，录制了168小时的民歌录音等第一手资料，填补了珞渝文化的空白，被新华社誉为“珞渝文化第一人”，《解放军报》称其是“创造西部神话的人”。而他所做的学问，当然也就成了“天下第一学问”，即珞渝文化的基础学问了。

为了加深理解，我还想进一步说明，所谓文化，按新版《辞海》解释：“广义指人类在社会实践过程中所获得的物质、精神的生产能力和创造的物质、精神财富的总和。狭义指精神生产能力和精神产品，包括一切社会意识形态。”这显然是由若干时代若干人物的逐步积累而丰富起来的共同成果，看似单纯却又极为复杂。不同地域、不同民族的文化又形成了文化的多样性。珞渝文化作为中华民族整体文化不可分割的一部分，发展到今天，才在有中国特色的社会主义道路上展现出底蕴，与54个兄弟民族之花共展芳华，其价值与意义是怎么估价也不会过高的，因为这是历史的结晶。

笔者曾应冀文正和出版社的一再要求，在两个多月中反复阅读、探究，在对“珞渝文化丛书”书稿进行逐字逐句地订正、修改、润色的过程中，我深深体会、认识到这两个民族先民历经艰难困苦而表现出的深情厚谊，以及特殊的智慧与能力，对此，我深表敬意。通过这些原始的歌谣、谚语、习俗、故事等，我们可以窥见世界上其他民族（部族）的古昔社会状态和民族之魂的精神素质，为继承、弘扬、繁荣民族文化的正能量提供原生态的驱动力。毋庸讳言，整个珞渝地区负有完成中国完整文化金瓯的艰巨任务，而同时，其所辖部分是国家最贫困地区之一，要使之富裕起来任重道远。最近，党中央要求各省区市“立军令状”，在“十三五”期间，限期解决贫困问题，而最终解决之道，有待于当地文化水平的不断提高和科学事业的迅猛普及、深化，以及整个中华民族在伟大复兴过程中的大力扶持，携手并进，以共达小康。

中国之所以不愧为历史悠久、文化丰厚的世界文明国度，就是因为有许多先圣、先贤、先哲，如老子、孔子、庄子、列子、孙子、吕不韦、淮南子等诸子百家怀抱梦想、深入民间、扎根实际，获取了极为丰富的知识，去粗取精，逐渐升华为修身、齐家、治国、平天下的政治理念和管理才能，方能使国家长期屹立于世界东方，如朝阳之辉煌灿烂，让群星景仰。这当然不是说冀文正提供了珞渝文化部分资料，让世人研究，就可与圣贤媲美了，不是的，但作为具有爱国主义精神的人民解放军的普通一兵，有此鸿篇巨制，可谓以武襄文、以文彰武了，是功不可没且令人敬佩的。

在此，还要深情感谢电子科技大学出版社将500余万字的资料进行了整体系统的梳理精编，集结成“珞渝文化丛书”出版发行。我认为，补全中国各民族的文化金瓯是当代文化的一件大事，是文化强国的基础之一，有助于伟大中国梦的加速实现。

笔者也曾是十八军战士，1956年参与中国科学院、中央民委和中央民族学院共同组织的西藏社会语言调查实习团，到中印缅边境的察隅额外调查了珞巴族语言，用国际音标记录了语音。时过60年，面对“珞渝文化丛书”的出版，别有一番滋味在心头，故乐为之序。

祝开卷有益。

萧蒂岩

2015年年底于成都市武侯区老干部局

时年84岁

（萧蒂岩，男，汉族，国家一级作家，著名诗人，著有散文集《人·野人·宇宙人》，诗歌集《珠穆朗玛交响诗》《雪域曦霞》《神女惊梦》，译著藏族古典文学作品《勋努达美》等。）

目录

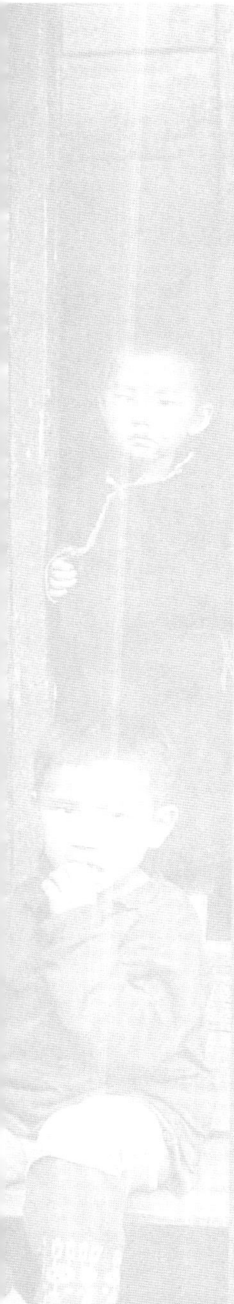

神话篇

天和地

（一）

一场大风把两个圆蛋刮到一起，相撞碰烂了。从一个蛋壳里钻出一个天，是个公的；从另一个蛋壳里钻出一个地，是母的。天公和大地母结婚了。

他俩站在一起，透不过气来，而且天公小得可怜，地母大得吓人，天公对地母说："大小不般配，你若不缩小，我要走了。"

地母觉得天公讲得有理，用尽全力缩小身体，一缩再缩，结果，大地一部分鼓了起来，成了高山、丘陵；一部分陷了下去，成了山川、峡谷。天公看着地母缩小了，地母的模样也漂亮了，他俩爱得像树胶了。

他俩婚后，生了好多儿女，地上的树草和小生命都是他们的儿孙。

1954年搜集

（二）

混沌初开时，地上没有水，天上又有九个太阳，晒得大地母的身体发烫，地上的百草树木成天蔫蔫的，大小生灵倒地伸舌喘息。天公和地母都伤心万分。

一天，天公和他的儿女太阳、月亮和星星商议，怜悯心得到共鸣，他们伤心地号啕起来，泪水落到地上拯救了生灵，泪水汇成条条溪河和湖泊，大地母身体凉快多了。

1955年搜集

（三）

天公和大地母的两个儿子星星调皮得很。一天，他俩玩得开心，摔跤不分输赢，滚过来，爬过去。哥哥达西紧紧抱住弟弟达牛，弟弟也不松手。他俩滚得天上尘土飞扬，把太阳都遮住了。忽然，兄弟俩从天庭掉了下来，哥哥落在湖里，肉变成了鱼类，骨骼变成了咸水；弟弟跌落到地上，骨头变成了岩石和山，肉变成了动物，毛发变成了树草，血液变成了条条溪流和湖泊。宇宙就这样形成了。

1956年搜集

（四）

在古代，天上有两个太阳，没有月亮。白天有光，晚上阴暗。白天热死人，晚上冻死人。兄弟俩日复一日，年复一年地转呀转。转久了，弟弟波如觉着无聊，不跟哥哥多尼走了，哥哥走远了，它才慢腾腾地前行。这样，大地没有了白天和夜晚，人们晒得焦头烂额，地上连水星都没有了，人们渴得舌头伸得老长。火热的天空把百草都晒干枯了，热死了许多生灵。河尼达尼比谁都难过，他在谋划着对付的办法。想着想着，他睡着了。

他醒来后，用力向天空射了一箭，击中了波如的一只眼睛，波如少了一只眼睛，光线暗了下来，变成了月亮。他的箭头和箭杆落在了月亮上，至今还在上边。从此，太阳转圈，月亮休息；月亮转圈，太阳休息，有了白天和夜晚。

1955年搜集

（五）

拉仁巫佑是天神，他管辖天上、地上的一切，主宰一切，权力至高无上，一切生灵听从他的吩咐。

拉仁有两个儿子，一个叫多尼，是太阳，是哥哥，一个叫波如，是弟弟。两个都很聪明，但波如心地不好，总爱占便宜，爹妈和哥哥都不喜欢他，时常说他、骂他，甚至还打过他，不过他少有改正。

一次，他们到星神那里作客。星神热情接待了他们，临别，还送给拉仁一行许多礼物，光玉石翡翠就有一筐。星神悄悄对波如说："今后可别再来偷宝物了。"拉仁听到了，问明了情况，原来波如经常来偷星神儿子的项链，造成许多星儿从天而降。拉仁听后，大怒，一把抓住儿子，从天上扔了下来，落到了沼泽里，他无脸见人，只有当父母和哥哥休息时，才壮着胆子回到天上，但他脸色苍白，黑一块，白一块，满脸污泥斑斑。

1956年搜集

（六）

世上有个巫佑叫"萨"，个大如山，一口气能喝干湖水，一次能吃掉20头野牛，出口气能吹倒大山。他全身黑色，样似黑熊，但有九个头，也叫"九头龙"。他吃剩下的骨骼堆积如山，天上、地上的生灵差不多快叫他吃完了。

天上、地上的生灵怕他，连遍地皆是的巫佑都不敢接近他。

"萨"吃腻了兽肉。一次，他躺在草坪上，面对天空，一轮红日缓慢地移动，他想：这个东西可能是个佳肴。他站起来，一蹬腿，飞向了天空，向太阳追去了，一口咬掉了太阳的一角，他越嚼越香，还想把整个太阳吞下去，但太阳走远了，不过，缺了一个角，成了日蚀。

"萨"在天上追赶太阳和月亮，有时咬住了太阳或月亮；有时吃得多，有时吃得少；有时没有咬住，而有时却吞食了整个太阳或月亮。这就形成了日食、月食、日全食或月全食。

当出现日食或月食时，人们向"萨"祭献酒、肉，并大喊大叫，甚至还鼓锣企图吓跑"萨"。

1956年搜集

（七）

天河边住着两户人家，一家是火的巫佑，一家是水的巫佑，时常为争水而闹得不和。

火巫佑身体烫，洗澡时间多，用水多，天河的水差不多被他用完了，你看，冬季天河水少得可怜，从地上只能看见干涸的天河里有一点微弱的亮光。

那天，水巫佑正在洗头，火巫佑要洗澡，水不够用，两个巫佑吵了起来。他俩声音很大，地上听到是雷声，雷声是连着的，一响就是好几声。他俩的性格都很倔强，逢吵必打，两根铁棒相击，发出刺眼的闪光，地上看到是闪电。伴随着吵打，他俩还用大瓢向对方泼水，掉到地上是暴雨。

珞巴人善良，凡遇雷电击鸣、暴雨如注，便向空中洒酒，将燃烧着的木棒扔出房外，祈求天神息怒，和睦相处。

1958年搜集

（八）

混沌初开时，一片汪洋。住在水中的萨嘎拉巫佑用力挖，把地挖通了，水流走了，成了大地。他的毛变成了树和草，他的骨头变成了山，他的心脏和六腑变成了人，随后，人成群，树成林，一片兴旺。

人们感激萨嘎拉的恩情，逢年过节、红白喜事都向他祭祀，祈求幸福、平安。但有时人们在祭祀时遗漏了他的大名，他就生气，怒气冲天，摇晃着身体。这就出现了地震。

1957年搜集

人的来历

原来，世界上没有人。

一天，“扎条姆”（岩魔女）对“江秋条布”（白猴）说：“咱俩同居吧。”

“江秋条布”答：“我是‘格龙’（黄教喇嘛），不能结婚的。”

“江秋条布”叫“扎条姆”酿酒，“扎条姆”说：“不会放酒曲。”“江秋条布”说：“我可以教你。”

煮好的酒酿放在藤篾箕里，飞入一只蜜蜂，把酒酿刨开，“噢，就是这样放曲”，“扎条姆”说着就学着蜜蜂的动作，捏碎酒曲，将其均匀和在酒酿中。

没过几天，“扎条姆”酿了很多鸡爪谷黄酒，它从树林到村里的树叶上斟上黄酒，村头芋头叶上斟了三瓢。“江秋条布”吃饱了树果，口渴得要命，它把沿路边叶子上的酒舔个精光，还不解渴，到村头低着头喝了芋头叶上的黄酒，抵家后，酒劲发作，醉醺醺睡着了，和“扎条姆”发生了关系。

不几年，“扎条姆”生了很多猴儿。有一天，“江秋条布”说：“孩儿们！都捂住脸，不能乱看。”小猴们都双手捂住脸，遮住眼，唯独两个大猴儿偷看了，结果没有变，仍是猴子，捂脸的小猴崽们个个变成了人。

1996年搜集

天神造人

奥尼和桑述是一对慈悲的天神（也称巫佑），老两口住在天庭的河边，没有生育过一个孩子，但他俩法术超强，利用河泥捏了许多人，最后都变成了仙女和童男，他们祥和地生活在宁静的星空下。

一天傍晚，老两口坐在河边纳凉，他们向下观望，看到一片凄凉：广阔的大地一片空旷，没有人，没有动物，于是他俩相约下凡造人。

老两口撒了一泡尿，大地一片汪洋；他俩撒下毛发，地上长了树和草；他们扔下一把把河泥，地上有了山；他们放下一把把虱子，地上有了各式各样的动物，但还是没有人。

老两口一蹬脚，飞落大地，在河边住了三天，捏了成百个泥人，有男有女。第三天傍晚，这些泥人变成了真人。老两口教他们如何生活、捕猎、采集。他们都很听话，到各处谋生了，他们各自给自己人起了名字，外人叫他们珞巴（南方人），居住在不同地域又有自己的名字，比如河上游的叫“卡珞”，河下游的叫“丁珞”。肤色白的叫“米新巴”，肤色黑的叫“米古巴”。他们世代繁衍生息在这边远的深山里。他们不忘祖恩，逢年过节祭祀祖先。

1996年搜集

珞巴族的传说

三兄弟阳色、嘎嘎和休德行居住在波堆（今波密县）中部一个山村。

他们仨围观铁匠旺扎打制农具，薄薄的铁片被铁锤砸得上下跳动，突然，在铁砧下面露出一张纸条，识字的人只有旺扎，他念道：“你们兄弟仨要搬到

波堆的南方去居住。”

三兄弟一人背一筐杂物、衣服向南方走去，他们翻过成龙拉日山（海拔5800米），下山路上有枫树挡住了去路。他们只好返回山顶，向南方射箭，二哥的箭落在兴布（今墨脱县达木珞巴族乡），至今村头巨石上还有箭头落下的深坑，一块巨石上有一个深窝，成为嘎吾氏族，大哥的箭落在安池拉（今达木珞巴民族乡朱村），箭杆成活，长成为一丛翠竹，至今山上翠竹满山遍野，成为波觉、雅西氏族，从南方的东贡迁来，米日氏族的祖先是野猪……很多氏族居住在雅鲁藏布江下游及支流流域，统称珞巴族。三弟箭落洛果村（今甘冈乡），成为休巴氏族。

射箭后，他们继续前行，绕过透不过气的春枫林，前面一座牛奶湖挡住了去路，无路可绕。大哥、二哥都跳了过去，小弟也跳了过去，不过一条腿和一只胳膊沾上了许多牛奶，所以，休巴氏族特别白。他们都在自己落箭的地方筑巢、狩猎，相互关照，亲如家人，繁衍生息，一代一代延续至今。

现在达木乡达木村29户人家中波觉氏族有扎西卓玛、朗卡、平措、吉如、阿龙、巴桑等7户，嘎吾氏族有扎西洛桑等14户，休巴氏族和门巴、哉族杂居。卡布村波觉有纳龙等7户，嘎吾氏族3户。朱村35户基本都是波觉氏族。现在的纯氏族血统已经不多了，民族间的多方位交流，形成了民族大团结的兴旺局面。

珞巴有统一的语言，习俗大同小异，世代和睦相处，极少械斗。

讲述人：吉如，平措

1997年2月搜集

米日珞巴的来历

珞巴人以狩猎为生，兼营农耕。

狩猎是离不开猎狗的，我们相依为命，长年吃住在一起。

一天，两个猎人牵着20只猎狗进入林中狩猎。猎狗围住一棵大树狂叫不止，时而扑上去，时而退缩回来。猎人赶到后发现一个大树洞，有半间房子那么大。一个猎人说："咱们射箭吧。"另一个则说："看看动静再说。"

不久，从洞中窜出一头母野猪，奔向茫茫林海。一个叫珞扎的猎人钻入洞中，看见一堆干草上躺着一个还不会走路的小孩。他抱起小孩，对大家说："这是一个野人的小孩，他长大后要吃人的，养着他不如杀了为好。"一个叫达仁的猎人说："是鬼也好，是神也罢，反正我没有后代，我收留他了。"

达仁的妻子亚姆是个善良贤惠的妇女，她给捡来的孩子喂乳汁，喂鸡蛋，喂鸡爪谷甜酒。儿子一天天长大，到12岁时就能跟随大人上山狩猎了，而且他的箭法百发百中，猎获了很多很多野兽，都平均分给了大家。

他18岁时，聪明过人，占卜技巧高超，深受大家的夸奖和尊重。他结婚后在米日建家立业，后来成了米日大氏族。

代代米日珞巴都说，他们的祖先是野猪，视野猪为他们的图腾，从不猎获野猪，还有不少祭祀活动。所以，至今米日一带野猪兽害最为严重。

讲述人：江措，珞巴族

1968年搜集

五兄弟的传说

听祖辈们讲，汉人、藏人、珞巴、门巴和僜巴人原来是同父同母的五兄弟。

很早以前，世界上到处都是水，浩瀚的海洋中有一座顶天的孤岛，叫"白马岗"，是隐秘的莲花蕊的意思。那个时候，天上有九个太阳，热得地上冒火，水在减少，慢慢露出了好多平原和丘陵。世界就是这样形成的。

一个暴雨天，太阳的儿子达西和月亮的女儿亚姆同时降落下来。那时，地

上没有树，也没有庄稼，更没有人和动物。他俩住在岩洞里，看天是蓝的，看水也是蓝的，景色美极了。他们结婚后五年，接连生了五个儿子，没有几年，五兄弟都长大了。他们把头发撒落在地上，长出茂盛的森林，他们的粪便变成了群山，他们的尿汇成了条条溪流和湖泊，稻种是从仙鸟肚中长出来的，野牛、黄羊是指甲变的。五兄弟从此不挖草根度日了，有粮食吃了，身上有树叶遮丑了，日子过得怪不错的。

可是成群的野兽从面前跑过，就是逮不住。大哥（即汉人）说，咱们没有肉吃，生活够苦了，咱们分家吧，各自想办法。老二（即藏人）附和长兄的意见。三个弟弟再三劝说也没有挽留住大哥和二哥，他俩朝着树叶指的方向，向北走去。二哥在波堆（即今波密一带）患病留下了。大哥聪明，身体也好，走了好多好多个“克土”天（20个为1个克土，20是珞巴人的最大数字，后文同），到了汉地的峨眉山，在那里住下了。大哥和二哥都与猴子结合后生了很多很多后代。

后来，我们珞巴人（即老三）和老四（即门巴人）及老五（即僜巴人）也因不和，分了家。老四往西迁徙到门隅和朱隅，老五往东在察隅定居下来。我们的祖先不愿离开家乡，继续住在山洞里。有一次，我们的祖爷被藤绊了一跤，从中得到了启示，制成了弓箭，从此可以随心所欲地猎取野兽了，生活更好了，这时也更加爱自己的家乡，在珞渝地区繁衍后代至今。

讲述人：安布，珞巴族，卡布村猎人

1955年8月1日搜集

珞巴人为什么没有文字

祖辈们讲，珞巴、门巴、藏人、汉人和僜巴人是五兄弟。他们都有文字，在不同的地方。珞巴人和藏人住在一块，人越来越多，野兽越来越少，野果等食品越来越少，他们时常饿肚，还为争食吵闹不休，也打过架呢。

珞巴人特别能吃苦，肚量能容下弓箭，爬山如履平地。祖辈们合计南迁，大家都拍手称快。分批迁徙，年轻的先走。走前，达尼将写有珞巴文化的一张羚牛皮递给儿子尼西，再三交代说：“珞巴文化就这么一张，要保管好，到目的地后贴在墙上，教孩子们学习，别叫鼠吃了，虫蛀了。”

尼西和一大群珞巴人翻过20座大山，蹚过20条大河，跨过20条垮沟，钻过20片森林，踩蚂蟥，斩毒蛇，经过许多个20天，终于翻越大雪山，来到溪流如麻的地方，但粮食吃完了，奇缺野果，食不果腹，人人面黄肌瘦，瘦如干柴。这里没有平地，连搭草棚的位置都没有，一直没有选准定居的地点。无奈，尼西把牛皮煮熟分给大家吃了，珞巴人再也没有文字了。

1955年搜集

火种的来历

从前的从前，人和动物一样，吃生肉，喝生水，因为没有火。

有一年夏天，暴雨成灾，山体滑坡，石流频繁。一天，南峰（即海拔7782米的南迦巴瓦峰）顶上山体滑坡，房子大的石头一个接一个地从山坡滚了下来，坡度陡，滚石块迸出了火星，燃着了森林，烧死了林中的野兽。珞巴人的祖先捡来烧死的兽肉，觉得熟肉比生肉味道好，从此采集火种有了火。受击石产火的启示，后来人们发明了火镰，方便多了，结束了吃生肉的时代。

1997年2月搜集

拐杖的来历

“国王大人！老婆、小孩饿得哭个不休，请借点粮食吧。”穷人说。

国王说：“要借多少？”

穷人说：“把这个口袋装满就行了。”国王看穷人手中捏着的口袋，假惺惺说：“太小了吧。”他知道穷人聪智过人，不借给他粮食今后会上当受骗的，再说，口袋也不大，便说：“跟我来。”

国王打开粮仓，穷人展开手中的绸口袋，装了足足有20克（每克约合3.5千克，后文略）。国王越看越心痛，计上心来，说：“你背着粮袋不准放地休息，否则，再给我送回来。”

穷人背着沉重的粮袋，走了不远，他拿起已经做好的“丁”字形的拐杖，走累了，粮袋放在拐杖上喘气，歇一歇。国王看不见穷人，瘫倒在门口的草地上。

今日，珞巴人、门巴人外出负重用的拐杖就是穷人，也是珞巴人的祖先达尼留下来的。

1968年搜集

藤子的来源

善良的老妇在善于谗言的猴子的欺哄下，同意成为它的“加如”（女友）。他们住在一起，吃在一块，一段时间亲善友好，双方没有争论过，没有红过脸。

一天老妇拉着猴子到山上挖“文”（山药）。猴子挖的时间没有歇息的时间长，他挖断一块，吃一块，大半天没挖到三块，肚子都没有填饱。老妇累得头发都湿了，衬衣能挤出汗水，她边挖边往外刨土，有的“文”很大，要挖一人多深的坑，太阳偏西时，她装了满满一筐。在回去的路上，猴子说：“‘阿米’（奶奶）你累了，我来背，我空着手也不好意思。”因猴奸诈出了名，老妇人是有警惕的，几次都拒绝了。通过一片森林时，老妇累得满头大汗，终于背筐被猴子抢去，走了一段路到了一棵大树下，猴子背着藤筐爬上了树。它坐在树枝上，左啃右啃山药，不时将山药渣子吐向老妇。老妇望尘莫及，伤心地哭了起来，哭得很痛心，眼泪顺着脸颊流下来。这时，飞来一只“达衣”（蜜蜂），问：“‘阿米’怎么哭得这么伤心？”老妇说：“我艰难挖了一筐‘文’，被猴子抢去了。”“达衣”问：“猴子在哪里？”老妇指着树上：“就是它！”“达衣”说：“‘阿米’！你看我怎样整它。”“达

衣”飞了起来，猴子的左手和右手都被蜇了，痛得直甩手，藤筐掉了下来，老妇背着山药借宿一处，原来这家是罗刹鬼的家。傍晚，罗刹回来了，对老妇说：“你把手伸出来。”老妇的右手从酥油桶里伸了过去。手上沾了酥油。“你再把脚伸过来。”老妇把酥油桶伸过去，腿脚又粗又长，把罗刹吓跑了。

老妇将罗刹家中有用的东西全部背走了，老妇富了。

猴子听说老妇成了富裕户，羡慕得很。它也去了罗刹家。罗刹说：“你把手伸过来。”猴子伸了过去，罗刹说：“你把脚伸出来。”猴子把脚伸了过去。罗刹说：“你把头伸过来。”猴子将光头伸了过去。罗刹抱住它的头，一口吞了下去，连猴子手中的刀也吃了下去。猴子用刀在罗刹肚中乱割，痛得罗刹直打滚，它逃向山上，泻肚拉稀，猴子拉着罗刹的肠子被屙了下来，罗刹绝了种，所以，现在世界上看不到罗刹了，被拉出来的肠子长成了藤子。

珞巴族，达木村

1997年6月搜集

种子的来历

相传，远古时代粮食长在树上，人们从树上获得维系生命的口粮。逢年过节，人们祭祀粮树，敬饭献酒，围树欢乐，把树看成至高无上的圣洁之物。

有一天，一个人嫌天天上树摘粮食太麻烦了，祭树后把它砍倒了。他把粮种填满狗的嘴巴和耳朵，狗把种子送到村村寨寨千家万户中，勤劳的人们辛勤耕耘，年年获得好收成。所以，珞巴人说：现在的稻谷、鸡爪谷、玉米、青稞、小麦、小米等粮种是狗带来的。为了报答狗的恩情，视狗如子，狗生崽如产妇分娩一样受到厚待，过年过节头碗饭是给狗的。

讲述人：旺青，男，47岁，门巴族乡长　绕登，男，74岁，珞巴族农民

1968年搜集

打火石的来历

俗话说，水火不相容。可是，在古代，它俩却是一对至交，好得如胶似漆，一块玩耍，一道生活。

火生性刚强，好斗善妒，时常和水争个高低，而水总是让着它，不和它争雄，到一边玩去了。

火得寸进尺，不时辱骂、讽刺、影射对方，水生性温柔，不计较火的过激言辞，总是忍让、再忍让。

一天，它俩正在喝茶，火对水说："这热茶的功劳是我的，是我把你烧热的，我还能烧死你。"这时，从未和火争论过的水大发雷霆，一碗水泼向对方，火躲得快，才免于一死。火到处逃跑，水紧追不舍，火逃到哪里，水追到哪里，火累了，水也疲惫不堪。火东躲躲、西藏藏，火知道石头不怕水，它一使劲钻到那里了，水冲呀冲，但冲不动石头，火终于逃脱了水的追击。从此，水火不相容了。

现在，珞巴人使用的火镰打火石，就是当年火斗不过水钻到石头里保留下来的。

讲述人：南嘎平措、顿加，珞巴族，卡布村

1955年8月搜集

牛皮船的来历

远古时候，西藏就有一条大江叫雅鲁藏布江，江水从东向西缓缓地流淌着，水越聚越多，又没有出口，淹没了大半个西藏，最后，整个西藏都被淹没了，只剩下几个最高的山头高高地矗立在中央，南迦巴瓦峰竖在西藏的东南部，它的小弟佳拉泽东峰和它并排挡住了洪水的下泄。

地上洪水泛滥，生灵遭殃，尸骨遍地，这可急坏了善心的天神。他两次派下属到地界治洪，但都没有奏效。天神派他的三个公子再次下凡治虐，随身牵着力大无比的天牛。他们来到地界，杀掉了天牛，剥下牛皮做了一条小船。三兄弟乘着牛皮船，用力地向南峰冲击，水大又急，经过20次冲刺，终于将南峰兄弟俩冲开，大水疯狂地从冲出的口子向下流去，经过许多年流淌，大水流走了，露出了地面，各种生灵从山峰返回地界，大地恢复了从前的生机。珞巴人、门巴人和藏人在这定居下来。

从此，西藏有了牛皮船，它成了渡河的主要工具。

讲述人：朱嘎、白嘎、拉巴次仁，珞巴族，墨脱村
1956年搜集

格萨尔王在珞渝

格萨尔王听说白马岗是块圣地，但没有道路，为了弘扬佛法，他和王后卓玛要去那里周游一番，架铁桥，修马路。他俩历经三个月的艰辛跋涉，终于踏上了净土的白马岗。他俩也被这里的险峻地形所吓住，只架了“巴桑”（藤索桥）和修了“萨拉朗”（猴狲路）。他俩在卡布村住了九天，对珞巴人很好，珞巴人也很敬仰他们。格萨尔王烧饭架的灶石就是现卡布村中央的三块巨石，珞巴人视为神石，每年多次祭祀，以示对他的怀念。

格萨尔王临走时，对珞巴人说：“我没能架成铁桥和修成马路，我的后代会如愿以偿的。”

珞巴族，卡布村
1997年元月搜集

阿崩戈仁之死

阿崩戈仁有两个老婆。

阿崩戈仁是个天底下最厉害的猎人，谁都斗不过他，他一天能猎获上百头野兽，家里村里被兽肉堆满了，兽血装了上百个竹桶。不过，他没有种过庄稼，也不会种庄稼。

一天，他射了箭，箭头落入地里，吓跑了野猪。野猪被“纳戈仁”（蜘蛛）缠住并猎杀。

猎人捕杀野猪的事，遭到“阿雄”（岳父）的反对，“阿雄”早就想杀他而未能如愿。趁这次下手最好。“阿雄”叫他用线绳背野猪，刚走几步绳索断了，野猪的獠牙划破了猎人的右腿，片刻工夫，猎人身亡山上。

他的两个老婆听说阿崩戈仁死亡后，变成“九罗罗”和“工工荣”（啄木鸟），一到四月份丈夫身亡的季节，它俩结伴飞来，“九罗罗”哀啼声是“九罗罗”，“工工荣”哀啼声是“工工荣”，两种声音都很悲哀，人们听到会感到悲伤。人们怜悯它们，从不伤害它们，常把慈善的人比喻成“工工荣”“九罗罗”。

1996年10月搜集

七姐妹星的来历

一个老妇生有六个女儿。

一天，老妇领着六姐妹上山采集草药，被凶恶的罗刹带到罗刹住处。罗刹没有吃她们而是把她们关了起来，说是再过十年罗刹王大寿时再享口福。

一个胖罗刹问她们要吃什么。

她们都说：“要吃荞麦烙饼和大蒜。”罗刹送来了好多荞麦饼和大蒜。姑娘们把吃剩下的饼和大蒜拼凑成七对翅膀和七个尾巴，晒了起来。

七年后的一个大清早，老妇和六个姑娘插上翅膀，安上尾巴，一溜烟飞向天空。

罗刹们发现即将入口的美食逃走后，禀报了罗刹王。罗刹王命令罗刹们带上所有弓箭、矛、铁锤等武器向她们进攻，最后连石头也用上了，但都没有击中姑娘们。老母和女儿们飞上了天空，在天空定居下来，再也没有什么能伤害她们。她们就是今天人们所说的“嘎玛明珠”——七姐妹星，最亮的那颗就是善良的老母——启明星。

讲述人：顿加，珞巴族　米米洛桑，门巴族

1968年7月14日搜集

雅鲁藏布江为什么钻大山沟

从前，天底下河流多如头发，有向北流的，有向南淌的，有西去的，有东来的。在山头上有个叫“卫”（即今西藏地区）的地方，有四条江河，一条是雅鲁藏布江，一条是狮泉河，一条是象泉河，一条是孔雀河。它们流向不同，归宿地也不一样，都怪孤独的。它们经过商量，一致同意：“我们要流向平坦无山的大平原，三年后在印度汇合。”

它们各自找平坝往下淌，遇山绕道前行，或者边修平坝边往前流。大家都按商量的计划往前奔跑。

雅鲁藏布江流淌到工布的芝伯村（即今米林县达图卡乡）时，“查顷”（鹞鸟）站在半空对雅鲁藏布江说：“大江爷爷，你的三个伙伴昨天都汇流在印度了，你还在这里停留？要长久住下去吗？”大江听后，心急如焚，心想：

朋友们都先期到达了印度，我也得赶紧前行才能撵上它们。从此，雅鲁藏布江只顾赶路，再也不边修平坝边前行了，一直顺着山洞往前奔腾。它急忙赶到印度后，没有看见三个伙伴，知道上当受骗，后悔也来不及了。它在印度等了两年，三个伙伴才赶来。

三个伙伴问它："你为什么先期到达？"

大江回答道："我不赶快赶来没有办法呀！'查顷'告诉我说你们仨早已在印度汇合了，我才慌忙赶来的。"

伙伴们问："那你修造平原了吗？"

大江说："为了赶路，没有时间修建平原，我是从高山峻岭中穿越而来的。"

大江问："你们是怎么流来的？"

伙伴同时答："我们是按说定的，边修平原边走的。我们流过的地方，都是开阔的大平原。"

它们都很生气，命令大鹏鸟把"查顷"找来。

"你为什么要对大江说谎？造成大江流过的地方都是大山。"狮泉河问。

"我只想和大江开个玩笑，谁知它当成真的了。""查顷"答。

象泉河说："哪能拿这么大的事开玩笑。"

"查顷"答："我想试试它是否守约。"

孔雀河说："你坏了大事，要受刑律惩罚。"

四个伙伴合计："在一年里，不！在它这一生，不！在它再世的再世也不准喝江水。"

至今，白马岗地区、珞渝地区全是大山，行路困难，运输全靠人背肩扛，这些全是"查顷"造成。至今，查顷还在服刑，它飞在空中，站在半空喝空气，不能喝江水，一喝水就会死去。

讲述人：益西平措，门巴族　扎西巴、平措，珞巴族

1989年7月31日搜集

粮种的来源

珞巴两兄弟，大哥哥尼波有点痴呆，弟弟洛波聪明。

弟弟说："咱俩种地吧。"哥哥同意。

弟弟帮助哥哥从猪圈里拉出一头大猪，在哥哥地里杀了，毛刮得光光的，割成九块孝敬大地神和树神。

弟弟在自己的猪圈里打得猪"噢、噢"叫个不停。他把一块大石头装在藤筐里，背到自己的地里点燃一堆大火，把石头烧得红红的，叫尼波按住。哥哥双臂伸开，紧紧抱住石头，烫到了，昏过去了，晚上慢慢苏醒回到了家里。

洛波看到哥哥家里第一天没有冒烟。

第二天也没有冒烟。

第三天还是没有冒烟。弟弟推开了哥哥的竹门，不知哥哥去向。他伤心地哭回到家里，又哭到河边。一种红毛的水鸟问他哭什么，他说："哥哥走了，我伤心。请给我一顿饱饭吃。"红毛水鸟舂了稻谷，给他做了一石锅大米饭。他美美地饱餐了顿，剩饭抹在头上、脸上。

第二顿饭，水鸟给他做的鸡爪谷饭，他屙的屎都是黑的。水鸟站在门槛上，拉的是白屎，它向河边走过去，走一步拉一泡白屎。洛波不知水鸟去向，他顺着白屎去寻找水鸟，快到水边时，只有黑屎，他在徘徊时，面前出现了一个美丽俊俏的姑娘，问他："你从哪里来？"他答："我找哥哥尼波来的。"姑娘说："你带点有香味的东西给我，我会告诉你的。"他给了鸡爪谷饭，姑娘不要，他给了大米饭，姑娘也不要，他给了生姜，姑娘接住了，说："就是它。"他跟随姑娘来到林中一个大草坝中央，尼波用衣服蒙着头，躺在牛毛帐篷里。他把哥哥推醒了，哥哥说："你来此做甚？"弟弟说："我来和你住在

一块。”哥哥说：“那怎么好，你还是去人间吧。”经过哥哥几次拒绝，他只好回到人间。他按照祖先的规矩，砍了许多竹子做成竹帘，烧堆篝火，投入米饭、肉、酒，还有过江龙毒果（毒箭菌物之一），祭祀了神族们。哥哥还送给他稻谷、鸡爪谷、花生、黄瓜、甜瓜、甘蔗、香蕉等许多种子，告诉他耕种的方法，还让他祭祀地神、粮神。他回到家里，按照哥哥说的办了，杀了猪，敬了神，辛勤耕耘，粮食满仓，日子过得怪红火的。

珞巴人都说，现在各种庄稼、蔬菜、水果、林中的野果的种子，都是祖先尼波给后人留下的。

讲述人：扎西巴、吉如、果亚，珞巴族，达木村

1997年2月搜集

龙蛇救猎人

夫妻俩平平和和，幸幸福福过日子。

妻子将要分娩了，丈夫进山狩猎，行前，他将一块黄色的玛瑙交给妻子说：“娃儿降生后给他戴上。”山上，天不作美，狂风把在地里追赶羚牛的猎人卷进了冰窟窿。上边是冰洞，底部是大海，猎人掉在了海中的一块特大石头上，幸好，石上长了有一人厚的苔藓，他没有受伤。他往上窥看，只有一个圆洞通天，他环视四周，天水相连，“我可怎么办呀？”他伤心地号啕起来。饿了，渴了，累了，他眯着眼睡着了。一位骑白马的白人问他哭什么，他照实说了。白人说：“你不要伤心，不要痛苦，总会有办法的。你渴了，喝龙蛇嘴里的唾沫，一切都会如愿的。”他睁开眼一看，果真面前一条龙蛇嘴里噙了满口唾液，他顾不得多想，一个劲地喝个够。在冰穴里仅仅待了三天，喝了三天龙蛇的口水，他的身体胖多了，健壮多了。第三天，白人对他说：“今日，龙蛇

要走了，你紧紧抓住它的尾巴会把你带出去的。”

第三天早上，龙蛇摇摆着尾巴，猎人用力抱着龙尾，紧闭眼睛，只听“轰”的一声，他的身体在左右摆动，没过多久，他睁眼一看，他躺在了一栋三层楼顶，只觉浑身无力，他在那里睡了三天。他饿了，渴了，无精打采地往家的方向走去。在一个大村庄边上，捡到了他从天上扔下来的弓箭。他进了一户三层楼房的人家，里边挤满了人。他一次吃了三克酥油。大家都很惊奇，认为是凶兆，请来“米吉”利用法力制服他。“米吉”用牛屎做成一匹马，他骑着马往家乡奔驰。快到家门时，马突然死了，他徒步前行，在一条溪水旁，碰到一位白发苍苍的老人在取水，老人问这位陌生人从哪里来，猎人一五一十地讲了他的经历。他看见老人脖子上的那块黄色玛瑙，顿生疑惑，问老人玛瑙从何而来。老人说：“我从小没有爹，在妈妈生我前，爸爸去狩猎了，一直未返。他走时将它给了我妈妈，交代等儿女降生后给戴上。这块玛瑙我戴了几十年，前几年，妈妈又死了，剩下我独身老汉了。”他俩都生了疑惑，认为二人长相相似，讲的经历又一致，猎人喊了一声儿子，老汉喊了一声爸爸，他俩抱在了一起。

爸爸背着水，搀着儿子回家转。路上老汉问：“爸爸，为啥你年轻，我成了老头呢？”猎人说：“我吃了龙王爷的唾液才保持了青春。”

珞巴族

1997年5月搜集

燕子垒窝的启示

阿巴达尼住的岩洞里，在岩顶的石壁上，勤快而敏捷的“吉里当”（燕子）不停地噙来泥巴，一点一点地往上加高，终于修成了一个个圆形而没有盖的鸟巢，它们夫妻住在里边，还有几只雏鸟和父母亲睡在一块。白天爸爸和妈

妈不歇息地噙来小虫什么的喂雏鸟，雏鸟嘴巴张得大大的，还“叽叽喳喳”地叫个不停，一家欢欢乐乐，十分令人羡慕。

这些情形，阿巴达尼看得清清楚楚。他越看越想看，简直着了迷，仿佛他着了魔似的……

一天他弄了一些黄泥巴，掺些水和将起来，他将和好的泥巴用手做成一个燕窝形状，怪好看的。

“燕窝”干后，成了他的饮水工具。

后来，受石锅不烂的启迪，他想出了烧陶器的办法。珞巴人都说：“陶器是始祖阿巴达尼发明的。”

1955年搜集

东布泉水

据说，天地形成时，地上并没有水，热得人和巫佑们汗流浃背，喘不过气来，盼水呀，求水呀，都成了梦想。

天下大旱，百树百草耷拉着叶子，干枯的、旱死的草木遍地。树神们乞求雨，盼望雨，没有如愿。

赤地焦土，渴死的生灵尸体一个挨一个。兽神们的期望成了泡影。

人和巫佑们分别去找水，高山上、草坪上、凹地上到处都是找水的人和巫佑，不过也留下了遍地的尸体，水还是没有找到。

东布达杰巫佑是东布地方的保护神，它心地善良，为民排忧解难，保护一方平安，做了大量好事，为民找水，它跌伤了脚，行动十分不便，可是仍找水不止。“不找到水决不罢休”，它说。

一天它看见野猪睡的地方潮湿，一看蹄坑里有水星。它围着蹄坑转了五圈，听到地下有“哗哗”的流水声。它连射几箭，扎了一个大洞，水从地下涌了上来，成了泉水，又流成了河。世上万物有了水，无忧无愁地度日，同时，逢年过节，人们向它祭祀，水受到人和巫佑们的崇拜。

三根箭杆长成了三丛竹林，成为人们祭献的宝物。

1955年搜集

寻找通向神门的钥匙

在珞渝地区东部贡堆颇章雪峰下，著名的莲花天湖、白玉天湖和净水天湖等不规则地镶嵌在这高山草坝上。湖里鱼儿欢跳，湖岸雪莲、虫草遍布，湖的四周玉米籽一堆一堆的，石头上手镯等首饰许多，朝觐者踩的路有二庹（约合1.67米，后文略）多宽……这是怎么一回事?

有这么一则传说。

贡堆颇章山下，岩洞很多，都住有人，其中一个大洞里住着很多很多珞巴人。白天，他们下山去森林里围捕动物，采集野果。可是平坝上平平展展，连个小坑也没有。大洞里有个心地善良的老妇，她砍了20个竹桶，装满了洞里甘甜的泉水。她背着藤筐，在大草坝上行走，走累了扔下一个竹桶，到最后全部扔完了，形成了20个湖，其中莲花天湖最大，那是因为两个竹桶汇流在一起了。

后来，莲花生大士到此旅游，称此地为“白马岗”，称此湖为“莲花天湖”，即莲花湖中的莲花蕊。大士称此为“圣地之中最殊胜”。大士将他的僧帽放在湖边，至今还有房子大的圆石立于湖旁。在圆石的背后，还有莲花生大士隐藏的四把钥匙中的一把，这是开启通往极乐世界大门的钥匙。距圆石不远是一块椭圆形的石板，石板中间还有一个深深的凹沟，据说是大地母的阴部。

每年盛夏，来自四川、青海、甘肃、西藏各地区的善男信女们成群结队从四面八方涌来，手持念珠，口念六字真言，顶礼膜拜山上的每块突石、圆石、石板，向湖里投扔食物，也有将心爱的装饰品如手镯等扔进雪山掩映的湖里，那是供奉湖神和龙女的，虔诚祈求获得幸福和再生美满。更大的期望是能够得到通往神门的钥匙，再生进入神仙府洞，但是，就在通往极乐世界的神门口，倒毙着无数尸体，即便在圣地归天也是一生之大幸。

珞巴族，达木村

1956年搜集

劳动才能过上好日子

一个老妇养了一条老狗，她俩相依为命。

老妇常对人讲，莲花生大士教她不劳动有饭吃，说是烧开一锅水，一匹白马从沸水中飞出，把人带到天国去享福。她说得津津有味，可是，人们不相信她的胡诌。

她叫老狗支起三块灶石，端来一大锅冷水，添柴加火，水开了好久，和往常一样，没有什么白马跃出，只有水开的声音。

莲花生大士派“达米”（苍蝇）前去传召老妇前来禀报。老妇回话说“病了，不能成行”。她想了许久，中午过后还是去了。莲花生大士训斥说：

“你到处宣扬不劳而可食，还说是我说的。天底下哪有坐享其成的事。你好逸恶劳，非饿死不成。”老狗帮腔说：“珞巴谚语说‘手上出粮食，手上出肉食’。大士说的在理。”

从此以后，老妇勤耕细作，粮食满仓，猪肥牛壮，过上了好日子。

只有“巴比”（一种黑鸟）和“玛如”（蓝孔雀）听了老妇的话，宁肯饿肚也不愿觅食，光吃现成的，至今仍是如此，所以，珞巴人把懒人比作“巴比”或“玛如”。

讲述人：纳龙，男，34岁，珞巴族故事家，卡布村

1956年搜集

贫富悬殊的缘由

有个地方偏僻，来往人员很少，但罗刹鬼却特别多，被吃掉的百姓不知有多少，剩下的人都提心吊胆地苦度日月。

一户母女俩合计出逃，她俩走呀走，走到一个山岗上，罗刹鬼追上来了，吃掉了妈妈。

姑娘拼命地奔跑，吓得钻到一个大树洞里，惊醒了睡眠中的神猪，它来到洞口，相距不远处站着那追人的罗刹，罗刹怕它，它也怕罗刹，谁也不敢往前挪动一步。

第三天，神猪对姑娘说："你把我杀了，肉和内脏均匀地割成一块一块的，放在树上、石上、草地上。这样做是有好处的，请姑娘照办吧。"姑娘流着泪说："猪婆婆！你救了我的命，我怎能忍心恩将仇报呀。"神猪说："这不叫恩将仇报，而是造福百姓。"

姑娘痛心地杀掉了母猪，但割的肉块有大有小。所以，人间财富有贫有富，房屋有大有小，人有高低之分、男女之别、肤色各异之分。

讲述人：反帝，男，27岁，门巴族，干部
旺青，男，47岁，门巴族，甘登乡乡长
绕登，男，74岁，珞巴族，甘登乡甘登村农民
1956年搜集

雄鸡啼鸣的缘由

鸡蛋、骨头、酥油、雄鸡和酒糟是朋友。

雄鸡聪明，分配住处，它叫酥油睡在灶台上，酒糟睡在吊脚竹楼底层，它和鸡蛋、骨头睡在屋里。

雄鸡叫鸡蛋去取水，鸡蛋被木槽碰烂，蛋清、蛋黄随水流走了。

雄鸡叫骨头去看鸡蛋为何迟迟不返，它在途中被狗吃掉。

雄鸡亲自去看究竟，被飓风刮得很远、很远，当它回到家时，酥油化光

了，猪吃完了酒糟，雄鸡伤心地哭了，所以，至今，快到天明时，雄鸡叫一阵停一阵，是因为它还在怀念着它的朋友呢。

讲述人：才松，女，32岁，珞巴族　永生，女，20岁，珞巴族
1991年搜集

米古巴部落的来历

自从有了人以后，珞巴兄妹三人，他们要在珞渝繁衍生息，商量着划分地盘。大哥建议射箭确定各自的地盘。大哥先射一箭，箭头落在珠的地方，箭头钻入地下，长出一丛翠竹；老二之箭落入卡布的地方，引来一股泉水；三妹的箭头落到米根地方，引起一场大火，把好大的一片森林烧成灰烬。

他们和睦相处，亲如手足。头天，大哥上山背回一大藤筐野牛肉。第二天老二强烈要求上山。大哥说："你年纪小，没有经验，会扑空的，还是我上山好了。"老二再三央求，大哥才放他上山。老二在山上碰到一头野兽，连射两箭都起了大火，烧完山上的片片竹林，赶跑林中的野兽。从此，兄妹仨没有肉吃了，竹笋也没了，开始饿肚子了。

他们来到达木地方。大哥猎到一头野猪，将肉分成五个二十块，树旁、林边、石堆、泉边到处都放了一块肉。当晚，他们吃一只花公鸡。第二天吃了野果。

三天后的一大早，块块野猪肉都变成了珞巴人。人们称他们为米古巴人。米古巴人在岩石上刻画有许多野猪的形象，这就是图腾，每年春天还要向岩画祭祀祈祷。

讲述人：顿加，珞巴族猎人，达木林
1968年搜集

杀鸡占卜的由来

珞巴族的祖先达尼很聪明，生有三只眼睛，二只在前，一只在后，后边的眼睛能看到诸神诸鬼，所以，有的白奶鬼很害怕他，总是想把他的后眼挖出来。达尼从白奶鬼中娶了一个老婆，她知道白奶鬼的情况。她对他说："你要对付白奶鬼有一个办法，如果滚石飞来，你就把箱子里的东西取出来，在上面压上大石头，这样它们就砸不死你，也烧不死你。"有一次，吃人的白奶鬼放下了许多滚

石，又放大火，它们以为达尼不是被砸死，就是被烧死了，便下山来捡达尼的骨头，达尼把它们吓跑了。又一次，达尼上山，鬼要他投降，达尼不屈服，鬼说要将他的后眼挖掉，要杀害他，他害怕了，便爬到树上说："我的眼睛在地上。"吃人的鬼终于在地上找到了。自从达尼失去背后的眼睛，只剩下两只眼，晚上就看不见东西了。于是，达尼上天祈求太阳，太阳送了只鸡给达尼，教他怎样对付白奶鬼怪，从此就有了杀鸡看肝和杀牲祭神跳鬼的习俗。

讲述人：牛布，珞巴族猎人

1968年搜集

杀鸡看肝占卜的缘由

达尼有次去岳父家，吃饭时，他顺手抓住一只老鼠吃了。他的黑鸡岳父问："你吃的什么，这么香？"达尼回答说："我吃了地鼠。"黑鸡岳父伤心地说："地鼠是我的小孩。"达尼有口小陶罐，白天和晚上在这口小罐里都可以看见鬼怪是好是坏。有一天，黑鸡进行了报复，把小罐吃掉了。从此，达尼不能分辨好坏，只好求教于太阳和月亮。太阳和月亮指教说，你杀只黄小鸡看肝的纹络，可以明白好坏和吉凶。这就是珞巴人杀鸡看肝占卜的来历。一般人家一年约杀15只鸡进行占卜。

讲述人：牛布，珞巴族，卡布村

1956年搜集

松鼠和乞丐

据说，松鼠原先披着狗皮，说是狗变的，所以聪明伶俐。

松鼠是从神界降生的。它是拉钦仓巴天神的小少爷。人间的国王、伦布们闹得臣民不得安宁，缺吃少穿，生活困苦。拉钦仓巴天神特派三个儿子之一的小儿子降临人间。小少爷本不想降凡，但为了服从父命，毅然下凡为民除害造福。

它来到人间后和林中的松鼠结为伙伴，成了朋友。它们天天在树上爬上爬下，玩耍得挺开心的。

穷苦人没有饭吃，找国王乞讨，国王有时给一点剩饭剩菜，有时不但不给，还要痛骂一顿。村里有个老妇叫白马拉姆，对村里最穷但最聪明的乞丐说："你讨饭是填不饱肚子的，当佣人是糊不了口的，更不说工钱了。今天，我给你三升稻种，你去刀耕火种一块林地，把种子种下去就会有收获，是饿不着肚子的。"

第二天，乞丐借刀砍了林地，火烧了，点种了，出苗了，拔草松土，禾苗长得黑黝黝的，稻穗压弯了茎秆，稻粒将要黄熟时，松鼠咬断了许多棵稻穗，乞丐看后伤心地哭了，他想：我到处讨饭度日，饱一顿饥一顿的，国王时时骂我，恶狗咬我。阿比阿妈教我劳动种稻，眼看快要吃到口了，松鼠们糟蹋了庄稼，如果不想办法保护庄稼，它们会吃掉一半的。好！你松鼠聪明，我会有办法对付你的。他细心地做了20个竹夹暗套，埋放在林地的四周。拉钦仓巴天神对小儿子说："我知道乞丐做了很多竹夹要套你们，套住了脖子就完了，套住尾巴还不要紧。如果竹夹套住了你，你对他要说人话，就说：'请不要杀我，请放生了吧！我赔偿你的损失，你要什么我给你什么。'乞丐是个忠厚的人，他会怜悯你，放开你的。你不能失信，允诺的事一定要实现。"

第二天一大早，乞丐来到地里，竹夹不见了，全部变成了铁夹子。他既高兴又惊奇：这个铁夹子连人都能夹死，是哪个善良人帮的忙。他到地的另一边一看，铁夹夹住了松鼠的尾巴，它挣脱不掉，扒了一个窝，睡在窝里。乞丐说了一句："我福气好，今天可以做顿肉菜了。"他掂着松鼠说："我是个缺吃少穿的可怜人，就这么一点地，一直来偷吃稻谷的就是你，今天我要杀你、吃你。"松鼠求饶道："求求你不要杀我、吃我，把我放生了吧。如果要杀的话。肉连一碗都盛不满，把我放了生，我会报答你的，今后对你会有很多很多好处的。"松鼠站立起来，双手合十，放在胸口，向乞丐求饶："放生了吧，我会对你有用处的。"

乞丐说："你是畜生，我是人，你怎么会对我有用？你去的地方我到不了。你会有什么偿还的东西？杀了你，我可以吃一顿美餐。我是杀定了。"

松鼠说："说话不能失信，我说要报恩会实现的。至于我住的地方，你把我放生了，我在回家的路上放一点毛，作为记号，你7天后顺着有毛的路来找我，那时，我会回答你的。"

乞丐放走了松鼠。他看到松鼠走一路放一路毛。他想：这只精灵的松鼠不同于一般的松鼠，会说人话，还讲信用，难道它是……

7天时间到了，乞丐怀着好奇的心情，顺着松鼠放毛的路一直找到一个像葫芦的大岩洞前，没有路通往岩洞，洞下边是滔滔大江，洞上边是通天的陡壁，岩洞坐落在悬崖陡壁的腰间。他仰头看山，低头望江，心里十分害怕，"我怎能上去呢？"他大声喊叫："棵然（喂）！松鼠哥哥！"松鼠答应："唷！我在这里！"乞丐说："你住的地方，我上不去，该怎么办？"

松鼠说："你闭上眼睛，就能来到我家里。"

乞丐闭上了双眼，不大一会，松鼠说："请睁开眼吧。"他张目一望，来到岩洞里了，松鼠一个挨一个地坐在那里，嘴里唠叨着什么，仿佛在诵经。松鼠把他让坐在金床上，面前放张金桌子，上面摆满了从来没有见过、没有吃过的多种食物。他每样食物都品尝了一点，还吃了三个仙桃，他的肚子饱了。他这时心情才稍微平静了下来，"从外边看这里像个葫芦，下看是大江，上望是蓝天，一闭眼就来到了这个岩洞里，奇怪！真奇怪！"他满足于这里的一切，不知不觉在这里住了三个月了。他问松鼠："我在这里住了多少天？我要回家收割稻谷，不及时收的话会落粒的。"

松鼠说："你现在可以回家了。我没有贵重的礼物送你，这个东西带回去，会有用处的。"它将一把金汤匙、一个大金碗和一条金链条穿连在一起给了乞丐，说："当你饿时，你用金汤匙轻轻敲三下金碗，它会给你上等饭菜的，当你吃完饭，再敲三下，它会给你醇香的甜酒的。你就这样过日子吧。"

乞丐靠金碗度过了三个年头的岁月，有吃有喝，日子过得美满幸福。

三年后的一天，阿登国王多次问大臣："这几年乞丐的日子是怎样度过的？"

大臣们异口同声地回答："尊敬的国王！你怎么都不会知道，乞丐这几年不劳动了，舂米呀、磨面呀、砍柴背水呀都没干过了，一天到晚在当少爷了，日子过得非常美满。你会问这是什么原因，是因为他手中有了一个金碗，恩赐他饭、菜、酒，一切的一切，要什么有什么。你是有权、有势、有财的国王，没有大臣和佣人们，你会受灾饿死的。"

国王听后说："你们快去把乞丐喊来。"

乞丐过了几年好生活，身体肥胖，肤色白皙，面容俊秀，让人羡慕。他向国王请安后，国王问："我问你，你要如实说来，这几年你是怎样度过来的？如不老实说来，今天有你好受的！"

乞丐答道："向国王如实禀报，我早年丧父亡母，是个孤儿，到处乞讨为生，生活相当艰难，饱一顿、饥一顿，半饱半饥苦度岁月。后来遇到一个善良的阿比阿妈，她送给我三升稻种，并教我如何种植。我照实办了。当稻谷快要成熟时，松鼠们咬断了许多稻穗，我生气地想方设法捕捉它们，在地里设下许多许多竹夹，逮住了一只松鼠，我要杀它，它会说人话，它苦求我把它放生算

了，它还说要偿还损失。我放了它。它叫我顺着它的足迹和有毛的路标前去找它。一天，我找到了它，它们住在悬崖峭壁的山腰岩洞里，好多松鼠好像在念经。我在洞里觉着才住了三天，可是，人间却过去了三个月了。松鼠本来是黑色，我离开这天，却变成了白色，雪白雪白的，它像龙一样飞向了天空。没过多长时间，它飞回来了。它给我带来了三件宝物，一条金链子连着一把金汤匙和一个金碗。它还教我怎样使用。我一一照办了，果真灵验。我就是靠这三件宝贝过着吉祥如意的日子的。”

国王听得入了迷，对乞丐说：“这很好，很合适！我俩进行比试，看谁的财力大。你把我仓库里的东西分给百姓，你也把你的宝物分给百姓，看百姓们会说什么。”乞丐想：国王有许多仓库，里边装得满满的，分是分不完的，而我呢，是个乞丐，也才有三件东西，怎么会有国王那么多财产呢，肯定是比不过他的，真是溪流比大江。但是又一想，国王的话是违抗不得的，如有违抗是要受惩罚吃苦头的。他答应了国王提出的条件。

乞丐招来阿登国王的佣人，打开了国王的七个仓库，取出大米、鸡爪谷、肉、酥油、衣物、装饰品等，做了几大锅饭、菜，筛了几大锅甜酒，喊来国王的舂米的、磨面的、做饭的、拾柴背水的、放牧的所有佣人和所有臣民们，大家吃饱喝足，发给大家的财物一连发了7天，还有不少人在继续向国王索要财物。国王对乞丐说：“我的仓库空了，现在轮到你给大家施发财物了。”

乞丐施展他的击碗法术，在8天的时间里，和国王一样的财产源源不断地流出，臣民们不再背运了，才停止击碗。

国王打心眼羡慕金碗，他想得到手，使他失去的财物再还原，装满仓库。他下令打手们抢走了乞丐的三件宝物。

乞丐伤心，流了眼泪，心想：我前面没人帮助，背后没有靠山，论打架我没有本事。我的饭碗被抢了，今后日子可怎么过呀。他边走边想，边想边哭，回到了他的草棚里。他在草棚里哭了7天，饿了7天。他想：我这样伤心流泪下去，有什么好处？不如我再去找松鼠看看有什么办法搭救。

他来到了岩洞下边，大喊：“松鼠哥哥。”松鼠探头一看是乞丐。叫他闭上眼睛，片刻又叫他睁开眼睛，他又来到了洞里，松鼠们都整齐地坐在那里诵读什么，他在洞里住了7天，等于人间的7个月。一天，松鼠问他遇到了什么不幸没有。他向松鼠讲了这三年的美好生活，又讲了阿登国王抢走他的三件宝物的经过。“这几年多亏有你恩赐的三宝，我才过上了如意的生活，身体胖了，脸色好了，姑娘们的心虽然都投向了我，我却没有成亲。后来，国王提出比赛财产，我的财产超过他了，他害羞了，他对你恩赐我的三宝着了迷，眼红了，下令抢走了。”

松鼠安慰说：“没有关系！没有关系！你安心住下吧。”他在岩洞里又住了7个月。

一天，乞丐对松鼠说：“我该回家看看了。”

松鼠说：“你明天可以回去了。”它刚说完，像飞龙一样直飞到天界父王那里。它对天神父王说：“你恩赐给乞丐的三宝被阿登国王抢走了。乞丐又来找我，父王看给他什么东西合适？”

拉钦仓巴天神给了一只大黑山羊，一条五尺白绸布，一根二尺长的金棍子。他交代说：“需要的时候，用绸布把山羊包起来，用金棍轻轻敲打羊肚，它会拉出可以出卖的金豆子，乞丐可以凭它生活。”

松鼠像打雷一样从天界降落。它对乞丐说：“你把老黑山羊牵走，它会帮助你的。当你需要的时候，用绸布裹住它的身子，用金棒轻轻地敲打它的肚子，它会给你拉出可换回粮食、肉食的金豆子。”

乞丐想：山羊就是山羊，羊肚里怎会拉出金豆子来？这不大可能吧！他心里忐忑不安，牵着山羊来到一个大草坝，想试试看。他照松鼠讲的办得很认真，结果收了一升金豆子。“松鼠讲的是真的，恩情真大，今后生活不再发愁了。”他自言自语地说。

乞丐和老山羊和睦相处三年，日子过得非常富裕。

阿登国王并没有忘了他。他问佣人们：“这几年乞丐的日子又是怎样度过的？”

佣人们告诉他：“乞丐的金碗被你抢来了，你安心地在生活。可你不知道，他有一只老母羊，肚里都是金豆子，屙的不是羊粪，而是金豆。他用金豆换粮、肉度日的。”

“把乞丐给我押来！”国王下了命令。

“向国王陛下请安！不知您叫我有何吩咐？”乞丐说。

国王问："你靠什么生活的？如实招来。"

乞丐说："我先前靠金碗过日子，金碗被大人夺走后，我半饥半饱地乞讨为生。我无法又去找松鼠帮忙，它给了我一只黑老母山羊，肚里有屙不完的金豆子。我是靠山羊拉的金豆子过日子的。"

国王说："很好！很好！可以！可以！咱俩还得比试，打开我的金库，恩施百姓，你羊肚里的金豆也分给百姓，如果你的金豆比我的少，算你输了，山羊归我所有。你看如何？"

乞丐说："我本不愿比试，但国王的圣旨不得违抗，只好遵命。"

国王金库的金子只分了7天就没有了，还差好多人没分上。

乞丐用绸布裹住山羊，用金棒轻轻敲打羊肚，金豆像瀑布落水一样流个不停，一直拉了8天，百姓不再要了才停止。

国王失了信，又眼馋了，下令抢走了山羊。

乞丐的宝羊被抢走，他大哭大喊："宝碗被抢走，现在宝羊又被抢走，今后日子可怎么过呀。"他躺在草棚里哭了7天，用眼泪充饥。

第8天，天刚亮，他又去找松鼠求援。他照旧闭上眼，就到了洞里，松鼠们很规矩地在念经。白松鼠问他发生什么事情，他说："你头次恩赐的金碗被国王抢走，这次又被抢走了黑山羊。国王抢羊的原因，是他的金子没有我的多，国王害羞了，眼红了，失信了，强行抢走了我的黑山羊。我饿了7天，才又来求救于你的。"

乞丐在洞里度过了7个月时间，说："我明天要回家了。"

白松鼠像白鹏鸟一样飞向天界。它向拉钦仓巴禀报："乞丐的金碗被国王抢走，这次又被抢走了母山羊。他又来求我相助，我只好前来有求父王大人了。"

拉钦仓巴高兴地说："阿登国王的末日到了。你把这个黑箱子背回去送给他。"

白松鼠将黑木箱给了乞丐，并说："你在最困难、最没有办法的时候才打开木箱，随便打开是有危险的。请记住，千万不要轻易打开木箱。你在一段时间里先吃这7升大米，如果吃完了再来取。"稍停片刻，白松鼠又补充一句："木箱不能随便打开。打开木箱的时候会到来的。"

乞丐背着沉重的黑木箱返回了。他躺在途中的大草坪上歇息，他想：吃的

就这么7升大米，够吃几天嘛！而木箱又大又重，还不准打开，这里头一定有原因，我不打开看看，心里实在不踏实，放心不下。他打开了木箱，里边装的全是士兵，拿铁锤的、持弓箭的、端矛的、手握铁钳、砍刀的，争着往外蹿，不一大会，整个草坝站满了士兵。士兵们出来后，把石头砸得粉碎，整个草场成了粉末，扬起的灰尘把天都遮住了。他想：我需要这样的士兵，有了它们才能斗过阿登国王。他大喊："回来！回来！"士兵们都一个个跳到木箱里。他高兴地背着木箱回到了家里。

他的大米吃了很长时间了，既没有多，也没有少，还是原样。一晃又过去了3年。

国王问佣人们："这些年乞丐的日子是怎样过来的？他的金碗、山羊我都抢了，他又不来乞讨和当佣人，他吃的是什么？"

佣人们答："你是国王，高高在上，天底下的事你不会明白的。乞丐有一个小袋，装的是似米非米的粮食，一天三顿吃它，粮食一点没有减少，还有好多样的菜，你国王吃的还不如他乞丐呢。"

国王说："乞丐对我不会怀善意的。把他叫来。"

乞丐随同7名大臣一道前来拜见国王。国王问："你吃的什么粮食？从何而来？如实招来。你可知你的身份，一个穷乞丐竟敢比我国王吃得还好。"

乞丐说："我一个穷乞丐还有什么好吃的！一个金碗、一只山羊都被抢走了。我没有吃的，到处乞讨度日、帮人干活糊口的。走到哪里吃到哪里，睡到哪里，哪里就是家。"

国王说："你说谎！你要干什么？你的底细我清楚，你的生活我明白。臣民欺骗国王是要上刑的。今天，我不整治你，7天后咱们交战，你回去做准备吧。"

乞丐佯装不愿交战说："我同国王交战是打不过的，我没有臣民，没有佣人，更没有士兵，只我孤独一个，怎能交战。非要交战的话，你一个人，我一个人，两个人面对面交战。你是国王，有全国的臣民，有成群的佣人，有数不清的士兵，他们来对付我一个人，我怎能招架得了？"

国王说："少说废话，还有7天时间，你吃最好的，穿最好的，有什么遗言要说，对你亲属们讲完，7天后你会战死的。"

乞丐说："你是国王，乞丐怎敢违抗你的圣旨？国王非要交战，我只好应战，可能我战败，也可能陛下会战败。一个人只有一个身体，一颗心，没有后虑的，我死了像流水那样容易。我是不愿战的，但只得违心地遵从国王的旨意了。不过，得说清楚，交战是残酷的。交战结果不能说我残忍。”

第7天早晨，乞丐邀来了亲朋好友，讲明了国王的旨意，也讲了他对付的办法，大家听后都充满了胜利的信心，帮助他做好了战前的准备，鼓、锣、号等助威器具摆满了一地。

第8天一大早，国王带着一队看不到头的士兵来到大草坝，国王喊：“格！乞丐出来迎战呀。”

乞丐不慌不忙地答：“国王大人，我正在吃饭，吃完了玉米糌粑我就迎战。”

国王说：“打仗哪还有等吃完了饭再交战的。我等不得了！”

国王命令士兵砍倒了乞丐的草棚。

乞丐顺手打开木箱，站了起来，士兵们都争着出来，乞丐一会指东，一会又指西，一会指南，一会又指北，士兵们向四面八方冲击，刀砍的，石击的，矛、弓箭都用上了，没有多大工夫，国王的士兵全部被戳死。国王吓得躺在地上发抖。乞丐一个箭步上去，抓住国王的发辫，说：“你知道该怎么办了吧。你当初打我、骂我，后来又抢我的宝物。可是，你错了，大错了，你是战败者，除了你的命，我什么也不要。”他拎起国王，国王痛得直叫爹娘。

国王求饶道：“没说的，别生气，请你坐在我的金床上当国王。我当你的属下，扫地打水侍候你，请给我饭吃就行了，请不要危及我的性命，谢谢大恩。”

乞丐说：“饶了你一命，今后当我的佣人。”

乞丐坐在昔日阿登国王的金床上，当上了国王，成了昔日国王财产的主人。他对没有前去参战的佣人们说：“你们都是好人，没去送死，这是你们命里注定的，今后，咱们和睦相处过日子吧。”

白松鼠变成了一个英俊的青年，来到国王面前说：“我就是白松鼠，开头让你夹住我的尾巴，就是叫你做事留有余地。这是命运。今天，咱俩面对面讲话，住在一起，永不分离。”他俩亲如兄弟，同睡一床，同餐共饮，共商国是，臣民们都夸奖他们是好国王。

放生的报答

白马岗地区的原始森林里，栖息着几百种动物，野兽的故事传说很多，今天讲一个猎人放生得好报的故事。

一个大国里，国王的公子喜爱打猎，但射箭技术不佳，他同一个聪明但穷苦的猎人一道进山狩猎。一天，他俩上山走了半天，看见一个鼠洞，猎人挖将起来，稍不留神，母鼠蹿出跑掉了，他逮住了一窝小鼠。公子说："今晚咱俩可以煮一碗肉菜了。"

猎人说："吃小鼠算什么本事！山上有大野兽，咱们吃它们，这些小鼠娃放生了吧。放生可以积德积福，再世变为诚实的富贵人。"他放生了鼠娃。四个鼠娃围着猎人转了三圈，钻入林中。

猎人和公子往上又爬了一站路，猎人抓住两只小猴，猎人想：带回村里可以换回几升粮食糊口。公子说："杀了吧，猴肉又鲜又嫩。"猎人劝阻道："这是两只小猴，剥去皮子，里边没有多少肉了，不要杀它，放生积福算了。"公子想：这个猎人才怪呢，抓住老鼠不让吃，逮住猴崽放生了，他疯了吧，一生气扔了猴娃。猴娃围着猎人转了七圈，对猎人从头到脚打量个仔细，才爬上树逃走了。

他俩又往上走了一站，猎人捉住在路边玩耍的两头熊崽。公子要杀熊崽。猎人说："大熊才有大熊胆，它俩的熊胆小得看都看不清，放生了吧，上边还有大野兽呢。杀小畜生要造孽的，死后要去地狱的，再生变猪的。和你一道上山霉气大，是不吉利的。"

公子说："不准吃鼠仔、猴娃和熊崽，咱俩会饿死的。"他顺手放了熊。熊仔坐在猎人面前，前爪比画着说："你是个慈善的人，胜似喇嘛。今后你遇

到什么难处，请喊一声，我们会帮忙的。”说罢，熊崽进了森林。

又向上走了一站，猎人抓住了两只没有妈妈的虎仔。公子开了腔：“这次你俩可跑不掉了，虎肉香，味美，又是良药，吃了虎肉不会患病生疮。”猎人的怒气比以前更大了，说：“你光想吃兽仔，说小动物肉香适口。你可知道，小动物会长成大动物的，兽仔杀一只少一只，以后大兽一只也不会有了。要杀要吃就要杀大兽、吃大兽。小兽会长大的。你今后嘴里不会缺肉吃的。”猎人取掉虎仔脖子上的绳套。两个虎仔观望了猎人许久，说：“以后需要我们帮忙时，你喊一声我们会来的。”

猎人和公子在雪山上猎获了13头野牛。猎人将肉割成条，搭在木架上，烤成了肉干，装了许多筐子。猎人说：“路上不杀小动物，就是为了上山猎取更多的大动物。今天，你懂了吧？”

猎人把一筐筐肉干背回来，公子叫猎人把一半肉干送到王宫里。

猎人过了一段饱肚的生活。不久，猎人的生活逐渐困苦起来。

一天，猎人饿得难忍了，掰了国王的3个玉米棒子。国王知道了此事，派7名大臣把猎人抓来了，装入一个木箱，扔到了大江里。

猎人在箱子里高喊：“今天，我出不去，看不到天了，装在木箱里会闷死的。我放生了许多动物，快来帮忙呀。”他边喊边哭。

老鼠耳朵尖，首先听到了猎人的声音，它飞快地跑到江边来抢救，凑巧，木箱被水冲到三岔口，四面是水，老鼠急得大喊：“我过不去，猎人快淹死了，快快救救恩人哪！”老鼠回到林中，告诉了猴子，猴子告诉了狗熊，狗熊又转告了老虎。它们都来到江边，狗熊是浮水的好手，老鼠钻到熊耳里，猴子骑在熊背上，游到了三岔口。猎人没有动静，快断气了，老鼠咬了一个小洞，空气进了箱里，才使奄奄一息的猎人缓过了气，苏醒了。狗熊抓烂木板，救出了猎人。老鼠仍然钻入熊耳内，猎人骑在熊背上，猴子坐在猎人的肩上，游到了江岸。猎人感谢大家的帮助。大家都各自回家了。

猎人回到家后，国王审问猎人：“我把你装在箱里扔到江里了，没能淹死你，这是怎么一回事？”

“我不该死！这是缘分！水把我冲到岸边。许多猴子从木箱上跳过，追赶猴子的猎人扔了一块石头，把木箱打成碎片，我才得救。”猎人这样回答国王。国王无言相对。

猎人仍然过着穷苦的生活。

老鼠、猴子、狗熊、老虎聚集在一起，商量着如何报答猎人的恩德，如何帮助猎人过上幸福的生活。大家都说：穷猎人心地善良，放生了许多动物，恩大如山，情深如海。他现在没有住处，没有吃的，需要一个宝贝，帮助他，解救他，使他美满幸福。上哪里才能得到这件宝物?

猴子是兽类的信使，它说：“我有办法！珞阿登国王颈上有一个最珍贵的装饰物，天底下只有这么一颗。只有老鼠才有本事偷来。鼠弟！劳驾你了。”

老鼠来到王宫门口，东张西望，它一跃就翻过了高高的城墙。它悄悄钻入国王的卧室，国王坐在金床上，坐床背后的墙上挂着个闪闪发光的宝贝，旁边拴着一只花猫。

国王入寝后，放开了花猫。老鼠想：宝贝是有，但有猫看守，我怎好下手？如果硬去偷，肯定会叫花猫吃掉的，它空手返回来了。

在途中，它碰见了一只大青蛙，问它：“鼠弟！你到哪里去了？”

鼠答：“我到王宫去了。”

“去国王那里干什么？”青蛙问。

“去国王那里偷宝贝。”

青蛙问：“要宝贝干何用？送给谁？”

鼠答：“在我们那里，有一个穷猎人，缺吃少穿，他箭法好，但心地善良，比喇嘛的心还慈悲，放生了许多动物，积了大德。他需要一个宝贝，我是去寻找宝贝的。”

老鼠和青蛙是老相识了。上次老鼠路过这里，看到这只青蛙被放羊人踩伤了，它四条腿朝天睡在路上晒太阳。老鼠想：青蛙家在水里，可它却睡在路上，多危险呀。老鼠将青蛙送回了水里。打这以后，它俩成了知心朋友。青蛙听说老鼠要找国王的宝贝，便说：“我帮你去找宝贝。”

青蛙穿上白衣服，戴上黄帽子，来到了龙宫，它是龙王的公子。公子在父王身边住了7天，得到了“工堆其久（珍珠）”宝贝。它和老鼠、猴、熊、虎一道来到猎人住处。它们对猎人说：“你有了天下第一宝，要多多祈祷，只有好处，不会有坏处的。你有宝，它会帮你解难的。”说罢，野兽们都回林中了。

猎人酣睡在空荡荡的大坝子上，没铺的，也没有盖的，没吃的，也没有喝的。鸡叫头遍时，他仿佛听到有磨面的响声，还有舂米的声音，有放牛的，有放马的，人声杂乱，整个大坝上人声鼎沸，“这个平坝上只我一个人，怎么会这么热闹呢？”天蒙蒙亮时，他睁眼一看，他住在7层楼上，周围是烟火缭绕的百姓住房。他睡在金床上，金碗、玉碟摆满了木架。吃的尽是大米和肉，喝的尽是鸡爪谷甜酒。这样舒坦的日子过了7年整。

他躺在金床上，回忆往事：我和王子进山狩猎，我放生了一些野兽，今日的幸福生活是放生的报答。多做好事会有好报应的。他越想心里越舒服。他天天沉浸在甜蜜的回忆里。

一天，印度一个大商人路过这里，他感到十分惊奇，说：“我从前来过，这里原是一片大草原，如今成了一个王国，中央是7层楼的王宫，周围布满了臣民们的住房。这是怎么回事？王宫里住的是谁？”他信步上了楼，看见原来的穷猎人盘腿坐在金床上，问：“你一个穷猎人怎么变成一个国王了？”忠厚的猎人如实讲了他当国王的经过。

印度商人认真听了国王讲的故事，他被那个宝物迷住了心，他说：“现在，你吃不完，穿不完，用不完，成了国王，再也不需要那件宝贝了吧，把它

卖给我吧。我有驮马、驮牛五百头，连同驮的东西换你那一件你已用不着的宝贝吧。我不做买卖，要返回印度了。”

猎人国王说：“这是天下第一宝，它给了我幸福，我不卖，也不换东西。你去阿里也好，去打箭炉（即康定）也好，说什么，我也不会出卖宝贝的。”

狡诈的商人说：“宝贝只不过是个好看的玩意儿，它不能吃，也不能喝，再说，你当上国王，吃穿不发愁，你的财产一辈子也用不完，臣民那么多，进贡的东西仓库都装不下了，你还要这么一个玩意干什么！”

经过大商人一再的甜言蜜语地哄骗，猎人国王终于同意用那件宝贝换了商人的牛马和驮物。

印度大商人得到了宝贝，高兴地返回了。

猎人国王的草场挤满了用宝物换来的牛马，宫廷院落里堆了一堆又一堆的布匹、砖茶。猎人国王乐哈哈地睡着了。

天亮了，猎人国王醒来，他仍睡在大草坝上，下铺草坪，上盖蓝天，周围的房屋、牛马消失了，他目瞪口呆地瘫坐在那里。他哭了起来。伤心地跑上又跑下，大喊大叫，他的哭叫声在山谷中回响。

两只老鼠听到猎人的哭喊声，前来探听个究竟。猎人实话说了，老鼠说：“开头给你讲了，这件稀世珍宝不能给任何人，你不听，吃了亏，又变成了穷猎人。不过……”

猎人央求老鼠相助说：“你们会有办法索回宝物，我是相信的。”

老鼠邀集猴子、熊、虎、野猪一道合计索回宝物的办法。猴子说：“我们个头大的动物太显眼，还是你鼠弟个小精灵，跑得快，听得清，还是你先去偷看偷看。”

老鼠到了印度，转了很多王国，有一个国王的颈上挂着猎人的宝物。国王盘腿坐在金床上打盹，面前拴着一只黑猫。老鼠想：“用什么办法才能得到宝物呢？拼命去抢，猫会吃掉我的。如何是好！”它又去和猴子合计办法。猴子说：“只要看见了宝物就是喜事，看不到宝物是凶兆。会有办法的，会有办法的。你先回去，带领所有伙伴把国王仓库里的吃、穿、用的所有财物咬成碎片。”

老鼠照猴子交代的办了，只用了一个晚上，国王仓库里的财物全部被撕成碎片和粉末。

第三天国王要到邻国去赴宴。天亮后，国王令侍官取来缎子龙袍。侍官开仓后看到的是一堆废物，哪还有什么新衣龙袍。侍官对国王说："你得到了宝物，仓库却成了一堆粉末。"

国王问："没有来过一个人，这是怎么一回事？"

侍官说："说不定是一群老鼠干的。"

国王说："把黑猫关到仓库里。"侍官听命。

天黑了，老鼠从地板下边跑出来了，黑猫在仓库里翻找着老鼠。

国王喝醉，昏睡过去了。老鼠们咬断了国王的头发，像用刀子割发似的，还咬烂了国王的耳朵、手指、脚趾，国王的缎袍、礼帽、长靴也被咬了不少洞。串串珍珠玛瑙扔了满屋。那件宝物不知被国王藏于何处。

天大亮后，佣人们做好了饭，打好了酥油茶，侍官来请国王进膳用餐，国王醒来看到这种丑相十分生气，对侍官说："自从买了这件所谓的宝物后，没有带来一点福气，灾祸一个跟一个，它不是一个宝贝，不是一个吉祥物，把它放到粮仓里。"这些话，老鼠都听得清清楚楚。

老鼠回来告诉了猴子。猴子说："这就好了。你鼠弟辛苦点，从放宝贝的地板下边直着往上咬个洞，一天咬不通，两天、三天总可以咬穿地板吧。我们都做好了准备，保护你，帮助你，你只管放心，不会出意外的。一个劲地咬洞就能得到宝贝！"

老鼠回到国王的粮仓下边，不分昼夜地啃咬地板，"咯吱、咯吱"咬个不停。第三天天将亮时，地板再咬几口就咬透了，老鼠想：我现在就咬透地板，国王会发现的。它停止了活动。老鼠回到林中，对猴子说："地板快要咬透了，该怎么办？大家一齐动手才能得到宝贝。"

猴子说："实话！实话！我们都去。"

天黑了，老鼠只咬了几口，地板就穿了一个窟窿，大米"乌如如、乌如如"地顺着窟窿往下流。流着流着，那件宝物横着流下来，挡在了洞口，老鼠去拿时，宝贝没有拿到手，它的前爪也被夹住了，说："我要死了！疼坏我了！快快救救我。"猴子安慰说："有办法！不要喊叫，主人听到了，放猫就完了。"猴子用劲也没能抬起地板，说："熊哥劲大，你用力把地板顶起来。”熊背往上边一顶，掀开了地板，老鼠得救了，宝贝也伴随着大米掉了下来。它们得到了丢失的宝物，大家都高兴得合不拢嘴。

宝物由熊噙着，它们返回了。

途中遇到一条大江，虎仔游了过去，猴子由熊驮着，老鼠躲在熊耳里。当它们游到激流时，熊被冲得摇晃得厉害，猴子大喊：“我快摔下来了！我快摔下来了！”熊张口说了话：“你叫唤什么！我都不怕水冲走，你怕什么。”熊一说话，宝物落入江中。它们互相埋怨。

老鼠说：“不要吵了，我有办法。”它沿江蹿上又蹿下，大喊：“3天后要涨大水，要冲走江里的一切的，快！快！快！”江里的鱼类、虫类都上来问它：“你大喊什么？有何用处？我们的耳朵都震聋了。”老鼠说：“3天后天降大暴雨，要涨大水，会冲毁一切的，会把你们赶出家门的。我们不赶快修筑河堤和佛塔，危险得很。”

“是真的吧？”鱼类都问。

“当然是真的。”老鼠果断地回答。

大家问：“在哪里修河堤和佛塔？”

老鼠指着宝贝落水处上边说：“就修在这里。”

大家问：“工匠在哪里？”

鼠答：“我们的手艺都很高超，猴子最好。”

大家问：“从哪里搬石头？”

鼠说：“不从上游，也不从下游，”它指着宝贝落水处上边3庹处，“就搬运这里的石头。”

搬石垒墙的都很使劲，没有一个偷懒。半天的功夫就垒起了一道长长的河堤，江水被赶到一边，一个大青蛙从泥沙中噙来了宝物。这时，猴子对大家说：“谢谢大家共同修好了河堤和佛塔，也谢谢青蛙弟了。现在宣布竣工了，大家回去安心度日吧。”

还是由熊口里噙着宝贝，一道来找穷猎人。熊哥将宝贝给了猎人，猴子说：“宝贝还给你。今后宝贝再丢了，我们是难以找回来的。你可要好好保管。所谓宝贝，因为它是最奇缺的，天下也难看到第二个。这次多亏了龙王的公子青蛙帮忙才找到了。记住！别再丢失了！”

猎人得到宝贝后，感动得流了泪，双手捧着，一看再看，才小心翼翼地揣到怀里。

第二天，大草原又恢复了原样：猎人住在7层的王宫里，睡的是金床，臣民住满了城池，牛羊满地，他不愁吃，不缺穿，过着无忧无愁的天堂生活。

过了一段时间，鼠、猴、熊、虎们在一块商议，猎人富了，当上了国王，日子过得够美满的了，但他缺少一个妻子，孤独单身是够寂寞的了。还是猴子点子多，对鼠说："你到的地方多，听的多，看的多，你再辛苦点到处去打听一下，看哪里有合适的美貌姑娘。"

鼠说："我可以效劳。"

几天后老鼠回来了，对伙伴们说："珞渝国、藏北国和东王国没有一个理想的姑娘，只有西王国的公主最美貌，可以配得上我们的救命恩人——猎人国王。不过，三月十五日公主就要出嫁了。"

大家听后，紧张起来。商量过来，商量过去，最后大家都同意动员所有动物在姑娘出嫁那天清晨前去抢亲。老鼠给大家安排隐蔽地点，大路上边由虎来把守，路下边由熊负责，猴哥拿一个竹筒，装满清水，负责给姑娘洒水，否则，她会干死的。鼠又补充说：“三个虎爷，一个在上头，一个在中间，一个在后尾，只要听到枪响，马上抢亲，各负其责，我们一定能够抢到新娘的。”

姑娘出嫁的日子到了。迎亲的一百人在前面引路，新娘和亲属一百人在队伍中间，送亲的一百人在后尾。当新娘来到鼠、熊、猴、虎埋伏处时，猴子对大家说：“抢！快抢！”猛虎扑上去，前爪抓起新娘，往路下边一扔，正好落在熊背上，熊安慰姑娘：“别怕！别怕！我们不会伤害你的，是接你去过富贵的日子的。”

熊背着姑娘，猴子用树枝蘸水往姑娘身上洒，边洒边说：“这是圣水，会吉利的。”

它们把姑娘送到了猎人国王的楼上。猴子首先开了腔：“这次抢亲是费了大劲的，险些送了命，总算成功了。新娘你不要去东王国，那里哪有这里舒服。这里是个富足的王国，你长久住下去吧。猎人国王你有了妻子，要实心待她，和睦度日，生儿育女。”又补充一句：“千万不要再丢掉宝贝了。”

猎人国王说：“世上有报应，善有善报，恶有恶报。我今天的美满生活是善报的结果。”

他夫妻俩恩爱相处，繁衍了很多后代。

1986年搜集

兄弟合伙除魔女

九兄弟是牧民，住在牧场放牧为生。

一天，来了一个俊俏的姑娘，很惹九兄弟喜欢。他们先燃着一堆篝火，大家高兴得跳起舞来。他们欢腾了一天，第一天晚上，姑娘背着人坐在阴暗的角落进食，大家都很惊奇。大哥站在姑娘背后，问：“你吃的什么？”她一言不发，他仔细一瞧，竟是人的大腿。兄弟们合伙在晚上消灭了这个吃人的魔女，将魔尸焚烧成粉末，深埋土中，使它不得复活。至今，珞渝人民仍普遍使用土葬。

他们将家中的悬挂的獠牙、兽肉等磨成细末，分别装在“仲仁”（护身符）里送给了村人，用以辟邪。

卡布村

1997年4月搜集

单相思

一个老妇和小儿相依为命，日子过得还算幸福。

一天俊少年进山狩猎，他被湛蓝的湖水所吸引，坐在湖边吹起了竹笛，悦耳的笛声在山谷回响，仿佛湖水起伏的波纹是他情歌引起的。突然，从湖中钻出一个美貌女子。他不眨眼地凝视着她，开门见山地说：“咱俩结婚吧，日子会过得美满幸福的。”美女一言不答，只是睁圆眼看着少年，这时，少年唱了一首《妆饰歌》，开头几句道：“人生有缘，我俩相见，若能成双，天下作证，双亲喜欢，夫妻同欢。”接着又唱道：“我母喜欢儿媳，巧妆成为仙女，人人见了赞叹，蜜蜂围成圈圈。珍珠玛瑙头饰，龙凤银制腰带，丝绸长条鞋带，七层乳色鞋底。身着白色绵绸，腰围花纹粗布，耳戴银制五环，藤镯套手腕……”少女听后说：“三天相会时再玩。”说完她钻入水中，掀起了层层波浪。

三天时间到了，他来到湖边，等了一天没见少女的身影。

时间过了三个月，他照样没能见到她。

三年后的一天，他从湖边扫兴而归，在归途中，脚板被刺扎破，血流不止，请来喇嘛、祭司、鼓手都没能治愈，当他奄奄一息时，很伤心地对老母讲述了事情的经过，他说："这几年我是在悲伤中度过的。开头，我在湖边吹竹笛，龙王的爱女钻出湖面，当她听得入神时，我向她求婚，说一天也行，一个月也可以，一年更好，一生为伴更为理想。结婚后和母亲和睦度日，若是不能结婚，请借你的玉帽，敬献贤母享用，如若不借玉帽，借下你的玉笛，供母吹奏情歌，如若不借竹笛，请借你的玉衣，装点老母玉体；如若不借绸衣，请借你的银制腰带，装饰老母贵体；如若不借腰带，请借你的竹弦，吹响口弦聆听；如若不借口弦；请借丝绸鞋带……"老母听后穿着节日盛装带着牛奶、甜酒、竹笛来到湖边。她站在湖边面对大湖喊道："俊俏湖女，俊俏湖女。"只喊了两声，就听到"咚"的一声，湖女露出了水面，说："老夫人你来得不是时候，昨天没来，今晨没来，现在太阳站在头顶了你才来。"吓得老妇扔下衣服等东西跑回家中，此时，儿子已经断气死了。她唱了丧歌："世界不公道，好人寿限短。吾儿是个猎手，却只活二十。不是他命苦，今生挂树上，来世命空长。"她把儿子翻了一下身，证明儿子确实死了，这时她过分地难受，也倒地泪洒黄泉。

卡布村

1997年4月搜集

乞丐战魔王

珞巴人、门巴人每年在七、八、九三个月雪山开山季节，背着干辣椒等土特产翻越龙拉去北边的波密一带以物易物，换回自己下年度所需要的土盐等日用品。戈龙山沟是各种妖魔鬼怪的栖息地，每年都要吃掉一些无辜的百姓。百姓怕，国王急，毫无办法。

国王向全国发出谕令：谁敢于消灭戈龙魔鬼，国王的财产给其一半。全国百姓拍手叫好，但无一人敢出来承担，唯独一个乞丐例外。他叫皇宫卫士转呈国王“我敢前往”。

国王破例热情地招待了衣着破烂、骨瘦如柴的乞丐。国王问他要什么工具，什么帮手时，乞丐说：“只要半边猪肉。”

乞丐背着沉重的猪肉向鬼域前进。

第二天下午，他到了百姓毛骨悚然，魔鬼时常出没的地方，这里沟壑纵横，怪石嶙峋，崖洞相连，森林密布，给人以恐惧感。他在三搂粗的撒松树下燃堆大火，熊熊篝火耀得四周通明。他将半边猪肉放在火上烧，烧化的猪油嗞嗞声很大，越烧声音越大。夜深人静时，魔王领着三个魔鬼来此。魔王问魔鬼：“火上烧的什么？什么声音？”两个魔鬼说不知道，一个魔鬼说：“好像在烧咱们家族。”魔王一靠近篝火，乞丐拎起猪肉打在它的脸上，头上，身上，烧焦的鬼毛沾满了猪油，魔王的眼睛也被灼伤，被背走了，边走边说：“咱们家族得赶快搬出戈龙山沟，否则，有全家覆灭的危险。”

乞丐背着半边猪肉回到王宫，向国王、王后、宫廷成员讲了智胜妖魔的惊险经过，大家以敬慕的眼光注视着他，称赞他的勇敢。

国王将王宫的财产分给了乞丐一半，从此，乞丐再也不外出乞讨了，过上了好日子。

至今，尚有一种这样的旅行习俗：外行者在险要处燃火烧肉，目的是阻拦魔鬼跟随。

门巴族，贡布，达木村

1997年3月搜集

贪心送了命

一个老妇很贤惠，又勤劳，种了很多谷子，刚拔了草，明天再去时，拔完了，刚松了一点土，明天再去松时，土被松完了，她很不解。庄稼长得好，谷穗有狼尾巴长，慢慢地变黄了。

谷子成熟了，老妇去夹穗头，一夜工夫不知被谁收割完了。她顺着脚印来到地头的一幢红竹楼，竹门大开着，屋里没有人，她顺着竹梯爬上房顶，里边堆满了谷穗。她隐藏在那里观察动静。

不多一会，听见有沉重的脚步声，越来越近。“宝门，宝门，快快开”，只听见“咔咜”一声，竹门打开了。进来了一个老罗刹鬼。它手持一根发光的金拐杖，指着火塘说：“宝火，宝火，快快燃起来。”片刻工夫，通红的大火着了起来。它用金拐杖指着石锅说：“宝锅，宝锅，快把水烧起来。”不一会，石锅装满了水座在三块灶脚石上沸腾起来。它用金拐杖指着大葫芦说：“宝酒，宝酒，快把甜酒酿出来。”盛满甜酒的竹碗放在它的面前。它用金拐杖指着金盆说：“宝盆，宝盆，快把饭菜端上来。”米饭、肉、菜摆满了整桌。老罗刹吃得很香，喝得很甜，自言自语地说：“为啥屋顶有响声？可能是老鼠作祟。”说完很快进入了梦乡。

老妇趁老罗刹熟睡之际，从房顶下到屋里，拿走了老罗刹的金拐杖和金盆。

老妇回到家里，按照老罗刹的动作，用金拐杖指着门说“快快开门”，门马上就开了。接着，她用金拐杖指着灶、锅、酒桶，灶里大火通明，石锅开始翻腾，竹桶盛满甜酒，她又指着葫芦、粮仓，青油流个不停，米饭肉菜相当丰盛。这种日子过了一段时间。

村人看她人胖了，也白了，日子过得怪红火的，都来打听奥秘。她把经过从头到尾实话实说了，村人都想试试。

一个贪得无厌的商人说："我不怕鬼！我去试试。"他藏在老罗刹的屋顶。天快黑了，老罗刹躺在灶旁，双眼窥视着天花板，它听见房顶有声音，说"不是老鼠吧。"商人也装着鼠叫。老罗刹一伸手，把他拉了下来，说："你上次偷了我的金棍和金盆，今天不饶你了。"老罗刹一口把他吞到肚子里。

1997年1月搜集

手勤饿不着

一个年轻人白天睡，晚上睡，简直睡不醒，是村里有名的懒汉，这急坏了养育他的妈妈，怎么讲，他不听，怎么劝，他不学，一天就是睡觉，吃了睡，睡了吃。妈妈苦思冥想了一个办法，想试试看。

她杀了一头猪，将半扇肉挂在村头的树上，还挂了三串贝壳项链。妈妈对儿子说："宝贝儿子！村头那么多乌鸦不知在啄吃什么，你快去看看。"她把儿子拉了起来。

儿子朝乌鸦群飞的地方步履蹒跚地走去。他轰走乌鸦，背回猪肉，脖挂项链，从从容容地回到家里。"妈妈！快快开门。"他喊道。妈妈趁机说："起来比睡下强，干活比起来强。"妈妈顿顿做适口佳肴，儿子喜笑颜开。第三天，儿子提出进山狩猎，妈妈鼓励他说："肯定会有大收获，你的福气昌盛。"

儿子头戴带筒的帽儿，骑着马，牵着狗进山了。在山顶俯视河谷，一片林海。一只狐狸钻到一个兔子洞里，猎人向洞里塞了许多干草、干羚羊粪，用火镰点燃干草，用帽儿往洞里扇风，他将帽儿套在洞口。狐狸在洞里被烟熏得睁不开眼，连着打喷嚏，冲了出来，幸好帽儿套住了它。狐狸一股劲奔向山下，

狗追狐狸，马追狗，一直追到村边在办丧事的人家，人们号哭，个个悲痛。他问："吉祥、吉祥！你们看见一只狗追赶一只狐狸没有？"人们一拥而上，死了妻子的说："死了人，你还说吉祥。人死了，忌说狐狸，否则，人会投生成狐狸的。这是凶兆！"人们有的用手，有的用棍，把他打得喊爹叫娘的。

他翻过一座山，趟过一条河，来到一座大村的一家大户，人们在欢庆婚礼，他问户主："你们看见一条狗追赶一只狐狸没有？"房主连回答都没有，喊叫几个人，把他脱个精光，打倒在地打了20藤棍，驱逐时，主人说："你这个怪物，简直是个妖魔，婚宴忌提狐狸，否则会生怪胎的，快滚！"

他借宿在一个平展展的村子里，他挨家挨户询问："你们看见一条狗追赶一只狐狸没有？"说来也巧，时值盛夏，那天，从大江下游刮来一阵飓风，不少人家的草房顶被掀翻，多家造的土纸被卷走。村人说他带来了灾难，鞭打后驱赶出村。

他赤身来到国王的羊圈里，和绵羊睡在一起取暖。

王后挤完牛奶回屋洗手时，发现玉镯丢失了，到处寻找也无果，她过于慌张，脚踩牛屎摔了一跤，家奴把她背回卧室，天天昏迷不醒，不食不语。家奴对国王说："王后的病重难治，非请占卜不可。后院羊圈里睡了一个男人，说不定他会占卜。"国王说："快把他请来。"家奴拿来国王穿的衣服，给男人

打扮了一番。他来到王宫，国王看着这个彪形大汉很是赞赏，问：“你会占卜吗？”他说：“马马虎虎会占卜。”国王说：“占卜需要什么东西？”他答：“需要宰杀一大头肥猪。”国王杀猪后，对他说：“王后最心爱的‘拉玉’（玉镯）丢失了，不知何人所为，请你破解。”他胸有成竹地回答：“完全可以找回！”国王说：“真有把握吗？”他斩钉截铁地答：“完全可能。”国王说：“若真正找到‘拉玉’，我的财产分给你一半。”他说：“可是真的？”国王说：“人不可食言，说到定要办到。”他心中有数，因为他躲在羊圈时，清清楚楚看见“拉玉”掉在地上，奶牛的一泡屎盖在了上边。

他抱住猪头到处觅寻“拉玉”，头天，第二天忙了两天也无结果，这是他故弄玄虚，给人以玄妙深奥的感觉。国王再次问他：“你真有把握吗？”他响当当地答：“绝对有把握。”一向吝惜的国王视他为尊客，给予热情的款待。

第三天，他做了20克的玉米和鸡爪谷粉的“刀马”（宝塔形，底大顶光，供品）100个，放在村庄内外的神石上，他饭饱酒足后，抱着猪头又在村内到处游走，对每户每家，每男每女，对准一次，说“不是”，又对准埋葬“拉玉”的牛屎，转三圈，大声说：“就在这里！就在这里！”国王亲自扒开牛屎，拾起了“拉玉”，双手捧镯，目不转睛，急忙进屋了。王后看了“拉玉”，一下子坐了起来，高兴得流了眼泪。

国王分给他的牲畜一大群，20匹马驮着衣物、财宝，浩浩荡荡回了家。

穷得揭不开锅的妈妈喜出望外。从此，妈妈和儿子勤奋耕作、纺织、采集，生活过得富富裕裕。妈妈对儿子常说的一句话“手勤不饿肚”，从此村里没有了懒汉。

1997年4月搜集

聪明的儿子

国王和王后住在一个悬崖旁。

悬崖上有一个大瀑布，国王夫妇常在这里洗澡。

一天国王一人正在洗澡时，罗刹女来到跟前，对国王说：“咱俩同居吧，结婚吧。”

国王说：“我有王后。”

他俩同浴戏水，国王答应成婚。

国王回到王宫，王后双目失明，被他赶出了家门，她在岩洞里生了一男婴。孩子会走路时，国王叫儿子回到王宫，命令他在平地上造一个大湖，在王宫院内及湖边栽满各种鲜花。他正在踌躇时，母亲问他为何闷闷不乐，他将国王的命令重复了一遍。母亲说：“这难不倒人的。”向他讲了办法。他抱一小竹桶水，拿上各种树叶，在一个大坝上挖了一个小坑，水倒入坑内，树叶栽在坑边。他遵照母亲的叮嘱睡在悬崖上，在鸟儿没有鸣叫前不能起床。他睡得很香。东方发白，林中各种鸟儿争相歌唱，他才醒来，起身一看，下边出现了有一个洲那么大的湖泊，湖水蓝色，湖边长满了树，树下是丛丛鲜花，他看得出神，忘记了回家。国王前来察看，满意地笑了，夸奖儿子本领大。

国王还不满足，再次刁难儿子。命令儿子将湖对岸罗刹鬼国的金公鸡偷来。儿子感到为难了，妈妈告诉他：“你将两岸的柳枝捡到一块，好似一

道彩虹，有一个猴子为你引路。”他来到罗刹国，守门的罗刹鬼问他来此做甚，他诉说了国王的命令，守门鬼说：“雄鸡快叫了，你骑着它赶快赶路吧。”他喜出望外地骑着金公鸡从彩虹回到了王宫。母亲听到儿子声音，高兴地掉下了热泪。他将金公鸡递给母亲，金鸡啄了一下她的手，又轻轻吻了她的脸，她双目重见了光明。国王得到金鸡后，仍不满足，命令其儿去牵回一头“米西达（怪兽）”。他照旧告诉母亲说：“父王令我牵回那头怪兽，它个头像座山，站着可以挨着天，张嘴可以吃掉太阳，这可难坏我了。”母亲说：“这也没有什么了不起，你砍出一条通道，让它来湖边喝水。你坐在‘巴唐加欣’（檀香树）上等候。时过不久，果真大风呼啸，怪兽像座山一样向湖边走来，许多野兽都被它吸进了肚子里。怪兽路过的风把小孩掀了下来，正好骑在怪兽的背上，他紧紧抓住怪兽的颈毛，怪兽怎么挣扎都没能把他摔下来，前蹬后踢也无济于事，它歇息了下来，说：“我服了你。”并三次发誓说“今后不再做坏事了”。国王看着儿子这么有本事，让了王位，儿子当上了国王。这时，儿子已经长大成人了。

新国王宴请了王宫里的皇家贵族，母亲的座位是上边的金椅，父亲坐下位的藤椅子，他坐在中间的银椅子上。他们欢庆了三天。

母亲为儿子办婚事，想娶东王的女儿为媳。儿子跟随一群人到了东王皇宫里，东王出了许多难题想拒绝这门亲事，“你一顿能吃掉两口袋糌粑吗？”儿子一下子吃了三口袋糌粑。“你能以树当弓吗？”儿子以一棵二庹粗的松树当弓，以二庹粗的青桐树当箭，一箭击中了太阳，所以太阳有时候有缺口。“你能搬动两座大山吗？”儿子一手拎一座山向相反方向扔去，东山变成了西山，西山变成了东山。“你能喝干湖水吗？”儿子一口气喝干了湖水。东王再也没难倒他，对他的聪智和力气十分钦佩，将女儿许配给了他。他们回了王宫，幸福吉祥地度日，生儿育女，全国安康。

卡布村

1997年元月搜集

穷猎人惩治恶国王

国王珞才玛叫穷猎人向鲁巴帮他杀头牛，说："向鲁巴！把我这头大额牛杀了，肉归我吃，牛皮送给你。"

穷猎人背着牛皮回家，在头一个"纳当"（负重休息站，约隔三千米一个，后文略）歇息时肚皮饿得咕咕叫，他将牛皮摊在绿茵茵的草地上睡着了。这时来了一群商人，一个满脸胡须的商人说："你这张虎皮我买了。"向鲁巴说："那不是虎皮，是牛皮。"商人说："你还骗我，牛皮是黑色的，这张虎皮有棕、白、黄色花纹，不是虎皮是什么？"向鲁巴说："你不相信就算了。"商人说："我用九匹马及九驮东西换你的这张虎皮。"老实的向鲁巴说："一张牛皮能换那么多东西吗？"商人说："你嫌东西少了，还可以增加。"向鲁巴说："不少了！不少了！"

向鲁巴富了，有吃有穿，有用的了。国王问："你怎么富裕起来的？"从未说过假话的向鲁巴一五一十讲了经过，国王听后问："我这样也能富吗？"向鲁巴连忙说："你是国王大人，当然更富的。"

国王将牛皮摊在那个"纳当"的草坪上休息，上次那批商人来到跟前，不分青红皂白，痛打了国王一顿，还说："你上次欺骗了我，这是报应。"

国王回村，烧掉了向鲁巴的房子。

没过几天，向鲁巴的茅房又盖了起来，东西比原来还多了，国王感到奇怪，忙问："你这些东西是怎么得来的？"向鲁巴答道："你烧我房子时，东西被风吹走了，现在又给我吹回来了，而且还增加了一些。"他头一次说假话，是国王逼出来的。实际上，他预见到国王会起歹心，国王烧房前，他转移了全部财产。国王问："我这样做，东西会增加吗？"向鲁巴说："你是国王大人，会比我强的。”

国王将干柴堆了一大堆，用干竹点燃了王宫，大火通天，烧了三天三夜，富丽堂皇、金顶林立的王宫成了残垣断壁，一片废墟。国王和王后哭成一团。国王赶走了向鲁巴，强行霸占了向鲁巴的茅房。

向鲁巴知道国王报复他，背起他心爱的家产——小手推磨走了。在山顶休息时，石磨没放稳滚了下去，凑巧砸死了一头草鹿。

向鲁巴在废墟上煮肉时，国王问他：“草鹿如何猎获？”向鲁巴如实说了。

国王背着石磨来到山顶，将石磨推了一下，国王顺着山沟连石磨的影子都没找着。他扫兴而归。

国王大发雷霆说：“你向鲁巴回回骗我，我要除掉你这祸根。”他命令三个家仆把向鲁巴装入皮口袋，准备投江泄恨。

三个家仆轮换背运皮口袋，快到江边时，三个家仆放下皮口袋，进入林中觅食甜似蜂蜜的“特夏”（树果）。向鲁巴大声哭啼，路过一个买金的商人，问：“朋友！你哭啥？”答：“我不是哭，我是大笑呀！国王命令我去印度圣地多杰登朝觐，说朝觐一次，能活过一百岁，我高兴呀！”商人说：“能不能让我替你先去呢？”向鲁巴说：“朝觐一次是千载难逢呀。”这时，商人解开了绳子，把向鲁巴拉了出来，一包金子给了向鲁巴。接着，他钻入袋里，向鲁巴一使劲将皮口袋扔到了江里。

向鲁巴获救后在外地休养了一年才回家。

“报告国王！向鲁巴回来了！”家仆说。国王发愁了：“睁着眼说假话，不是你们把他扔到江里了吗？”家仆异口同声说：“我们没有看错人，就是向鲁巴。”国王跟随家仆来到向鲁巴屋里，向鲁巴衣服还是湿的，头发滴水，他比原来又白又胖了，家里的东西更多了，国王迷糊了，百思不得其解，忙问：“你是怎么回来的？”向鲁巴绘声绘色地讲了多杰登的圣洁、繁华和幸福后说：“我在那里见了我病故多年的爷爷、爸爸和妈妈，他们和许多朋友都生活在天堂里。我戴的金项链、金耳环和戒指，还有这条金牛都是他们给我的，他们给我的金银财宝，我背不动，只背回了这一筐。”国王看着满屋闪光的金器垂涎三尺，忙问：“向鲁巴，圣地那么好，你送我去一趟不知如何？”残忍的国王残害了向鲁巴的爹和妈，向鲁巴深受其害，决意复仇到底，机会来了，机不可失呀！他忙说："国王大人的命运、福气会更好的。"

向鲁巴忙了几天，帮国王杀牛鞣皮子。

在江边岩石上，向鲁巴张开皮口袋，王后争先钻了进去，接着国王钻入第二只皮口袋，向鲁巴扎紧皮口袋，说："国王大人！你有今天，去'天堂'喂鱼吧！"他首先将王后扔到江里，扔国王时，讥笑说："国王！慢走！"扑通一声划破了山谷的寂静。

1997年4月搜集

藤子的来历

一个贤惠老妇和美丽女儿相依为命。

开始，女儿相当勤劳、节俭，孝敬母亲，后来变了。

一天，她上山打柴，碰见一位漂亮少年，她不知晓这个少年是一个魔鬼巧扮的。她俩言谈了一阵，谈得很投机，于是同意结为夫妻。

家中添了女婿，母亲喜出望外，诚心热情对待女婿。白天夫妻双双下地干活，母亲料理家务，还为未来的外孙准备了衣被。三口之家，日子过得和睦亲善。

过了一段时间，女婿提出要杀掉岳母，女儿不同意地说："我没有父亲，母亲艰难把我养大，恩重如山，情深似海，怎么能干出这种伤天害理的事来？"女婿坚持要杀掉岳母，女儿念及夫妻情，问："怎么个杀法？"女婿说："我自会有办法，你不要操心了。"

女儿和女婿的对话，母亲听得一清二楚，毛骨悚然，她想：我不能白白死在他们手下当冤枉鬼。

"你俩照管好家，我去背捆柴回家。"母亲说。"我们年轻有力，还是

我们去好了。”女儿和女婿几乎同时说。

“不，自从女婿来后我很少上山砍柴，今天进山舒舒心。”母亲说。

母亲在山上毫无目的地东逛西游，途中碰见一只猴子，她说：“谢谢‘阿格者吾’（猴子的尊称），救救我的命，丧尽天良的女儿和女婿要杀我。”猴子说：“这个忙一定要帮。第三天你来我们崖洞里。”

母亲天天上山砍柴。第三天母亲未归，女婿找上山来，对一群猴子说：“你们看见我的母亲没有？”群猴说：“你母亲就藏在这个崖洞里。”女婿到洞口时，群猴猛扑过来，女婿眼疾手快，拔腿就跑，群猴蜂拥追击，在一个很陡的悬崖上把女婿推下，挂在崖壁的树上，女婿仰头苦苦求救，说：“我再也不害人了，不杀她了。”猴孙们说：“把你的肠子扔上来。”女婿照办了。猴孙们一紧一松地往上拉，摆动得很厉害，眼看快被拉上来了，肠子断了，女婿坠入江中，被激流冲走。

猴孙们把女婿的肠子剁得粉碎，洒向林中，以后长成了藤子。门巴人和珞巴人用它做藤绳、架藤、索桥、编织藤器。

讲述人：巴嘎，女，珞巴族　贡布，男，门巴族，达木村

1997年4月搜集

白马岗的由来

一般所说的白马岗（隐秘的莲花蕊之意），包括墨脱宗、旁辛、甘丹和金珠地区，即现今的墨脱县所辖区域。那么，“白马岗”是谁给起的名呢？传说不少，但其中流传最广、人们相信的只有一个。

从前的从前，天底下有了个莲花生大士，他不是人，而是神，他不是母亲生的，而是从山南桑耶寺的花蕊中诞生的。门巴人说，动物有四种诞生法：母亲生，蛋里生，地温生和花蕊生。那时，西藏共有108座寺庙、118座宫殿。山南桑耶寺有位大师叫赤松德赞，他修建寺庙需要一块镇妖石，经他占卜要雅鲁藏布江下游的加拉山头，便派仲仲玛特带领千名百姓将山头砍了下来。他们往回运送山头，途径工布米林的卧龙村，碰到一只乌鸦。它说：“桑耶寺早已建成，不再需要镇妖石了。”特使信以为真，将整个山头扔在附近，这里形成了一座形似毡帽的大山，赞普命名为“帕果朱东”山，意为黑猪头山。后来赞普知道了此事，命令驱逐所有的乌鸦，所以，从此至今，工布、塔布地区（即今米林、加查、朗县一带）乌鸦绝了种。

莲花生大士降生后，周游了全世界，他骑着天马，到处寻找圣地，到了这里，给定名叫“白马岗”。他说，天底下有16块圣地，这里是最大的一个，下边还有16块小圣地。他还说：“我从天上俯瞰，白马岗的地貌很像多吉帕姆（金刚度母神）仰卧姿势。”多吉帕姆的头、项、腰、膝、阴部五个部位都很

齐全，她的头部是加拉则东（米林县加拉村对面，山顶被仲仲玛特削掉了）。还有一种说法头部是南迦巴瓦，多吉帕姆的颈部在加热萨地区的甘丹至刀嘎之间，有个“扎布朱古”大岩洞，可容纳上百人。赞普命名此洞为“龙曲勒布”（丰衣足食之地）。多吉帕姆的心脏在拉巴登两岸，是诸神聚会的地方。肚脐中心在仁青朋，这里是圣地的中心，周围群山环抱，山峰林立，是朝圣避暑之地。多吉帕姆的会阴在更巴拉山以南的仰桑河流域。她的尿形成了仰桑河。这条河是圣河，水是圣水，据说可治百病，印度、青海香客每年来此朝拜取水带回治病。她的膝部叫东绕东，即今地东村山头上。她的右手在布曲赛格拉康（即今林芝县布曲寺）。左手在波东曲拉康，手持一蝎子。右乳房是白马希仁河，左乳房是工日嘎布山。雅鲁藏布江是她的大动脉血管，境内的三条大河是她的三条血管。她的衣服笼罩着白马岗大地。衣服下边隐藏着树木、花草、珠宝和形形色色的动物。

莲花生大士还说，从天上往下看，白马岗圣地山峰叠嶂，一山比一山高，沟壑纵横，条条溪水隐约在两山之间，山岩树洞遍布全境，这是诸神诸鬼栖息

之所。所以，莲花生大士给予这里“隐秘的莲花蕊之地”的美名。

白马岗有内外圣地的说法。外圣地是指波密、迫龙和白马根琼。内圣地主要有四个，即工堆颇章、卡崩桂、布达才布和白马希仁。这些地方既是圣地，又是诸神栖息之所，神门很多，至今通往极乐世界的神门还没有打开，因为找不到开启神门的钥匙。工堆颇章，位于白马岗东部，海拔稍低于南迦巴瓦，周围十几天行程里渺无人烟，野牛一群上百头，森林密布，湖泊碧绿，是莲花生大士预言的圣地，由红教高僧岗波巴和堆仲巴发现的。莲花生大士的僧帽仍留在山顶上，时间久远了，它成了一块房子大的圆形白石。大石附近有莲花生大士隐藏的一把开启神门的钥匙。可惜至今没人有这个福气找到它。一个圣门叫卡崩桂，在仰桑河和仰嘎河汇合处。第二个神门叫布达才布，在南迦巴瓦顶峰的南端。第三个神门叫白马希仁，意为莲花水晶山，位于多雄拉山口以南不远处。这几个神门圣地誉满各地，许多善男信女年年在雪开山的7-10月间前往朝拜，即使丢下尸骨也没能如愿，隐秘的神门一直是个谜。

莲花生大士骑着天马在白马岗周游了五年，处处有大士的足迹。大士还留言说："地下埋藏诸种宝物，终有一天要打开。战争械斗不会来。男女都能成英雄。林木都是神树，流水都是圣水。仰看处处是宝，俯视处处是宝。世界大乱，这里平安。我的心脏和内脏全部隐埋在白马岗，这些东西今后会给白马岗人带来幸福的。"莲花生大士同太阳的光辉一道游遍了白马岗的每个角落。

莲花生大士还说过，世上隐秘之地有十六块，最大的是白马岗地区。还有札曰、察隅、巴玛琼、者木顷、真琼（距不丹不远）。这几个都比不上白马岗富裕。谚语说："玉米长在山上，肚饿信手可得。"白马岗树多，果多，竹多，药材多，没有听说过饿死过人。地下有棕树、山芋、薯类。大士说的"长在崖顶上，糌粑皮口袋埋在地下"，是指可食用的各种代食品山上、地下处处皆有。后来传为白马岗有"糌粑山、牛奶湖"，这也是误传，但起码说明白马岗富裕，饿不死人。白马岗还有许多股甜水、圣水可治百病，至少可治胃病。南迦巴瓦山腰有一股牛奶状的溪水，青海人都来取水，据说可治不育之症。白马岗有一年四季采摘不完的野果、野菜，有取之不尽的中草药，所以，昌都、青海人称白马岗是"糌粑山、牛奶湖"。

信佛的人称工堆颇章是圣山之父，布达才布是圣山之母，其他圣山都是它们的儿子，小圣山围着大圣山，保护大圣山。

白马岗的圣山是莲花生大士命名的，后来写上了经书，所以，名声越来越大，每年都有人从昌都、青海成群结队前来朝拜，不少人中途饿死、累死，更多的是不适应热带气候，病死在圣地，以死在白马岗为幸福。他们启程离家时，有人告诉家人说："我死在圣地白马岗，距极乐世界近了。""死在圣地白马岗，来世变得聪智，命运好，吃穿用不完。"有的人病在途中，也要拜托继续前来寻找神门的人捎一把藏香、五谷、哈达献给圣山，据说，这样虔诚，等于到了圣地。

从表面看，白马岗偏僻、穷困、路险、水阻、虫多，但它同境外不一样，打不起仗来，没有决斗的条件，境外人死完了，这里照样平静无恙。这里真是名副其实的隐秘之地。一旦找到了打开神门的钥匙，这里会很快富裕起来。

讲述人：益西平措，米米朱巴

1956年7月，1989年8月21日搜集

门巴族崇拜“卡让欣”的由来

门巴族的“卡让欣”（木制男性生殖器）崇拜是从原始社会延续至今，是非常奇特的原始信仰风俗。

古时候，门巴人的祖先男的叫“朱顿”，女的叫“达嘎”，老两口只生有一个傻儿子，只有两拃长。十几年了还不会走路，活像一个木头人。老两口朝思暮愁，饭不食，酒不饮，急得快发了疯。怎么会生这样一个怪物呢？老两口百思不解。他们请来了卦师，二老讲明了心中的疙瘩后，卦师用20颗玉米籽，有时扔地上，有时闭目双手去拿，有时向手中吹气，有时将手高高举起，有时捂住脸，最后数数双手中的玉米粒数，稍停片刻，卦师开口说：“你们中了邪，是闲言碎语所致。”老人问：“那么又该怎么办呢？”卦师道：“你们要用桤木，做成‘卡让欣’插在门口，再用九背肉、九背毛、九背血祭祀天神，你儿子就会很快长大成人变聪明的。”二老听后，半信半疑。达嘎说：“还是试试看吧。”翌日天没亮，老人左手牵猎狗，右手持弩弓，身前挎箭筒，腰挂长刀，上了高山。老人在雪山周围转到太阳下了山时，碰到一头身体硕大的野牛。老人对野牛说：“我需要九背肉和九背血，只有你才能满足我的需求。”野牛答道：“我体大膘肥，是有九背肉和九背血的，但我肉粗、血淡，对你并无用处，还是去找其他动物吧。”老人很怜悯这头诚实善良的野牛。往前走，碰到一只盘羊，老人说：“我要杀你。”盘羊说：“我没有九背肉，也没有九背血，你还是去找其他动物吧。”老人嫌它瘦小，放了它。老人继续往前走，一头扭角羚躺在那儿歇息，老人说：“我要你的血肉敬神。”“我体小肉少，怎么会有九背肉呢？请你还是去找大动物吧。”老人在森林和草坪之间碰见一只花公鸡。“我要杀你祭神。”“请动手吧。”花公鸡一动不动地被老人杀掉了。说来也奇怪，花公鸡并不大，但肉越割

越多，血越流越多，真是有九背肉、九背血和九背毛。老人打心眼里感激这只慈善的神鸡。

老人按照卦师讲的办了。他砍了一根碗粗的桤木树，有一米长，剥皮打磨，中间刀刻九节花纹，上头做成男性生殖器龟头，周围扎进九根竹签，中间放一个鸡蛋，挂块肉，血、毛涂在上边，另做一个小'卡让欣'挂在龟头上。"卡让欣"做成后，老人面对它讲述一遍做"卡让欣"的全过程和起因，最后说："爱讲闲话的人，嘴像岩洞，身体像量粮食的木升永远装不满。这种人的闲话到了天上，由大鹏鸟来消除；闲言到了地上，由九头天龙来消除；闲言到了神域，由诸神来消除；闲言到了地下，由龙王来消除；闲言到了地狱，由阎王来消除；闲言到了雪山，由雄狮来消除；闲言到了草坪，由麋鹿来消除；闲言到了森林，由熊爷爷消除；闲言到了湖里，由水獭来消除；闲言到了村上，由'卡让欣'来消除。闲言到了哪里，都能被消除，是跑不掉的，本事再大也要被消除掉的。"讲完，老人射箭，如果头箭没有击中鸡蛋，表示没有闲言。老人又重说一遍："闲言你是跑不掉的，你到哪里，都能被消除。"再连射三箭，击破蛋后，说："消除了闲言，人丁兴旺。"老人将大"卡让欣"斜插在门口木梯的左边，小"卡让欣"挂在门口过道的天花板上。它们一是守家，保佑人畜平安；二是阻止闲言入内。老人这样做后，独生儿子天天见长，很快长成了大人，聪明过人，能歌善舞，捕鱼筐筐满，狩猎次次满载而归。老两口喜出望外，到处宣扬"卡让欣"的功德。从此，门巴人代代传承下来，至今仍沿袭这种古习。

讲述人：普布多吉，门巴族猎人，墨脱村

1956年搜集

创世说

讲一个创世说，这是我们门巴人祖传的，是讲天和地，太阳和月亮，人是从哪儿来的。

从前的从前，地上是没有人的，只有神，他们是兄弟俩，一个叫拉旺布加钦，一个叫拉旺布拉铁。他俩相依为命，日子过得还不错，不过，孤独寂寞是最大的苦楚。哥哥说：地这么大，一个人也没有，一只动物、一棵草也没有，

一点火也没有，只有咱们有光，整个大地黑洞洞的。弟弟说：海里有座大山，叫须弥山，山根扎在海底，山顶插入天界。山顶有个神，足智多谋，能降服一切妖魔鬼怪。我们去找它，说不定会帮助我们造就一个世界的，会协助造出光来的。哥哥说：“咱俩去海里看个究竟。”他俩来到须弥山，用法棍向左搅动了三次海水，搅完后，海水翻腾，波浪起伏，吼声震天，平静片刻，从海底钻出一个火烧的太阳。他俩目瞪口呆地站在那里，一动也不动，弟弟开了腔：“搅海搅出来了一个太阳，如果再搅，说不定会搅出一个月亮来的。”他俩用劲向右搅动三次海水，海啸呼叫，突然从海里钻出来了一个月亮。大地上有了太阳和月亮，哥哥拉旺布加钦对它俩说：“月亮是公的，太阳是母的，你俩结婚吧，成为夫妻吧。”天神兄弟俩又向左搅动三次海水，从海底漂起来一个陶罐，太阳说：“陶罐里装的是我的火种。”两个天神高兴地说：“你俩干活去吧。”天神把太阳放在右边月亮放在左边，陶罐放在中间，成千的小天神围在周围，都向陶罐鞠躬，时间久了，它们成了数不清的星辰。太阳和月亮一前一后地在天上转圈子。那时，天上可热闹了，白天有日光，夜晚有月光和星光，可是，地上是空荡荡的，什么动物和植物都没有。

距须弥山不远还有一座高山，山上有个拉麦神，是神，也是魔王，它有一个儿子，叫萨，也叫九头龙，它有九个头，六只手。它残忍毒辣，心黑如烟灰，狡诈多端，忌妒成性。拉麦神叫儿子萨去偷陶罐。九头龙施展隐藏术，使其他神看不到它。它坐在一个角落里，当它伸手去偷陶罐时，太阳和月亮看见了，告诉了天神兄弟俩，说：“我们看见了一个和我们不一样的东西在伸手偷火。”哥哥问：“怪物在哪里？怪物在哪里？”太阳和月亮同时指着九头龙说：“就在这里！就在这里！”加钦哥哥有个“遂白果洛”法器，猛力砸过去，正好打在九头龙的腰部，一截两段，九头龙没有了下身，下身中了法器，被打死了，上身活过来逃跑了。天神打开了陶罐，火越烧越旺，火光冲到了天上，有了雾，有了云，慢慢往下滴水星，水星越来越大，水星变成了水滴、水珠，整个天下都降了雨，从此，地上长出了草、树，水珠掉在石上，变成了各种动物，水滴落在九头龙身上，使它变成了铁身子，长久不死，造成了世上的麻风病和羊角风病。水滴落在九头龙的下半身，变成了蛇，现在各个寺庙都供奉这种蛇。

九头龙变成铁身体后，对太阳倍加忌妒，怀恨在心，而且凶残诡计多端。它对月亮说："每月的三十日咱俩比斗，看谁能吃掉谁。"它俩每月的三十日搏斗，回回月亮被吃掉，所以，每月的三十晚上没有月亮。

门巴人称世界有四个洲，东方叫洛巴波洲；西方叫巴浪杰洲；北方叫扎米郎洲；南方叫洛藏布冷洲，我们就住在这个洲里。九头龙自变成铁身子后，在各洲兴风作浪，无恶不作，它经常扬言："我每月要吃掉一个洲，整个世界都在我的肚子里。"萨九头龙是黑色，它不怕热，也不怕冷，对太阳吹嘘说："你火太阳三十日劲最大，火最强，我是不怕的。"所以，萨九头龙用它的黑体按住了太阳，成了日食，有时，萨九头龙仅按住了太阳的一个角，这是太阳竭力反抗的结果，成为日偏食。萨九头龙看不起月亮，说："明净的月亮你十五长大了，劲大力强，咱俩这天比斗。"月亮在转圈，当转到我们这个洲时，萨九头龙按住了月亮，成了月全蚀，只按住了一个角，成了月偏食。日食和月食就是萨报复的结果。当太阳和月亮转到另外三个洲时，我们这个洲就无光了。

天神兄弟俩劝说太阳和月亮结了婚，成为夫妻，一年见一次面，其他时间不住一块，却照常给世界光明。夏天太阳从右往左转，天长光强，月亮从左往右转，从山顶上转，晚上短些。冬季太阳升高，和月亮相会。藏历五月，叫"尼玛洛卡"，慢慢天就短了，它升高了，是太阳和月亮夫妻俩相会的日子。

冬天太阳走了，升高了，热气带走了，所以，冬天寒冷结冰，月亮上全是冰，没有雨，所以夜长。

太阳和月亮结婚后，它们的光芒照到了地上。天和地又结了婚，生了草、树、人和动物，现在的人是天地的后代。人的母亲是地，父亲是天。

讲述人：阿比加夷，门巴族，墨脱村　益西平措

1958年8月，1989年8月4日搜集

祭灶神

祭灶神，珞巴人有这个习俗，门巴族也有这个习俗，今天，就来讲讲门巴人祭灶神的故事。

从前的从前，有一个猎人养了一条猎狗。这只猎狗追捕完了天底下所有的野兽，上至雪山狮王，下至河里鱼儿，全被杀绝了。

猎人对猎狗说："你撵来了所有的野兽，现在要你去追赶一头从未吃过的野兽来，请快快赶来。"

猎狗答："你没有见过、没有吃过的野兽撵来了，你敢射箭吗？如若不敢射箭，我会被吃掉的，你也会得麻风病的，天下人都会得这种病的。"

猎人说："我什么野兽都敢射箭杀死的！"

猎狗说："我把它撵来后，你千万不能犹豫害怕。"

到下午太阳偏西方时，猎狗赶来了一头怪兽，俗名叫九头龙。九头龙有几头野牛大，全身是眼，有九个头，样子丑得吓死人。九头龙朝猎人走来，离猎人越来越近，完全在猎人的射程以内了，他几次瞄准都没敢放箭，最后他闭上眼将箭射了出去，没有击中怪兽，放了空箭。九头龙抓伤了猎狗，猎狗临死时对猎人说："如果毒箭击中九头龙，它也会死的。你不管用，今后世人要得麻风病的。留下了这头孽种，麻风病不会绝种的。"猎狗有气无力地躺在草地上一动也不动，奄奄一息了。

猎人放声大哭，说："猎狗你死了，我今后怎么生活呀！我俩相处时间结束了。我不该叫你去撵九头龙，害了你，也害了我。"

猎狗也难过地说："你不要伤心，我会继续帮助你的。尽管我得了麻风病，会死的，但人需要我时，喊'狗，蓝蓝的狗；狗，红红的狗；狗，黑黑的狗；狗，白白的狗'，会有无形的、看不见的我帮助你的。"说罢，它伸腿死去了。

猎狗死后，猎人像埋藏亲人一样把它土葬了，坟堆上还置放了饭、酒和肉，为它祈祷，祝它再生幸福美满。

在失去猎狗伙伴的两三年里，他没心过日子，成天愁眉苦脸地度岁月。没有肉吃，鱼也没有了，小鸟也难以捉到。猎人想起了猎狗。

当天下午，猎人点燃了灶塘里的煨桑，向灶里扔了各种粮食，倒了一碗鸡爪谷酒，杀了一只鸡，鸡血鸡毛涂在猎狗捕获的牛角、獠牙上，口念颂词："陶休、陶休，灶神回来！灶神回来！神狗回来！神狗回来！"

当晚雄鸡叫头道和二道之前，猎人听到一只小狗在门口呜叫，他开门看到木梯旁有一只小白狗，狗小得很，但颜色、体形同原来的猎狗一模一样。小狗甩打着尾巴，扑向猎人。

第二天，猎人再次进山了。这次他猎获几头野牛，牛肉干都背不动了。打这以后，他的日子过得火红起来。

门巴人现在进山狩猎，回回都要祭祀灶神就是祈求满载而归。

现在门巴人每次进山前都要祭祀"爱达"（猎场）。要烧煨桑，杀鸡祭献，要念很长很长的祭词，大意是：身体和牙齿不净的话，用水洗；山上不净的话，用风吹；山腰不净的话，用火烧；山脚不净的话，用水洗。用火烧，用风吹，世界洁净了。世界洁净了，什么幸福都可以获得，进山能猎获，下河可捕鱼，请猎场的主人，山神、兽神开恩，积福积德，把你的野兽赶来让我猎获，我还会再次谢恩的。荷扎村猎场叫白马林，这里有高山峻岭、原始森林，大草坪栖息着虎、野牛、盘羊、白猴、香獐、熊、野猪等三百多种野生动物。祭词开头两句是："白马林地方，是石头的主人，水的主人，树的主人，野兽的主人。"祭词最后一句是："这趟进山能否猎获成功，全由你了。"门巴人认为，世上所有动物、植物、非生物都有主人，都得罪不得，否则，将受到惩罚。野牛的主人叫"亚保太保金"——白额头野牛；盘羊的主人叫"仁贵体马达保金"——金色黄羊；香獐的主人叫"拉瓦解休马金格达保"——香兽；熊的主人叫"东聂格金格达保"——熊爷爷；猴的主人叫"萨拉久格金格达保"——智慧猴子；野鸡的主人叫"甲钦格达保"——贝母鸡。祭祀时，要烧各种树叶、香草、过江龙果实，杀只鸡，还要喊所有野兽主人的名字，一个也不能遗漏，据说漏了那种野兽主人的名字，它会生气的，不叫这种野兽来让你猎获。喊过野兽主人名字后，说："肉的山，血的河，毛满天。向你们祭献了这些祭品，我是来乞求兽肉的。你们是守山神，是兽神，我是来求情的，你爱吃的样样不缺，各种水果齐全了，大米、甜酒、牛奶样样俱全，敬请尽情地享用吧。如果我遇到了凶兆，请你们怜悯；遇到了毒，请用草药救治；遇到无路，请指路；遇到水，请架桥，你们当我的后山，我的向导，给我锐利器具，恩赐最有营养的肉食，恩赐给我有福气的野兽，满足我九个愿望。你帮助我，我会永远记住你的恩德的。今后，我们不管去到哪里，不碰到敌人和偷盗，不碰到木头和石头，不碰见骗子和狂妄人。头遇敌，给头盔；身遇敌，给铠甲；脚遇敌，给铁鞋；命遇敌，给长寿法。总之一切都拜托你了，走到哪里，都会如愿，肉食满筐。"每次祭祀后都有收获，所以，至今这个古老的传统习俗仍在传承着。

讲述人：罗布杰布，门巴族　益西平措

1963年7月，1989年8月1日搜集

传说篇

灭绝罗刹得幸福

哥哥是个猎人，妹妹协助哥哥打制铁质工具，他们不用木炭火烧，而是用晒干的鸡屎当燃料，打制出的刀锋利，不卷刃，打制出的大镰一触石头即冒烟发火。兄妹俩的生活是不发愁的。

最近一个时期，哥哥总觉得反常，仿佛家里来过生人，妹妹的性格一改温情而变得暴躁，饭食半生半熟，屋里杂乱无章，人也懒惰多了，许多现象引起了哥哥的疑惑，决定弄个明白。不过，他也有所防备。那天早晨，他佯装去打猎了，身背箭筒，手持强弓，筐藏钢刀，假装上路。但是他把钢刀换成了木刀，大镰换成木镰，带走毒箭，以防万一。他隐藏在林中隐蔽处，窥视妹妹的动静。

妹妹背了满满一筐东西径直向山上走去。他远远地尾随其后。妹妹在山腰处，钻到一个岩洞里，不久，她出来取水，带出一个小孩。他惊奇地进了洞，吓了妹妹一跳，哥哥再三盘问，她都不说真话。

妹妹留哥哥过夜。妹妹鬼鬼祟祟的行动弄得他一夜难眠，他想了很多，也谋划了应付的对策，不过，他还是假装进入梦乡，打起了呼噜。雄鸡啼叫时，她对儿子说："你舅舅是妖怪，杀了他。"没有见过舅舅的外甥，信以为真，连续向舅舅砍了三刀，她捡起木刀，也向哥哥砍了三刀，哥哥猛地站了起来，这时，她才知道钢刀被哥哥换成了木刀。哥哥第一次大发雷霆，痛斥她与罗刹勾结，杀害骨肉，最后说："你无情，我无义。"说罢从筐中抽出钢刀，一刀砍死了妹妹，又一刀砍死了外甥。

他砍死妹妹后，嫌钢刀有霉气，随手一扔，钢刀落到了山背后一个国王的水池中。一个年轻人经过那里，捞出钢刀后为国王砍了很多烧柴，一刀一棵，国王宫廷内外堆满了柴火，国王得知是一个过路的年轻人的功劳，送给了他许

多财物。

年轻人没有回家，翻过一座大山，到了另一个国王那里，国王嫌他衣服褴褛，把他赶走了。

他来到一个大村庄，从前人烟稠密，但现在人并不多，他借宿一个老妇家中，家中有她的女儿。房矮家穷，喝稀粥度日，老妇向他讲了这里猖獗的罗刹鬼吃掉了许多善良的百姓的事，“昨天才吃了王后，说不定今晚吃我娘俩了。”年轻人说：“不用怕，由我来对付。”他在房屋四周和门口安了许多铁枷，他搂住钢刀睡在门背后。

半夜时分，罗刹化成一条大蛇，足足有9尺长，它摇晃着身子向屋里冲来，它的尾巴正好被一个铁枷夹住，痛得喊爹叫妈的，它撞开木门，脖子又被铁枷夹住，动弹不得了，它求饶道：“饶了我这条命，我今后再也不吃人害命了。”年轻人回答：“罗刹不吃人，天下还没这么回事。”它再三求饶，他再三拒绝，它使出了最后一招，鼻孔中飞出两条毒蛇，企图缠住他，他狩猎出名，动作敏捷，一蹦一跳的，一边躲闪，一边用钢刀对付毒蛇，毒蛇被砍成了一节节。毒蛇毙命，这可急坏了大蛇，那是它的王子和公主，痛心疾首，向前

一蹿，咬住了他的腿部，他将钢刀插入大蛇肚里，大蛇毙命，他也神志不清，躺在那里。老妇给他喂水，晃动他的身躯，他好半天才苏醒过来。

老妇感谢年轻人拯救了她母女俩的生命，提出招为女婿。他满口答应了。

婚后，母亲和女儿种田采集，女婿出猎，日子过得美满祥和。

1997年搜集

特让鬼还债

村里两个猎人是朋友，一道进山狩猎。

他们住在岩洞里，两个都会讲古论今。其中一个被称为大哥的说："咱们比试讲打猎的故事，谁讲得好，谁会收到更多的兽肉。"

他们都讲了不少故事，其中大哥讲了罗刹鬼、树神、尼崩鬼（难产鬼）、白奶鬼（麻风鬼）、特让鬼（盗劫鬼）等许多许多故事。"特让"鬼坐在旁边听得津津有味，不时发出了笑声，当然，猎人是看不到的。大哥问："你笑什么？"另一个猎人说："我也听见了笑声，但不知是谁发出来的笑声。"猎人正在纳闷时，"特让"鬼开了腔"是我"。大哥问："你是谁？""我是特让。"小弟说："你跟着我们干什么？""我从前偷了你们的东西，今天是来还债的。"大哥问："你怎么个赔法？""我还给你们一头奶牛和一头公牛。"

猎人在山上捕获了一头额牛。当他们牵着牛回到家时，一头肥大的母额牛拴在门前仓库下吃草，从此，这里巴美（额牛）多起来了。现在家家户户的奶牛都是那头巴美的后代。

1997年搜集

傻子当国王

山上有一对狐狸夫妻，相亲相爱，形影不离，一道外出活动，一块返回巢穴。如果不见了对方，就会站起来“格、格”呼叫。

山下有个魔王国。魔王贪婪恶毒，百姓快叫它吃完了。小魔鬼剩下的也不多了。百姓请来会念咒经、专治魔鬼的占卜师“米吉”，把魔王和八名大臣吓跑了。

这天，魔王请来狐狸，说：“我的王宫就在村庄中间的大院里，家有老母一人，两个‘米吉’也住在王宫里。请你俩前去看看动静，回来给你们工钱。”

两个狐狸一前一后来到王宫。它们看见老妇坐在火塘边打盹，两个“米吉”在睡觉，一个“米吉”是“永巴”（傻子），口齿不清，面相痴呆，但脑子并不笨。“永巴”把玉米籽装在干猪膀胱里，拴在火塘上边的“仓达”上，用脚一拉一松，发出哗啦、哗啦的响声，当狐狸刚下独木梯，“永巴”一松绳，膀胱落在地板上，发出“绕、绕、绕”的响声，吓得两只狐狸从楼梯上滚了下来。两个“米吉”紧紧追赶。

狐狸上气不接下气地对魔王说：“你没有回家，真是万幸，王宫里枪声像炒玉米花，像是下冰雹一样，吓死人啦！我俩没敢进屋一步，那么多兵，那么多枪，谁也别想活着出来。”

刚一说完，狐狸回头往山下一看，说：“不好了，快逃走！快逃走！追兵来了，要消灭你们的，快！快！逃！逃！”

魔王吓得眼睛都花了，问：“往哪儿逃？往哪儿逃？”

“永巴米吉”喊：“那边悬崖上有个空岩洞可以藏身。”

魔王和8个大臣都抢着往那里跑，它们钻到洞庭湖里，挤在一个角落里。两个“米吉”将石门关得严严的，外边用9层大石顶着门，没有缝，不透气，魔鬼们都闷死在洞里。

“米吉”回到王宫，把经过向老妇说了，她说：“你俩积了福攒了德，为民除了害，天下太平了，百姓会感谢你们的。”

从此，“米吉”成了王宫的主人，对老妇崇敬，实心赡养，亲如家人。百姓推选“永巴米吉”为魔王国的国王，百姓过着丰衣足食的生活。

讲述人：益西平措，牛布

1957年搜集

大力士当国王

一个寡妇生了一个儿子，头天吃了1升粮食，第2天吃了2升粮食，第3天吃了3升粮食，每天增加1升，到了第50天，一天吃了50升粮食。她想：“他没有爹，也不能劳动，我养活不起他，说不定他还是个小鬼呢，干脆扔了算了。”她用破布把儿子包严，手持一根燃着的木棒，到了高山上的“汪欣”（青冈树）下，砍了一大堆木柴，点燃了柴火，娃儿放在火堆3庹远处，她空手返家了。

3年后，一个叫东方王国的臣民被罗刹鬼快吃完了。东王请来“米吉”占卜，“米吉”说：“天下没几人能制服罗刹鬼，唯一的能人是山背后一个寡妇的儿子，他能轻而易举地消灭罗刹。”

东王派3名家仆前去寻访能人。寡妇说：“我是生了一个儿子，他头天吃了一升粮食，到50天时，他一天要吃50升粮食，我养不起，把他送到了山上，时间过去了3年，恐怕早就没有人影了。”来人说：“东王有令，限你3天把能人找回来，否则定斩无误。”

寡妇带上弯砍刀上山了，在她扔儿子的大树下，有了一栋房屋，屋里冒着烟：“难道是魔鬼栖息地？”她起了疑心，爬到树上观察动静。不多时，一个少年从山上下来，右胳肢窝下一头老羚牛，左胳肢窝下一只扭角羚，轻松地走过来，他一扳一株大树即侧倒下，在膝上碰一下就断了。灶火越烧越大，他将羚牛肉串成串，在灶上烤着吃。两头大牛只够吃一顿，寡妇看得一目了然，

心想：回去东王要杀，在这魔鬼要吃，反正一死，死在哪里都是一样。她从树上下到地面，来到火边，儿子一下子认出了是他妈妈，赶忙上前一拜，喊声：“妈妈，你来晚了，我刚吃完了肉，这可怎么办？”他从烤肉的竹签上取下一些肉渣，足有人头那么大，妈妈美餐了一顿。她向儿子说明了来意，赔了不是，儿子一口答应，一起回了家。

儿子跟随家仆来到东王那里，国王问：“你需要什么工具才能制服罗刹鬼？”他说：“打制一个铁锅，一根铁棒，一顶钢盔，一副铠甲，一副铁手套。”东王一一照办。当日，他吃了一头猪，一克大米、三大桶鸡爪谷酒，晚上睡了一个安生觉。

第二天，他头戴钢盔，身穿铠甲，手戴铁手套，左手持锅，右手持铁棒，活像一个武士，来到罗刹住地，这里岩洞很多，有一个很大的岩洞是罗刹主的住所，他刚到洞口，罗刹王的小儿子忙喊：“爸爸！快来，洞口来了肉。”肚皮饿了几天的罗刹王一手抓他的头，手滑了下来，抓他的铠甲也没能如愿，他抬起铁棒敲打铁锅，“哨哨”声在山谷回响，把罗刹王耳朵震聋了，一铁棒打烂了罗刹王的头，脑浆溅了他一身，顺手开肠破肚，取走它的心、肝、肺献给东王，小罗刹鬼也被打死，焚尸灭迹，岩洞成了火洞。

国王看见罗刹王的心、肝、肺，心病放下了，解了心头大恨，把他当作贵宾招待。他在宫里住了10天，提出返回他的住处，经东王再三请求，他住下了，东王说：“你甭担心吃穿，我有的是。”过年时他喝了五桶头道酒，稍有醉意，他乐在其中，随人群跳舞，他也免不了轻轻碰撞别人一下，碰着谁就粉身碎骨，差不多一大半舞伴死在他的手下。东王怕他再待下去，会伤害更多臣民，便说：“你想回家，请自便吧。”他想：我应邀消灭了罗刹王父子，除了邪魔，你东王背信弃义撵我走，我也得好好收拾你不可。他在国王房下点火，用7个皮口袋吹火，大火一直烧到7层，墙被烧红，王后呛得喘不过气来，忙喊：“国王，不好了，起火了。”他俩往下一看，熊熊大火照得夜空通明，吓得从9层楼跳下，摔成了肉酱。臣民们推荐他成为东王，和一家仆姑娘结为伉俪，领导着全国安宁地生活。

讲述人：吉如、扎西、保红，珞巴族，达木村

1997年6月搜集

姐妹治妖

夫妻俩无儿没女，年龄都是过了30岁，很想生个女儿或者儿子。

一天，林地，丈夫在前边用斧头砍大树，妻子在后面用“果东”（砍刀）砍树杈。他俩干得起劲的时候，一棵大树倒下砸死了妻子。他坐在妻子尸体旁

哭呀，说呀，来回晃动尸体，也无济于事。他伤心地割下妻子的两个乳房，小心翼翼地揣在怀里，用布囊包住放在藤箱里。没过多久，两个乳房变成了一对漂亮的女婴，天天见长，很快长成了和爸爸一般高，聪明过人，什么活路一看就会干了。

爸爸思念妻子，经常去妻子去世的地方哭啼。他返回后，女儿问他去了哪里，他有时说去了玉米地，有时说去了水田。

那天爸爸又要出门，两个女儿都说："爸爸！你不要外出，这里罗刹鬼多，会吃掉我俩的。"爸爸说："罗刹鬼是不少，也被消灭了很多，如果它们再来，你们在门背后地板洞口安上一个金制的和一个银制的'刀巴'（夹子），它们敢来就把它们夹死。你们俩不要怕。"

爸爸走后，来了一个英俊少年，她俩给了饭、肉菜，筛了三桶头道酒，他都吃完喝完了。他喝醉了，躺在门口的竹林里。姐姐脑子不够使，一见钟情，想和他结婚。妹妹说："他是人是鬼不知晓，千万别胡思乱想，咱俩出去看看。"那个青年醉后原形毕露：它的四条腿上毛很长，脚蹄有人头那么大，它的上嘴唇盖住了嘴巴，两个獠牙有一庹长，原来它是一个罗刹鬼。她俩惊恐万状，匆忙回屋，紧闭门窗，坐在那里发呆。"快快开门，我是来和你们交朋友的。"罗刹鬼的叫声使她俩想起了爸爸的吩咐，连忙在洞口装了两个夹子。"你们不开门，我也有办法进屋吃掉你们俩的。"它摇身一变，变成了一条蛇，从地板洞口钻了进来，正好金子的夹子夹住了它的脖子，它痛得猛力使劲，银子的夹子夹住了它的腰部。它在屋里直打滚，用尾打烂了屋里的石锅、用具，妹妹将烧红的铁锅扣在它的头上，它说："我吃了9个国家的人和牧畜，今日却死在两个弱女子手里，遗憾万年。"

姐妹俩解剖蛇肚，从中钻出来好多人和牧畜，大家感谢姐妹俩的营救，推荐姐妹俩为部落的酋长，于是她们成了9个部落的首领。

珞巴族，达木村

1997年元月搜集

“文协金”

一家母女俩，收养了一个佣人。

佣人天天被支派下地劳动，重活、脏活、危险活都叫他干，午饭由姑娘送到地里去。佣人忍气吞声地度日。终于他实在憋不住了，对姑娘发牢骚说：“你们家的狗比我吃得都好”。

一天，他佯装下地干活，走了一段又拐回来了。他通过木板墙缝窥见：母女俩面对面坐，吃的是馍馍，菜净是肉食，一竹桶甜酒放在中央，她俩吃得是那样香，喝得是那样甜。

姑娘给他送来了午饭，是玉米坨坨沾青椒。他躺在香蕉树下假装睡熟了，打呼噜，断断续续地说：“馍馍馍馍。”说个不停。姑娘感到纳闷。

“妈妈，不知怎么搞的，佣人嘴里‘馍馍馍馍’叫个不休，难道他会占

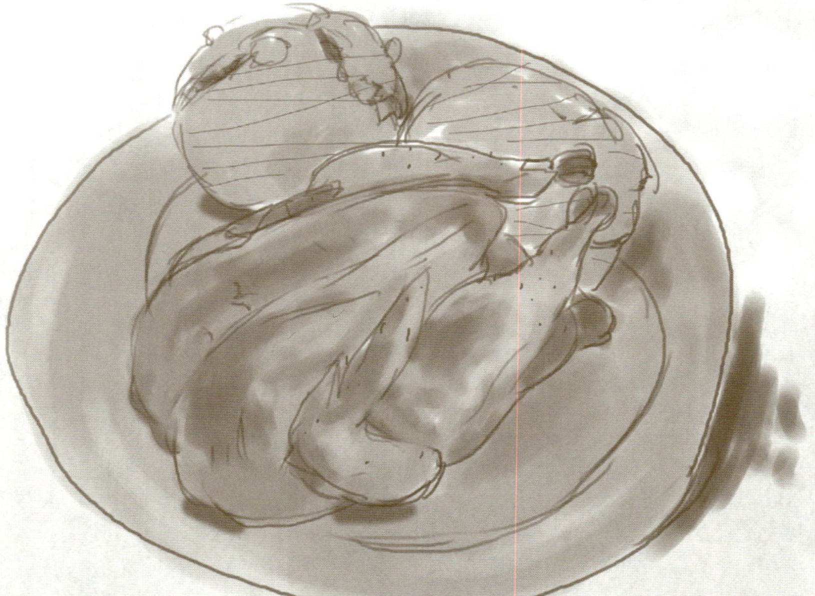

卜。”姑娘说。母亲说：“咱娘俩在家吃馍馍，他远在地里都看到了，说不定他是‘文协金’（先知），村人听说此事后，都以高仰的眼光看待他。”

“妈妈，国王的王后的玛瑙丢失了，何不把他请去占卜一次。”国王得知这个消息后，派一名叫“莫莫”的佣人前来背占卜师。一路上，佣人一再说：“我不是祭司，更不是占卜师，不是先知，是他们在做馍馍，吃馍馍，我看到了，才说‘馍馍’，‘馍馍’就是‘馍馍’……”国王的佣人多次听到和他名字谐音的“馍馍”，感到亲切，认为他是一名了不起的占卜师，只不过，他太谦虚罢了。

在王宫里，国王对他格外热情，把他当贵宾招待。他被迫乱七八糟地做了不少玉米面、鸡爪谷粉、大米粉捏的“供品”，形状各异，像各种动物，摆满了一大房间，宫廷的人个个夸奖，国王和王后“啧啧”地赞叹不已。

天色黑了，背他进宫的国王佣人小心翼翼地来到“祭司”的住房，说了很多赞扬的话后说：“尊敬的‘文协金’！不瞒你说，也瞒不过你，王后的玛瑙是我偷的，呈给你，只有一个条件，请不要泄出秘密。”

“文协金”悄悄地将玛瑙埋在一堆牛粪里。

翌日，王宫像过年一样热闹，挤满了观看的人。按照惯例，杀了一头肥猪，在每个部落位割下一点猪肉供奉灶神，剩下的猪肉平均分给村人。他还把一竹桶白酒和一竹桶甜酒洒向敬神的猪肉上。他喝了一瓢白酒和一瓢甜酒，喝前用小拇指蘸三下酒水洒向天空，闭目养神，边喝边喃喃自语，连自己都不知道说的是什么内容。他装得很像祭司，所以赢得人们的赞赏。他双手举着猪头，用猪鼻指指这里说“不是”，指指那里说“没有”，这样折腾了20个地方，最后，他把猪鼻指着他埋玛瑙的牛屎，来回转了三圈说：“在这！在这！”国王令佣人刨开牛屎，国王和王后眼睛都不眨一下，亮晶晶的玛瑙露了出来。王后喜出望外，手捧玛瑙，流下了热泪。人们都用敬仰的眼光注视这位“文协金”。他成了国王的贵客，和国王平坐平起，但他心里忐忑不安，生怕露了底。

“文协金”的大名名扬天下。

邻近有个鲜花国，王后的耳朵有疾20年了，一点声音都听不见。国王想：那个“文协金”说不定能治好王后的耳病。他派佣人前去背“文协金”。国王陪客，王后笑脸相待。

晚上，他躺在金床上，一直难以入寝，心想：我不是医生，怎能治愈王后的耳病呢，一旦漏了底，脸面往哪儿搁，不如逃走为好。他带上吃的逃到门口，在一棵树下，一对老夫妻在对话，老汉说："国王请来了一位神医，王后可以走出无声的世界了。"老妇说："实际上治耳病很简单，只要把藤叶和竹叶熬成水，温水倒入耳内，喊'达如出来出来'！一窝'达如'就争先恐后地爬了出来，耳路通了，就能听见声音了。"

他返回住房，把用面粉捏成的供品全部并排摆在金架上。第二天一大早他就起来了，供品被猫咪刨得西歪东斜的。

他一切准备妥当了，让王后侧身向左躺在金床上，药水倒入右耳，大喊："'达如'小姐，藤叶竹叶已经展开，请快快到门口来！"话音刚落，"达如"们抢着钻了出来，起码有一小把。他又叫王后右侧身，药水倒入左耳，大喊一声，"达如"挤着钻了出来，也有一小把。围观的人们对神医"手到病除""妙手回春"的高超医术赞不绝口。

国王和王后亲昵地说悄悄话，感谢"文协金"的医术。因受到国王的赏识，从此他在王宫里定居下来，欢欢喜喜地过日子。

珞巴族，卡布村
1997年1月搜集

哥哥推荐"米列"弟弟当国王

一家农户兄弟俩，哥哥是个"米吠"（聪明人），弟弟是个"米列"（痴呆人）。

哥哥下田耕地，借了国王头耕牛。

哥哥走前对弟弟说："中午饭菜洗干净做熟送来。"弟弟说："知道了。"

弟弟洗了大米，倒入湿竹筒里，放在火堆里。菜是青椒煎鸡蛋。饭放“邦琼”里，菜放在竹碗里，还筛了一竹桶“邦强”（鸡爪谷甜酒）。他急忙向地里走去。

路上有一堆牛粪，挡住了去路，他对牛粪说：“你快快走开，好臭呀，我哥哥说要吃干净饭，你躺在这里干什么！”说了几遍，牛粪不理他。他生气了，把饭菜放在一边，用棍棒抽打牛粪，牛粪四溅，一半牛粪落到了饭菜里。他到河边一颗颗地洗米饭，天快黑了，哥哥牵着牛回家了，看见弟弟在河边，忙问：“弟弟，你洗啥呀？”弟弟站起来回答：“你说要吃干净饭，我路上被堆牛粪挡住了路，我叫它让路，它不让，叫它回话，它不理，我抽打它时，一半牛粪落到了饭菜里，我把它洗干净再给你送去填肚子。”哥哥摇头说了一声“米列”。

第二天哥哥对弟弟说：“你不会做饭，今天午饭我给你送去。你今天去耕地，要好好对待耕牛，把地犁直，不留空茬。”弟弟点了点头。

弟弟扶着犁把，这是一块闲了3年的荒地，土地板结，耕牛使劲都拉不动，累得尾巴不停地左右甩打，他说：“我哥哥说了，不准你左右摇摆，要耷拉着尾巴，听到没有？”接着说了好几遍，耕牛照样斜着身体，吃力地拉犁，尾巴照样接二连三地甩打，他生气地说：“给你好说歹说就是不听。”他抽出“饿夏”（腰刀），猛力一砍，砍掉了牛尾，耕牛痛得直哆嗦，后蹄直蹬，他又砍掉了后腿，牛头直摇，他又砍掉了牛头。耕牛被砍成了一坨一坨的。

哥哥送来了中午饭，见弟弟没有耕地，耕牛被肢解成块，忙问：“这是怎么一回事？这是怎么一回事？”弟弟解释说：“这头牛就是不听话，叫它不要甩尾巴，它偏偏要甩尾巴，叫它走直线，它却两腿乱蹬，叫它头不要动，它却摇摆个不停，所以，我才割了它的尾巴，砍了它的后腿和脑袋。”哥哥摇了摇头说：“耕牛的主人是国王，他会来惩罚咱兄弟俩的，这可怎么办呀？”弟弟无言以对。

第三天，果真来了很多士兵，把哥哥带走了。在王宫庭院里，士兵们把哥哥推过来，又推过去，这个打一棍，那个打一棍，哥哥遍体鳞伤。弟弟捉了几只老鼠放在锅里煮汤，说是给兵士们解渴的。当他们抢鼠汤时弟弟将设置好的许多暗箭一松手，毒箭好似有眼睛似的，支支飞向国王的兵士，没过多久，庭

院里躺满了尸体，最后国王和王后也被弟弟的暗箭击中身亡。

兄弟俩回到家里，哥哥说："你今天表现很好，机智过人，巧妙利用暗箭击中了王宫里的人，也造了孽，应该洗刷罪过，你明天去把'米吉'请来到这做祭祀活动。"

弟弟到了山上，对正在修行的"米吉"说："请把手伸出来。""米吉"问："'米吉'在哪？"弟弟扬起右臂说："这不是'米吉'嘛！"

哥哥垂头丧气地瘫倒在地上，半天才说出一句话："明天，小扎巴们会来报复的。"

第二天，小扎巴们来了一片，拉扯哥哥，哥哥痛得死去活来。弟弟照样将一锅鼠肉汤放在那里，小扎巴们抢喝鼠汤时，手一松，支支毒箭射死了所有的小扎巴。

哥哥前思后想，和弟弟一块住下去凶多吉少，对弟弟说："你守家，我去远行。"弟弟不放行："要走，咱兄弟俩一道走。"他们的一点家当：口粮和一桶甜酒还没有装满一个"宗吠"（装东西的筐子），哥哥背着"宗吠"启程了。在途中，哥哥解大便，将"宗吠"放在一块平石上，弟弟尾随其后，打开"宗吠"的酒盖，扔掉了衣物、公物，他钻到"宗吠"里。哥哥背着"宗吠"边走边喃喃自语："我和弟弟分开了，弟弟日子咋过呀！"说着说着，掉下了眼泪。弟弟听得清清楚楚。往前走了一会，弟弟撒尿了，湿透了哥哥的背，哥哥说："我的'邦强'漏了出来。"走到山顶，累了，渴了，"宗吠"放在旁，掀开箱盖，弟弟钻了出来。哥哥又喜又愁，吃的全部被弟弟扔掉了。哥哥没有责怪弟弟。

他俩途经一个大平坝，坝的顶端有一座红色的大房子，哥哥说："那是罗刹鬼栖息地，它们会吃掉咱俩的。"弟弟说："没有关系，那里会有肉吃的，会有酒喝的。"他拉着哥哥的手前往。这座红房是两层，底层装满了羚牛肉、香獐肉、熊肉、野猪肉、猴肉。他俩吃干肉就饱了肚。哥哥说："咱俩快快逃跑吧。"弟弟说："怕什么！咱们藏起来它们不会发现的。"他俩藏在底层的"宗吠"里。

过了一阵子，第一个回来的罗刹鬼只有一个头，第二个回来的是两个头，第三个回来的是三个头……第九个回来的有九个头，是罗刹鬼的头头。它们把一个人头煮熟吃了，都说："人头香极了。"饭饱酒足，围着火塘席地而卧，两边各睡四个，九个头的头目睡在中间。罗刹们都有尾巴，其中有九个头的罗刹头目的尾巴又粗又长，起码有两庹长，每个罗刹的尾巴都塞在木板的洞里，悬吊在底层。弟弟对哥哥说："这个尾巴最粗最长，我可以轻轻摸下吗？"哥哥说："可摸不得！你没有听见它们说人肉最香吗？它们发现了咱们，会一顿吃完的。不要摸！轻轻也不要摸！"弟弟说："我只是轻轻摸下它的黄毛。"怎么劝阻都无用，弟弟手上吐些口水，两手一搓，他紧紧抓住九个头罗刹的尾巴，罗刹往上拉，他往下拽，一拉一拽许多个回合，弟弟劲大如牛，终于将尾巴拉断了，吓得九个头的罗刹鬼逃命去了。紧接着，弟弟把所有罗刹的尾巴都拽断了，它们拼命地出逃，兄弟俩烧掉罗刹的尾巴，在这里住了九天，吃罗刹仓库里的兽肉，喝罗刹酿制的醇酒。哥哥动员弟弟说："罗刹会回来报仇的，咱们赶快回家吧。"弟弟说："再住一晚再走。"他俩钻入一个大葫芦里，藏在火塘上边烤柴火的"仓达"木架上。

第九天晚上，罗刹都回来了，那个有九个头的罗刹王天黑了才到家，忙问："闻到了人味没有？"都说："屋里找遍了，没有发现异常现象。"它们围着火塘，炒锅里尽是人的手指和脚趾。

半夜时分，弟弟说："我要放屁。"哥哥说："放不得屁，它们发现了咱俩就会丧命的。"弟弟说："不要紧，我轻轻地放。"哥哥又劝说："天下最凶恶的是罗刹，无恶不作，尤其爱吃人肉，不注意会落入鬼口的。"弟弟说："我肚子里气满了，胀得难受。"哥哥说："可要轻轻放呀！"'弟弟吸了一口气，用力地放了屁，只听见"崩"的一声，葫芦爆炸了，吓得个个罗刹苦于奔命，没有看清是怎么一回事，都奔向了山顶。

罗刹鬼走后，再也没有回来，这里安静了，百姓迁来的越来越多，大家推选哥哥当国王，哥哥推荐弟弟当国王，大家拍手欢迎"米列"弟弟成了他们的国王，从此，这里没有罗刹鬼，人们都过着没有忧愁的日子。

珞巴族，达木村

1997年1月搜集

吉都拉冷故事二则

（一）

一个人叫“吉都拉冷”，是傻瓜的意思。父亲早亡，他和母亲相依为命，日子过得还算清静平和。

“妈妈，你给我两个金币，我要去找国王的公主结婚。”母亲怜悯傻儿，给了他两个金币。

吉都拉冷走了，在一座山顶，看见一个猎人坐在石头上逮虱子，几只猎狗追赶一只狐狸，忽上忽下，猎人说：“别看狐狸跑得欢，落我手心在眼前。”吉都拉冷听得入了神，说：“大哥，你刚才讲的话卖给我，好不好？”猎人看了他一眼说：“当然可以了。”吉都拉冷给了猎人一个金币。

吉都拉冷翻过了山，来到河边，一个渔夫在钓鱼，太阳将要落山了，渔夫收上九根鱼钩，一条鱼也没有，说：“水很大，鱼很少，独木桥难行。”“大哥，你刚才讲的话卖给我，好不好？”吉都拉冷将剩下的一枚金币给了渔夫。

他回到家里，告诉母亲他买到了吉祥话语。

他上路了，印度王国、尼泊尔王国他都去过了。他来到西藏王国，向守门人讲了来意，国王召见了他。公主在跳庆贺舞，忽而东忽而西，舞姿优美，吉都拉冷说：“别看狐狸跳得欢，落我手心在眼前。”国王看了他一眼，心里赞叹：“这人真聪明。”国王留他过夜。

第二天，佣人做的早饭是面疙瘩，给吉都拉冷盛了满满一竹碗，只有几坨面疙瘩，上放一只竹筷。他眼睛睁得圆圆地说：“水很大，鱼很少，独木桥，难行走。”国王听后答应了这门亲事。国王给了许多陪嫁物，有牛、羊、猪、粮种和金银灶具及玉器等。吉都拉冷富裕了。

吉都拉冷的母亲重病缠身，儿媳用心伺候。

国王的“阿休”（牛）死了。公主叫吉都拉冷去一趟：“你就说，别伤心，分给我一半肉，我给你一头小牛。”吉都拉冷照公主说的说了，国王高兴得嘴都合不拢了，称赞女婿的聪明。

过不了多久，公主的妈妈王后死了。公主派他前去奔丧，“你去后——”一句话还没说完，吉都拉冷说：“我知道说啥，你别说了。”

吉都拉冷到了王宫，对着岳母尸体说：“别伤心，分给我一半肉吃。”话音刚落，国王气得把他撵出了王宫，他在门口吃了奶酪，说：“岳母死了才吃了顿饱饭。”国王派人转告他：“启明星坠落了，石磨腐烂了，才准他进王宫。”他天天在盼望着星落石烂，天天失望。公主被气得抱着小孩回娘家。

吉都拉冷孤身一人度日，寂寞孤独。他出去散心，站在高处看到湖里有人影：“那不是我妈妈吗？”他跳入湖里掀起层层涟漪，沉于湖底，再也没有浮起。

（二）

吉都拉冷岳母家的耕牛死了，妻子派他带上米、肉、酒前去慰藉，妻子交代说："你到后就说，宝牛死了，是可惜的，但肉还可以吃，分给我一半，还你一头好牛。如果他们问今天是几号，你就说十五了。"

吉都拉冷牵着一头大耕牛，驮了二筐肉食来到岳父家。高大的耕牛惹人开心，那么多食物逗人垂涎三尺。岳母非常热情地接待了女婿，他说："死了一头小小的牛没什么了不起，要好多我都给，牛是粮的根嘛！"岳母觉得奇怪，"都说他是吉都拉冷，说起话来头头是道。"岳母想再试探一下，便问："今天是几号呀？"他答："今天是十五呀。"岳母岳父心想：他不傻呀，有文化，有知识，是个聪慧人呀。

没过多久，岳父病故。妻子准备好多食物，其中"库巴"（油炸薄饼）就装了一筐，她启程时，吉都拉冷抢过缰绳，说："我去吊唁岳父。"妻子还没交代一句话，他就上路了。

吉都拉冷到时，人们哭成一团，他推开人群，对岳母说："死一头人有什么了不起，岳父肉分了吃了，我给一头耕牛还你。"他的话惹得大家满腔愤怒，岳母想试探一下他是否痴呆，便问了一句："今天是几号？"他答："十五。"这时，岳母认定女婿是个吉都拉冷。

老妇对女儿说："他的确是个'吉都拉冷'，铜缸把手烂不得，天上繁星掉不得，三条灶石扔不得，吉都拉冷抛得。"妻子想了很多，开头偏听偏信，和他结了婚，还生了孩子，不管怎么说总算有点感情吧。但一连串帮倒忙使她伤透了心，以后得帮他，照管他，尽量少出差错。

吉都拉冷在湖边洗头，洗完了在梳头时，向下一看，湖里有个人跟他母亲一模一样，"那不是我妈妈吗？"他叫妈妈上来，水中的妈妈却叫他下去，来回示意多次，他终于跃入水中，倒影没有了，他再也没有浮出水面。

1997年1月搜集

猎人灭罗刹鬼

在一个山沟里，大森林中间，有一片草坝，住着一位老人，他头似白海螺，眼似蓝玛瑙，行走如飞跑。他有百头奶牛，天天和牛为伴，日子过得幸福安宁。他慢慢老了，行动不便，挤不动牛奶，捡不到柴火，背不动水了，生活有很大困难。他原来不信佛，不摆弄念珠。他想：我今后的日子怎么过呀，孤家独户，没有亲戚，没有知己，买不到，换不到……不如我虔诚拜佛，人心虔诚了，日子是不是会好过一些。他在木架上摆放一百盏供灯，一百碗供水，天天向天神、家神祈祷、叩头。没过多久，他觉得后脖肿大了，慢慢成了一个肉包，他痛苦极了，说："我得了不治之症，是会很快死的。"他在痛苦中呻吟。一个月一个月地过去了，肉包越来越大，到了第九个月时，他觉得有人在他后脖上摆弄什么，伸手一摸，接过一个小婴儿。他抱着小婴儿盘腿坐在火塘边，心想：我虔诚信佛，得了个儿子，真是神灵报应呀，有了个好结果。他越想越兴奋，把儿子洗得干干净净，用鲜奶喂养幼儿。说来也怪，小儿才1岁，比人家2岁的孩子还大，眼儿水汪汪，头发长又黑，一岁就会说话了，越长越惹人爱。当儿子长到12岁时，个头成了大人，能进山狩猎了。他细心伺候父亲，父子俩相依为命，日子过得挺美满的。

不久，儿子捡回成堆的烧柴，背回很多包大米，20个竹桶装满了水。他对父亲说："阿爸！你不愁吃，不愁喝，这些我都准备得充充足足，放在你的面前。三天后，我要去周游世界一圈。"

父亲说："我受了不少罪，吃了不少苦，我虔诚许愿才有了你，你如果要报恩的话，不要出走了，同我永远住在一起吧。"

儿子说："阿爸！你讲的全是实话。可是，我不周游世界，是没有法子的。我到异国只待十二年，就会回来团圆的。最短的话，七年可以见面。”

父亲说：“如果我再年轻一些，你可以遗弃我。但我年岁越来越大，都动弹不了了，怎么办才好？不想办法，咱俩很难拆散。”

儿子说：“爸爸是个实心人，说的句句是实话。说实在的，我扔下爸爸走了，也是不放心的。”

父亲说：“你如果祈祷我年轻三十岁，你可以去异国异土。”

儿子杀鸡、杀牛祭祀四方神、家神、灶神和天神，一连祭了三天。到第四天时，父亲果真年轻得像30岁以下的小伙子一般。父子俩都高兴极了。

父亲对儿子说：“刀加普巴！今天，你可以如愿以偿了，12年后平安返回团聚。”

第二天，儿子背着藤筐启程了。他在一座高山的大森林里碰到一个高大的黑人。黑人问他：“父亲的儿子！你从哪里来？要到哪里去？”

儿子答：“我是去周游世界的，是从林坝间来的。”

黑人问：“请问你叫什么名字？”

年轻人答：“我叫刀加普巴。”他反问：“你叫什么名字？”

黑人答：“我是林主，名叫那格达保。你一个人去周游世界没有多大用处，我俩一起去。”

他俩翻过山，来到一个大坝的中央，碰到一个高大的蓝色人。蓝色人问：“喂！父亲的儿子！你俩到哪里去？今日从何处而来？叫什么名字？”

“他叫那格达保，我叫刀加普巴。是去周游世界的。”刀加普巴回答说。

蓝人说：“我叫邦格达保。转世界得有三个人，咱们一道走吧。”

他们三人来到一个大沙滩边，碰到一个高大白皙的青年人，问：“伙计！父亲的儿子！你们仨，今天从哪里来？要到哪里去？都叫什么名字？”

刀加普巴答：“我们三人，一个叫刀加普巴；一个叫那格达保；一个叫邦格达保，是草场主的意思。我们是去周游世界的。我们想请问你叫什么名字？”

白人答：“我叫索塔真米，是用沙搓绳的意思。咱们四人同行吧。”

他们四人来到雅鲁藏布江边，碰到一个一条腿的小伙子，问：“喂！父亲的儿子！你们四人都什么名字？要到哪里去？实话说来。”

刀加普巴说：“实话相告，我的伙伴，一个叫那格达保；一个叫邦格达保；一个叫索塔真米；我叫刀加普巴，是岩洞主人的意思。我们是去周游世界的。请问你叫什么名字？”

“我叫岗亚曲吉，是一条腿可以截流的意思。咱们五人同行该多好！”

他们五人转了半个世界。一天来到一个村里，一个老人告诉他们：“昨天一天，罗刹鬼吃绝了13户人家，要不了多长时间，这个百户大村，人会被吃光的。”大村的中央，是国王的王宫。刀加普巴说：“咱们五个今日无处可去，只好去住国王的三层楼了。”他们来到宫里，一个人也没有，宫里的人全被罗刹鬼吃光了。倒是牛羊不少，粮食满仓。刀加普巴说：“咱们住下吧。把牲畜集中起来放牧，把荒地种上庄稼，长久住下吧。走是走不了的，罗刹鬼布满全国，挡住了咱们的去路。”

他们在宫里住了一年，日子过得平静，罗刹鬼没有来打扰。刀加普巴对伙伴们说：“山上野兽成群，明天咱们四人进山狩猎，谁留下看屋呢？”

那格达保说：“刀加普巴领着上山吧，我守家，料理家务。”

临走前，刀加普巴对那格达保交代：“家务活也不少、不轻，你要件件做好，比如说挤奶打油、做饭筛酒，等等。”

刀加普巴一伙走后，那格达保挤完了牛奶，将奶倒入木桶里，双手抓住木棒，一上一下地搅动，正在打酥油时，来了一个老妇，对那格达保打量个仔细，说：“男子汉！你在干什么？”

那格达保答：“我在提炼酥油。”

老妇又说：“小伙子！家里一滴水没有了，你去背水，我帮打酥油。”

那格达保说：“你老妇去背水，我打酥油。”

老妇一把抢过木棒，上下搅动，干得很麻利。那格达保背水去了。

那格达保走后，老妇赶忙收拾了酥油，连肉、粮都拿着逃走了。

那格达保背水回来后，不见老妇了，酥油和吃的都被偷走了。他无粮做饭，无油打茶，无肉做菜。他呆坐在那里，活像一尊菩萨。

刀加普巴一伙背着满筐满筐的兽肉回来了。刀加普巴说：“口渴了，拿酒来！”那格达保没有递酒。几个人都说：“快快拿茶来！”那格达保没有端茶来。刀加普巴说："叫拿饭来，说没有饭，叫拿酒来，说没有酒，叫拿茶来，说没有茶，这是怎么回事？难道家里有了邪？"那格达保将当天遇到老妇的情况从头说到尾，最后补充一句说："老妇是一个骗子。"他们只好煮了兽肉，饱餐了一顿。

第二天，刀加普巴带三个伙伴上了山，邦格达保留下守家。当他正在打酥油时，老妇又来了，说她会打酥油，抢过木棒，上下搅动油桶。当邦格达保背水返回时，家里的酥油和吃的被洗劫一空。老妇不知去向。他吓傻了。

晚上，刀加普巴回来后，什么吃的喝的也没有，问："这到底是怎么回事？"邦格达保讲了老妇抢着打酥油的经过，刀加普巴说："你不会详细询问她吗？"邦格达保说："我没有来得及多问，她催我背水去了。当我回来时吃的、喝的都没有了。"

第三天，刀加普巴和三个伙伴又上了山，索塔真巴守家。同前两天一样，老妇打酥油，他背水返回后，发现吃的又被老妇偷走了。刀加普巴他们返家后，照旧无饭无酒。大家都很生气，异口同声说："全被老妇骗走了。"

第四天，岗亚曲吉同样被老妇骗了。

刀加普巴对同伴说："你们四个守家都受了骗，明日轮我守家，我来对付这个妖婆。"

翌日一大早，刀加普巴就挤完了牛奶。他会法术，一下子变了形：有三只眼睛，其中一个长在额头上，头上长着两个一庹长的角，有一庹多长的粗尾巴。他歪着身子，东晃西摆的，正在打酥油时，老妇来了，她不敢正面看一眼，斜着眼侧看了一下，说："喂，男子汉！你怎么了？你和别人不一样，有三只眼，一庹长的角和一庹长的粗尾，你这种人我没有见过。你背水去，我来打酥油。"她抢木棒没抢到手。

刀加普巴说："我会打酥油！老妇你要干什么？你叫我们的人一个个去背水，你拿走了我们所有的食物，让我们饿肚多日。我不会受骗的！"稍停，他大吼："老妇背水去！老妇背水去！"

老妇无奈，将她的挎包放在门框上边的横木上，背着一筐20个竹桶去取水。

老妇走后，刀加普巴翻看了老妇的挎包，包里装有两根铁链条、一把铁钳和一把铁锤。他取出这些铁器，飞快地将紫红色的鸡爪谷面粉掺水和成面团，

做成两根链条、一把铁钳和一把锤子，放在阳光下暴晒，干后和铁色一模一样，塞入老妇的挎包里，仍放回原处。

中午时分，老妇回来了，生气地说："男子汉！你欺我老妇做甚？我怎么装水都装不满，原来你把竹桶底部都穿了洞，让我劳累半天，边走边漏水，到家竹桶都空了。你戏弄我是为了什么？我要报仇！今天和你比试。"老妇把一筐空竹桶扔到竹子阳台上，大喊："喂，男子汉！出来比试！"

刀加普巴来到竹楼门口，说："可以比试！妖婆！我宁肯输了，也要和你比试！"

他俩来到木梯下边，在拴牛的木桩旁，老妇说："我先把你拴在木桩上。"刀加普巴同意先拴他。老妇将他用铁链条捆住双手和双脚，用铁钳夹住舌头，拉得很长，之后用铁锤猛击他的头部。才打了一锤，他一使劲，捆绑手脚的铁链条被挣断了，铁锤也成了扁的。老妇惊奇地想：阿啧（惊奇状）！能掐断铁链条、砸扁铁锤的人我还没有见过，世上只他一人吧。老妇还在思索时，刀加普巴说："老妇！现在该拴你了吧。"刀加普巴用铁链条捆住她的双手和双脚，铁钳拉出舌头，只用力打了一锤，就打死了老妇。他把尸体装入藤筐里，放在大树下。

太阳偏西了，他用湿竹桶煮了米饭，用皂石锅做了肉菜，筛了甜酒，酥油茶打得浓浓的。满屋香味扑鼻。

傍晚时分，四个伙伴空手而归。刀加普巴问："你们打到了什么野兽？"

大家都说："什么野兽也没有看到。"

刀加普巴说："你们个个都是大小伙子，连野兽的毛都看不到，是命运不好的体现。现在，请大家共进晚餐。"他把香喷喷的饭菜分给大家。他们吃得饱饱的，喝得足足的。一个伙伴问："我们什么也没有得到，你却做了这么丰盛的饭菜，是从哪里弄来的？"

"我把老妇杀了。"刀加普巴说。

"怎么杀死的？"大家异口同声地问。

"用计谋杀死她的。"刀加普巴答。

"你说的假话，这个老妇可不是一般妇女，是个智谋多端的女妖。"一个伙伴说。

“你们不相信，去大树下看尸体。”刀加普马说。他们来到大树下，看到女尸。一个伙伴说：“放在这里是凶兆，会不吉利的。”

大家把尸体从山上滚到山下去，尸体正好掉在山腰里的一个坑里。刀加普巴说：“山腰间的洞、坑都是罗刹鬼的栖所，罗刹王也栖居在那里。天下的祸根都在那里，咱们得想办法战胜它们。”

他们经过一年的打制，做成了一根二千多庹长的铁链条，打成了二十根十庹长的铁棒。他们将铁棒深深扎入山石中，拴上铁链条。刀加普巴问：“谁先去罗刹国，消灭罗刹鬼？”

那格达保说：“我先下去。”他拉着铁链条下到了山腰，他看到了许多岩洞和深坑，但就是接近不了。罗刹飓风刮得他睁不开眼，耳朵里塞满了沙土，他不得不退回来。说：“我无法靠近罗刹国，只好回来了。”

邦格达保接着顺着铁链条下去了。同样的飓风把他刮回来了。

索塔真巴第三个空手而归，狂风呼啸，沙土满天，他艰难地顺着铁链爬了上来。

曲吉岗亚接着下去了，风更大，沙石铺天盖来，差点把他刮到深洞里。他也被迫上来了。

最后，刀加普巴说：“你们四个都没有成功，只好我亲自下去了。顺利的话，3年后我可以返回，艰难的话，13年后咱们再见面。我没有回来期间，你们要和睦相处，哪里也不要去，好好过日子，种好地，放好牲畜，守好家门。”他交待完后，“吼！吼！吼！”大吼三声，山动地摇，吼声在山间回荡。他祈祷说：“我今天要去罗刹国，头戴铜盔，身穿铠甲，手持兵器，请诸神保佑我战胜吃人的罗刹，还请恩赐我一把神剑。”话音刚落，一把锋利的神剑直插在他面前。他提起神剑，金光耀眼，他喜出望外。他再次安慰伙伴们说：“我会赢的！我战胜了罗刹后，天下就太平了，它们抓走的人都会放回来的，它们抢走的金、银、铜器、装饰品等都会归还原主的。”

刀加普巴顺着铁链条滑到了底部，正好对准罗刹国的大门，大门是金子制成的，有18庹高，门口有一个金子台阶，刀加普巴晃身一跃，就跳到了台阶上。他进了大门，里边是一个宽敞的大坝，中央是罗刹王宫，王宫周围是国王的臣民，大坝下边是个宽阔的黑水湖。他没有去王宫，却到了湖边，湖心生长着一棵菩提树，树上有一个天鹅窝，窝里有两只雏鸟，母天鹅觅食去了。湖边有一块细小的磨刀石。刀加普巴在磨剑。突然从湖中飞出一条黑蛇，当它将要吃掉小天鹅时，刀加普巴想：小鸟妈妈外出觅食，没有保护它们，眼看黑蛇要吃掉它俩，怪可怜的，搭救它们才能积福积德，来世好运。他扔出神剑，砍断了黑蛇。他剥掉蛇皮，将蛇剁成一块一块的，喂了小天鹅。

许久许久，雌天鹅飞回来了。它喂小天鹅，两个都不接食，它想：往日我觅食回来，它俩争着抢食，今日为何不食？它问小天鹅："儿子们，你们为什么不吃食？"

小天鹅答道："阿妈！今天好险噢。你看湖边有个从人间来的善人，手持一把又长、又宽、又利的宝剑。在黑蛇将要吃掉我俩时，他用宝剑砍死了黑蛇，蛇肉喂了我俩，我俩吃饱了，所以，不想吃食了。"

雌天鹅说："善哉！善哉！他叫刀加普巴！是天神派下凡的神童，所有罗刹都不是他的对手，他要杀死全世界的罗刹鬼魔。今天，咱们母子仨要开口讲话，爹也好，妈也好，你们都叫他吧。我今日要走了，我是天王的神鸟，是天王派我来察看罗刹的行动的。刀加普巴的智慧、法术、神剑都是我央求天王恩赐给他的。他留在罗刹国，消灭了罗刹后，你俩要报答他的恩情，把他送回人间去。"说完，它掉下了眼泪，小天鹅也哭了。母天鹅飞往了天庭神界。

小天鹅从树上飞下来，飞到了刀加普巴的怀里，左边一只，右边一只。他宰杀了罗刹王一只小绵羊羔，羊皮当棚顶，它俩住在里边。棚里羊肉、牛肉、酥油应有尽有。刀加普巴将牛羊肉混合剁成肉酱喂了小天鹅。

第二天，所有罗刹鬼都外出了。刀加普巴对小天鹅说："我去和罗刹王拼斗，你俩吃饱了，不要到外边去。"他穿戴着铜盔铠甲，临走时，小天鹅说："你要多加注意！我妈是工玛拉神的神鸟，它回神界去了。我俩毛还没有长齐，爹也好，妈也好，都是你。不过，拉钦仑巴神会保佑你，救援你，你会胜利的。要珍惜生命，晚上平安回来。"

刀加普巴来到罗刹国王住的九层王宫，心想：它一个，我一个，今天要一比一拼，非拼个你死我活不可。

刀加普巴进了罗刹王宫，到罗刹王住的第九层，要进九道阴沉沉的大门，他有些紧张，心想：罗刹王是九头龙，没人不害怕，没鬼敢惹它，它凶恶残忍，无恶不作，恐怕我难以抵挡住它。但是，我上有神，中有赞（鬼，后文略），下有龙相助，是会打败罗刹王的。他再次做了祈祷，祈求诸神保佑相助。他来到顶层，罗刹王正在金床上酣睡。它确有九个头，全身是眼，活像一个火团。他猛扑上去，连砍数刀，只砍断了一半。他俩厮打起来，罗刹王劲大，时而将他按倒在地，而他却有诸神相助，时而刮大风，时而吹石头，打得罗刹王招架不住，只好蒙头乱窜，刀加普巴趁机连砍几刀，罗刹王倒在血泊中死了。

刀加普巴剥了罗刹王的皮，披在自己身上。他从9层楼上往大坝俯视，看到小罗刹们脱皮在逮虱子。他来到罗刹们中间，一个老妇问他："喂，扎西啦（对陌生人的敬语）！你从哪里来？来此干什么？这里是你待的地方？"

刀加普巴答："我到老妇你这里来，是因为神界、龙界之间是我们人间，土、山、水、牲畜都是我们的，我们的地方可装下大世界。我们怕谁？敌人是谁？谁能消灭我们？这些请你回答。"

老妇说："扎西啦！没有关系。我们罗刹的上边再没有比我们更厉害的了，把世人抓在手上搓一搓，就能搓成粉末。什么喇嘛、巫师我们是不惧怕的。天底下没有谁能打败我们，更不要说杀死我们了。即使有敌人，也不用大力气就可消灭他们的。你不用怕任何人，没有怕的理由。"稍停顿了一会，她道出了罗刹国的秘密，说："你住的房里有个大木箱，里边装有一个金炒锅，你把它放在灶脚石上，把炒锅烧得通红红的，床下边有一个大葫芦，里边装满了跳蚤，若把葫芦放在通红的锅里，会烧死全部跳蚤的，它们是雄性罗刹，床下还有一个葫芦，里边装的全是虱子，它们全是雌性罗刹。如果烧死了跳蚤和虱子，我们全部会死光的，天底下就没有罗刹了。如果两个葫芦的公母罗刹没有烧死完，天底下谁也打不败我们。"

刀加普巴听后说："呀，我明白了！这很好！这很好！"他告别老妇回到王宫了。

他回到王宫，取出了金炒锅，把它坐在火塘的三脚石上，灶里燃着熊熊大火，锅很快就烧红了。他从床下搬出两个葫芦，放在红锅里，冒了烟，发出"噼里啪啦"的响声，不久，两个葫芦都烧成了灰，烧死了全部跳蚤和虱子。

他端着锅灰去叫老妇看，老妇躺在那里死了。草坝上躺满了罗刹的尸体。

刀加普巴打开了罗刹国王的一个金箱子，里边装满了钥匙。他一个个地打开了罗刹王的仓库。第一个仓库装的是白发老人。他脱去罗刹国王的皮，显出了人形，他说："我不是罗刹，我是人，我消灭了所有大小罗刹，是来搭救你们的，快快出来！快快出来！"老人们挣脱绳套，扔掉草垫，争先恐后地出来了。

他打开第二个仓库，关的全是白发老妇，个个愁眉苦脸，他说："我也是人，是来解救你们的，放生的，快快出来！快快出来！"他帮助割断绳索，互相解绳，扔掉草垫，出来了。

第三个仓库关的是中年男子，都用草绳捆住了双手。他讲了是来放生的，大家才挣脱掉。

第四个仓库关的中年妇女，同样，个个被捆绑，他帮她们解绳，都被救了出来。

第五个仓库关的是男青年，第六个仓库关的是女青年，第七个仓库关的是小男孩，第八个仓库关的是小女孩。刀加普巴对他们讲明来意后，个个都松绑了，扔掉草垫，得救了。

刀加普巴用7天时间，打开了罗刹国王的所有仓库，金器、银器、绸缎、酥油、青油、玛瑙、戒指、珍珠、牲畜等分给了被救出来的百姓。

分了罗刹王的财产后，刀加普巴让老年人顺着铁链条爬上去，之后是妇女和小孩，都一个跟一个地爬上去了。他留下40名壮小伙子，将罗刹王剩余财产运到了山顶。最后该他上去了，结果，他的四个伙伴将铁链条收上去了。刀加普巴一人留在了罗刹国。

他回到两只小天鹅身边，向小鸟讲了消灭罗刹的经过和四个伙伴下的毒手收回了铁链，小鸟安慰他说："爸拉！别难过，会有办法的。我俩还小，不会飞，更带不动你飞回人间。你最多再喂养我俩3年，或者2年，等我们翅膀硬了，背着你回去。"刀加普巴听后也宽心了。他很耐心地抚育这两只可爱而可怜的小天鹅。他们三个相依为命过了3年。

3年过去了，两只小天鹅成了大天鹅，对他说："爸拉！你做杆秤，一头放个石头，一头是你，平平的秤，不要一头高一头低。"秤好后，它俩叫他把它俩中间的双翅重叠起来，石头放在翅膀上。它俩直飞蓝天，时而盘旋，终于将石头送到了山顶。经过试飞，说明可以把人送到山顶。但它俩心很细，生怕出了万一，说："人和石头不一样，人要呼吸，还要动弹，比石头会重得多，真能把人送回人间吗？我俩也不放心。爸拉！为了安全，咱们再住一年吧，那时，我们有劲背得动你的，你会平安回到人间的。"他们在罗刹国的岩洞里又居住了一年。

一年时间到了。这时，两只天鹅又大又肥，翅膀也宽大了，羽翎丰满了。它俩对他说："爸拉！吉祥日子到了，现在我俩完全可以背得起你了，送你回去吧。"

这年的十月十五日中午，刀加普巴坐在两只天鹅重叠的翅膀上，他从自己左右腋下割了两大块肉喂了天鹅，很快飞回了人间。但他的腋下留有两个窝。所以，后人腋下也有两个窝。

回到人间后，天鹅对他说："我妈临走时对我俩说过，叫我俩继续察看，

监视罗刹的活动。你虽然消灭了罗刹，但它们还会复活的。我俩仍回罗刹国产蛋孵儿，看守这个既不是神界，也不是赞界的中间王国。”在山顶，天鹅和刀加普巴互相碰额头都伤心地掉下了泪水。天鹅说：“爸拉！你不要难过，你今后的日子里由天神保佑会过得更好的。我们的子女也会布满罗刹国的，咱们都会幸福美满的。”说罢，天鹅飞走了。

刀加普巴坐在山顶深思：我征服了罗刹，搭救了百姓，运回了那么多财产，他们四人想占为已有，起了毒心，收回铁链，把我留在了罗刹国。幸亏天鹅帮了忙，才得以回到人间。俗话说善有善报，恶有恶报，他们恶报的日子到了。他脱掉绸缎衣服，穿上破衣烂鞋，背着一个空筐，拄着两根拐杖，往山下走来。

山下是一个王国。在一个大平坝上，栽有九根木桩，上挂有九个炒锅作靶。他原来的四个伙伴从帐篷出来，坐在缎子垫子上，面前摆有条桌，上面摆满了吃的、喝的，四人有说有笑，得意得很。刀加普巴的到来，引起四人的好奇，问：“格！你从哪里来？”

刀加普巴答：“我从哪里来？是回答不出来的。我从小外出乞讨，走到哪里都是家。你们问我父母在哪？我从小就没有见过父母。我没有家，没有父母，走到哪里乞讨到哪里，所以，才成了这个可怜的样子。”

四人问：“渴吗？”刀加普巴从怀中掏出一个烂了缺口的竹碗，接满了甜酒。他坐在草地上观看射箭比赛。

四个人都没有击中箭靶。他们对刀加普巴说：“格，乞丐！你来射一箭。我们的弓怕你拉都拉不动的，更不要说击中箭靶了。”

刀加普巴说：“尊贵的先生们，你们的弓别说拉了，就是拿也拿不起来，怎会击中靶呢？我不射，请不要见怪！”

四人说：“乞丐！试试看！试试看！”他们给刀加普巴一张弓和一支箭。

刀加普巴说：“我不射吧，你们要生气。击中击不中，我来试试看。”他接过弓和箭，一拉将弓弯成马蹄形，一箭发出，不但穿透了九个炒锅，箭还钻入背后的山里，半边山被击垮了，塌方声在轰鸣，这时，他理直气壮地大声喊叫：“我就是人们所敬仰的刀加普巴，现在你们认得了吧？罗刹的财产由我运到人间，罗刹抢走的人都由我救了出来。而你们呢？却起了歹心，想霸占财产，置我于死地，收回铁链。你们说今天怎么办？”他讲完，吓得那格达保、邦格达保、索塔真巴和曲吉岗亚个个发抖，头上直流汗水。“你们说怎么办吧”的声音在山谷里回响。突然，它们四个中的一个变成了老鼠，窜回了森林，一个变成了蜥蜴，爬上了悬崖，一个变成了壁虎，爬上了墙头，一个变成了地滚子，钻到了沙里。

刀加普巴成了这里的主人。他传令全体臣民前来领取恩赐的财物，他将王宫里的大部分财产分给了臣民们，剩下的建了一座莲花寺。从此，百姓们有吃，有穿，有用，项上挂有珍珠，腰间系有银腰带，无官无吏，大家平平等等地过着安居乐业的生活。

1991年搜集

宝石

达西5岁丧父，6岁丧母，村里无亲无故，百姓们也都缺吃少穿的，虽说乡邻们接济一点食物，但也填不饱达西的肚皮。他是个聪明而勤劳的孩子，从小学会了刀耕火种的一套本领。爹妈死后，他更加勤劳了，年纪虽小，庄稼活干得有条不紊，精耕细作，地里没有一根杂草，庄稼长得齐刷刷的，当年他收获了足够吃一年的粮食。村人都夸奖他能干。

第二天，他去仓库取粮时，他披星戴月收获的粮食不翼而飞了，他莫名其妙，气得号哭起来，只隐约听到“你的粮食在山洞里”的声音。

达西是个细心人，他顺着比人脚还要长的长脚印向山上追去，他想只要有脚印，就能抓到小偷找回粮食。他也是一个精灵的人，出门随身携带了弓箭，以防万一。他走了小半天，跟着脚印到了洞口，洞里阴沉沉的，洞大得很，遍地尸骨，有野兽的，还有人的，这种惨景令他毛骨悚然，他紧紧抓住腰

刀，决心和妖魔决一死战。突然，狂风骤起，怪声吼叫，一个罗刹进洞，它有一人多高，浑身黑毛，似牛非马，獠牙很长，它翻腾着尸骨，寻找食物，它拍了三下有人头那么大的一个圆石，说："外出一天扑了空，请给食物吧。"话音刚落，一竹皿冒着热气的大米饭和一竹盒鼠肉从石头嘴里冒了出来，它吃饱了饭，指着石头说："再来一桶鸡爪谷酒。"刚一说完，石头口一张，冒出一竹桶甜酒。这个怪物酒足饭饱后说："谢谢宝石，我的宝贝！"说完，罗刹一跃，冲出洞口，消失在密林中。

达西将宝石装在藤筐里，带回了家中。他看宝石看个够，翻过来翻过去，自言自语地说："真怪！真怪！难道真正是个宝石？"他想亲自试试。他小心翼翼地拍了圆石三下，说："把被偷走的粮食还我吧！"果然从圆石口中流出了比丢失还多的粮食。

达西是个知足的人，从不过分要求什么。自从有了宝石后，他有了轻巧的吊脚竹搂，有了几头大额牛，吃的、穿的不发愁了，他的生活好起来了。

达西生活的变化，引起了村人的注意，前来打听的人络绎不绝。达西生性本分，从不说假话，他都原原本本告诉了打听者。

村里有个懒汉，他地里的草比庄稼多，宁肯饿肚子也懒得动手去劳动，太阳老高了才起床，村人都叫他"希哈让唐"（手推磨）。他对宝石格外感兴趣：我若有了圆宝石，可以享乐一辈子了。他暗自要去试一试。

他按照达西讲的做了。他也隐藏在洞内的拐角处。罗刹进洞后，啃啃这块骨头，咬咬那个兽头，吃了半天连个半饱都没有。它边走边觅食，突然窜到懒汉跟前，张牙舞爪，说："你上次偷走了我的圆宝石，让我一直挨饿受饥，今日可要美餐一顿。"罗刹一把抓住懒汉，按倒在地，不大一会工夫，懒汉被罗刹吃个净光，剩下一堆骨骼。

卡布布珞巴族

1956年8月1日搜集

金碗

一户老两口，日子过得相当艰难，吃了上顿，没有下顿，天天爬山攀岩采集食物，也只能吃个半饱，家里穷得连只老鼠都没有。

一天，老汉爬了三座山，蹚了三条河，到太阳偏西了，还没有采到填肚的食物，他既饿又渴，累得躺在那儿睡着了。

“阿保（大爷）！你是个忠厚的人，我的父亲叫我送来一点饭，还有一个金饭碗。这个金饭碗不能乱用，你需要什么只能轻轻敲三次，它便会满足你的要求。切切记住，你只能提出三个要求，否则，我的金饭碗就不灵验了。”老人梦中仿佛听到了一位美女这样说。他睁眼一看，果真面前放了一个竹皿米饭和肉菜，旁边还有拳头大的一个金灿灿的金碗。他朝天上一看，一股白烟像一条洁白的哈达飘在天空。

他吃饱了饭，还剩下很多很多，带回去给老伴吃。他生怕金碗跑了，紧紧攥在手中，反复观看，看了碗口，翻过来又看碗底，惊奇地说：“今日真是做了个美梦，而且美梦成真了！”老伴说：“看把你喜坏了！”老妇接过一个“陆玛”（竹皿），里面装满了米饭和肉菜，对于时常半饥半饱的老妇来说，简直是喜从天降，雪中送炭，她直盯着“陆玛”，忙问：“哪里来的？哪里来的？”老汉说：“你快填肚吧！”

老妇边吃，老汉一五一十地讲了全部经过，“还是好神多呀。”老妇似是下结论地说。

老妇吃了顿饱饭，肚子填得满满的。老夫老妻你掂掂金碗，他掂掂金碗总是看个不够。老妇首先开了腔，说：“咱俩试试吧。”她手捧金碗，虔诚地碰下额头，祷告说：“如果有栋不漏雨的房子多好。”老汉说：“有了房子，屋里家具齐全，有粮仓该多美。”老两口同时说：“能有几头牛、猪就美极了。”话音刚落，草房变成了三层吊脚竹楼，楼顶粮仓大米满满的，肉、油足足的，房前屋后牛、猪成群，鸡满院，这里一切都变了。

穷苦人家生活富裕了，惊动了一户富有人家。他假惺惺地关怀穷人。以前老汉多次饿得无法，无奈向富户求借，可是“借一还二”，因还不起富人的2克玉米，一头超龄奶牛被抢走，老人恨他，但他还是如实讲了经过，是原原本本讲了经过的。富户既贪财又吝啬，他在老人躺过的地方睡着了。

果真仙女给了富户一个金碗，并且再三交代：“只能提出三个要求，否则一个要求也实现不了。”

富户捧着金碗回到家里，夫妻俩你抢我夺，闹得屋里乌烟瘴气。男的提出“要10个金库”，女的提出“要10个仓库的松石耳环”，男的又提出“要一百个男仆”，女的又提出“要一百个女奴”，男的再提出“要当国王”，女的再提出“要永葆青春”……要求提不完，金碗落地，摔得粉碎，两口子气得脚踩碎片，碎片脆如干葫芦。老两口瘫倒在地，据说，害了一场大病，两人都命归西天了。

1991年搜集

智夺金手

深山高处，住着一家单门独户农人，哥哥打猎，妹妹采集和种地。哥哥左手是金的，是神箭手，百步小鸟逃不脱；妹妹的右手是金的，采摘的香菇、木耳、野菜吃不完，鸡爪谷和稻谷仓库装不下。兄妹俩的生活过得乐哈哈的。可是，一块心病长期折磨着当哥哥的，因为，这条山沟里不时传来“要夺走火苗”的鬼嚎声，每次哥哥进山狩猎时总是反复地向妹妹交代：“要关好门，看好火种。”

这天早晨，哥哥进山，妹妹下地，同时离开了家，临走时用藤条把门拴得牢牢的。妹妹对哥哥的吩咐总是放心不下，生怕火被盗，她太阳偏西就急忙忙赶回家中，看到门被打开，火炭湿漉漉的，火苗丢失，她悲痛欲绝，放声大哭，“去哪儿借火呀？”左无邻，右没舍，这可咋办呀？她听说山背后有人烟，带上干粮上路了。

她翻了三个山头，累得脚都抬不起来，躺在山顶叹息。突然看见密林深处有缕缕青烟向青天，她高兴极了，顾不得腿痛腰酸向冒烟的地方奔去。原来在丛丛竹林深处有户人家。她在门口喊了三声，一个白发老妇从屋里出来，热情地引她入室。老妇用甜酒招待了她。当老妇得知她是来索要火种时，高兴地将一包火红的炭火递给了妹妹。妹妹习惯地用左手去接，老妇生气道：“右手接物才礼貌。”妹妹无奈，接火心切，当右手快接到火种时，老妇手疾眼快，砍断了妹妹的金手。

妹妹得到了火种，但失去了金手，边走边哭，泪水洒满山道。到家后，点燃了火，但火焰是蓝色的。

太阳落山后，哥哥背着猎物回来了。吃饭时哥哥发现妹妹用左手盛饭菜，再三追问下，妹妹把发生的事情全盘讲了出来，哥哥一听，知道女鬼害了妹妹。哥哥扔掉蓝色的鬼火，坐在那里发呆，猎狗跑来舔了妹妹的左手，安慰说：“别难过，我有办法把金手和火种抢回来！”妹妹和狗一个木盘吃饭，好肉都给猎狗吃了。

猎狗吃饱了饭，还喝了三碗甜酒，临走时对主人说：“你不要伤心，我会使你满意的。”说毕，向山顶飞奔而去。

猎狗在山顶驻足小憩，远眺鬼域近在眼前，但三条深深的山沟在面前，它顾不得多想，爬起来就跑，这时面前出现两只白兔，白兔问狗：“大哥！你慌里慌张去哪儿呀？”猎狗说了缘由后，白兔抢着说：“我也参加去夺回金手和火种。那个猎人可好了，他从来不猎杀我奶奶、母亲和弟、妹，报恩的时候到了。”他们向鬼域冲去。

按照猎狗的安排，一只白兔从通气洞钻入地窖，抱回了装火种的竹盒；一只白兔慢腾腾地在两个小鬼玩耍金手的地方窜来窜去，小鬼把金手放在一边，追赶白兔去了，猎狗趁机叼走了金手。小鬼追捕白兔正有劲时，另一只白兔点燃了鬼的房屋，大火冲天。从此，这里没有鬼害了。

猎狗夺回金手后，在白兔的帮助下，重新安在妹妹身上，妹妹又可以用右手干活了，兄妹俩过着丰衣足食的生活。猎狗更受宠爱了。

1991年搜集

两个大脖子

一个山村里有两个大脖子，是一对朋友。一个是猎人，对兽神、山神十分敬重，对人厚道；一个捕鱼为生，贪婪至极，村里人不喜欢他。

猎人在山洞里住了三天，天天向山神敬酒、撒饭、作揖。第三天夜里，他对山神祈祷说："我明天就要满载而归了，谢谢山神的保佑。"

月亮偏西了，山洞里来了两只鬼，它俩想一口吃掉猎人，都想多吃点，争吵不休，山神把猎人的大脖子割下来，递给了鬼，说："这是最好的肉，一点骨头渣子也没有，拿去吃吧。"

鬼拿走瘤后，抢着闻人肉味，一下捂住了鼻子，都说："太腥臭了，把它退回去。"

猎人回到家里，村里人大吃一惊，问是怎么一回事，老实的猎人将昨晚发生的事如实地讲给大家："山神把我的大脖子割掉，送给鬼怪了。"渔夫大脖子特地前来看个虚实，他的猎人朋友脖子平平的，再看看自己颈上吊个大肉包，他急忙问："我试试能成吗？"猎人说："你可以试试看吧。"

渔夫按照朋友讲的办了，他照样住在那个山洞里。半夜时分，二鬼跑来对山神说："我们要吃掉这个人。"山神说："我满足你俩的要求，送给你们精肉，为什么还要杀人？”你骗了我们，把腐烂的臭肉哄骗我们，现在送还你，请接住。”说吧，鬼把大脖子抛给山神，山神没接住，正好掉在渔夫的脖颈上，他左右两个大瘤，甩过来甩过去，十分不便，十分难看。村人讽刺道：“贪婪者又长了一个大瘤。”

蜘蛛的启示

阿崩嘎仁进山狩猎，钻林半天，才在一块芭蕉林处发现了野猪蹄印，而且是刚走过不久。他跟踪追迹，看见它在沼泽里拱地，他悄悄地接近它，在相距百步远处，一箭击中了它的胸部，野猪挣扎着游过了河，毙命对岸。猎人坐在石头上，想了很久，这里无船没桥，如何渡河取肉。他想到“巴嘎仁”（蜘蛛）会帮助实现意愿的。他将一只大拇指粗的蜘蛛扔向空中，它随着微风飘到了对岸，接着顺着蜘蛛丝又返了回来，一根蜘蛛丝横贯江上，给了他一个启示。他砍来了藤条，对接起来，顺着蜘蛛丝来回拉了两根，成了藤溜索，他从上面滑过江，捕获了兽肉。

阿崩嘎仁是珞巴族的先民，生在东贡部落，长在东贡部落，从小智谋过人，9岁成了优秀射手，死在他手中的野羚牛成千成万，有一次进山就捕获了30头。他为人耿直，没有私念，每次捕获的兽肉都均匀地分给了部落的所有成员，德高望重，人们推选他当了部落的首领。他谢世后，人们缅怀他，每到祭日，人均分肉，沿袭至今。

讲述人：吉如，男，53岁，珞巴族农民，达木村

1991年搜集

阿崩嘎仁与弓箭

阿崩嘎仁劲大无比，背筐大的石头可以抱起来，“邦琼”大的石头砸死了多少野兽，他是著名的猎手，在围捕野兽时，他手持棍棒在人圈里追打野兽，被他猎获的羚牛不下千头，他的名声远近闻名。

一次，在追捕一头羚牛时，被一根竹子绊倒，那根倒竹是羚牛逃跑时碰弯的，倒竹绊倒了他，还将一截木头反弹了很远很远。他砍掉竹子，把它弯曲过

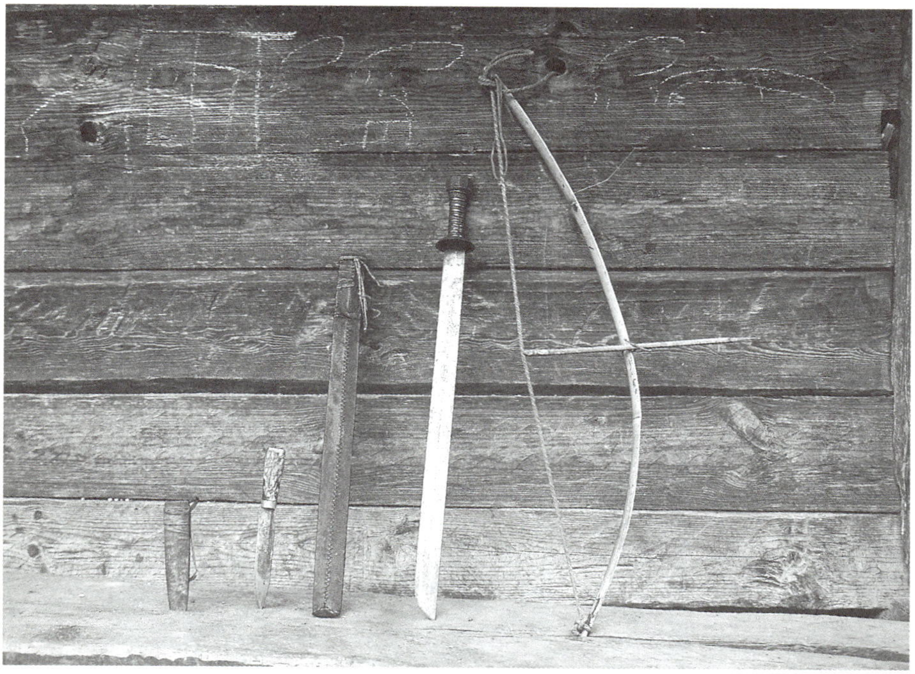

来，竹子能屈能伸，富有弹性，他用藤绳拴住两头，做成了弓。他惊喜地看着弓，将一根木棍射了出去，他简直着迷了，也不继续追赶羚牛了。他知道一种叫“达帕”的细竹有毒，他用它当竹桩，埋在野兽时常出没的地方，回回有收获。他做了很多“达帕”毒箭，打到的野兽更多了。

以后有了铁，“达帕”竹箭换成了铁箭头。

时至今日，我们珞巴人还在怀念为我们发明了弓和箭的阿崩嘎仁呢。

讲述人：江措、牛布，珞巴族，卡布村

1957年5月搜集

茜草和盐

“奎油”（布谷鸟）是一种候鸟，春天来了，它飞向北方，秋来时候，它从北方飞回珞渝。它们成群从藏地返回珞渝时，个个腰壮体健，肚儿圆溜溜的，毛色光亮，精神抖擞，还带回许多儿女，只只可爱。这和它们飞去时大不一样。它们飞去时，个个皮包骨头，瘦如干柴，毛发脱落，飞不远就得停下来歇息。这种反差引起了阿崩嘎仁的猜想，他决心弄个明白。

春天到了，桃花盛开，冰雪融化，万物苏醒，“奎油”迁徙开始了。阿崩嘎仁背着一筐吃的，跟着一群一群向北飞行的“奎油”行进。走呀走，蹚河、翻山，也不知走了多少天，当一筐干粮将要吃完时，他来到了和自己家乡不一样的地方：平川一个接一个，牛羊成群，大片藏式木屋，人们穿着藏袍，吃着糌粑，喝着酥油茶……主人热情接待了他，临走时，主人还送给他干粮和一包食盐，他们含泪惜别。

阿崩嘎仁回赠了一背茜草（上等染料和药材）。从此，珞渝和藏族地区有了以物易物的交换，换回各自需要的生产、生活用品。经济交流融洽了珞藏民族的友好往来。

讲述人：安布、嘎琼、珞巴族，卡布村

1955年5月搜集

寻找太阳的人

在很早很早以前，珞渝地区只有几个孤零零的山头，但很高，有的常年被云彩环绕，有的四季披着银装，交通比较方便，一年四季骡马通行。为什么现在的墨脱县和整个珞渝地区一样却是群山环抱，每年有八个月的时间大雪封山，人马不能通行呢？这里有个美丽的传说。

据说，古时候黑暗世界之中有一个寻找太阳的年轻人，当他头发白了的时候，不但没有找到太阳，反而引起了世上诸如罗刹等妖魔鬼怪的嫉恨。凶恶的魔王想杀害他，暗地跟踪着他，阴谋在他寻找太阳的路上把他吃掉。一天，寻找太阳的人，做了一个梦：一位善良的老人告诉他，东方有个红太阳，只要有决心，不怕苦，不怕邪，一定可以达到目的，找到那颗温暖的红太阳。

他遵照老人的指点，顺着雅鲁藏布江向下游走去。他走了20个20天，还是没有找到太阳，但并不泄气，继续沿江而下。当他到达南迦巴瓦雪山脚下时，背后传来了马蹄声，原来是要吃掉他的魔王追上来了。在这紧急关头，梦中老人大喝一声，雪山垮，石塌方，把他与魔王隔离开来了。

魔王被抛在了后边，寻找太阳的人继续赶路。当他来到杭底峡地区时，魔王又快追上他了。寻找太阳的人飞快奔跑。当魔王快下毒手时，梦中老人又大喝一声，这时天昏地暗，狂风四起，大雪满天，只听见“轰隆隆”一声巨响，南迦巴瓦大雪山上的巨石滚落下来，又挡住了魔王的来路。这时老人轻轻地咳嗽了一声，江两岸的土地立刻鼓起来，犹如两把利剑，直插云端，又把魔王追赶的道路挡住了。寻找太阳的人又一次得救了，困难和挫折锻炼了他，更增强了他寻找太阳的决心。他继续攀登悬崖，披荆斩棘，向东方迈进。

寻找太阳的人，翻过20座大山，蹚过20条大河，来到了“牛奶湖”“糌粑山”的珞渝地方。这时，突然黑云翻滚，狂风骤起，魔王又出现在他面前，寻找太阳的人两眼喷射出复仇的怒火，决心同魔王决一死战。正在这里，梦中的善良老人，连喝三声，声声震天，万山呼应。顿时，大地突起，越来越高，一直钻入云端，一条由西向东的大山挡住了魔王前进的道路。魔王被飞石击中，掉进大江里淹死了。

决心寻找太阳的英雄，在梦中老人的帮助下，终于找到了太阳。

讲述人：牛布，76岁，珞巴族猎人

1955年8月搜集

盐的传说

远古时候，珞巴人没有盐吃，吃生肉，吃白食，到后来有了盐，知道吃盐了。

尼布洛保种的一片水田，稻谷金黄，人们都想多看一眼。准备收割时，谷粒被啄食大半。他守在地头，原来是“纳勒果瓦”（候鸟）从藏北飞来啄食。他在地里安了一个竹夹。没过多久，竹夹夹住了一只雄性“纳勒果瓦”鸟。他生气地杀了这只鸟，它的嗉囊鼓鼓的，引起了他好奇，打开一看，是一把亮晶晶的食盐，他用舌头舔了一下，味道很不错，于是，他沿着它飞来的方向，翻过喜马拉雅山、冈底斯山；蹚过雅鲁藏布江、尼洋河、拉萨河，最后来到羌塘那曲藏北盐湖，找到了食盐，从此有了盐吃。“盐比金缺”的谚语成了历史。

为了感谢“纳勒果瓦”给珞巴带来了幸福，珞巴人在它们三月从寒冷的藏北带着儿女返回珞渝时，从不伤害它们，与它们和睦相处，将它们视为吉祥鸟。

1957年8月1日搜集

祭灶神

珞巴兄弟俩，哥哥是有名的猎人，弟弟也打过猎，不过，箭法不像哥哥百发百中。他俩靠狩猎为生，日子过得还算不错。

哥哥对弟弟说："我赤脚单身狩猎太艰难了，我需要一只狗，可是，到哪里去找狗呢？"他和弟弟捡来很多湿松枝，还有多种香草，在灶里点燃，再投入少许玉米粉和酥油，祈祷说："如果问我需要什么的话，我需要灶神三兄弟，我需要三条猎狗，没有猎狗我是难以猎获野兽的。我有打猎的命运，请灶神、家神和天神保佑，请龙王保佑。请灶神恩赐一条狗，请龙王恩赐一条狗，请兽神恩赐一条狗。"他在睡梦中，看到了三条狗，一条是白色带红点，一条是黑色带白点，一条是红色带蓝点。梦后第7天的夜半时分，三只狗在他门口呜叫，他打开门后，小狗窜到屋里，摇头摆尾，前爪还轮番地抓猎人的衣服，亲热得很。猎人给每只狗一块盘羊肉。他睡在火塘边，小狗卧在他的周围。他想：我祈祷成功了。他高兴得一夜没有合眼。

第二天，他牵着三只猎狗进了山。他来到高高的峰顶，住进了一个岩洞。洞里平整光滑，上边还有烘烤肉干的台石，洞口有一棵大树，杜鹃鸟在树上垒窝，树下7棵翠竹繁茂，他想：这里有水，有柴，有树，有竹，不是仙境胜似仙境。他拔了一棵竹子，做成两个竹筒，一个煮饭，一个烧菜。天亮后，他解开三条狗的锁链，猎狗欢腾地奔向猎场。他坐在岩洞口的石头上，脱光衣服捉虱子，弓箭放在身旁。猎狗每天撵来野猪一头、黄羊一只、盘羊一只，他每日只射三箭，就可猎获三头野兽，几天后兽肉烘干堆满了岩洞。

这样的富裕生活过了几年。

一天，弟弟对哥哥说："你这样轻易地猎取这么多肉，我也去猎场试试。"

哥哥说："你不会获得野兽的。不过，你进山锻炼锻炼也好。你要去，可到另外的猎场试试，那里是另外的兽神所有。我去的地方，你不能去，不会吉祥如意的，还会危害世人。"

弟弟说："我也要到你去的猎场狩猎。你能获得猎物，我不会背空筐回来的。"

哥哥再三劝阻他也不听，带上三条猎狗进山了。他住在他哥哥经常住的岩洞里，他想起了他哥哥曾经对他讲过："岩洞口有一个小窟窿，塞有一个小木棍。这是一股神水，需要水时，拔掉小木塞，泉水会涓涓流出，不用时，一定要用原来的木塞堵住，不能浪费一滴。"他终于找到了水口，但他不会堵塞，神水流了满地。他没有锅碗，便顺手砍了一棵翠竹，做了三个烧水、烧菜和做饭的竹筒。第二天，放狗进山一无所获，一连三天都无收获，他懊丧地回家了。

哥哥问："找到水了吗？"弟弟答："水是找到了，也怪甜的。"

哥哥问："把泉眼堵住了吗？"弟弟答："忘记堵住了。"

哥哥问："拔掉了竹子吗？"弟弟答："是用刀砍断的。"

哥哥生气地说："泉水是神水，是诸神恩赐给人间的，你没有堵住，神水都白白流走了，这就等于人们的好运丢失了。人们有各种工具，但就是不准用刀砍，诸神最忌讳铁刀，用刀砍了要短命的。从今以后，再也不准你进山狩猎了。"

没过多久，他弟弟去世了。哥哥说："这是他应得的报应。"

从此，他单身生活了几年，后来，他娶了妻，开头生活还算幸福，有肉吃。娶妻后不久，天底下的野兽都被消灭完了。猎人一年没有吃过肉了，猎狗天天进山，回回空返。猎人的日子越过越穷困。他对三只狗说："这样的苦日子再也不能继续下去了。你们三个，一个是从天界拉钦东布来的，一个是赞域其水加察来的，一个是从龙宫朱母加查来的，你们知道哪里能有肉，把它赶来，我想吃兽肉的欲望特别大。"

猎狗说："你如若有胆量，我们可满足你的愿望。"

猎人说："我打死了世上所有的野兽，还怕什么怪兽。"

猎狗同声说："今天我们从赞域撵来一头犀牛，你可吃肉，光牛头也够你充饥好多天的。三个月后再从天界赶来一头特大的野兽供你猎获。"

当天下午，三只猎狗赶来了一头大犀牛，他只射了一箭，就结束了犀牛的生命。他把犀牛的心、肺等五脏分给了猎狗饱肚。

三个月后，猎狗对猎人说："犀牛肉吃完了，今天可以满足你最大愿望了，如果你敢射箭的话。"猎人牵着猎狗进了山。

第二天鸡叫头遍时放狗，到中午时分还没有动静。他吃过午饭，仍坐在石头上逮虱子。日头偏西了，他隐约听到高空有狗的叫声，他想："猎狗怎会上天呢？它们还对我说你敢放箭射，我们就能把它赶来，这是什么动物？"他正在思索忧虑时，忽然从天上降下一头像座小山似的野兽，全身是眼，眼里冒

火，火光刺眼，活像一团火球。他不敢久望，也不敢射箭，这时，他想起了三只猎狗对他说过的话："你若不敢射，把弓箭扔给我们，我们射箭。"他也不敢扔出弓箭。怪物走到三只猎狗跟前，轻轻拍了下，狗发出吓人的哀鸣。怪物飞走后，猎人来到猎狗跟前，猎狗说："你今天成了糌粑口袋（饭桶之意）。我们历尽艰辛才赶来了一头九头龙，你被吓呆了，把它放跑了。它是天上、地下的害兽，名叫萨，是专门使人患麻风病、中风病的害兽，是天上的神、地上的人、水下的龙都不喜欢的孽根。你放走了它，今后它还会使更多的人患病的。我们是来帮你的，在关键时刻，你不管用，我们不和你在一起了，我们要回天界、赞域和龙宫了。"

猎人听后，放声大哭起来，说："请住下不要走，我们是真诚的朋友。这次我错了，请多加谅解，再隔几天把九头龙撵来，我一定射死它。"

三只猎狗异口同声地说："国王的圣旨只能发一次，不能说二遍的。国王命令我们返回，我们只得走了，请你不要难过……"

猎人十分留恋地说："你们走了，今后我的日子怎么过呀？你们非要走的话，请留下你们的留言。"

猎狗异口同声地说："咱们相处这么久，野兽是我们赶来的，净肉是你吃了，骨头是我们啃，你和工玛拉加国王一样享福，我们活像你的佣人。这是不公正的。我们回去后也像工玛拉加国王一样享福。灶神三兄弟是我们的化身。我们走后，你上山也好，下河也好，我们还是照样帮助你，还会照样养活你。帮你、养你虽然是看不到的，但我们是你的后盾。还请你告诉天下人，我们是灶神三兄弟，会帮助全天下人的。但是，你也得祭祀我们。我们的名字分别叫嘎陶珍布、阿么陶要根布、卓玛同姆冷曲。祭灶时务要一一喊叫我们的名字，不喊我们的名字是猎获不到野兽的，喊叫了名字可以如愿以偿。喊叫我们的名字后，还要喊叫诸神如牛神、羊神、猪神、熊神的名字，大家会恩赐你野兽的。不过，有时候你喊叫名字，也可能会扑空的。这个时候，你要进行'卡让达古'（祭祀男性生殖器）。祭祀时，要九种黑木头；一把荆棘条，这种刺要像鱼钩一样；做七升鸡爪谷酒，不能酿成甜酒，要酸的；要九种黑白粮食；要黑、白、蓝三支箭，要用'卡拉果巴'（即桤木树）这种速生树做一个像你生殖器那样的'卡让欣'并涂成红色。你进山狩猎、下河捕鱼、迎战出征时，在

路口都要栽插一个‘卡让欣’。这样你会胜利的。”稍停片刻，三只猎狗又交代：“进行‘卡让达古’时，一定要杀鸡，最好是红鸡。你碰到红鸡、白鸡、黑鸡、花鸡时都要问：‘你是卡让鸡吗？是的，就说是的，不是卡让鸡请回家吧。’你会碰到卡让鸡的。一年起码要杀鸡祭祀‘卡让欣’三次，最少也得一次。”三只猎狗说完像鸟一样飞向了天空。

猎人伤心地睡了七天，口没进食。他想：这三条狗比亲兄弟还亲，是我的命根子，它们像天鸟一样飞得无影无踪了。

第八天，他按三只猎狗讲的祭了灶，敬了神，说："今天，我祭了灶神，现在我要打猎进山，请求灶神、兽神帮助。"说来也巧，这天他猎获了三头野牛。他高兴得嘴都合不拢了，心想：我的猎狗讲的一点不假，它们在人眼看不见的地方帮了我的忙。如果长期这样下去，我不愁吃，不缺穿该多好呀。

今日，珞巴族祭灶神的缘由就是这样来的。

此后，有半年的时间猎人没有得到肉食，这时，他想起了三只猎狗叫他祭祀"卡让达古"的留言。他进山前，先去找鸡，先碰到一只白鸡，他问："拉加嘎布（白神鸡），今天我要进行'卡让达古'，你是卡让鸡吗？你有三背肉、三背血和三背毛吗？如果够的话，请飞到我手心里来。"白鸡答："我是白神鸡，全身像海螺，是工玛加（天王神）的公主，不是卡让鸡。"他往前走，碰到一只红鸡，问："红鸡！今天我要'卡让达古'，你是卡让鸡吗？你有三背肉、三背血和三背毛的话，请飞到我的手心里来。"红鸡答："我是赞域红鸡，不是你

需要的鸡，请再去找卡让鸡吧。”猎人继续前行，碰到一只黑鸡，问：“你是卡让鸡吗？”黑鸡答：“我不是卡让鸡，是龙王的臣民。”猎人碰到一只花公鸡，“请问花公鸡，你是祭祀‘卡让欣’的鸡吗？如果你是卡让鸡，够三背肉、三背血和三背毛，请跟我来。”花鸡答：“是的！我是祭祀‘卡让欣’的鸡。我是多嘴的卡让，吵架的卡让，不和的卡让，挑拨离间的卡让。”它飞到猎人的手里，猎人将它杀掉，肉越割越多，血越流越多，肉、血、毛都有三背。他按照猎狗讲的办了，“卡让欣”插在门口。从此，他进山狩猎回回满载而归。之后，珞巴人不管上山狩猎，刀耕火种，生老病死，还是盖房筑屋，从事主要农事活动，都要祭祀“卡让欣”。崇拜“卡让欣”给珞巴人带来了幸福和发展。

附记：祭灶神的珞巴传说，已搜集到五种，内容大体相同，细节不一样，因为珞巴人以狩猎为生，他们离不开狗，对狗有特殊的感情，故形成了许多关于狗的传说故事。

讲述人：桑杰绕登，门巴族

江措，珞巴族

1997年搜集

公主选婿

从前有三个国王，一个是汉族国王，一个是印度国王，一个是“巴吾仓”（即藏族）国王，三个国王同去一个叫“巴拉”（即山那边）国王那里选王后，“巴拉”国王有三个公主未婚。汉地国王和印度国王身着绫罗绸缎，头戴黄色街帽，脚穿虎皮长靴，好不威风，而“巴吾仓”国王却打扮成又穷又傻的流浪汉，他名叫工卡纳杰。三个国王大队人马浩浩荡荡向“巴拉”王国进发。

在"巴拉"王宫不远处的泉水旁，汉族国王和印度国王分别从包中取出金、银、玛瑙、海螺首饰和绸缎衣物等见面礼物，并各取一竹桶净水为公主洗尘，他们盘腿坐在那里品尝点心和饭酒。工卡纳杰躺在取水的木槽旁。"巴拉"三个公主身背竹桶前来取水，公主们喊他起身让路，他却说："我走不动。"公主们好说歹说，他躺在那儿就是不动，大公主从他身上跨过去。二公主也请他让路，他说："天气太热，我走不动。"二公主从他旁边绕道过去了。取水时，二公主将水向空中洒了一瓢，边洒边说："我要嫁给汉族国王、印度国王。"正好这瓢水落在工卡纳杰嘴里，他说："你看看，你祀求的供水洒到了我的嘴里。"二公主说："我的供水是献给汉族国王或印度国王的，谁会敬你叫花子呀。"说毕将一只小勺塞到他的嘴里。三公主请他让让路，他说："我怕热，又怕冷，起不来，走不动。你如果不急请绕道过去，如若着急，请从我身上跨过去。"三公主说："我从小就没有踩死过蚂蚁、从别人身上跨过，现在怎能对你失礼呢。"她提起衣裙，从他旁边小心翼翼地绕过去了。她首先说："这是献给汉族国王的圣水"，将一瓢水洒向天空。再说："这是献给工卡纳杰的圣水"，将一瓢水洒向天空，全部落入"工卡纳杰"嘴里，"工卡纳杰"说："公主小姐，你洒的圣水全部进了我的肚里。"三公主感到惊奇。他砍了一节竹桶装满水给了三公主，她弯腰接水时看见他的无名指上戴有一个有九个圈的金戒指，她喝了一口工卡纳杰给她的圣水，味儿格外香郁。他趁三公主不注意时将九圈金戒指丢进了竹桶里。抵家后，大公主、二公主先后将水倒入大铜锅里，三公主倒水时，铜锅里"当啷"响了一声，屋里有光亮反射，她顺手从水中捞出金戒指揣入怀中，大家问"什么响、什么亮"，三公主说："是竹桶碰响了铜锅。"

第三天，"巴拉"王宫前面的草坪上人流如潮，长条几摆了一大圈，条几摆满了香蕉、橘子、水蜜桃、玉米花、奶渣、"库巴"（油炸饼）等各种食物。汉地国王、印度国王各坐一方，随从盘坐国王两边，"巴吾仓"国王一方是空的。选婿开始了，大公主身着盛装，端着象征吉祥如意的"土刀玛"（一个木斗里装满玉米花，上插孔雀羽翎，周边涂有酥油），她径直走到印度国王面前，献上"土刀玛"和一条长哈达（丝织长带，吉祥的化身）挂在国王脖子上，她选中了印度国王，这个选择出乎王后的意愿，想将她嫁给工卡纳杰。二公主选中了汉族国王，这个选择和国王及王后意想中女婿一样。三公主向国王和王后说：工卡纳杰不来就算了，我选中了一个“乞丐”，当听说是个“乞丐”，国王和王后大发雷霆，说：“你疯了，一个堂堂正正的公主还发愁选不中一个上等国王。”“爸爸和妈妈，我已将他带到门口看守晒粮呢”，三公主说。国王和王后气上加气，说：“一个乞丐女婿竟然到了门口，成何体统。”“爸爸和妈妈，选婿要选忠厚诚实的人，会过日子的人，与人为善的人。看名气，看财产要吃亏的。”女儿再三央求，国王两口子勉强同意了这门亲事。三公主向工卡纳杰献了“土刀玛”和哈达。消息传开，王宫里的人和周围百姓向她投以讥笑的眼光，讽言蜚语满城，三公主都不计较，不去理他们，照旧打心眼里爱他。“巴拉”国王安排汉地国王和印度国王住在金碧辉煌的高档卧室，而让三公主和工卡纳杰住在家仆住的低矮的木板房里。三公主不计较这些，只是爱“工卡纳杰”，并不羡慕荣华富贵。王宫里欢乐了三天，工卡纳杰仅得到一般客人的礼遇。三公主和工卡纳杰想的不是吃好、穿好、玩好，而是在自由的世界里无忧无愁地生存、生活和发展。

离别时，“巴拉”国王给大公主、二公主陪送的嫁妆有成箱的金银首饰、成群的牛羊。这些东西没有三公主的份，甚至不仅连一顿好午饭都没有给，还撵他俩“快滚”。工卡纳杰出门时，王后将灶火撒了他一身，他头也不回，大步大步向前迈去。王后抓一把灶火撒到三公主眼里，公主什么也看不见了，工卡纳杰让她在妈妈那里再住一天，治治眼睛，叫她顺着他拐杖留下的印子去找他。

她在王宫住了一夜，稍有一点视线，她顺着棍印找工卡纳杰去了。在途中碰到一个老人，她问：“你见工卡纳杰了没有？”答曰：“我不认识工卡纳杰，刚才‘吾仓’国王手持一根藤棍过去了。”在一座石山上，她俩相遇了，两人都累得气喘吁吁的。工卡纳杰说：“咱俩该吃午饭了吧。”三公主说：“爹妈偏心眼，给的午饭难以入口。”他说：“你稍等片刻，我取饭去。”不大一会，他端来了合口味的上等菜肴。原来，这是他的臣民特意为国王做的。往前走不远，是一个村庄，一条大狗扑来，把工卡纳杰按在地上，左一口右一口的撕他的衣服，三公主想：这下可完了，狗会咬死他的，吃他的肉的。当狗撕完了他的衣服，猎狗摇头摆尾起来，她感到惊奇，原来猎狗认出了是它的主人。他换上龙袍，相当魁梧。他俩走在一座山上，遍地鲜花争艳，每样采挖一棵，装了一大箱，这些花正是王太后特别喜爱的，将来献给王太后妈妈说不定会得到欢心。

他俩回到了王宫，工卡纳杰的爸爸和妈妈不让他俩进门入家，是想考考儿媳的智慧如何。王太后问：“国王的爸爸应坐在哪个位置？”答曰：“当然是金椅了。”王太后又问：“国王的妈妈应坐在哪个位置上？”答曰：“当然是银椅了。”王太后又问：“国王应坐在哪个位置上？”答曰：“父母健在当然居下坐海螺椅了。”王太后再问：“王后应坐在哪个位置上？”答曰：“海螺之下是木椅了。”她喘口气接着说：“你们是个小国、穷国，不能与我巴拉王国相比的。”这话引起了王太后的疑心和不满，想方设法制服她，发难说：“这是两卷白线，今晚你得将宫中所有珍珠玛瑙、贝壳穿完，才算你聪智，算是一个好儿媳。”又说：“打开你背来的木箱看看是一些什么陪嫁品。”三公主开箱一看，满箱鲜花变成了满箱金、银、海螺、贝壳、玛瑙首饰，王太后看花了眼，说：“你们‘巴拉’国富足名不虚传。”

晚上，三公主想，怎样才能很快穿完这些首饰，以赢得国王父母的欢心和国王的爱心。她正在纳闷时，脸上痒痒的，手一摸，原来是两只“达如”（蚂蚁），她将两个线头拴在两只“达如”脚上，“达如”从一个个首饰的洞中钻过，天大亮时，“达如”穿完了所有首饰，每条足有9庹长。早饭毕，三公主将穿好的首饰送给国王的妈妈，颇受赞赏，国王父母盛赞儿媳，让她坐在金椅上，奉为上客。

三年后，国王和王后要回“巴拉”国探视父母，他们带了20匹骡马的礼物。将要到达王宫时，只见人头攒动，不得其解。到跟前细看，原来是大公主和印度国王、二公主和汉族国王，人脸苍白，衣着破烂，好像一群乞丐。当家仆告诉国王“三公主杰西带大批人马前来拜见国王”时，国王大为愕然，原以为三公主嫁给一个乞丐，说不定早就饿死了，没想到她却发达了，而另两个国王当初那么富有，今日却沦为乞丐。他叫家仆打扫庭院，布置迎宾营帐，烹饪上等佳肴，准备隆重迎接贵宾。三公主和女婿向国王和王后拜了鞠躬礼，女儿和妈妈，女婿和岳父碰了额头礼，然后赠送礼品，光玛瑙就装满了两箱，国王和王后眼花缭乱，王后说：“这不是做梦吧。”国王说：“你摸摸就知道不是梦了。”三公主在国王那里住了一个月，整整30天，30是个吉祥的数字。

三公主生了两个儿子和一个女儿，都很聪明、能干、勤奋。他们成人后都结了婚，生儿育女，孝敬年老的父母，不几年工夫，成了三十口人的大家，人们天天沉浸在欢乐、吉祥、幸福的日子里，处处是天伦之乐的气氛。据说，三公主和工卡纳杰都在暮年才逝世，所以，珞巴人讲："和睦是长寿的根。"

扎西拉达同，珞巴族
1997年5月搜集

神秘的南峰

珞巴人叫南迦巴瓦峰为"玛扎如扎"，含义是它翻手为雨，覆手为云，反复无常，上午大晴天，下午雷电轰鸣，拳头大冰雹袭来，真可谓"一山有四季"。那么，它是怎么形成的呢？

从前，有个人叫曲琼·米琼加曲，他有三个儿子，一个放鸡，一个放牛，一个放马。因为都挤在一块，草不够吃，牛和马一天天消瘦。老人祈求国王恩赐一块草场，国王是个吝啬鬼，一根针都不舍得送人，在老人再三恳求下，国王答应给他牛皮那么大的一块草场。他叫家仆用牛皮去丈量，划了地界说："国王圣旨，这是给你的牧场。"

三兄弟是猎人，又是牧民，从小是揉皮的行家，在上百蜘蛛的帮助下将一张小小的牛皮拉到有百克玉米种那么大（约合0.3平方千米），而且是一片水草繁茂的牧场。国王鉴于面子，虽然舍不得，只好让给猎人了。

曲琼·米琼加曲叫儿子们在国王恩赐的草地上修一个"曲登"（佛塔），供"米吉"祭仪的场所。他们运来珍贵的柏树玉石，白天盖，晚上垮，盖了20天，垮了20天。"米吉"占卜说："地下有个独眼、独腿、独臂的妖婆叫'巴唐'，它丧尽天良，不但吃人、吃鬼、吃神，连它爹妈都进了它的腹中。天底下谁都制服不了它，它惧怕的唯一东西是毒箭。”兄弟仨在“曲登”底部、四周埋设了20组20支毒箭，不几天有九人高的雪山的“曲登”竖立在大草原中间，“巴唐”这下再也拉不动了。

“巴唐”从地下破坏不了“曲登”，它从天上抓住“曲登”往上拉，一直拉到云里，直至再也拉不动了，所以，南峰就是一座“曲登”，它的顶部四季白雪遮盖，云雾缭绕。

“巴唐”后来成了金刚度母神，统帅天底下的鬼和神，神族称它为圣祖，鬼族们称它为魔婆。“巴唐”栖息在山顶的一个最大岩洞里，可以容纳上百人，这里是天底下鬼和神议会的地方，天底下最凶恶的鬼怪都控制在“巴唐”手里。珞巴人、门巴人生病都是鬼怪们勾走了人的灵魂所致，珞巴的“米吉”、门巴的“巴吾”（神汉）、“巴姆”（巫婆）驱鬼招魂都要杀牲祭祀“巴唐”手下的恶鬼。所以，至今，南峰仍旧是人们朝圣、祭祀的“天国”。

1997年搜集

漫说南峰

相传，南迦巴瓦峰是山神出没栖息地，青海、甘肃、四川以及国外的善男信女都成批地涌向圣地，不计路途艰险，对他们来说能来亲身目睹一下南峰，即使留下遗骨，也心甘情愿。

南峰骑在喜马拉雅山山脊，是日域南部和东部最高的山峰，也是世界第十五高峰。它兄妹仨，它是大哥，比它稍低一些的是二哥，工萨嘎布，再稍低一点的是小妹工萨代姆，它们仨是并排坐落的南北走向的山峰，远在林芝德木、色齐拉山顶眺望，它们仨像三把利剑直插云霄，而它们仨的对面、雅鲁藏布江西岸的加拉白垒峰比它们稍低一头，却是个平顶，一尖一平形成了奇特景观。两山陡峭，壁岩有几千庹高，中间没有任何缝隙和阶梯，真是鬼斧神工所为。峡谷中的雅鲁藏布江最窄处，也只有五十庹左右。南峰的悬岩峭壁上，布满了大小不等、开口各异的岩洞，不少洞中怪石比比皆是。什么洞是什么神、什么鬼的住所，哪个洞是哪个神、哪个鬼的什么仓库，都有说法的。洞中的泉水有黄色、白色、乳白色和淡红色，朝觐者不远万里带走各种泉水，有来治胃病的，治不孕症，治皮肤病的。有些水中还有娃娃鱼、水鼠、水獭、岩蛙等珍稀野生动物。漫山遍野是苍天林水，林中栖息着白猴、羚牛、白唇鹿、扭角羚、虎等野兽。南峰尖顶终年被白云雾气遮罩。开春季节，成千上万吨的冰块从山顶跃落下来，形成震耳欲聋的山崩，埋葬村落，堵塞河流，1950年8月15日那次8.5级的大地震，南峰滑坡使雅鲁藏布江断流7天，淹没了5个村庄，珞巴人讲，那是群鬼诸神发怒的结果。由于南峰的奇特、别致，珞巴人、门巴人把它视为“拉仁”——神山，祭师和神婆每次祭祀，都会说是南峰——金刚度母峰的某某神所为，某某鬼作祟，整座山上住着大神族，即生怕姆、当真、拉吉、如甲和桑昂，一切鬼神都归它们管辖，但总管是生怕姆，它主宰一切，百姓祭祀时，首先要敬祀它，提它的名字。人们不敢得罪它，它给人赠赐幸福，它庇佑人平安，否则，厄运会不时袭来，造成苦难和不幸。我们一年四季频频祭祀它，缘由就在这里。

1997年4月搜集

财崩的传说

在雅鲁藏布江大拐弯中的刀嘎村的江对面的南峰山腰上，有一处叫“财崩”，含义是“长寿”。在这个陡峭的悬岩上难得有这么一块百十平方米的平地，平地中央直立着一座四十庹高的圆形石柱，柱石上刻画着许多岩画，有人、有鬼、有神、有动物，岩画有大有小，形状各异，似马非驴的图画，只有仙人才能说清楚它是什么。石柱成宝塔形，底座大，塔顶小，直径不足五庹。石柱中间是空的，能容下几十个人伸腿睡觉，洞壁光滑，壁石能照见人影，呈紫色。周围的绝壁石缝长着挺劲的松柏。从南北方向只有两条不足半庹宽的小径通往“财崩”。“财崩”往下是陡峭的万丈深渊，距江面二千余米，往上顺着岩石只能看到一线天，几只雄鹰在天际盘旋，给人以神秘和恐惧感。来此朝圣者，带来了许多国家和地区的祭祀物，上至玉石，下至各地特产应有尽有，仅货币就有上百种，足够五个人背。善良的人们，只有投放，没有悄悄取走贵重祭品的。朝觐者能目睹一次“财崩”的容颜，真是一生之大幸。因此来此朝拜者成群结队，有国内的各族游客，也有国外的善男信女。他们历经多少艰险才能如愿以偿呀！

那么，是什么力量吸引了这么多人对“财崩”的兴趣呢？

这里，除了它奇特的地形地貌景观外，还有一个美丽动听的传说呢。

刀杰帕姆是个善良的女神，它祛灾降福、驱邪扶正、镇妖弘善，在珞巴人、门巴人的心目中是至高无上的，都祈盼着女神能给自己、家人、氏族、部落带来幸福、平安，因而处处、事事、时时讨好它，频繁杀鸡、猪、牛祭祀它，以在心理上得到一些安慰，但是他们这样做，心里并不踏实，总感到没有达到心中最大的夙愿，那么，去哪里找回心灵的意愿呢？

刀杰帕姆女神就在后边，白马岗地区（含珞渝、墨脱、林芝县等的部分地方）是刀杰帕姆女神的化身，她仰卧在这里，女神的头是高不可攀的南迦巴瓦峰顶，茂密的森林是它的头发，白马希仁河是它的小肠，雅鲁藏布江是它的大肠，左腿伸向察隅，右腿伸到波密县，右手放在林芝县，这些地方真有其名，但地域广阔，没有具体位置，而“财崩”却是它的右手的小拇指甲盖，看得见，摸得着，目睹了它，等于看见了它的美容，虔诚了，它会赐予自己福气的。前往得善者返家后都说：“看见了女神的玉容，心里踏实了，忧愁消散了。”因此前往朝圣者很多，道路的艰险置之脑后，能目睹女神一眼，即使亡命也心满意足了。

1997年4月搜集

金棒和金盘

单身汉种了九升小米种子的林地。土质肥沃，人也勤奋，精耕细作，禾苗天天见长。小米成熟了，他去收割时，庄稼被收走了，一颗也没有剩下，他坐在地边伤心地责骂盗贼。他想：珞巴人最忌讳偷摸行为，那么今日非找到盗窃者不可。他寻踪追迹，顺着沿途掉的谷穗一直追到一座红房子跟前，房门大开，空无一人，谷穗堆在顶篷上，脚印有人的两只脚那么大。他隐藏在顶篷上，决心和盗贼决一生死。

傍晚，罗刹鬼回来了，它拄着一根金拐杖，指着门说："开开门。"门自动启开了。它进屋坐在灶旁，看到三块灶石被翻了个个，就用金棒指着灶脚石说："把灶石垒好。"灶石自动立了起来。金棒指着石锅说："把锅坐上。"锅自行坐在三块灶脚石上。金棒指着大梁说："倒上酥油，放入猪肉。"从梁上滴下一瓢酥油和9块猪肉。金棒指着火塘说："点火做菜。"熊熊灶火把罗刹的脸照得通红。煮好菜，金棒指着金盘说："端来米饭。"罗刹面前一盘米饭和一锅肉菜，被它吃个精光。金棒指着金盘说："我要喝酒。"一竹桶白酒和一竹桶鸡爪谷甜酒也被它喝个精光。它一动也不动，用金棒指挥，要啥来啥，单身汉看得一清二楚。它饭饱酒足后，躺在灶旁眯眼似睡非睡。它听见顶篷上有动静，问："什么声音？"他答："'咭咭加加'老鼠声。"片刻，罗刹鬼又听见顶篷上又有大一点的声音，问："什么声音？"他装着动物腔说："要吃掉你！"过了一会，单身汉第三次在顶篷上蹦蹦跳跳，竹子发出撞击的声音，把罗刹吓跑了。单身汉拄着金棒，端着金盘回家了。

自从单身汉有了金棒和金盘后，不再狩猎了，不再劳动了，他需要什么，用金棒一指点就会得到的。他的日子过得红火富裕了。

村里有另一个单身汉对朋友日趋富裕感到迷惑不解，问道："朋友，原先咱俩一样穷，你怎么变富了？"单身汉如实讲了经过。对方问："我照你的办法去做能否如愿？"单身汉答："可以试试。"

村里这个单身汉种了一大片谷子，将要收割时，谷穗被割得净光。他顺着足迹来到罗刹住所，门闭着，房内无人，他将灶脚石弄翻，藏在顶篷谷穗堆里。傍晚，罗刹回到家里，它没有了金棒和金盘，靠自己双手去做，饭菜不熟不香，筛的酒是酸的。它马马虎虎吃了饭，喝了酒，躺在地板上回忆失去金棒和金盘后的悲惨生活，越想越生气，突然顶篷上发出响声，它问："什么声？"他佯装鼠答："老鼠在吃谷，'咭咭加加'。""噢，原来是你偷走了我的金棒和金盘，害得我好苦呀。"它吃掉了他。

讲述人：纳龙

1997年搜集

勤劳人一生平安

一对夫妻无儿无女，妻子贤惠、勤劳，丈夫是个"戈希共"（懒汉）。

妻子砍了一片林地，地中央有一丛芭蕉树，吃午饭时，她听到树上好似有人在说话，她抬头一看，芭蕉正在开花，花蕊中坐着一个小女孩，顷刻间幼女变成了和她岁数差不多的青年妇女。她害怕地返回家中，告诉了丈夫，两人都觉得奇怪，要看个明白。第二天，他俩一道来到地里，芭蕉树依旧，既没有花，也没有人了。丈夫打了妻子，说妻子骗了他，要他到地里受罪。

翌日，她独自一人下地劳动，刚到林地边缘，看见一个姑娘坐在花丛中，她来到树下，那个姑娘一跃跳到她面前，把她背走了。这时，她才知道那个姑娘是个魔鬼。

当晚，妻子未归，丈夫来到地里，在地的下方有一个小女孩在吃他妻子的肠子，他问：“你吃的啥？”“是山羊的肠子。”女孩答。“你家在哪里？”他进了洞，一个老妇坐在那里摆弄什么，“喂！‘阿米’，跟我走一趟”。“阿米”说：“我走不动。昨天，我女儿捕到一头草鹿。”他说：“把你女儿喊回来。”她到门外，大声呼唤三声女儿的名字，果然女儿回到洞里。他问：“你把我的妻子弄到哪里去了？不说实话，今天非杀了你娘俩不可。”女儿答应马上归还他的妻子。

女儿来到一个玉石洞中，洞里不冷不热，世界上的食物这里都有，他的妻子天天过着神仙般的生活。“你丈夫来接你回家。”女儿说。

一个美女站在丈夫面前，比原来更年轻、更漂亮，他简直不敢认了。他想魔鬼总是要吃人的，不吃这家，就吃那家，都逃脱不掉的。所以他左手牵着妻子，右手一扬将老妇的头砍下，再一扬手，女孩被砍成两截。夫妻俩往回走，天黑了，他俩夜宿大树洞。睡到半夜，丈夫掉到深洞，原来是魔鬼老妇设的陷阱。妻子单身度日，一直到老死。

1997年春节搜集

亡命的贪心女

一个富裕女，一个穷苦女住在同一个村庄。

穷家女对富裕女说：“我饿得很，请给我个活干，给顿饱饭吃。”

富家女说：“我家没有什么活可干的。这样吧，你帮我逮逮头上的虱子，我给你一顿稀饭吃。”

穷家女将富裕女的头翻过来翻过去，一个虱子也没有捉到，富裕女设法把穷苦女的指甲都剥掉了。下午，穷苦女头痒，用手去抓，一个指甲也没有了，

她心想：富人家，黑心肠。富裕女给了她一升口粮，用力往下倒，撒了满地，她哭了，一群红鸡帮她一粒不剩地捡了起来，她高高兴兴地回家了。

穷家女视粮为宝，她筛了又筛，选了又选，磨了一道，再磨一道，将细细的面粉做成9个“刀玛”（供品），采集了一些“索罗”（一种灌木）上了山。她将“刀玛”并排放在芭蕉叶上，前面燃起一堆煨桑，“索罗”的香味清香扑鼻。她又去砍了些“索罗”，当她返回时，“刀玛”全部倒了，她思索了好久，不得其解。她往前走几步，发现有一个“达如”（蚂蚁）窝，“达如”一只紧跟一只钻入洞里，她跟着进了洞，碰见一个取水的老妇，她问：“我少了一个‘刀玛’，不知‘阿米’（大娘）看见否？”老妇说：“不只见过，而且还吃了它。”老妇是个魔鬼，把她领到家里，又是给她做饭烧菜，又是筛酒招待，亲如家人。第二天一大早，老妇给穷家女招待了饭酒，说：“这是我吃你‘刀玛’的回礼。”穷家女说：“‘刀玛’是圣洁的，只有神灵、鬼灵才能享用，你好好想想吧。”老妇思量了一会给她一个“央”（金棍），说：“你今后不会再饿肚了。”

穷家女半信半疑地手持“央”回到了家里。她累了，饿了，坐在灶旁思量，“我为何不试试呢”。她将“央”指向火塘，说：“我要米饭。”果真一“邦琼（竹盒子）”热腾腾的大米饭摆在面前，接着肉、酒、香蕉等都出现了。她美美地饱餐了一顿。从此，她成了村里的富户。

富家女嫉妒穷家女富裕了。她几次到穷家女家里打听致富的秘诀。心实如铁的穷家女如实地把经过讲了出来。富家女说：“我明天给你打工。”穷家女给了她5升粮食。

富家女将粮食做成5个“刀玛”，放在山上祭供，也烧了堆煨桑，她去砍“索罗”回来，刀玛并排立着，一个也没有少。她围着煨桑转了三圈，看见一个“达如”洞，她将“刀玛”扳倒，将一个“刀玛”扔进“达如”洞里，接着她跟着“达如”进到洞里，碰见给穷家女金棍的老妇，她问：“‘阿米’，你看见我的供品‘刀玛’没有？”老妇答：“我不但见了，还吃了它呢。”老妇像接待穷家女一样款待了她。第三天早饭后，富家女提出：“你吃了我的‘刀玛’，应赔偿我。”老妇给了她一个“央”。这个“央”和给穷家女那个金“央”相反，你要金它给你铁，你要水，它给你火。

富家女高兴得边走边唱，很是得意。她回到家里，盘算着富上加富，超过穷家女。她坐下后手持“央”，说：“给我送来人头那么大的一块金疙瘩。”瞬间，一个魔鬼头出现在眼前，眼睛还在旋转，她吓得毛骨悚然，直打哆嗦，魔鬼站起，一口吃掉了她，魔鬼回了岩洞。

讲述人：巴弋

1997年搜集

机智姑娘战野人

夫妻俩有个美貌尚未成婚的女儿。

姑娘上山砍柴，捆好一背柴火，坐在地上歇息，高处有呼喊声，她正在纳闷时一个野人出现在眼前，一手拎起她背走了。她被放在一个很陡峭的崖洞里，野人白天上山捕捉野兽，羚牛、香獐、熊、野猪、猴子都猎获不少。它烤肉给她吃。晚上睡在一块。姑娘思念父母，想方设法逃出去，苦思冥想，有了一个计策。

第二天，吃过早饭，野人上山前，她指着麝香说："你多捕获带这种味儿的野兽。"野人通人情、守信用，带回来很多麝香。她把香獐皮揉成软软的，缝了一个口袋，装满了麝香，用香獐皮做了一双鞋子，穿在脚上，大小挺合脚的。

野人叫姑娘也给它做一件皮衣。姑娘叫它背张"西本"（羚牛）皮回来。

姑娘叫野人钻入羚牛皮里，小针脚地把野人除头外全部缝到皮里。用湿牛绳把它悬吊在树上，不久，它就死了。她背着一口袋麝香回家了。

她向爸爸和妈妈叙述了这场惊险的遭遇，爹妈称赞女儿机智勇敢。

她到家后用麝香换回口粮，后来一个英俊少年成了姑娘的丈夫。全家舒舒服服度日。

讲述人：巴嘎

1997年搜集

弟弟战罗刹

一家三口人，两个姐姐和一个弟弟。

一个姐姐和狗成亲。姐姐在筛酒，狗丈夫闻了闻酒味，瞪了一下眼走开了。姐姐把狗丈夫藏在一个大铜锅里，叫其他几只狗猜测狗丈夫藏在哪个铜锅里。几只狗先后抵达三个铜锅处，转一圈后，用舌头舔了藏狗丈夫那个大铜锅。

一个姐姐和罗刹成亲。罗刹心思毒辣，百般折磨弟弟，它把他打发去打猎，他返家后，姐姐被杀死，煮成了肉酱，罗刹给他盛了一碗又一碗，他都没吃，倒入地板洞里。

他躲在树杈上，一群罗刹在树下玩耍，他拉尿屙屎，把罗刹们浑身弄得臭熏熏的，逃回了山涧洞里。

他来到龙宫，会见了姐姐的灵魂，姐姐告诉他整死罗刹的办法。他天天练甩铁链、搬石头，力气一天大似一天。一个月后，他可以将房大的石头扔得很远很远。

一天中午罗刹和他比试劲力，他一石头砸死了罗刹。

姐姐也从龙宫回家，他们安详地生活在一起。

讲述人：达娃

1997年搜集

六岁神童当首领

一个村庄经常闹鬼，民不聊生，村民惶惶度日。“米吉”（占卜师）经过占卜，说：“要在后山上修建一座寺庙，才能避邪。”村里的男女老幼一齐出动，招术的招术，搬石的搬石，垒墙的垒墙，干得很欢，可是，白天盖，晚上垮，三年时间都是这样，百姓有些厌烦了，许多人不想再劳动了。一个大胆的猎人去请“米吉”占卜，“米吉”说：“这里妖怪多，魔气重，只有埋入一个小孩才能镇妖。”经过挑选，选中了猎人两岁的男童。猎人说：“儿子！不是爸狠心，是村人的意愿，是神的旨意，去吧，儿子！大家不会亏待你的。”接着唱道：“那里是龙宫，吃喝用齐全，伙伴多如虫，天堂的天堂。”儿子哭着答应了。村人在寺庙深处修了地下室、卧室、伙房、厕所，牛奶、粮食、肉食、食盐、香油等应有尽有。村人在地下室上建起了一座金光灿烂的寺庙，成了“米吉”和村人议事的场所。自从建寺后，这里风平浪静，再也没有出现过妖怪兴风作浪的事了。

男童在地下室住了三年，人胖了，个高了，脑子活跃了，他对同居的“工钦”（一种鬼）说：“我爸是经幡，我妈是水磨，我害怕风吹走经幡，水冲走水磨，我得回家看看。”“工钦”知道男童是想吃肉了，害怕男童害他，他天天挖洞，终于挖通了，出走了。男童也从洞里钻出来，回到了家里，爸妈都不认识他了：“妈妈！你细细看看我。”妈妈看见他耳后有一个红痣，紧紧抱住儿子，悲喜交加，说不出话来。

这时，儿子才5岁，聪明过人，天天跟随爸爸进山狩猎，是爸爸的一个好帮手。

男童6岁时，单身进山狩猎了，趟趟兽肉满筐，他都均匀地分给村民。

有一次，他一天打死3头羚牛。族人称赞他是神童，选他为部落首领，领着村民狩猎生产，大家日子过得火红火红。

讲述人：扎西拉达

1997年搜集

坏心吃恶果

姐妹俩分了家，姐姐富裕，妹妹穷苦。

妹妹在姐姐家打短工，姐姐叫她在她头上逮虱子，逮了一天，妹妹脖子都扭歪了。

姐姐给妹妹一升玉米当工钱。妹妹拿来口袋、竹皿盛粮，姐姐都不许，叫妹妹用围裙接粮。她用力倒在围裙里，用手一按玉米籽撒了一地。姐姐的鸡啄食了玉米，姐姐笑出了眼泪，妹妹只捡起一把玉米籽，哭着回了家。

妹妹砍了一天林地才砍了一小片，第二天再去砍时，林地已经被砍了一大片。

第二天去点火时，昨晚林地被烧成一片灰烬，草木灰有半人厚。

第三天去下种时，已经播种完了，土地平整得光光滑滑的。

以后去松土、拔草时，早已松了土、拔了草。她愣了。

庄稼成熟了，当天收获了一部分，第二天去时，庄稼全部被收获完了。她坐在地头咬牙切齿地说："非抓住小偷不可。"她顺着掉的谷粒找到一个岩洞，只有一条小狗卧在那里。"请开门。"妹妹说。石门开了，妹妹说："你偷了我的粮食，我是来索赔的。"它说："你给我喂饱再说。当然偷一赔十是规矩。不过这里是罗刹住所，它们要吃人的。你藏在二楼稻草里，上边盖个炒锅，你眼朝下看，双耳听动静。如果罗刹问'什么声音'，你说'叽叽老鼠我'。"

晚上，罗刹王回到洞里，觉得反常，它的头左右闻味，说："屋里有人味。"小狗说："你是罗刹王，谁敢来你的住所。"它放心地坐在灶前。灶旁有一根金棒和一个金炒锅。它拿起一根金棒指着灶："快快立稳灶脚。"三块灶石乖乖地栽立灶心。它指着炒锅："金锅坐在灶上。"金锅自动稳稳地坐在三块灶脚石上。它指着灶塘："燃起烈火。"熊熊大火照得洞里通明。它指着仓库说："放足油、肉、盐和调料。"片刻，满满一锅菜烹饪好了。它又指着石锅和仓库，满满一锅米饭做熟了。罗刹王饭饱酒足后躺在那里歇息，有几滴尿水掉在脸上："什么臭水洒落下来？"她说："叽叽老鼠我。"罗刹王说："是鼠呀，锅里的饭菜请自便享用。"

第二天，罗刹王进山了。小狗对她说："我偷了你的稻谷，这根金棒和炒锅是偿还你的，有了它，你会过上幸福日子的。"

她有了金棒，草房变成了三层楼房，院坝宽敞，鸡牛成群，家具齐全，金碗玉盘，粮肉满仓，成了当地的首富，人们都羡慕她，而姐姐却嫉妒她。

姐姐围裙里装满了灶火，准备撒在妹妹脸上。妹妹像往常一样热情招待姐姐，她无脸下歹心，只好将灶火扔于灶中。"妹妹！你是怎么富裕起来的？"妹妹说："你给我的短工钱是一升玉米籽，还被你打翻在地，我只捡了一把种子。你拿我取笑，你哈哈大笑，我却哭着回了家。我砍树、点火、播种、松土、拔草都有人帮助，收获时却被偷个精光，我撵到罗刹王洞里……"她如实地讲了。姐姐说："我这样办，也能得到金棒吗？"妹妹说："我想会得到的。"

姐姐帮妹妹逮虱子。姐姐拿来筐子、竹皿，妹妹说："不行。"最后，一升玉米轻轻倒在姐姐围裙里，姐姐一松手，玉米撒了一地，她假装哭了，鸡子吃完了玉米。她照妹妹那样：砍树、点火、布种、松土、拔草，样样活路都有帮忙的，收获时，庄稼被偷，她照样来到岩洞旁，岩石塌陷，盖了一间草棚："请开门，你偷了我的粮食要赔偿的。"小狗说："你先把我喂饱。"罗刹饿急了才去偷的，它现在穷了，我给你吃饱，赶快藏起来。她骂了小狗，还不给小狗吃饭。小狗把她藏在大梁上。她看见罗刹王在灶旁，用巴茅杆指挥做饭，动作忙乱乱的，火也小，肉油不多，饭也吃不饱。它躺在那里发怒道："谁偷走了我的金棒，使我穷成这个样。"刚说罢，大梁上有动静，它问："你是谁？”姐姐答：“叽叽老鼠是我。”罗刹王说：“管它是鼠是人，今天没吃饱，填填肚子也好。”它一伸手，抓住她吃掉了。

珞巴谚语说：好心有好报，坏心吃恶果。

1997年搜集

恶有恶报

从前有两个傻子，天上的名叫古古纳西。地上的名叫布如刀杰，它住在龙宫，是龙王的贵子，形似青蛙。

一个国王有三个女儿。布如刀杰爬在王宫门口的竹梯上，高喊“我要娶公主为妻”。国王派家仆出门看个究竟。“回禀国王，一个人影也没有，只见一只青蛙蹲在竹梯上。”家仆刚讲完，外边又传来了“我要娶公主为妻”的声音。家仆返回说没有看见人。“我要娶公主为妻”的声音更大了，国王亲自前往看见是只青蛙在喊叫，说：“你是动物怎样和人结为夫妻？”“你如果不答应，我要哭的。”青蛙说。国王说：“小小的青蛙，你要哭，请便了。”青蛙小声哭了一会，国王的房子都哭了，臣民的房子也哭了。“国王，你就答应它吧。若不答应，它再大哭，全国的房子都会大哭，说不定还会倒塌的。国王！你开恩吧。”百姓们再三乞求，国王终于答应了这门亲事。

青蛙领着公主回到家里，相亲相爱，日子过得不比王宫里差。一年后，喜得贵子。

一天，青蛙对妻子说：“今天要分酥油。酥油在山顶牧场里，你顺着沙坡往上爬。”妻子往上爬三步，往下滑两步，相当艰难地爬行。青蛙从石板路一跳一阶，很快跳到了山顶，它转身三圈，变成了一个英俊少年。下午，妻子背着孩子才爬到牧场，累得满头大汗。

英俊少年负责分油。分油时，孩子对妈妈说："分油者是我爸爸。"按照珞巴规矩，这时要给实物压灾的。他给了儿子一包酥油，古古纳西只得到半包，爸爸说："这一包酥油是分给青蛙你们的，叫你妈妈背着从石路上回家。"他却从沙坡上很快滑回了家里。

妻子背着酥油，怀抱儿子一步一步从石阶路上下山，傍晚才回到家。他又变成了青蛙。他问儿子："世界上男的谁最英俊？"儿子答："龙宫里的男龙最英俊。"小孩虽小，但他知道眼前这只青蛙就是他的父亲，父亲听后乐滋滋地，又问："世界上女的谁最漂亮？"儿子答："我妈妈首屈一指，可和任何女的媲美。"

该分茶叶了。妈妈背着儿子照样从沙坡爬到牧场，青蛙照旧从石板路跳到牧场。青蛙分茶叶时，儿子说："爸爸分茶叶格外公道。"青蛙给了他一条（即十四块）砖茶，古古纳西只得到半条，他对青蛙大发雷霆，发难说："你端着这碗牛奶，骑马飞驰一圈，若牛奶不洒地一滴，算你分配有效。”青蛙骑着高头大马，右手端着碗，洋洋得意地奔驰在草原上，尘土飞扬，古古纳西看着碗端得稳稳的，心生诡计，将他的“格复”（玛瑙）弹向骏马，打断了一条马腿，又弹回打掉了他的牙，应声倒地，但牛奶碗牢牢端在青蛙手中。妻子领着儿子，背着茶叶从石板路回家了。

分食盐了。妈妈带着儿子从沙坡上去牧场，青蛙从石板路上去牧场。青蛙分盐时，儿子说：“爸爸分盐儿多分。”青蛙给了他9升食盐，古古纳西哭了，青蛙笑了，缺少一颗牙，这可引起妻子的怀疑：“难道青蛙就是我的丈夫？！”

分肉那天，母子俩早早启程，边走边四周张望，走远了，青蛙才出门。青蛙今天心神不定，预感到会出什么事情，它走路也是东歪西晃的，突然碰着一块巨石，身上碰掉了一块皮，痛得直跺脚，脱掉皮，挂到树上，变成了一个英俊少年，和分茶叶、酥油、食盐的那个迷人的人一模一样。母子俩并没前行，躺在巨石后看得清清楚楚。妻子动手快，抓住青蛙皮烧掉了。青年回头一看，说：“你烧得早了一点，如果晚烧会更幸运的。”

自从古古纳西见了公主以后，朝思暮想能夺她为妻。公主烧掉青蛙皮后，他冬眠了，怎么晃动他都不动一下。心怀鬼胎的古古纳西，黑如炭，把青蛙砍成了九块，趁机把公主带回天宫，他如愿以偿了，公主成了他的爱妻。

春天来了，万物苏醒，青蛙复苏，对接好了支离破碎的身体，变成了英俊少年，到处乞讨游荡。在山上碰到一位老人，问它：“这么没精神到处流浪为哪般？”它说出了委屈：“天上的古古纳西趁我睡眠时砍断了我的身体，还抢走了我的妻子和儿子，带到了天庭。”老人说：“古古纳西是厉害，但你爸爸的一个朋友可以帮助你的，他住在很远的一个叫‘白马’（莲花）的地方。”

他走了好多天，翻了好多山，蹚了好多河，终于来到“白马”，找到了爸爸的朋友，他讲了原委，老人愿意帮忙，但老人的老伴竭力反对帮助。老人告诉他，本月十五日背着老伴帮他成行，地点在山上戈龙的牧场里。

十五这天，他俩都早早来到牧场，老人告诉他：“借马是遭到妻子坚决反对的，不借吧，说不过去，是朋友呀。我把马群赶过来，你抓住那匹白色，脖上挂有金铃的骏马，它是天马，可以送你去天庭的。”只听一阵“踏踏”马蹄声，一群骏马飞驰而来，他伸手没有抓住那匹闪电般的天马。老人说："这次你没有抓住天马，再来一次，如若再逮不住它的话，别埋怨我无情了。"第二次，他又没有抓住天马。老人说："谚语说'事不过三'，看在老朋友的面子上，最后再来一次。"老人给他头上插了三根鸡毛，片刻，头痒，他一抓头掉下一把鸡毛，越掉越多，他感到身体轻松多了。一群骏马奔驰而来，他轻易地跳到了天马背上，说："不在地上飞跑，请飞往天庭。"临别，老人给他一根金针和一根银针，交代说："它不上天，用银针扎肚；它不进天门，用金针扎肚。"

年轻人骑着天马在草坝上打转转，就是不升天，当肚皮挨了银针后，它直飞天宫，到天门时，就是左右摇摆不进去，被扎了金针后，它进了天门，进门后，它在古古纳西的宫廷周围转了三圈，大门紧闭，无法入内。木板墙有一个指甲盖大小的缝隙，他变成一只"达如"（蚂蚁）从墙缝中钻了进去，屋内有古古纳西，他的妻子和儿子三个人。"达如"在妻子面前直打滚，妻子知道这"达如"就是她的丈夫，作恶多端的古古纳西树敌太多，处处设防，宫廷周围暗箭、陷阱比比皆是，就连这小小的墙缝都涂了毒药，"达如"爬进来时中毒致伤。她连忙用金水把"达如"洗得干干净净，祛毒消灾，放在怀里取暖。这个情况古古纳西是无法知道的。

古古纳西以物换物去了外地，很久没有回家。

古古纳西的爸爸觉阿纳杰是个占卜师，占卜灵验，法术第一，咒经吓人，他咒谁，谁就得死。说他法术第一，他能叫你死，也能叫你复活，是闻名遐迩的"米吉"，人们敬慕他，又惧怕他。

妻子在火塘上挖了一个大洞，立三石为灶，上座一个大铜锅，锅内倒入九升小麦，三只鸡的毛撒满水面。儿子请来了爷爷，妻子说："我来到天庭，也没有给老人家您斟过一次酒，今日，要尽尽孝心。"她将准备好的头道酒一瓢一瓢地倒给老人喝，三竹桶喝完了，她问："人睡着是个什么样？""刚入睡，看见金蚂蚁在跟前爬来爬去，迷糊时，看到一条金鱼在游动，睡着了，金鱼钻到了眼里。"老人说完，她首先看见金蚂蚁在爬行，接着看到金鱼在眼前晃动，说明老人进入了梦乡。"达如"恢复了原样，他将煮熟的一锅小米粥倒在老人身上，用弯刀砍断了老人的脖子，老人的头身分离了，但头还在说话，她将老人的头放在锅里煮，还将老人的念珠砸碎，咒物烧掉，焚烧了王宫，能使死者复活的牛皮化成了灰烬，老人的法术再也不灵验了，老人成了一锅肉浆。他松了一口气，说："今天，终于挖掉了祸根。"一家三口，骑着一头天牛返回地上。

在回家的路上与古古纳西相遇。布如刀杰首先开了口："古古纳西天神啦！你不要回家了，你的爸爸作恶多端被煮成了肉汤，你的王宫成了一片废墟，这叫报应，恶有恶报嘛。"古古纳西说："只要给我念珠和牛皮就算了。""念珠成了粉末，牛皮成了一把灰。"布如刀杰说。古古纳西伤心地哭了。天上一只雄鹰在翱翔。他对天上说："你射箭。"雄鹰说："箭不射路，不射白马，不射骑白马的人。"古古纳西说："你射'米吉'老妇。"雄鹰射了一箭，击中古古纳西头部，他痛得向空中扔了小刀，掉下来割了布如刀杰的腿部一块肉，所以，后来人腿上都少了一块肉。布如刀杰仅腿部受了点伤，保全了生命。他们仨各骑一匹白马回到家乡。他们重新修了被古古纳西焚烧的房屋，有九大间，庭院大、菜地宽、果树成林。布如刀杰狩猎，妻子织锦，儿子和村内孩子同乐，生活过得美满幸福。

扎西巴，珞巴族故事家

1997年5月搜集

母猪无私心

夫妻俩有一个女婴和一个半傻的"吉都"儿子，家里穷得仅有几个石头锅和几件竹皿用具。

丈夫是个猎人，上山狩猎了，同时砍些藤子给婴儿编个"巴萨"（藤编织带）。他在山上找了好久，没有看见藤树影子。天色不早了，他看见一棵红藤，站在那里很久很久："藤子都是绿色的，这条怎么会是红色的？"时间不早了，顾不得多思，仅砍了一刀就砍断了，大概有两个20庹长。他拖着红藤往回走。走一阵，怎么用劲拉也拉不动，东瞅瞅、西看看，什么人也没有，也没有绊挡的地方，他只好砍掉梢部那一截。走一阵子，拉不动了，再砍掉一截。又往前走，又拉不动了，再砍掉一截。这样不知砍了多少次，最后，只剩下一庹那么长了，刚走了两步，又拉不动了。他顾不得多想，扔下那一截藤子往家跑。也只跑了三步，魔鬼挡住了他的去路，他俩搏斗起来，好像在摔跤，地上的尘土都飞扬了起来，他支撑不住，还是被魔鬼杀死了。

魔鬼吃了猎人的灵魂，巧扮成猎人的模样，背着猎人的尸体到了他的家。猎人的老婆是妖，知道底细，儿子是个“吉都”（傻子），高兴地说：“我爸爸背肉回来了。”妖婆做饭筛酒招待魔鬼。妖婆还是害怕魔鬼的，不敢接近它。

晚上，傻孩子挨着他“爸爸”睡。半夜时分，魔鬼抓了一下傻孩子的肚子，他“哎噢”叫了一声，停了一会，魔鬼又抓了一下肚子，傻孩子又“哎噢”了一声，第三次魔鬼撕烂了傻儿子的肚子，一气吃完了“吉都”的肉。

雄鸡快啼叫了，妖婆说：“我要大便，放开我吧。”魔鬼不准她出门，她再次乞求，魔鬼同意她开门出去，但条件是在她的腰上必须拴一根“夏巴”（藤绳）。妖婆背着女婴，手持一根“夹达”（燃着的木棒），一明一暗地来到“帕仓”（猪圈）。妖婆对老母猪说：“魔鬼吃了我的丈夫和傻儿，下一步要吃我娘俩了。请你照管好她，我会报答你的。”母猪点了点头。妖婆将“夏巴”解开，拴在山羊脖子上，魔鬼一拉，山羊“咩咩”叫一声，再拉再叫，它来到山羊跟前，吃掉了山羊。它和母猪搏斗，几次被母猪扔得很远，母猪还咬断了它的手臂，它不敢再和母猪斗下去，顺着妖婆的气味追赶过去，当快追上时，妖婆仰天说：“放下铁链，不放绳子，请天神救救命。”说时迟那时快，一根铁索链，“哗啦”一声吊了下来。妖婆一把抓住铁链往上爬，魔鬼赶到了，一跳，用力一抓，妖婆脚板心被抓掉了一块肉，所以，现在的人，脚板都是凹形的。妖婆很快爬到了天宫。

魔鬼对天大喊“亚西工姆”（天神）：“我和它是一块的，请放下铁链，不放绳子。”话音刚落，一条线绳吊了下来。魔鬼抓住绳子吃力地往上爬，魔掌都磨红了。当魔鬼快爬到顶时，妖婆手持火棒，说：“叫它碰到那山，再摔到这山，摔得粉身碎骨。”魔鬼说：“不碰东西山，直落沙滩上。”妖婆用火棒烧断了线绳，魔鬼从空中坠落，被大风忽吹到西山，忽又吹到东山，最后掉入大江中走了。

母猪赢后，心情舒畅，把女孩当成自己的孩子对待，教她砍林种地，教她做饭筛酒，教她缝补衣裳。“女儿，给我头上逮逮虱子。”饭后母猪对女孩说。“妈妈，你有几根白发了”，女孩说。“妈妈老了嘛。”母猪说。女孩在翻腾着头发，逮住了一个圆东西，“这是什么？”“这是玉米种子。”接着又捡出许多东西，母猪说：“这是稻谷，这是鸡爪谷，这是小米，这是茄子，这是豆角……”粮种、菜种都有了。母猪教女孩怎样种庄稼，种蔬菜，小姑娘很聪明，做得很认真，收获了好多粮食和蔬菜，她俩日子过得挺美满的。

“女儿，你把我杀了算了。”母猪说。

“母亲恩重如山，你怎么糊涂了？”女孩道。

母猪解释说：“现在世界上只有咱母女俩，日子过得孤单无味。你把我杀了，村庄、百姓、爱人都会有的，幸福说不完。动手吧！”

女孩掉着泪水说：“妈妈你别再说了。我没有亲生爸爸妈妈，你就是我的爸爸和妈妈，你救了我，待我胜似亲女儿，恩都报不完，我怎会杀你呀？”

母猪不再说话了。它把一根藤条的一头拴成活套，套在自己脖子上，另一头交给女孩，说：“我死后，肉、内脏一点也不要吃，切成一块一块的，屋里、房子周围、树上、草原上、岩洞都放上一块，这会给你带来幸福的。”

女孩刚拉了一下，母猪“哇”地叫了一声，女孩松手了。母猪说：“你拉吧，我不再叫了。”

母猪套死后，女孩按照母猪的吩咐办了，把它的肉、内脏均匀地置放在周围。晚上，她一直难以入眠，套死母猪的事一直萦绕在脑海，慢慢地进入了梦乡，梦见了好多舒心事。

牛马的啼叫声把她惊醒。她睡在楼房里，件件家具、用具都是满满的，鸡狗满院，大草坝变成了村庄，山坡绿茵茵，草坪上牛羊成群，一片热气腾腾的景象，但就是没有人，她愣在那里。

她正在猜测时，好似有人的声音在叫，她侧耳细听，声音来自大树桩方向。她向树桩走去，越近声音越大，到了树桩跟前，人群的声音乱哄哄的，她围着树桩转了三圈，认定人的声音来自树桩，她用力推树桩，树桩一动也不动，她又连续推了多次，树桩推倒了，她也跟着跌倒了。人们蜂拥地从大树坑里钻出来，大家异口同声地说："你母猪妈妈不准我们住那里，把我们赶上来的。"头一个钻上来的人说："我是你的爸爸，她是你的妈妈，他是你的舅父，她是你的姑妈，他是你的爱人……"她吃力地回忆，原来母猪妈妈的心脏挂在树桩上，所以，天底下人最聪明。

村里人声鼎沸，炊烟袅袅，一片生机。

女孩嫁人痛饮醇酒，有说有笑，平安祥和地喜度时光。

至今，在珞巴族的许多部落，既养猪杀猪，但也崇敬它、祭祀它，它是图腾崇拜的主要对象之一。

1997年搜集

猎人智胜国王

单身汉是个猎人，也是一个木匠，靠做织布的"塔琼"（木梭）换回生活用品。

一天，他进山砍"曲欣"（乌木树），看见两只蝴蝶在打架，他一巴掌打死了强者黑蝴蝶，白蝴蝶扇着翅膀飞走了。

第二天，他进山狩猎，碰见一只毒蛇把一只青蛙吞在口中，他抽出腰刀砍死了毒蛇，救了青蛙，青蛙一蹦一跳钻入水中。

第三天，单身汉来到湖边，他边把毒箭倒插在地上晒干，一边做"塔琼"，他把木梭削得光光的、滑滑的。正做得有劲时，来了一只"雄格"（青蛇），说："大哥，救救我吧，毒蛇要吃掉我。"单身汉将"雄格"藏在箭筒

里，直立放在地上。“大哥，刚才有条‘雄格’从这里窜走了，你把它藏在什么地方了？”毒蛇问。“我在做‘塔琼’，没有看见什么‘雄格’。”单身汉说。“你别骗我了，它从你面前逃走，我尾随其后怎么没看见它的影踪呢？”毒蛇说。“没看见就是没看见。”单身汉斩钉截铁地回答。毒蛇原形毕露，猛力扑向猎人，他向一旁一闪，它扑了个空，猎人手疾眼快，拔出一支毒箭插入毒蛇腹部，并用腰刀将它砍成三截。杀死毒蛇后，猎人把“雄格”从箭筒里倒了出来，它伸直身子对他说：“谢谢大哥的救命之恩，请大哥到寒舍坐坐看看，那时再报答你。”他问：“你家在哪里？”“雄格”的头向湖中点点头说：“在龙宫。”他说：“水会淹死我的。”雄格说：“我会保护你的。你抓住我的尾巴，紧闭眼睛，我叫你睁眼你才能睁眼。”他放下手中的工作，将箭放入竹筒里，东西放在湖边。他紧紧抓住蛇尾，眼前一片漆黑，只听见水向两边闪开的“哗哗”声。不一会工夫，“雄格”说：“大哥，可以睁眼了。”他大开眼界。龙宫是一个金子的世界，绿宝石的世界，龙王住的宫殿，平民百姓的房舍，都是金子铸成，四周镶嵌着发光耀眼的宝石，他看迷了，举步不前。宫里送来了“遂强”（迎亲酒），你一瓢，他一碗，单身汉盛情难却，敬一瓢喝一瓢，脸都绯红，人们盛赞龙王招了一个好驸马。驸马声、女婿声在宫里回响，单身汉感到莫名其妙。他在宫里受到了座上客的特殊招待。

他在宫里住了5天了，一天，他去厕所，碰见个老妇坐在那里晒太阳。老妇说："你救了龙王的公主，龙王会报恩的，它会给你很多东西，你什么翡翠珍宝都不要，只要龙宫门口拴的那只狗，对你会有用的。你不要说是我告诉你的。"

第二天，猎人吃饱了饭，喝足了酒，提出要回家打猎做"塔琼"。龙王再三挽留都被猎人婉言谢绝了，龙王提出感恩之举是赐予他所要的财物，并一一提出了珍宝的名字，如金戒指、金耳环、金手镯、金项链、翡翠玉碗等等，就是偏偏没提赠狗之事。猎人说："我救公主不值一提，谢谢龙王盛情款待，我不要金，也不要银，为了答谢龙王的善意，门口那条狗给我就心满意足了。"龙王开头不舍得，最后还是忍痛割爱地满足了猎人的要求，说："不过，话说前头，你不能虐待它，不打它，不骂它，和它同吃、同睡、胜似家人才行。"猎人满口答应了龙王的嘱托。

猎人牵着狗回到家里。他像对待亲人一样爱护狗，同吃、同住、同玩，没有伤过和气，他家里有了生机。

翌日，猎人进山狩猎，傍晚背回一筐兽肉。他进门一看，狗在门后拴着，石锅里热气腾腾，掀盖一看，锅里是扑鼻的肉香，打开竹筒，筒里是米香四溢的米饭，鸡爪谷酒筛了一竹盆，屋里打扫得干干净净。他疑惑，百感交集，心想：我单身汉无依无靠，无人怜悯，可是今日是谁发了善心，为我料理了家务，做了这么香的饭菜和美酒，难道是天意。他越想越百思不得其解。"管它的，吃了再说。"他盛了饭菜和酒，和狗同吃同饮。晚上想了很多，没有得到答案，慢慢进入梦乡。

第二天、第三天照样是下午饭菜酒准备得好好的。他的疑心越来越大，他想好了隔天看个究竟。

第四天，他和狗吃过早饭，关好门，他上山了。刚走不远，他就返回，透过木板墙缝他看见了：狗脱掉狗皮，变成了一个年轻美貌的女子，正在利索地做家务活。他不相信眼前这些是真实的，他擦眼睛，的确是位美女在屋里活动着，他快速猛力推开木门，大步迈入屋内，捡起狗皮扔向“工当”（挂衣横木棒上）发出“吱吱”响声，马上四季衣服挂满“工当”；扔向“当真”（储藏室），“吱吱”作响，粮肉满屋；扔向“加东”（灶具置放处），“吱吱”响个不停，玉石碗、铜勺、铁锅堆满木架；扔向“陶加”（房屋底层），“吱吱”响，猪牛满圈；扔向草坪，“吱吱”声和牛群的哞哞声回响山谷；扔向山坡，“吱吱”声中马、驴、羊在奔驰……他将狗皮扔向哪里，都能如愿以偿获得理想的欲望。他有了狗皮，富裕了。

单身汉有了漂亮的妻子，单身汉富裕了，一传十，十传百，不久名扬全国。国王说：“你单身汉本领高、射击准，富裕了，咱们比个高低，明天开始斗狗。”

“国王有何吩咐？”妻子问猎人，猎人答：“国王要和我斗狗。”妻子说：“斗就斗呗！你明日一早去湖边，喊三声‘龙王舅舅，请借条狗’。”猎人照做了，马上面前出现一条狗。

太阳刚从东山头升起，国王下令：“斗狗开始。”国王高大而凶猛的藏獒冲向又矮又瘦的猎狗，时而骑在猎狗身上，时而咬着猎狗甩打，经过许多回合，猎狗被挤在宫廷的墙角。藏獒疲惫不堪，舌头伸得老长，卧在地上呼呼喘气，这时，猎狗猛扑上去，咬烂了藏獒的耳朵，撕破了藏獒的皮肉，咬住藏獒的喉咙甩打，藏獒招架不住，只是挣扎，喉管的血染红了它，藏獒再没有动弹一下，便一命呜呼了。国王气急败坏地说：“今天斗狗你赢了，明天斗鸡。”

猎人有气无力地回到家，妻子说：“看你心灰意冷的样子，什么事为难你了？”猎人说：“国王叫明日斗鸡。”妻子说：“我还以为有什么天大的事呢，这点小事难不住人。你明晨给龙王舅舅还狗去，并借只鸡。”

猎人一大早来到湖边，向湖中倒了三碗鲜奶，说：“龙王舅舅，国王心狠，想方设法斗败我，妄想霸占我的爱妻，现送还你的狗，请借只鸡吧。”猎人说完，一只短尾鸡站在面前。

“斗鸡开始”，国王下了命令。草坝中央只留了两间房子那么大一片空地是斗鸡场，观众人山人海。观众对猎人的小鸡捏一把汗，国王的珞渝鸡有半人高，珞渝鸡把小鸡踩在脚下，小鸡的鸡冠被撕成一条一条的，鲜血染红了鸡头，小鸡直往珞渝鸡肚下钻，大鸡退，小鸡也退，大鸡转圈，小鸡在肚皮下也照样转圈，大鸡累得毛都湿了，闭眼喘气，小鸡钻出来，骑在大鸡身上，首先叼瞎了大鸡的眼，大鸡只是盲目转圈，它的鸡冠头被叼烂，最后嗉子也被小鸡叼破了。观众手都拍红了。国王垂头丧气地说：“斗狗斗鸡你赢了，明日斗猪。”

“看你没精打采的样子，国王又难住了你是不是？”妻子问。猎人答：“国王想用斗猪来胜我。”“你靠龙王舅舅相助不会失败的。”

猎人向湖中投了鲜奶和玉米花后，一头嘴长毛色发黄而体格瘦瘪的猪出现了，这头不中看的瘦猪咬死了国王的肥猪。

国王又令斗牛，猎人的瘦牛抵死了国王的壮牛。

猎人愁眉苦脸地回到家中，妻子问：“国王又出了什么鬼主意？”猎人说：“这个心怀叵测的国王，要我在一天之内砍完、烧完、播完九升小米的林地，并于当日一粒不剩捡回所有小米籽。”妻子说：“这也难不住人，明日你送牛时，向龙王舅舅借……”

猎人很早就到了湖边，敬了鲜奶并祈求龙王借给他九把砍刀、九根火棒、九箱小鸟。龙王满足了猎人的要求。

猎人把九把砍刀放在九个地方，他坐在树上吹笛，当笛声回响在山谷，猴、熊、“米者”（野人）都来争着砍树，很快砍完一大片林地，他接着把九把火棒均匀放在被砍倒的树枝上，火焰冲天，太阳都被遮住了，焚烧完树木，他收回火把，将九个木箱打开，太阳鸟们将九升小米籽撒于地中，又捡回了小米籽，袋子装得满满的。“禀告国王，一切按你的旨令办了，现送还小米籽，请国王过目。”

国王想了很多办法也没法铲除这个心腹之患，他最后一着毒计摊了出来：“明天让你在沸水锅里洗个澡。”

妻子说：“别伤心，不难过，洗个开水澡更舒坦。”

猎人来到湖边，向龙王献了鲜奶，送还了砍刀、火把和鸟儿，说：“国王要将我烫死，请龙王舅舅解救。”一竹桶冷水放在面前。

草坝上围观的人水泄不通，三个石头上架着一个大铜锅，锅里装着90背水，青枫柴烧得开水翻滚，妻子将龙王赐予的一竹桶水倒入锅里，她向锅里连着吹了九次气，水马上降至不热不冷的状态。国王令猎人下锅。猎人“扑通”一声跳入锅内。国王和王后边玩骰子，边喝酒，国王玩累了，让家仆揭开锅盖，猎人变了样，更加漂亮了，国王赞叹不已，对猎人说：“我洗洗开水澡不知会怎样？”猎人说：“国王洗了澡会更年轻、更英俊的。”

猎人换水加柴，不一会儿，开水翻滚，说：“请国王大人沐浴。”国王跳入锅内，只听“哎哟”一声，再也没有声音了，过了一阵，王后揭锅一看，国王煮成了肉泥。

从此，猎人成了国王。

从此，王后变成了新国王的奴仆。

1997年搜集

狠心的妯娌们

一户人家有兄弟九人，还有一个妹妹。

一天，九个哥哥临走时，对妹妹说：“你的嫂子们都嫉恨你，我们走后，她们会叫你去砍柴、种地、背水、磨面、舂米的，啥活都会叫你干的，你切记，不听他们的话，不去干活。”

哥哥们走后，嫂子叫妹妹去舂米。妹妹说：“我要洗哥哥们的衣服，还有腰带，我不去舂米。”

傍晚时分，九个嫂子约妹妹去村边的湖里洗澡，妹妹坚持不去，嫂子们边拖边拉她到湖边，并把她脱个精光，她们用木棒打死了妹妹，将尸体扔到湖里。

哥哥们返家后没有看见妹妹，便问九个妯娌，个个哑口无言。哥哥们对妹妹遭遇不幸是有预见的。“你们哪个打死了我们的妹妹？”但她们一个个都不承认打死了妹妹。

第二天，九个兄弟叫九个妯娌下地劳动去了，他们在住房土地中间的路上，挖了一个深坑，坑底倒栽着几千支竹桩，一块长长的粗绸盖在上边，九兄弟同时对天大喊：“快下冰雹，大块的打死牛，小块的砸死草鹿，中块的打死妖女们。”九妯娌返回，踩在粗绸上，八个嫂子都掉下深坑被竹桩扎死了，只剩下了最小的弟媳。她进家后向九兄弟讲了八个嫂子打死妹妹的经过，大家听后都哭了。从此以后他们共同生活。

哥哥们爱上了赌骰子，没几天时间，八个哥哥都输了，输后第二天就死了。

家里只剩下九弟和媳妇。他们合计救妹妹的命。

他俩向湖里投放了许多食物，其中鲜牛奶就祭献了9竹桶。一天风平浪静，中午时分，突然湖里水开始起涟漪，波纹越来越大，最后响了一声，一个美女向他俩走来，越来越近，好似陌生人，互不相识。“哥哥，嫂子！是我！”美女首先开了腔。妹妹左脸一块黑痣还在，但人比原先漂亮多了。妹妹讲述了龙王救活她的经过，大家感谢救命恩人，所以，现在珞巴人和门巴人都崇尚龙王，每年祭祀龙王舅舅。

他们三人祥和地喜度日月。

1997年搜集

姐弟不和吃恶果

爸爸和妈妈早逝，留下两个孤儿，姐姐和弟弟。弟弟才3岁。

姐姐说：“快收割稻谷了，按祖传规矩该准备祭祀粮神、地神和灶神了。

姐姐炸了油饼，烤了九只老鼠，还有不少食品和水果。她对弟弟说，“这些待敬过诸神后，咱们才能吃。”

姐姐下地割头道谷穗了，晚上她背回藤筐。累了，坐在灶间歇息，发现一条干鼠肉少了一条腿，问弟弟时，弟弟说他吃了。姐姐生气，在他屁股上打了一巴掌。弟弟哭着向江边走去，姐姐紧紧追赶弟弟，弟弟来到沙滩，唱道：“洁白的江水，快快往上涨；湛蓝的江水，快快往上涨；圣洁的江水，快快漫过我。”唱毕，水漫住他的脚脖，又唱，水漫肚脐；又唱，水漫腋下；再唱，水漫头部。这时，姐姐赶到，大水卷走了弟弟，她伤心地返回，坐在屋里，目无亲人，感到孤单，饭不食、酒不饮，断气时只说了一句话：“人活在世上，不要做亏心事。”话音刚落，她闭眼了。

1997年搜集

“傻子”当国王

有个国王，有两个佣人，是父子俩，儿子是傻子，名叫加美央钦。

父亲每天下地耕地劳动，把儿子加美央钦放在门外，摆成坐的姿势。下午还是老样，一动不动地坐在那儿。

一天，国王骂了傻子，说他是个只会吃不会做的“唐古”（糌粑口袋），叫他明天往地里送饭。

傻子想：今天国王骂了我，明天不好好把饭送到地里，说不定还要打我呢。

他背着藤筐，走一步数个数，数到十再从一开始，数到地里才九步。吃过午饭，父亲教儿子种玉米，儿子用一根木棒戳一个洞，扔入一粒籽实，没过多久，他点播了九升玉米种子。儿子的能干，父亲十分惊讶。

下午，国王穿着绸缎衣袍和长靴，头上戴着礼帽，骑着高头大马来到地

里察看，一片林地平整得平平展展，播种完毕，心里既高兴又嫉妒。国王问父亲“林地上的树有多少棵？”加美央钦没等父亲回话就开腔：“和国王的头发一般多。”国王又挑逗地问：“九升玉米粒有多少粒？”“和国王的头发一般多。”昔日傻里傻气的加美央钦答道。国王想：往日的呆子今日变聪明了，我从前虐待他，今后会报复的。我得设法让他跌落悬崖摔死。他对父亲说：“今天，咱们上山去打猎。”父子俩异口同声说：“这很好！这很好！”

国王走在前头，父亲在中间，加美央钦往日不会走路，今日走得比谁都快。天快黑了，他们住在一个陡峭山坡的岩洞里，国王他怕跌落悬崖，用细藤绳拴住自己。他让加美央钦睡在悬岩边缘。国王鼾声如雷。加美央钦悄悄把藤绳解开，拴在自己的身上，把国王的珍珠宝盒揣在自己怀里。半夜时分，国王把加美央钦推下悬崖，他才松了一口气。

加美央钦没有被摔下崖，他解开绳索回了家。

国王听说加美央钦不但没死，还背回了一筐珠宝，红眼了。

“你从哪里得来这么多珠宝？”国王问。

加美央钦答：“你把我推下悬岩不是说叫我吃掉你的‘得岗’吗？我吃了‘得岗’没摔死。”他递给国王一块红糖，国王舔了一下，挤挤眼，抿抿嘴，问：“真甜，你从哪儿弄的？”“掉下悬岩一眨眼工夫到了神仙那里，它让我吃个够，顺便带了一点回来。”加美央钦的回答让国王开心：“我去也能得到红糖吗？”他说：“你是国王会得到更多的红糖，会如愿以偿的。”

他俩当晚仍然睡在岩洞里，国王得糖心切，天刚黑下来，他叫加美央钦把他推下去。加美央钦叫国王闭上眼睛，一脚把国王踢下了悬崖，好大一会儿，只听“扑通”一声，国王被激流吞噬了。

加美央钦继承王位，他是穷苦人家的孩子，对老百姓特别和善，百姓都说他是“百姓的国王”。

珞巴族，卡布村

1997年6月搜集

东方国王

国王和王后生有一男一女两个小孩，小女儿两岁多了还不会走路。王后患病长期未愈。

国王进山狩猎了，王后病情加重，她对两个儿女交代："我死后三年里，国王不要去后山狩猎，只能去村下的林中、河里狩猎和捕鱼，千万记清，别弄错了。"

王后死后，国王把她放入圣湖中以为水葬。

三个月后，国王进山狩猎，不听王后的遗言。他偏偏去后山看个究竟。中午刚过，凶猛的猎狗狂吠不止，国王走近一看，一个女妖的长发拖到地上，脸发红，嘴边还有血迹，左腋下夹条狗，右腋下夹个小孩，她浑身黑毛，一丝不挂，乳房垂吊在胸前——国王毛骨悚然，吓得直发抖，他爬上了树杈。国王发抖，箭筒里的箭相撞，发出铁击的声音，女妖抬头一看，国王坐在树杈上，它摇身一变，变成了一个美丽的女子，说："国王下来吧，咱俩结婚吧。"国王说："你刚才还是一副妖魔像，一下又变成了美女，再变还是妖魔。"美女一只手轻轻扳动一下，树干被拉弯了。国王跌落了下来，答应了美女的要求。

他俩一道返村，到村边时，国王说："我家脏得很，别弄脏了仙女的玉体，我先回去打扫一下，你稍等片刻再进屋。"国王害怕妖魔吃掉两个儿女，把他俩藏在天花板上。

他俩生活了三个月。这期间，白天，妖女外出，他给两个儿女饭吃、酒喝。一天傍晚，妖女在洗脚，男孩对妹妹说："爸爸娶了继母，咱们偷偷看看继母是个啥样子。"他俩趴在天花板往下看，他俩的侧影映在脚盆里，妖女说："洗脚水里显现一男一女两个小孩，这是凶兆，厄运将至，哎哟，我肚痛如绞，你顺着沙坡去山顶占卜吧。"从这里至山顶有两条路，一条沙坡是沙滩堆积的流沙，上三步退两步；另一条是石板路。当国王从流沙往上爬时，妖女从石板路上抵达占卜的“仓康”，她摇身一变，变成了一个“米吉”（占卜师）。国王艰难地于中午才爬到山顶，他看到在一个黑洞口的岩洞里盘腿坐着一个双目紧闭，手持念珠的“米吉”。妖女首先开了腔：“施主，你辛苦了，来此有何贵干？”国王说：“以前这里没有‘米吉’。”妖女说：“我一直住在这里占卜。”国王说：“‘米吉’啦（敬语）！大祸临头才来请‘米吉’占卜消灾的。事情是这样的：我娶了一个女妖变成的美女，她洗脚时盆里现出两个孩子的脸庞，她马上肚肠翻滚，剧痛难忍，说是凶兆，叫我来占卜。”妖女佯装念经、摆弄念珠，不时向空中抛撒粮食，口中向四周喷洒清水，突然站起来说：“是凶兆，而且是大凶兆，你夫妻都会亡命的”。国王问：“那怎么办呢？”妖女说：“消灾的办法很简单，你的顶篷上隐藏有一男一女两个小孩，是祸根，用他俩中一个的心脏和肝脏才能救你夫妻的命。你沿着石路返村照办吧。”

占卜完后，妖女也顺着沙坡一滑到门口。她抵家后烧了很多青干柴，将木炭放在两边，躺在地板上佯装呻吟。

国王下午回到家里，坐在灶旁，一言不发，唉声叹气，闷闷不乐。妖女问她：“你今天怎么那么消沉？‘米吉’怎么说的？”开头他不愿重复‘米吉’的话，在女妖紧追猛打下才照实说了。女妖说：“‘米吉’的占卜灵验，开始行动吧。”

国王把两个儿女背到泉水旁，给他们洗了澡，国王说了原委，请儿女不要埋怨他。当他动刀割女儿肚皮时，弟弟唱道：“可怜爸爸别动刀，姐姐肚皮是毒药，天下最香是肝脏，我的心肝胜似药。”国王犹豫了，好长时间才返身动刀割小儿的肚皮。这时，女儿唱道：“爸爸无奈才动刀，女儿心肝治百病，弟弟心肝如毒药，怜他一条小生命。”姐姐和弟弟求爸爸杀自己，留着对方，经过几个回合争抢还没结果，弟弟抢先用刀割了自己的肚子，天哪，肚中的金银财宝流了满地，还在流淌。这时，弟弟大喊道：“妈妈！爸爸听了妖女的话，杀了我。”声音在山涧回响，湖中发出震耳的轰鸣声，王后在湖面，肚脐以上浮出水面，扔出三条大鱼让鱼鹰噙给自己的儿女，儿子吃了鱼肉伤口愈合，儿女吃了鱼肉有了精神。王后说：“国王忘了我的遗言才闯这么大的灾祸。”

又过了三个月。女妖在圣湖中洗头，水中倒映着国王一男一女的两个孩子的影子。女妖对国王说："今日又遇凶兆，还是按'米吉'讲的办吧。"

国王把儿女洗了身，动手开刀时，姐弟俩争先让爸爸动刀杀自己，经过几次折腾，姐姐先下手为强，用刀划开了自己的肚子，耀眼的金疙瘩不停地往外流淌，她大叫："妈妈！爸爸中了邪，杀害自己的骨肉。"一声巨响，王后钻出湖面，让黄鸭送去三个麝香。女儿伤口涂上麝香，很快愈合了，儿子吃了麝香红光满面。王后说："和你爸同住，同女妖相处凶多吉少，你俩向后山出走为上策。要悄悄出走，否则诡计多端的妖女会再次陷害你们的。"

姐弟俩利用国王和王后出门取乐的间隙，做了许多准备，炒了黄豆和玉米花，烘干羚牛肉，用吸水强的粗布沾湿甜酒，路途解渴。

那天，国王和王后一道去捕鱼，姐弟俩快速向后山去，姐姐走一段，背弟弟一段。他们在山顶吃了午饭，用湿衣挤了酒喝，傍晚寄宿于孤独老妇家，弟弟说："我要喝水。"老妇说："外边有水，你去取嘛。"弟弟带着"苦"（湿衣服）去找水，越走越远，也没找到水，在一处地上小坑里有很少一点水，他不舍得喝，用衣服沾了水。他返回屋里，问："我姐姐在哪里？"老妇说："你走后，她随你去了。"弟弟又外出寻找，他像找针那样仔细，却无踪影。他大喊大叫，引起了一个商人的注意，他仿佛听见姐姐的呼救。他来到商人跟前，一个木箱里有姐姐的求救声，弟弟向商人乞求开箱看看，商人很痛快地取下木箱，从箱中抱出一个女孩，正是他的姐姐，他俩抱在一起都哭了，姐姐说："不知为何咱俩命就这么苦。"商人说："是一个老妇用她换走了三串贝壳项链、三个海螺和一些针等小日用品。"善良的商人用马驮着姐弟俩一道前行。在过一座桥时，马翻人仰，姐弟俩跌落激流中。他俩时而浮出水面，时而不见踪影。捕鱼的渔夫觉得他的鱼篓中钻入一条大鱼，收回鱼篓时竟是一个男孩，说："我孩子多得养不起了，要他做什么，扔回江中算了。"旁边一渔夫说："我无子女，给我收养好了。这篓鱼送你，以表心意。"

一个渔夫背回满满一筐鱼，全家皆大欢喜；另一个渔夫带回一个小孩，妻子喜出望外。两家欢喜，相互祝贺。

国王捕鱼不慎落入水中，淹死了，从此，王位空缺，全国都在紧锣密鼓地做国王接选活动，国人皆知，焦急等待。

收养孤儿那家渔夫，夫妻俩商议，妻子说："明日要接选国王了，可别把咱们娃儿选中，若选中了，咱俩又会孤独地苦度日月。"丈夫说："我看这样吧，把孩子送往高山，不去参加接选活动。妻子同意丈夫的意见。

第二天一大早，丈夫把孩子送上高山的岩洞里隐藏起来。

这天，草坝上人山人海，看热闹的人头涌动，水泄不通。全国所有的小孩都会集这里参加接选活动，他们排成长长的一排。20头大象对每个小孩都用长鼻闻闻，全部闻完，头头大象都甩打着长鼻，摇晃着头离开，这说明没有选中一人。20头大象排成一排，长鼻向东方，一头紧跟一头向东方大步走去，在岩洞里把男孩卷起托回现场，放在高高的金宝座上，头头大象向他致敬祝贺。平民百姓默然祝福。王室成员把他还回王宫，起名叫"东方国王"。养父养母被迎进王宫，受人崇敬。

三个月后，被渔民救活的姐姐穿着破烂，手持木棍前来拜见刚刚被接选为"东方国王"的弟弟。她借宿一老妇家，老妇向她讲了"东方国王"接选经过，说："这是一个苦命而慈善的国王。"姐姐站在高处连连唱道"东方国王的慈善，乞讨的都见了天，贩饭赠衣恩情大，国泰民安名扬传"。国王下令召见她。开头，互不敢认，说过经历，双方抱头大哭。姐姐成了王室成员，在王宫里倍受敬重。

国王经历了几次痛苦的折磨，认准了王后是个女妖，是祸根。国王对她说："咱俩盖栋新房吧。"他们用松树木板盖了不透缝、没窟窿的木板房，松明子木柴堆满四周。国王说："新房盖成，你加多松明子，加柴时火再大点猛点。"只听女妖在屋内往灶上加柴，不多时，大火冲天，女妖推不开反锁的门，用长发扑打烈火，终于被烈火烧死。从此，这里平静了，再也没有妖魔作祟的事了。

东方国王和姐姐特请“米吉”招回了妈妈的魂，王后妈妈从湖中起来。她年轻多了，讲了龙宫里许多鲜为人知的事儿。母女、母子相会，你说多么激动呀。

时间久了，东方国王和姐姐思念落入魔掌的父亲。他俩在许多家仆陪同下风尘仆仆来到父亲住处。父亲白发染头、皱纹满面、腰不直、腿弯曲，完全成了一个老人，父亲不认识儿女，儿女也认不出是父亲。还是女儿向父亲讲了他受妖女欺骗所做的蠢事，说：“爸爸本来就是大慈大悲的好人，中邪后好似变成了疯子，做了多少亲者痛仇者快的傻事。我们不计前嫌，今日来救你逃出魔穴，去过人的真正生活。”父亲听后，泪流满面。他们回宫时，一把火焚烧了这栋妖女作孽多年的竹楼。

在宫里，女儿和儿子分别照料父亲，佳肴献父亲，美酒敬长辈，他们还治愈了父亲的毛病。时间才过去一个月，父亲好似年轻多了，他同宫里人打得火热，人人敬重他，他心情舒畅，还不时高歌几声呢。

东方国王坐在金椅上，姐姐坐在银椅上，妈妈坐在海螺椅上，爸爸坐在竹壳垫上，一家人欢欢喜喜，舒舒服服过日子。

1997年搜集

少儿灭妖魔

年轻的夫妻和睦相亲。妻子分娩几天了，丈夫进山狩猎，给产妇准备肉食，同时猎获香獐，用它的薄皮给婴儿当“邦者”（包布）。当天晚上寄宿在岩洞里。岩洞的主人很多，他们鬼鬼祟祟，引起了猎人的警觉。深夜里，猎人听到几个人在私语：“村里有个产妇生了一个孩子，咱们去吃小孩吧。”一个老者说："我走不动，留洞看家，你们去吧，给我捎回一条腿就行了。"雄鸡啼叫时，它们启程，很快来到产妇家。魔鬼有个习惯，吃人前也要占卜。产妇和婴儿躺在灶旁，他们将一块大木头放在火塘上燃烧，火势不旺，烧到中午还剩拳头大一块木炭，它们将火炭和婴儿装在筐内背走了。

再说那个老魔鬼在酒中放毒，毒死了猎人，连骨头都吃了。

他们从此有了火，他们在洞内栽三个灶脚石，干竹打底，火炭放其上，桤木"噼里啪啦"响个不停，火星四溅，火势挡住了洞口，大火直冲洞顶，烧死了所有妖魔，从此这里没有妖魔作怪了，说来也奇。婴儿长大了，回到妈妈跟前，母子相依为命。十二岁的儿子会狩猎了，他们靠兽肉欢度日月。

1997年搜集

聪明的糊涂人

东贡部落有个大村，村里一户有老夫妻和三个孩子，都是猎人，吃靠兽肉，喝靠泉水，邻里和睦相处。

有一天兄弟仨进山狩猎，站在山顶，大哥从两腿中间向山下窥看，惊奇地发现了一个大村庄，他向两个弟弟说了新发现，两个弟弟也看见了吊脚竹楼鳞次栉比的大村庄。哥哥说："村大人多势力强，会来和咱们作对的，械斗是免不了的，不如先下手为强。"两个弟弟都问起哥哥的主张。他们准备了许多许多毒箭，同时下山，百步远距离见人就射箭，结果射死了全村的人。第二天，兄弟仨才明白，这个村庄就是他们的家乡，父母亲都死在儿子的手下，后悔莫及，他们迁走了。

1997年搜集

哥哥和妹妹

一户人家只有哥哥和妹妹两人。

家里的食物减少得很快，哥哥怀疑是妹妹偷吃了，妹妹怀疑是哥哥偷吃了，俩人都有了戒心。

哥哥要下地干活，妹妹抢先走了，哥哥只好留下看家。

中午刚过，一个妖怪立在门口直叫，它只有大拇指那么大，但头发却有一庹长。哥哥擅长射箭，但却没有击中妖怪，却被妖怪反过来一箭射中倒下了。

下午，妹妹从地里回家，看到家中的惨景，万分悲痛，但她知道这是妖怪干的。因为，村里有几家都有这种遭遇，她决心报仇，消灭妖怪，让村民过上安宁的生活。妖怪怕火，她点燃一把干竹子，在屋里到处摇晃，照得屋里通明。妖怪从“仓达“（火塘上边烘烤粮食和湿柴的木架）再到手推小石磨的石洞里，她转动石磨，它逃到石锅里，她盖上锅盖，上压石头，热水烫得妖怪忙说：“姑娘，别这样，这是药，扔了出来，可以让你哥哥复活，放了我吧。”妹妹没有睬它，连续加柴把它煮成了肉酱，为民除害。

妹妹把药放在哥哥嘴里，片刻，他复活了，兄妹俩吉祥地度日。

1997年搜集

妹妹烧死了妖女

姐姐和妹妹，姐姐是妖女，好吃懒做，妹妹勤劳贤惠。

妹妹叫姐姐去砍柴，姐姐说不会；妹妹叫姐姐去种地，姐姐说不会；妹妹叫姐姐去做饭，姐姐说不会。姐姐生气了，去崖洞叫来了一群妖魔。

妹妹猜测到姐姐会报复她，藏在了屋顶，用炒锅盖得严严的。

姐姐领着一个男妖到了家里。他们打开仓库，吃光了肉食，扔了一堆骨头。这时，姐姐大声喊妹妹，妹妹不吭声。他们在屋里待了一夜。

雄鸡啼叫，男妖走了。

天亮后，妹妹下到屋里，地板上一片狼藉，兽骨扔了满地，肉食吃完了，妹妹痛斥了姐姐，这时，姐姐现出了原形，张牙舞爪地要吃掉妹妹。妹妹将一桶白酒倒入火塘，燃着了“仓达”（火塘上方烘烤粮食或者柴火的木架）上的干柴，火光通明，烧死了妖女，这里从此太平了。

珞巴族达木村
1997年1月搜集

好人一生平安

国王和王后，相亲相爱，生了一个儿子，起名叫尼玛额色，太阳光的意思。儿子聪明伶俐，为人正直，说一不二，受人尊重。

儿子五岁时，王后患病身亡，他成天哭啕不食，身体在消瘦。

过了三个月，国王娶了一个新王后，开始，她对尼玛额色还算不错，给衣穿，给饭吃，虽然不像慈母那样温情，但也说得过去。

自从继母生了个叫达姹额色（月亮光的意思）的弟弟后，厄运降临了。她对国王说：“一个国王有两个儿子，继位的当然是哥哥，这是绝对不行的，若

不趁机杀掉尼玛额色，咱俩是难以共同生活的。”国王屈于王后的淫威，点头同意了。

尼玛额色早有预感，他对弟弟说：“我待在这里凶多吉少，还是走为上计。你要好好听妈妈的话，快快乐乐。”弟弟再三劝阻哥哥不要出走，未果。弟弟说：“哥哥！你可知道，我的生母心地恶毒，她今天要杀掉你，改日如果她再生一个儿子，她会杀掉我的。要走，咱俩一道走；要死，咱俩一块死。”哥哥带上干“刀玛”（玉米供品）和弟弟一块进山了。

他们在林里走了三天，天天啃吃干“刀玛”，一滴水也没有，吃了不少“邦欣玛”（草莓）。第三天夜里，弟弟渴死了。哥哥把弟弟埋在岩洞里，用柏枝堵洞当门，在洞口栽了一根经幡，祈祷弟弟早日投胎转世。

哥哥单身走呀走，走了三天，没火没水，既渴又饿，单薄的衣衫被荆棘划成了一条条，疲惫不堪。他咬紧嘴唇前行，终于来到了一个大村里，一个老妇在村边告诉他：“你千万别说你是属虎的。”村里来了陌生小孩，村里大些的小孩来欺负他，推他、拉他、打他，一个比他大五岁的小孩从后面抱住他的腰，他使劲一转身，摔倒了对方，骑在对方身上，说：“我的属相是虎！我就有一股虎性！”其他小孩蜂拥而上，一个个都被他按倒在地。那个大些的孩子说：“我不相信打不过你，明天再比试。”当晚，那个善良的老妇收留了他。

这里有两个湖泊，一个白水湖，一个黑水湖，每年要向两个湖里投扔两个属虎的人，祭祀两个龙王，否则大灾大难会临头的，国王长久地冥思苦想。他听说村里来了一个属虎的小孩，真是喜出望外，国王派侍从前来捉拿他时，他在老妇的鼎力帮助下脱险了。

他又回到岩洞，洞口被扒开，不见弟弟的尸体。他四周环视，仍无踪影。他坐在地上哭号，哭声在山谷中回响，惊动了宁静的林海，一群猢狲一跳一蹦地来到跟前，尾随的是他的弟弟，兄弟俩相见，拥抱在一起，群猴“吱吱”叫个不停，挠腮的、抓痒的，好不欢快。弟弟讲了群猴抢救他的经过，他说：“你走后，猴朋友们扒开石头，有的给我灌香蕉树汁，有的给我喂树果，它们救了我的命，是大恩人，我要报答它们，今后不准猎杀它们。”他谢别了群猴，往山上走去。从此，这里都不猎获猴子。

哥哥讲了国王要将他扔到湖里祭祀龙王的事，弟弟说：“不怕，有对付的办法。”

他俩仍寄宿老妇家里。老妇知道他俩的难处，说出了解决的办法，她说：“龙王是要祭祀的，龙王通人性，从来不吃人，黑猪祭黑龙，白猪祭白龙就可免灾解祸的”。

他俩主动前往晋见国王，国王又惊又喜，心想：“他难道不怕死吗？为何找上门来寻死？”还是弟弟先开了口：“尊敬的国王陛下！慈善的龙王不吃人肉吃猪肉，从今不能将宝贵的人投湖了。”国王听后感到内疚，后悔不该伤害那么多条人命。国王喜欢他俩，当场招为驸马，成了王宫的座上客。

1997年4月搜集

魔鬼吃女妖

一户只有两个女儿，姐姐是个妖魔变的，妹妹聪明能干。

姐妹俩天天上山挖“阿根”（山芋，山药），开头，每天能挖一筐，后来，逐渐减少，最后一根也挖不到了。

妹妹觉得是姐姐作祟，不让姐姐跟她一道进山。妹妹还在“顺藤摸瓜”挖“阿根”，听到有扬斧的声音，抬头一看，原来是姐姐举斧头正要落下砍断她的头，妹妹说：“姐姐，你这是干什么？”姐姐道：“我帮你砍断‘阿根’的藤蔓。”之后的几天也多少挖了一些“阿根”。

妹妹总是觉得姐姐是个累赘，她不言不语地一人进山了。姐姐悄悄紧跟在其后，当妹妹挖得正有劲时，一斧头下去，砍烂了妹妹的脑袋。

失去妹妹后，姐姐不会劳动，再也没有“阿根”吃了，那时，还不会种植粮食，她饿了到处流浪乞讨。在途中，碰到一只“希北”（猴子）。她坐在那里看“希北”挖地洞，看着看着睡着了。这时，来了一个魔鬼，看见“希北”

钻到很深的洞里，吓得背着妖女窜入林中。魔鬼把妖女放在“果美欣”（青冈树）下，走了，不多时，领来了一群魔鬼。原来这里的树是魔鬼的栖息地，饿了一天的魔鬼们把妖女吃了个精光。

1996年11月搜集

米列尼布

尼布和洛布是对双胞兄弟。

尼布孩子多，做“冷布”（竹笛）换回粮食度日。

洛布是著名猎人，射死的“希北”（猴）不计其数，用火烧头，一串串猴肉用火烤得“嗞嗞”直响。

尼布问哥哥：“这是什么肉？”洛布说：“这是小孩肉，香极了！”

尼布叫大孩子去背水，二孩子去砍柴，老大老二临行时，对爸爸说："伯父烤的肉是'希北'肉，不是小孩肉。"脑袋迟钝的尼布听不进儿子的劝告。大家都叫他"米列"（傻瓜）。

背水砍柴的儿子走后，尼布杀了老三，用火烧去头发将肉串成一串串插在灶塘烤干。

晚饭的菜是老三的肉，聪明过人的洛布知道是人肉，一口未尝。其他人吃得津津有味。

"米列"尼布无故要杀其妻。妻子说："你真是个'米列'，杀了、吃了自己的儿子，现在还要杀与你相依为命的妻子。"说着说着，他一木棒打死了妻子。两个孩子吓得一走了之，最后只剩下他一人过着凄凉的生活。

珞巴族　1996年12月搜集

坏心眼命短

哥哥阿崩吠仁和弟弟牛乃成仁都是猎人，而且捕捉野兽的技巧都很高。弟弟制作的套羚牛、香獐、老鼠等的夹子灵敏，没有放空过。但是，在住地附近放的都是捕捉林鼠的"刀加"（压鼠石板），随用随取。

哥哥捕捉的都是大鼠，有三指长，圆溜溜的，回回装满背篓，弟弟捕捉的都是小鼠，有的才二指长，只够吃一口，弟弟问哥哥："你捕获的老鼠是大还是小？"哥哥答："都是大鼠。连尾巴都被石板压住了。"他领弟弟去察看。石板底下都是鼠尾。这是哥哥提前准备的。

哥哥和弟弟各自种了一块水稻，哥哥勤奋，勤动手、勤拔草，禾苗天天见长，谷穗长，籽粒多；而弟弟懒惰，水不浇、草不拔，禾苗稀又矮，谷穗直立，籽粒少。弟弟对哥哥说："咱俩去水田看看。"他俩站在低处，弟弟说：

“哥哥！你看，我的水稻长得多好。”是的，从下往上看，稻谷金黄，稻穗摇曳，给人以丰收的错觉。弟弟又把哥哥领到高处对哥哥说：“你看稻谷趴在地上，穗子也不多。”居高临下，好像稻谷都躺在地里。弟弟开了腔：“咱俩得祭祀地神和粮神才能丰收，尤其你要杀头大猪才能奏效。”

哥哥老实巴巴的，把准备过年杀的一头肥猪杀了，用开水烫了，毛刮得光光的，肉白生生的，背到稻田的高坡上喊：“弟弟！祭祀的肥猪滚下去了，你接好。”“咕咕通通”肥猪滚下崖坡，弟弟拦腰接住了，把猪肉藏在林中。哥哥下来后，弟弟说：“地神、粮神吃了猪肉，庄稼会长好的。明天，你在下边等候，我把我的那头大肥猪滚下来，你紧抱不放。”

天亮后，弟弟来到猪圈，打猪，猪叫了，哥哥以为弟弟真要杀猪了。弟弟牵着猪，身背大锅来到山坡上，烧堆大火，水快开了，弟弟说：“哥哥！你在下边等着接猪。”哥哥走后，弟弟把一块圆的石头放在火上，当石头烧红时，弟弟喊：“哥哥！准备接猪。”他把圆石滚了下去，哥哥接住了烧红的石头，烫坏了身体。经过三个月草药洗身，麝香涂伤口才痊愈。哥哥伤心透了，遇到这个坏心眼的弟弟。他毅然弃家出走了。

哥哥走后，弟弟到处寻找也没见到哥哥。他开始感到孤独，失落感在加剧，回忆起件件亏心事，深感内疚，饭量在减少，身体快速地消瘦，没过三个月，他身瘦如柴，命归黄泉。

哥哥来到一个大坝上，盖房、种地、打猎，还娶了媳妇，日子过得欢乐祥和。

1996年12月搜集

不怕“巫佑”的猎人

从珞渝地区去波密以物易物，要步行十几天时间，其中要经过“巫佑”猖獗的嘎龙山沟，往往去的人要被“巫佑”吃掉一半。去交换吧，怕被“巫佑”吃掉，不去交换吧，没有食盐吃，日子更加难过。怎么办呢？大家只好绕道前往，但多走了冤枉路，吃了更多的苦，人们叫苦连天，一筹莫展。

达西和达东兄弟俩从小就听人们讲述嘎龙山沟“巫佑”猖獗害人的事，人们毛骨悚然，他俩却像听故事，从小就下决心除掉“巫佑”。他俩十岁起跟随大人进山狩猎，十五岁时能够独行进山了，回回不落空，趟趟满载而归，成了远近闻名的猎人。

经过许多时日的准备，光毒箭就装了一百支，他俩上路了，在嘎龙山沟怪石嶙峋的地方，两山对峙，崖石上布满石洞，那是“巫佑”的栖息地。当晚，他俩歇脚在崖边的石洞里。他们知道鬼最怕火和荆刺，他俩准备了一大堆木柴和五捆带长刺的刺条，洞口烧了一大堆篝火，烈火两边是刺堆，“巫佑”无法进洞。大火把石洞照得通明，他俩饭饱酒足后，和衣躺在铺着干草的地上，虽说不怕鬼，但心里总是忐忑不安，想着想着进入了梦乡。

“快把火灭掉，吃掉他俩！”“巫佑”们的叫喊声惊醒了熟睡的猎人。他们猛力站起来，看见一群“巫佑”在灭火，有的往火上吐口水，有的往火上撒尿，有的扔掉胳膊粗的木棒，有个女“巫佑”在指挥，它披头散发，两个乳房耷拉到肚皮上。他俩往火堆里加柴，腰粗的、胳膊粗的木棒混合扔进了火堆，火舌有二十人高，大地一片通红。哥哥达西对弟弟达东说：“赶快射箭！”达西一箭射出，女“巫佑”应声倒地。女“巫佑”的毙命，引起了“巫佑”们的恐慌和愤怒，十倍疯狂地进行反扑，大吼大叫，“把他俩撕碎！”“把他俩嚼成肉末！”“巫佑”的挣扎更加激怒了他俩复仇的决心，“嗖！嗖！”支支毒箭击毙了不知多少“巫佑”，战斗一直持续到鸡叫。

天亮后，他俩走出石洞，发现地上躺着的尸体，有的是猴尸，有的是蛇尸、蛙尸、蜥蜴尸、壁虎尸、鼬尸……多达二十多种。

“咱们在这儿再住一晚上吧，看看还有没有‘巫佑’。”弟弟对哥哥点头同意，这正合了哥哥的心意。

他俩准备了更多的木柴和刺条，火比昨晚更大了。他俩睡得特别香，一觉醒来，已经天亮了。他俩的确消灭了“巫佑”，才背起食盐回了家。

打那以后，珞巴人仍从近路嘎龙山沟去波密交换，再也没有发生过“巫佑”吃人的事了。

1954年10月搜集

布裙神湖

白马岗这个地方，是莲花盛开、万紫千红的仙境。在不是仙境的许多地方，错落地分布着许多神湖。这些圣湖神水是空行阿比亚萨造的，布裙湖就是其中的一个，远近闻名。

布裙湖坐落在西宫山坡上，它被群山环抱，条条溪水流向这里，湖水越积越多，湖面越来越高，湖水快要淹没空行母的天庭了，天庭脚下遍地是水，神母多次派小神下凡，都没能治理好。又过了一年，天庭门口都漫了水，空行母来到门口，用她的神拐杖向北轻轻一戳，西宫北山被戳开了一条缝隙，湖水哗哗顺着缝隙向下流淌，但是向下流的水没有从雪山上流下来的水多，湖水还在慢慢上涨。空行母心急如焚，她又用劲挑开了西宫北山，成了一条深沟，湖水顺着深沟流向西宫村，又流向山下的布群村，成了西宫河。不到一年工夫，流进湖里的水和流出的湖水相当，湖面再也没有升高，湖深200庹一直到今天还是如此。

湖水没有涨，也没有落，而且湖水冰凉，鳄鱼、鸳鸯鸟和“曲朗”（水牛）以及鱼类都争先恐后来到这里栖息。湖边的大树掩映着湖水，白猴、犀鸟成群结队定居林中。不知是哪天，一条人腰那么粗的蟒蛇横卧在湖面上，猴子们还在蛇身上玩耍呢。转湖朝圣者目睹了这一幕，更增加了布裙湖的神秘感。每年雪开山的盛夏，来自四川、青海、甘肃和西藏各地的善男信女络绎不绝前往朝圣，留下的粮食成堆，带走了圣水，据说可以治愈不孕症。年复一年，一代复一代，布裙湖成了远近闻名的圣湖。

1997年搜集

牛皮船

远古时候，西藏就有一条大江叫雅鲁藏布江，江水从东向西缓缓地流淌着，水越聚越多，又没有出口，淹没了大半个西藏，最后，整个西藏都被淹没了，只剩下几个最高的山头高高地矗立在中央。南迦巴瓦峰竖在西藏的东南部，它的小弟佳拉泽东峰和它并排挡住了洪水的下流。

地上洪水泛滥，生灵遭殃，尸骨遍地，这可急坏了善心的天神。它两次派下级到地界治洪除灾，但都没有奏效。天神派三兄弟来到地界，他们急中生智，杀掉了天牛，剥下牛皮做了一条小船。三兄弟乘着牛皮船，用力地向南峰冲击，水大又急，经过二十次冲击，终于将南峰兄弟俩冲开，大水疯狂地向下流去，经过许多年流淌，大水流走了，露出了地面，各种生灵从山峰返回地界，大地恢复了从前的生机。珞巴人、门巴人和藏人在这定居下来。

从此，西藏有了牛皮船。牛皮船成了渡河的主要工具。

1997年搜集

磨矛石

墨脱县旁辛乡旁辛村东边3千米处有座达拉山，山并不高，距雅鲁藏布江不足千米，较旁辛村海拔也不过600米高。这里是通往达木珞巴民族乡辖朱村的一个山垭口。垭口被苍天古树所环抱，垭口有50平方米的平地，有宽十余米的路，路中间是2米宽、10米长的土木结构的小屋，高高的土台上堆放着黄泥做的泥人，佛像和皂石片刻的六字真言的藏文，屋顶上插着十余根随风飘荡的经幡，路过这里的人都向它礼拜。

在路靠外一旁有一块一米见方，离地一米高的石头，石头平展，但有很多一二指深的凹沟，长约5—15厘米不等，明显是铁器磨的痕迹。此石名曰东达刀——磨矛石，深受珞巴和门巴人民敬重，过往行人都要在此驻足歇息，向其致意，因为它是珞门械斗留下来的遗物，也是历史的见证人。

墨脱和旁辛这一带（俗称珞堆卡——上珞渝）原是珞巴族土生土长的家乡，世世代代生活在这宁静的绝域没人侵犯，无人干扰。

自从莲花生大士发现这块多吉帕姆女神的圣地后，闻名遐迩，朝觐者络绎不绝，即使在这独居一隅的峡谷归天，也心甘情愿。后来，从朱隅陆续迁来一些门巴人，圣地的名声大震，迁来的门巴人也越来越多，开始那种和睦局面起了变化，习俗不同，土地争夺引起了纠纷，产生了诸多矛盾。开始双方还能控制自己，珞巴人眼看着门巴人将要超过自己，而且门巴人不但人数多，还有更多更好的弓箭和铁质武器。双方由猜疑逐步发展到械斗，死伤人数都在增加。当时，门巴人是从大江下游向上游迁移，双方争夺最激烈的地方在卡布一带，珞巴人失利更多。这时，珞堆卡的珞巴奋起支援受困的其他珞巴，他们集中在东达拉山上，人人在东达刀上磨自己的铁矛，磨得锋利。之后珞巴人路过此地都要磨磨自己的矛和配带的腰刀。

岁月流逝，沧海桑田，经过两、三代人的械斗，珞巴失利，门巴获胜，门巴人定居下来，珞巴人向大江下游迁徙。以后的岁月，不管是珞巴人还是门巴人路过这里都要缅怀一番这块东达刀，甚至在上面磨磨自己的腰刀，以示对流逝岁月的回忆。

东达刀是神圣、洁净的，人人都敬慕它。

珞巴族，旁辛村

1997年4月搜集

贪心的富人

原始森林里住着一个猎人，他心地善良，虽说他是个猎人，而且箭法很准，百步远的小鸟也能击中，可是他从来不猎获母兽和幼兽。因此，他同它们成了朋友，互相帮助，谁有困难大家互相帮助解决。他和它们相处得和睦、亲善，它们卧在他的草棚周围，调皮的兽崽们还是他屋里的常客，不了解他底细的人，可能还认为他是牧场主人呢。

一天，一个穿着很阔气的人进山闲逛，四周观望，没有一片庄稼地，许多不同种类的野兽躺在房前屋后反刍，他想：他是个打猎人，麝香、兽皮一定很多，可以借机敲诈他一下。他大喊一声，猎人应声出门，阔气的人说："这是我的山，你得交20个麝香的狩猎税。"

猎人说："我从来不杀香獐，哪来的麝香呀？"

那个人说："我三天后取麝香，不然的话，你的命难保呀。"

猎人啼啼哭哭地对香獐讲了那个富人索要麝香的事。香獐说："你叫他到山坳里来取麝香吧。"

第三天，那个富人一大早就来了，他叫那人坐在山坳里等候。

猎人高喊："香獐朋友！取麝香的人来了，请扔麝香吧。"

说时迟那时快，一块块拳头大的麝香从山顶顺着山沟滚下来，他双手都捡不过来，还大喊："还要！还要！还要大个的，越多越好。"突然，滚下一块大石头，将他打到沟底的大江里。

1997年搜集

智灭"哲布"鬼

一个老汉背个藤筐来到一群玩耍的孩子中间，他从筐中取出一把"玖鲁"（甜地果），一个孩子给了一个，正好不多不少。他问："谁还想吃？"一个刚会说话的小女孩说："怪甜的，我还想吃。"他说："你自己伸手去拿吧。"她整个胳膊都伸进了口袋还是够不到。他说："你钻进口袋里吃吧。"她果真钻了进去。这时，老头子用藤绳将袋口捆严实，背起筐走了，吓得孩子们大哭大喊。喊声惊醒了树上的"巴共"（鹦鹉）："朋友们！有何难事哭得这么伤心呀？"大家抢着说了经过。最后说："那是一个坏爷爷！""大家别难过，我有办法把她救出来。”说罢，巴共飞向老汉走的方向。

“巴共”在老头必经的山顶上等候。老汉累得满头大汗，挪动步子都相当吃力，肚子咕噜叫，艰难地来到山顶。“爷爷，你饿了吧，到我家吃饱了再走也不迟。”“巴共”说。这是老头求之不得的。老头将藤筐放在山坡上，和“巴共”一块走了。“巴共”先给老头灌了五瓢头道白酒，老头饭都没有吃就醉成了泥人。“巴共”趁机救出了小女孩。然后放入一块石头、一竹桶水和一窝“加那杰布”（毒蜂）。重量和小孩差不多，老头酒醒后背起藤筐回家了。

老头背着藤筐一摇一晃地前行，石头滚过来滚过去，竹桶水也溢了出来，毒蜂蜇了他。他说：“你尿了我一身，还咬我，到家里再收拾你，把骨头都嚼成粉末。”

老头在太阳西下时才回到了家，他对老婆子说：“快烧水，我饿死了。”

老婆子边加柴边说：“我也饿了一天了。”水开了，老头解开口袋，口朝下往锅里倒，“砰”的一声，石头砸烂了石锅，开水直浇火塘，灶烟迷眼呛人。老头说：“这是‘巴共’骗了我，我报复去。”

老头来到山顶，肚饿口渴，听到树上叽叽喳喳叫个不停，他抬头一看，一群鸟儿在树上吃果子，忙问：“你们吃的什么呀？这么香。”“巴共”变成了“果龙”（松鼠），“果龙”说：“达朋果最大最甜，大家都爱吃。”他问：“能否给我尝一尝？”“果龙”边说边扔下来一个达朋果。他吃后，抿抿嘴，说：“请给我一个大的，谢谢你们了。”“果龙”知道他会来报仇的，早就准备了一个大的，掏空果肉，装入一条剧毒小蛇。它边说边扔给了他那个大个的，老头接住达朋果后，一口吞了下去。蛇在肚里，喘不过气来，急得乱咬，老头在地上直打滚，痛得喊爹叫娘的，没过多久，他就死了。原来，他只是一般的“巫佑”（鬼怪），他的后代报复人类，成了专门危害妇女儿童的“哲布巫佑”，妇女难产就是它们作怪的结果。

讲述人：安布江措、顿加，珞巴族，卡布村

1956年8月搜集

猎人脱险靠天龙

小俩口日子过得还算幸福，妻子快分娩了，缺少肉食，丈夫进山狩猎去了。行时，留下一个菩提树果，对妻子说：“这个宝果挂在儿子脖子上会很吉利的。”

猎人在林中、草坪和雪山上都没有碰到野兽。他在往昔羚牛出没的雪山上走呀、爬呀，在追赶一头羚牛时，不幸掉入了冰穴中。冰穴大得很，看不到边，他在洞中想找一个出口，走了一阵被绊倒了，他细心一看，是一条天龙躺在那里闭眼喘气。他饿了、渴了，眼前出现一个小白人，对他说：“天龙额头上那块白东西可以充饥。”他舔了一下，舌尖甜滋滋的，他只吃了一点，肚子就饱了。冰洞阴暗潮湿，他和天龙睡在一起。过了三天，天龙蠕动了几下身体，尾巴摆动了几下，小白人又出现了，说：“天龙睡醒了，你紧紧抓住它的尾巴，会把你带出去的。”天龙站了起来，“呜如，呜如”叫了几声，尾巴紧紧缠住了猎人，一蹬脚，飞了起来。飞出了冰洞后，猎人看到下边有刀耕火种的田地，忙说：“我到了人间，快松开我。”天龙伸直了尾巴，把他扔到了玉米地里。

他在回家的路上，碰到一个老人在背泉水，老人脖子上挂了一个树果，正是他留给老婆的那颗。他俩拉起了呱，老人回答了猎人的问话：“我没有见过我的父亲，妈妈还没有生我时，爸爸进山打猎一直没有回来，不知死在了哪里。”说着流了眼泪。

猎人说：“我就是你爸爸！生你前去打猎，不幸掉入冰洞里，靠吃天龙爷爷额头上的白液活过来的。还要谢谢天龙爷爷把我带出了冰洞，今日父子才能见面，真是不幸中的大幸呀。”老人打量猎人多时，半信半疑地问：“天下哪有父亲比儿子还年轻的事儿。”猎人解释说：“这可能是吃了天龙的唾液才保持了青春吧。”父子俩高高兴兴地回了家。

讲述人：纳龙，男，34岁，珞巴族，卡布村
绕登，男，74岁，珞巴族，甘登村
1997年搜集

人心不足成泡影

老两口靠捕鱼为生，日子过得很清贫，家里无粮无物，只有两个石头锅和一些竹勺和竹皿。

老汉用“扎玛”（大竹鱼篓）逮住一条大鱼，老人高兴得流出了泪花，准备摔死它时，它张口说了话：“老爷爷！别杀我，留着我对你会有用处的，你需要什么请说吧。”老汉说：“把你放回江里，还说对我有用，真是大白天说梦话。”鱼说：“我没有吹过牛、说过瞎话，你缺少什么只管讲吧。”他说：“家无粮米下锅。”

当他回到家里时，看到大米、玉米、鸡爪谷、芝麻一包一包垒了一大堆。他和老伴都喜出望外。老伴说：“老头子，有了粮，没有家具呀。”

他来到江边，面对大江高喊：“鱼儿呀鱼儿，家里缺少家具呀。”

他回到家里，金桌玉凳，金碗玉盘摆得整整齐齐。老伴说：“老头子，有

了家具和用具，缺少牛呀。”

他再去江边大喊：“鱼儿呀鱼儿，老伴想要头牛喂。”

他回到家里，一头大额牛站在了门口草坪上吃草。老伴说：“老头子，有了牛，没有猪和鸡呀。”

他在江边高喊：“鱼儿呀鱼儿，老伴需要猪和鸡呀。”

他回到家里，猪成对，鸡成群在啄食。老伴说：“老头子，吃、用、牲畜都有了，没有亲戚呀。”

他在江边喊道：“鱼儿呀鱼儿，老伴感到孤独，想念长辈和亲戚呀。”

他回到家里，爸爸、妈妈、哥哥、嫂子、弟弟、弟媳等坐满了一大屋，大家有说有笑，欢乐无比。老伴说：“老头子，你再去多要些金银财宝。”

他又来到了江边高声呼喊：“鱼儿呀鱼儿，我老伴还要更多更多的金银财宝。”

这时，鱼儿从水中伸出头来，只说了一句：“人心不足成泡影。”老人回到家里，一切和原来的一模一样，失去了鱼儿赠送的一切。

讲述人：仁钦平措，男，55岁，门巴族，旁辛村

达西，男，32岁，珞巴族，旁辛村

1997年搜集

勒布爷爷

很早很早以前，珞巴人的生活很苦，没有粮食吃，没有肉吃，眼看着成群的野牛、野猪、野黄羊、狗熊，好多野兽从面前跑过，就是逮不住。这可把村里最勇敢、最聪明、办法最多、心肠最好的勒布爷爷急坏了。

一个晚上，勒布爷爷躺在竹楼前的竹棚上盘算着猎取野兽的办法。他看着

天上繁星，想从那里得到帮助，但是，繁星一个个向他眨眼，好像在说："我们也没有办法！"他想了很多方法，但都行不通，他慢慢地困倦了。

勒布爷爷两眼刚一合拢，就仿佛看到一个人飘到自己身边，隐隐约约地说道："你要想有肉吃，就要勇敢，还要有智慧，比如用大石板就可使你得到很多很多的肉食。顽强的敌人虽然很难驯服，有了英明的策略就能击破。想挤狮子的奶水，就要有斗狮的胆量……"

梦乡中的勒布爷爷听得乐滋滋的，脸上还露出了笑容。蚊虫咬醒了他，他还是红光满面，似乎刚才的梦还没完呢！他仔细想了想，才知道原来做了一个美梦。他回味了刚才的情景，想试试看。

勒布爷爷没等天亮就来到了森林里，他没有心思欣赏大自然的风光，他急促地在一个小泉水旁的乱石堆处停了下来。发现潮湿的地上有许多大小不同的蹄印，肯定这里正是野兽常来饮水的地方。他朝一块大石板看了又看，摸了又摸。他环视四周，突然拔出腰刀，"唰"的一声，砍下一根手腕粗、一人长的硬藤棒子，又"唰"两下，砍掉两头。他从怀中掏出一个玉米棒子，顺手扯了一根细荆条，绑在了藤棒中间。他用尽全力，把大石板支撑成斜坡。他围着大石板转了一圈，满意地笑了。

第二天刚出太阳，勒布爷爷一口气就跑到了森林，惊喜地看到大石板落下了，鲜血染红了土地，他双手捧着血染的泥土，甜蜜地闻了闻，他激动极了！他跪在地上，喃喃地祷告着："胜利了！这是勇敢的胜利，智慧的胜利。"但他仔细一看，什么野兽也没有，肉被偷走了。勒布爷爷"咯咯"地咬牙，又按老办法把大石板支撑了起来。

第三天天刚亮，勒布爷爷起了个早就赶到了森林，想抓住偷胜利果实的东西，但是，他还是来迟了，肉又被偷走了。他仍不泄气，又按老办法把大石板支立了起来。

第四天，他起得更早了，金鸡还没叫他就离家到了森林，同样发现肉被偷走了。他还是不气馁，还是按老办法把大石板支了起来。

一天天过去了，勒布爷爷支了20次，砸死野兽20次，肉也被偷了20次。勒布爷爷只生气而仍不气馁。这是勒布爷爷第20天加两天的深夜，勒布爷爷就来到了大森林，大石板已经落下了，一头野猪的后腿裸露在石板外面，他脸上浮

现了笑容。他隐藏在大石板旁边的深草丛里，非要看看偷肉的贼是谁不可！

浩瀚的大森林迎着东方的曙光，更加美丽，微风吹抚着树枝，使人心神更加舒畅。双角犀鸟开始出窝飞去，鹦鹉开始歌唱，各种鸟儿比赛嗓音，整个大森林充满了欢乐和愉快，真是一个欢乐的王国。勒布爷爷正听得入神，突然狂风吼叫，大树摇摆，好像要把这个世界刮倒似的。不多时，妖气四起，只见一个怪物有二人多高，三庹多长，头像狮子但有两只弯角，身像老虎但毛短发光，蹄子有人头那么大，两只眼睛像两颗宝石一样闪闪发光，吼声能把山震裂，行走脚下起狂风。勒布爷爷不眨眼地看得清清楚楚，根根头发都立了起来，两眼喷出仇恨的怒火，手握腰刀，发誓要同怪物拼个死活。

那怪物走到大石板跟前，转了一圈，环视四周，然后趴了下来，一支前蹄去掀大板，另一支前蹄去抓野猪。火上了头的勒布爷爷一个箭步飞快地骑在了怪物的背上。

这突如其来的动作，吓得怪物抖了一下身子，差点把勒布爷爷摔下来。怪物大吼一声："勒布！你要干什么？"勒布爷爷咬牙切齿地说："问问你自己

就知道了。”说时迟那时快，勒布爷爷拔出锋利的腰刀，眼看刀刃马上就要落在怪物的头上，怪物哀求道：“勒布爷爷！你住在村里，我住在森林里，咱们是好邻居，向来没有闹过不和，你饶我这一次吧，以后再也不干这种事了。”勒布爷爷说：“我们珞巴人最忌讳偷盗一类的丑事，珞巴谚语说‘人要脸，树要皮，手脚不净最无耻。’我已经饶你20次了，这次不能再宽恕你了，今天非把你的头砍下来祭天不可。”怪物求饶道：“勒布爷爷，我佩服你的勇敢、善良，我被你制服了，我就实话告诉你吧：你梦中用石板砸死野兽的办法是我告诉你的，够情谊了吧！”

勒布爷爷心里一顿，但又想起自己吃过的苦头，他把腰刀在怪物头上一晃，说：“你欺负了我20次，狡猾的朋友。”怪物再次哀求饶命，勒布爷爷再次拒绝。怪物哀求了20次，倔强的勒布爷爷拒绝了20次。

怪物暗暗地点了点头，佩服勒布爷爷这种认真的态度、强悍的性格，它不再哀求饶命了：“我偷了你20次，你拒绝了我20次。我佩服你的心实，还佩服你们珞巴人的毅力。今天，我偿还你的损失。”勒布爷爷问道：“你用什么东西赔偿我的损失。”怪物答道：“我有三个等级的土地，分上中下三等，今天不给你上等的，更不给你下等的，只给你中等的，属于不好不坏的。”勒布爷爷听了奇怪地问道：“你的中等地在什么地方？”怪物答道：“你抓牢。骑着我来。”

勒布爷爷紧紧抓住怪物的双角牢牢地骑在怪物身上，那么一摇，只觉得眼前一黑就到了另一个天地，工日嘎布大雪山的草坝上。

勒布爷爷睁开眼睛一看，好家伙，草坝像绿地毯一样，还有雪莲、邦锦花等各式各样的花儿点缀着。清凉凉的风，吹得人格外畅快。啊！多美呀，人世间还有这么美的地方，难道这是上等地……

怪物指着一种叫“真都”（即一枝蒿）的花说：“这种花特别好看，和邦锦花差不多，雪白雪白的，可是，根有毒，毒劲很大很大。你把它的根挖回去晾干，砸碎，掺水和成浆，涂在竹箭头上，再用楠竹做成弓，就可获得你所需要的一切。这就是我送给你的中等地，至于上等嘛，以后你们……”勒布爷爷正听得入神，“真都”的白光耀花了他的眼，当他抬起头时，那怪物不见了，只是传来那隐隐约约的声音：要挤狮子的奶水，就要有斗狮的胆量……

草坝上只剩下他一个人了。他站了很久，想了很久。他动手挖回很多“真都”根，按照“怪物”讲的办了，果真不错。从此，珞巴人有了弓箭，后来又发明了暗箭。珞巴人有了肉吃，生活好起来了。珞巴人都在深思：中等地就给我们带来了这么大的幸福，上等地该有多美好呢！用什么办法、去哪条路才能到达呢？

讲述人：安布、牛布、达西等，珞巴族，卡布村

1956年8月搜集

索朗卓玛

老两口生了一个聪明伶俐的美女，老母给她起了个名叫索朗卓玛。她的容貌四方闻名，都愿娶她做妻子。这个地方有一个罗刹王也想娶她为妻。它令黑熊手持一个竹扫把，到处喊：“姑娘，索朗卓玛，你在哪里？”它遇到一棵大枯树，惊呆了，结果忘掉了姑娘的名字，到处寻找姑娘的名字也没有找到。罗刹王赶到，问它寻找什么，熊说：“在寻找姑娘的名字。”罗刹告诉了他。熊怕再忘记了姑娘的名字，边走边喊“索朗卓玛”。前边见到一条溪流，它口渴了，喝了水，又忘了姑娘的名字。它在水里东找西寻也没有找到姑娘的名字。还是罗刹王告诉了它。

天黑了，熊赶到了姑娘的家，它对二老和姑娘说：“罗刹王要娶索朗卓玛为妻。你们要什么聘礼如金银财宝、绫罗绸缎都会如愿以偿的，会过上美满幸福生活的。”

老两口被迫答应了这门亲事，并对熊说：“这门婚事不成也得成，我们只好答应了。不过，我要回敬罗刹王一件礼物，就是‘者布’（野人）皮，是一件宝物，常年披身上，既可防病，又能御寒。”

罗刹王如获至宝，有时穿在身，有时锁在箱里。从此，罗刹王不是头疼，

就是脚抽筋，不是浑身疼痛，就是肚疼喊娘。

罗刹王将木箱埋在草坝上，老两口禀报了国王。国王组织所有大臣、猎人向木箱射箭，他人都未击中，只有王子射中了木箱，发出“咚、咚”的巨响，打开木箱一看，原来是一位迷人的美女，姑娘倾诉了罗刹王求婚的经过，王子同情她、怜悯她，将木箱搬回王宫，并报告了父王。

国王一气之下，令大臣们将一只猎狗装入木箱，照样埋在原地。

第三天，罗刹王来取木箱，打开一看吓了一跳，凶狗扑向罗刹王，咬断了他的喉咙，喝了他的血，吃了他的肉，一堆白骨撒满地。

猎狗返宫后，国王赏给它好多肉，还有一克糌粑。猎狗成了王宫的看门狗。

王子和索朗卓玛相亲相爱，结为夫妻，受到臣民们的敬仰。

讲述人：次旺仁增，珞巴族猎人

米米朱巴、当真，门巴族，达木村

1968年7月搜集

猎人当国王

一天，猎人来到林中，看见虎在竹林中，野猪在藤林中，两头猛兽在争雄。猎人对虎说：“你扑上去，藤条会缠死你的。”又对野猪说：“你碰着‘索牛’（剧毒竹子）会中毒身亡的。”

虎问猎人该怎么办？猎人回答说：“你骑在野猪身上，咬断它的喉管，野猪会死的。”

虎猛扑在野猪背上，用锋利的大牙咬断了野猪的喉管，血流满地，野猪一命呜呼。虎对猎人说：“你真是猎人，好汉！你帮了我的忙，救了我的命，是大恩人，今后你需要什么野兽，像羚牛、黄羊、熊、豹、野猪什么的，只管说一声，

我会赠送给你。你如愿以偿后，你的母亲会问你的，母亲恩重如山，你要老实讲出来。不过，你猎获满足后，得用9层白布包住你的身体才能安全度日。”

从此，他每次进山都是很早返回，回回兽肉满筐。老母感到奇怪，每次问他是怎么回事，他总是说：“我用箭射死的。”对老母没有讲过实话。

几年后的一天，他早晨上山，中午就背回来一大藤筐野羚牛肉，脂肪占了一半。当晚，老母再三追问，这时，他才说了实话，说是虎爷爷开恩赐予的兽肉。因为他答应过虎不告诉任何人，所以虎生气了，将他衔到高山草坪上，撕破了裹布，他赤身漂流四方。

一天，他来到国王的一个牧场，善良的牧女们送给他合身的衣服，从此，他同牧女们一道放牧，一道挤奶，日子过得挺好。牧女们嫌生活单调，感到寂寞，猎人应大伙之邀，做了一支四孔竹笛。笛声悠扬，牧场有了生机，牧女们生活过得幸福快乐。

有一个牧女嫉妒同伴们的快乐生活，将牧女收留猎人的事禀报了国王。国王听后大怒，令两个佣人传猎人前来受审。“下来！国王传你受审。”一个佣仆刚一说完，猎人高吹竹笛，虎、熊、羚牛、野猪等二十多头猛兽前来救援猎人，咬死了两名传令佣人。

国王许久不见佣仆返回，又派三名佣仆前去传令。猎人照样一动不动，坐在那里吹笛，一群猛兽咬死了两名佣仆，一名佣仆连滚带爬，逃回了皇宫：“禀报国王！猎人有一支竹笛，笛声一响，群兽相助，不可抵挡。只有夺取竹笛，才能制服猎人。”

国王派了一群乌鸦前去抢夺竹笛，国王交代说：“当猎人睡着后你们悄悄拿走竹笛。”乌鸦在猎人周围飞翔，猎人手攥竹笛不放。一只老乌鸦将一串香蕉扔在猎人跟前。猎人双手剥蕉时，老乌鸦俯冲下来抢走了竹笛。

国王得到了竹笛后，再派一群侍从去传令猎人，并交代说：“用藤条拴住猎人双手牵来。”一个年龄大些的佣仆高喊：“喂，猎人！快快下来听候国王处理。”猎人无奈，只好被捆绑带进王宫。

国王审问他，他老实讲了开始与虎为友后虎翻脸的经过。国王收留他为佣人。

猎人服侍国王觉得不满意，成天闷闷不乐。他有一天来到楼顶，喜出望外地发现了他失去多时的竹笛。他捡起竹笛用劲吹将起来。刹那间，猛兽包围了王宫。猎人召集国王、王后、大臣和侍从们，问他们是愿意当自己的佣人还是情愿送命。国王等人听后，个个回答愿意留条命，而不愿意被群兽咬死。从此，猎人当上了国王，和佣仆们平安相处，日子过得蛮不错的。

讲述人：江措，珞巴族猎人，故事家，达木村

1968年7月搜集

老妇舍己为百姓

一对夫妻相亲相爱。

妻子快分娩了，家里没有肉食，他进山狩猎去了。

他在山上转了几天，一无所获。他想用藤条换回一块背小孩的“马萨”（包布），他顺手砍了一根有四十多庹长的藤子，他往这边拉，魔鬼用力往那边拖，他看不见魔鬼，只好砍掉一节，往前走几步，藤条又被拉住，他又砍掉一节，这样连续砍了20次，最后只剩一庹多长了，又被魔鬼拉住，他扔掉了这最后的一节。魔鬼又先后拉住了他的强弓、箭筒和腰刀，他都忍痛割爱地扔了。魔鬼紧跟猎人背后，紧紧抱住猎人，他俩搏斗许久，猎人终因筋疲力尽而被魔鬼吃掉了灵魂。

魔鬼背着猎人尸体来到门口，大叫“快快开门，爸爸背肉回来了。”刚生下来的女婴会走路，会说话，她去开门，妈妈说：“不像你爸爸的声音，别开门、别开门！”魔王听得清清楚楚，说：“你不开门，我有办法。”它顺着门框爬到天花板上，猎人尸体“咕咚”一声落地。魔鬼就从天花板上爬了下来。妻子预感魔鬼会吃掉她娘俩的，只好上天求助天神了。她对邻里一老妇说：“我出去一会，请你帮我照管好女儿，不要虐待她，更不要残害她的小

生命。”说完，她来到大草坝里，唱道：“神女纳勒古姆，救救我的女儿，请放下铁索链，把我拉到天宫。”连唱了三遍只听“哗啦、哗啦”响声，铁链放了下来。她抓住铁链往上爬，差不多爬了半天快抵天庭时，魔鬼赶到，它去抓铁链时，铁链被收了上去。它仰首观望，唱道：“神女纳勒古姆，帮我去到天宫，不要放下铁链，放条线绳就行。”不多时，一条细细的白线轻飘飘地落下来。魔鬼抓住线绳吃力地向上爬，魔爪都划破了，当它快爬到天宫时，她唱道：“魔尸碰到西崖，魔尸摔到东崖，魔尸跌落江中。”说罢，砍断了线绳，魔尸摔到对岸石崖，又弹回碰着这边崖，再回落入江中，魔尸被江水吞没了。

魔鬼被冲到沙滩后又复活了，它坐在那里暗算着吃掉她的办法。它来到寄养女儿的老妇家，说：“要吃掉小孩。”老妇说：“这么一个小孩才有几口肉，等她长大再吃也不晚。”魔鬼又来到大草坝上，唱道：“神女纳勒古姆，我想周游仙境，请放一条白线绳，来到天宫再谢。”它顺着绳索快爬到天庭时，她一刀砍断了绳索，魔尸摔在崖石上，粉身碎骨，滑落江中。

魔鬼走后，老妇对小孩说："魔鬼没有吃掉你母女俩是不会甘心的，要设法逃脱才是。我有一个办法，你不要伤心，没人报复你伤害你。你把我杀掉，肉煮成汤，内脏和肠子剁成碎块，切记勿吃一点，我后背有稻谷、鸡爪谷、玉米、小米、青稞、小麦、辣椒、茄子、豆角等9种粮种和菜种，切记勿吃一粒，保存好。你把肉汤、五脏碎块和种子装在'土如'（小竹桶）里，埋在树下和花下，三天后，你会看到结果的。那时，这里会成为林中的大村庄，鲜花遍地，果树满坡，你的爷爷、奶奶、父亲、母亲、舅舅、姑母都会出现的……"

女孩虽不忍心动手，但还是按老妇说的办了，而且办得很认真。

第三天一大早，女孩就起来了，张目视之，一切都变了，独户人家变成了百户大村，牛羊成群，她家的茅草棚变成了三层吊脚竹楼。她喊了一声"米米"，爷爷出现了；她喊了一声"妈妈"，亲娘出现了；她喊了9声亲人，9个亲人出现在面前，大家又说又笑，好不欢快！她摸了一下后背，摸出一包虱虮，分给村人，每包虮子都有一种粮食和蔬菜。

从此，人们有了饭吃，都感谢老妇的恩典，至今人们还怀念她，在岩石上刻石作画，向她祭献供品。

1997年搜集

独角儿当国王

老夫老妻晚年生了一个长有独角和长尾的儿子，老年喜得贵子，心花怒放，喜出望外，但长角长尾的人可没有见过，生怕丢丑，整日把儿子关在屋里。哪有不透风的墙，这事传到了国王的耳朵里，他半信半疑，非要亲自看看这个怪物不可。国王大吃一惊，说：“这是一个怪物，是鬼怪的孽种，不除掉，灾难会频频发生的。”老妇求饶道：“我就这么一个儿子，你开开恩，不要杀他。”国王说：“那么，这样办吧，把他驱赶出去。”

儿子怒气冲天地向山上走去，在林中碰到一个年轻人，问“干什么去”，答：“流浪去。”他俩一道同行。再往前走，又碰到一个流浪汉。他们仨来到一栋村里的大房子跟前，他们通过木板墙缝，看到屋里坐满了罗刹鬼，个个都长有尾巴，一个罗刹王坐在中央，它的长尾塞在地板洞里，悬吊着，他俩在底层抓住长尾往下拽，罗刹王往上拉，来回拉了三次，拉断了尾巴，一群罗刹逃向山上。

他们仨在罗刹家里住了三年，仓库快吃光了。独角儿说：“这里不能再待了，粮食也快完了，咱们各奔前程好了。”他将罗刹全部值钱的财宝，一分为三，一人一份，每人满满一筐，光珍珠玛瑙就有半筐，他们各自回家了。

独角儿背回一筐珍宝和一把罗刹尾毛，老父老母感到十分惊奇，忙问：“哪里来的？哪里来的？莫非是偷来的？”儿子答：“难道恩父慈母不晓得儿子的性格，宁肯饿肚，也不偷摘别人一个玉米棒子。这些珍宝是我们三个流浪汉消灭了吃人的罗刹鬼后平平均均分得的一份。”这时，父亲和母亲才松了一口气。

在家里住了9天，独角儿对父亲和母亲说：“国王亡我之心不死，还会出难题陷害我的，我还是出走为好。”迫于无奈，父母和他恋恋不舍地分离了，临别，独角儿再三交代：“你们用这些翡翠换取食物，我还会回来探望双亲的。切切记住，别向国王讲翡翠的来历。”

独角儿来到上次拽掉罗刹尾巴处，两个流浪汉仍旧住在那里。他们在这里欢度了三天。独角儿说：“咱们到山那边游逛。”他们翻过一座大山，夜宿一大间空房里，傍晚归来一群罗刹，他站在门口，手持罗刹尾，进门一个，他用独角轻轻一顶就死掉一个，一直顶死了二十个罗刹鬼。独角儿将罗刹的财产平均分成三份，一人一份。一个流浪汉对另一个流浪汉说：“独角真的那么厉害吗？”回答说：“不信的话，可以试一试。”独角儿正在做饭，一个同伴自己碰了一下独角，倒在了地上，另一个还是半信半疑，也碰了一下独角，同样命归黄泉。

独角儿背着财宝刚抵家门，就被国王连人带物带走了。独角儿一气之下，顶了国王一下，国王毙命。百姓都说："他虽长了个独角，样儿难看，但心地善良、孝敬父母、除恶务尽，保四方平安。"最后，丑陋的独角儿当上了国王。

1997年搜集

机智的穷苦儿

富裕儿和穷孩儿一道去买牛。

富裕儿带的口粮是大米和肉，穷苦儿带的是芋头糌粑。

进山的头一天，富裕儿说："你带的吃的全部扔掉，吃我的。"

第二天中午，吃午饭时，富裕儿说："你吃你带的芋头糌粑。"穷苦儿说："你不是叫我扔掉芋头一道吃你带的嘛，为何食言？"

穷苦儿饿肚一天了，实在无力走路，东摇西晃的。在路上遇到一对双目失明的老夫妻，互相给食物，中间被穷苦儿接住了，他饱餐了一顿。可是男的埋怨女的，女的埋怨男的，还是老妇聪明，说肯定在递物时，被人接走了。她摸住拐杖横着扫了一圈，打着了穷苦儿，穷苦儿说："很对不起你俩，我饿了才这样做了不道德的事。你们的眼睛怎么失明的？"老夫妻同时说："是罗刹鬼剐掉的。""有几个罗刹鬼？"他问。

老汉说："共有9个。""它们什么时候会来？"他又问。老妇道："你只要坐在村头大柏树上吹笛子，它们马上都会来的。"

穷苦儿按照老人说的办了。他在树下挖了9个深坑，在树上拴9根藤绳，下坠大石头，在大柏树杈上悠闲地吹起了悦耳的笛声。果真不假，罗刹鬼一个接一个地来了，每个都问他："你从哪里来？"他每次都答："我从远处来。"说完砍断滕绳，巨石将罗刹砸入深坑，一个个都被砸死。

砸死罗刹鬼后，林中的各种野兽带着眼珠来给人治病，先给老汉安上了新眼睛，他重见光明了，再给老妇安上新眼睛，她也看得见了。野兽问穷苦儿："你要什么东西？"穷苦儿回答道："我是来买牛的，其他东西都不稀罕。"一头野羚牛吹起了"岗东"（羚牛的大腿骨做的号）。号音刚落，从四面八方飞跑来许多牛，羚牛说："你赶走所有的牛吧。"穷孩儿答："我只要一头母牛和你这只牛。"羚牛送给他一公一母两头牛，再三叮咛："你过山后才能吹号，在山这边千万吹不得。"

穷苦儿出于好奇，刚过山顶就吹起了"岗东"，成群的野羚牛跟随他前行。在山脚，碰见了富裕儿，他只买到9根藤绳，9个牛鞍、9头牛，对穷苦儿的牛群眼红得很。

晚上，他俩睡在岩洞里，让富裕儿睡在火塘边。入夜，穷苦儿说："我冷，我冷，你往里挤。"富裕儿被火烧着了，浑身是伤，牛舔了伤口才痊愈了。

又一个晚上，富裕儿又被火烧伤，牛舔了伤口，越舔血脓越多，伤口越大，到家后三天，富裕儿死去，他的牛和穷苦儿的牛合群，穷苦儿越来越富，满山满坝是牛，他的日子过得很富裕。

1997年搜集

勇士当国王

哥哥和弟弟一道打铁，一道生活。

哥哥一天能打制许多把刀子，弟弟三年才打制了一把，哥哥生气地问："你是怎么搞的，三年才打了一把，是不是天天在睡大觉？"

弟弟生气了，一使劲把刀扔到老远老远的泉水里。

国王家仆来泉水处背水，背水三瓢，三把铜瓢沉于水里三次，他用手去捞铜瓢，却捞出一把锋锐的大刀来，他轻轻在一棵大树上试了一下，大树倒下了，他一连砍了九棵一搂粗的大树，棵棵倒下，他感到惊奇，认为这是一把神刀，向国王说："我不当奴仆了，我要走了。"

他背着刀，来到山脚下的一个大村，一家母女两人啼哭声引起了他的注意，他说："'阿比'（大娘）、'吾吉'（小姑娘）！你俩穿得那么好，房子那么宽，仓库这么大。却还哭泣是为哪般呀？"老妇指着下村里那栋大房说："那里是罗刹王的住所，村人快叫它吃完了，今晚该吃我俩了。"他说："不用怕，快给我吃饱喝足，我去对付它。"他吃了主人做的上等饭菜，喝了三竹桶白酒和三竹桶头道鸡爪谷甜酒，擦了擦嘴，手持长刀走了。

他谨慎地走进魔穴，旧骨头、新骨头成堆，再往里走，地上一片狼藉，带肉的骨头扔在血迹斑斑的地上，他既毛骨悚然，又咬牙切齿、义愤填膺，决心除掉害人精。再往里走有条小黑蛇迎面爬来，越变越大，最后变成了一搂粗，小蛇尾巴一扫，他向旁边一闪，小黑蛇正好碰在刀刃上成了两截，它痛得浑身颤抖，他趁机连砍了七刀，三庹长的罗刹王被砍成了九截。罗刹王被斩断，罗刹妻和小罗刹们疯狂进行报复，他沉着应战，左右前后都是罗刹，他抡起大刀，碰着一个倒地一个，最后是罗刹妻抱住他，魔爪抓破了脸庞，所以，有的人脸上有两个酒窝，那就是他的后代。他眼疾手快，大刀直插它的腹部，肠子流了一地，许多人从它肚子里钻了出来。

老妇的姑娘是个美人，提亲求婚的人很多，却都没有答应。这回，她向母亲讲了心里话，她说："我不爱财迷富，我只要一个会过日子的勇士。"母亲答应了这门亲事。结婚那天可热闹了，村人携酒前来贺喜，通宵达旦地唱呀、跳呀。

村民们扶老携幼前来祝贺，推荐他当了国王。

1997年4月搜集

坏心的恶果

当初，“当岗”（夜莺）和乌鸦是一对要好的朋友。

一天他俩在林海中要得开心。“当岗”对乌鸦说：“你的手艺灵巧，画画好看又可爱。请你帮我打扮一番，谢了。”乌鸦认真地为其画画，红、黄、蓝、紫、黑、白都用上了。黄一道，白一道，长短一致，距离和“当岗”趴在地上时两翅伸展的长度一样，双翅对称，图案精致，羽翎五颜六色，成了天底下最美丽的鸟了。鸟类都对乌鸦的技艺赞不绝口，“当岗”飞了一圈返回后再一次感谢乌鸦超人的画艺。它心里得意，并暗暗思量：可别让它们超过了我。

乌鸦也趴在地上，请“当岗”为其画画。开始，“当岗”还假装耐心地在乌鸦翅膀上画过来抹过去，不一会，它将烟灰水倒在了乌鸦的全身并用木棒将染着的地方弄黑乌，得意地说：“乌鸦老兄，给你画好了，请你过目。”乌鸦站起来左右看了一番，白生生的羽毛被染成了黑色，它生气地向“当岗”扑去，它俩在林中周旋，最后“当岗”疲惫不堪，钻进了一个树洞，洞太小，它的一条腿裸露在洞外边，被乌鸦叼断了。所以至今，“当岗”白天不敢出来活动，害怕乌鸦报复它，晚上在林中“当岗，当岗”鸣哀不停，而且只有一条腿，只会飞，不会走路。它的后代都是断腿杆。门巴人将那些恩将仇报的人比作“当岗”。黑心的“当岗”造成了乌鸦至今仍是黑色，它飞在天上还在找“当岗”报仇呢。

1997年搜集

单身汉斩妖当国王

老人临终时，将财产分给了三个儿子，手推石磨给了大儿子，竹梯给了二儿子，砍刀给了小儿子，分完东西，老人说了一句话：“你们要好好使用它，会富裕起来的。”

大儿背着手推磨外出，途中，他去解大便，手推磨滚下山，砸死了一头大鹿，他过了一段好日子。

二儿想：爸爸给了我一架梯子，还说要好好使用，可能是叫我竖梯翻墙去偷盗吧，他来到一家富户的后院，捡到一只被看家狗咬死的绵羊，几天日子过得快快活活。

小儿腰系砍刀东逛西游，来到一座寺庙前，看见有一个人在哭泣，他问：“大哥！你哭啥呀？”那人说：“你可不知道，每天都要有一人去寺庙支差，去的人一个回来的都没有，据说都被魔鬼吃掉了，今晚摊到我的头上，我上有老，下有小，今后日子可怎么过呀？”边说哭声更大了。老三想：我有刀，可以对付鬼怪，便说：“大哥！别发愁，我上无父母，下没儿女，我单身汉可以对付它们，我替你支差当班。”

老三在大殿里转了一圈，大殿阴暗潮湿，殿中后墙台上坐着一座高大丑怪的菩萨，丑态使他毛骨悚然，他镇定了一会，躺在墙边休息，一条有三庹长的毒蛇从菩萨的鼻穴中钻出来，嘴有人头那么大，是它吃掉了村人，毒蛇看见了他直向他扑来，他抱住毒蛇，毒蛇缠住他，他们在格斗，在翻腾，在打滚，他有时被按在地，有时骑在蛇身上，他掐住蛇的脖子不松手，经过很长时间较量，毒蛇气喘吁吁，他趁机拔出腰刀，首先猛砍蛇的脖子，连砍三刀，毒蛇头身分离，他对这条快吃完村民的毒蛇恨之入骨，将它剁成了九节，圣洁的经堂沾满了鬼怪的血迹。

他打开大门，村民涌入经堂，将毒蛇煮成汤，成了猪食。

村民感动他为人民除了害，消了灾，一致留住他当了国王。他说：“这不是我的功劳，是我爹妈的恩惠，他给我刀，是叫我用它镇妖驱邪的。”

从此，这里无妖无怪，人们安居乐业。

讲述人：旁辛乡党委副书记

1997年4月搜集

男孩除虎害

这里虎害特别重，吃掉了不少百姓和牲畜。达西才七岁，他决心除虎为民。他手持七号弓，身背箭筒在老虎时常出没的地方巧遇虎中王。“我要吃你。”虎说。“吃我可以，但得让我歇息。”虎王让他躺在虎耳里。

男孩在虎耳吃“特夏”（甜树果），发出响声，虎闻到了树果的香味，

忙问："你吃的什么这么香？"他答："我吃我的眼睛。"虎说："能否给我一个？"穷孩子说："当然可以。"他递给虎一个甜果。虎嚼得很碎，越嚼越香问："你帮我挖掉我的眼珠行否？"他答："当然可以。"他挖掉了虎的眼珠，又递给它一个"特夏"，虎越吃越甜，说："把剩下的一个眼珠也挖下来。"他挖掉了虎的两个眼珠。

他牵着老虎往回走。当晚住在栈道上岩洞里。洞中间烧一堆大火，让虎睡在岩边，他睡里边，他不时加柴，火越烧越大，温度越来越高，他几次说："虎爷！太热，你往外边挪挪身。"第三次挪身时，虎从悬崖上跌落下去，幸亏被一棵大树挂住，没有掉到岩底。他在崖上大喊："虎爷！小心呀，小心呀！"虎一张口两爪一伸，落入崖底，摔得粉身碎骨。

1997年5月搜集

引火者必自焚

一个修行的"工勤"（修行者）碗里落了一只"木格"（飞蛾），他一吹，飞蛾飞了起来，迷住了"果龙"（松鼠）的眼，它爬上一个"大达"（油瓜），"大达"扔了下来，打痛了"徐北"（山羊），"徐北"忍痛奔跑起来，踩断了"达北"（绿蛇）的一截尾巴，"达北"生气地吃了"巴共"（鹦鹉）的蛋，"巴共"着急地落在了"松牛"（竹笋）上，把"松牛"踩断了，一庹长的竹笋碰着了石头，石头滚下山，打坏了农家的房屋。

农家来找"工勤"算账，"工勤"是个慈悲为善的人，他逐个追问，结果追到"果龙"头上，它自知理亏，一下子钻到洞里。"工勤"在洞口按上"刀把"（套夹）。几天后，当"工勤"去看套夹时，松鼠已经腐烂，套夹紧紧地夹着它的大腿骨。"工勤"把松鼠的大腿做成"冷布"法号，供"工勤"做法时使用。据后世的“工勤”们讲，这样做，也是对恶人的一种惩罚。

旺扎、朱巴，门巴族，卡布村

1958年搜集

神牛的心愿

一户人家，只有哥哥和妹妹俩人。

哥哥是放马的。妹妹要去放马，哥哥说她不会放马，不让她去。妹妹坚持要去，哥哥只得让她去。

哥哥对她说：“马儿洁白，水儿白；马儿红，水儿红；马儿蓝，水儿蓝；马儿黄，水儿黄。牧场周围的青草不能割，楠竹翠竹丛丛竹，不能砍，不折断。”妹妹说：“知道了。”

她来到牧场，给白马喂红水，给黄马喂蓝水，给蓝马喂黄水。给马饮完水，她割起草来。她割得正欢，从大石中钻出一个白胡老头说：“你割了我的胡须，我要吃你。”她央求道：“你不要吃我。”“今天不能饶你！”“求求你开恩。”他俩纠缠了许久，最后她说：“明日，我哥哥来了再说。”

第二天，哥哥来到牧场。等候在牧场的白胡老头说：“我要吃你。”他拉了一堆屎，说：“这么臭，你怎么能吃下去？”白胡老汉说：“你去泉水处洗干净。”白胡老头其实是魔鬼。

他边走边哭，中途碰见一只奶牛，问他：“大哥，你哭啥？”他说：“白胡老汉要吃我。”它说：“我为你祈祷。”他从奶牛身上跳过去，又跳过来，骑在它身上，飞快向牧场方向跑去。后边紧跟那个魔鬼，他来到岩下大喊：“岩神爷快开门！岩神爷快开门！”石门打开，他进了岩洞，魔鬼紧跟不放，用长长的獠牙撬石门，飞来一只老雕问它撬门做什么，他说有人进了岩洞，老雕说：“我

帮你撬呀。”魔鬼给了一颗獠牙给老雕，老雕得到獠牙后远走高飞了。

魔鬼只剩下一颗獠牙，还在用劲地撬呀撬，累得满身大汗。飞来一只乌鸦，互相对话后，乌鸦说：“我真心帮你，老雕是跟你开玩笑的。”它撬了几下，叼着獠牙飞走了。

魔鬼的两只牙被老雕和乌鸦叼走了，它还不死心，用一根木棒撬石门。一只雄鹰前来搭腔：“你撬石门干什么？”魔鬼说：“我要吃的一个人进了岩洞。”“你不会撬，我来帮忙，我是岩洞的主人。魔鬼把木棒给了雄鹰，雄鹰只撬了一下就叼着棒飞了，它在岩洞高空盘旋一圈后，扔下木棒，打死了魔鬼。

在岩神的帮助下，他得救了。他和奶牛在返家的途中，在一个大草坝上休息，奶牛对他说：“你把我杀了吧！”他说：“你救了我的命，哪能恩将仇报？”奶牛说：“你把我杀后，皮肉骨骼都不要扔掉，皮张盖房顶，脚当柱，骨骼架篱笆，肉和五脏煮熟只吃一点，其余放着。”

他不忍心地杀了奶牛，按照奶牛说的办了，他吃了一点心脏肉躺下休息，天将拂晓，只听到霹雳巨响，他起来看个究竟，惊奇地看到一座大楼出现在眼前，爸爸、妈妈、舅舅、哥哥、弟弟都站在他面前，他的爱妻也站在他身旁，比去世前更漂亮了，不过是个塌鼻梁，原来他吃的一点心脏肉就是她的鼻尖，他们一家幸福地过日子了。

1996年10月搜集

姑娘变成了星星

一对老夫妻有六个女儿。

老夫老妻倒还勤快。种的庄稼季季丰收，年年丰收。

老妻患了关节炎走路不方便，对老伴说："女儿们留在身边不吉利，把她们送到山上算了。"

父亲领着女儿们蹚河攀崖，太阳偏西了才爬到山腰，那里"昂尼"（野芋头）很多，爸爸叫她们挖"昂尼"，说晚上来接她们回家，天黑了，爸爸还没有来，她们坐在树下，围坐火旁，烧"昂尼"当食。晚上和衣而卧，感到孤独，都掉了眼泪。

第二天她们翻过山头，到了许多崖洞的悬崖下，遇着一对老夫妻，他俩把她们接到家里。他们家是个大崖洞，里边还有几个小崖洞。老夫妻把她们放在一个洞里，酒肉相待，显得很亲热。一天晚上，老两口在窃窃细语；“把她们养肥了，再杀。”大姐听得清清楚楚。她把这话告诉了妹妹们并说：“他俩是妖魔，咱们得设法逃脱。”

老夫妻照顾得很周到，问姑娘们爱吃什么，姑娘说：“喜欢吃蒜，大米粉做的‘库巴’（圆饼）。”她们舍不得吃，收存了很多蒜和“库巴”，用蒜汁将“库巴”粘成雄鹰样子，还有两扇轻巧的翅膀。

翌日是妖魔下毒手的日子，天还没亮，她们扑扇着翅膀飞向天空，六妹飞不动了，饿了，吃了一点翅膀，她掉队了，现在天上有六颗星兼排成一行，五颗距离相等，只有六妹离她们远一点，她们连续飞行。老妖魔准备杀吃姑娘们了，来到洞口一看，洞里空了。姑娘们飞向天空，它俩唉声叹气，空手而归。

讲述人：当真、格桑，门巴族，地东村

1956年10月搜集

大脖子长到了后颈上

一个大脖子的男人，手持斧头，腰系砍刀进林砍树。

他没有祭祀就动手砍倒了一棵大树。这个树神对另一个树神说：“咱俩把他吃了。”他听到了指着自己的大脖子说：“你们别吃我，我这里有一块肉拿去吃算了。”

第二天天亮了，树神没吃他，大脖子也无影无踪了，他高兴返家。

村里还有一个大脖子人，问他的大脖子哪里去了，他照实说了。那个大脖子说：“我也去试试。”

他当天下午带斧头砍刀来到了林中，向树神们说了一些乞求的话，他躺在树下，静悄悄的林中传来两个“办布”（罗刹鬼）的对话“把他吃了”“连骨头都吃掉”。他央求道：“别吃我，请开恩，请把我这块多余的肉拿去享用。这块肉烧不熟，开水煮不烂，我留着无用，供奉给你们了。”

第二天刚亮，他一摸脖子，大脖子没有了，高兴地回到村里。见人讥笑他，他往后一摸，大脖子长到后脖上，他泄了气无言瘫倒在地上。

1997年12月搜集

孔雀为猎人解危

猎人久等爱人分娩，不耐烦了便进山狩猎去了。

一天他追赶野羚牛，不幸掉进了冰洞里，冰洞大得很，起码有一百升玉米颗粒（约合16.75平方千米）刀耕火种那么大。当他苏醒过来时，看到有两条龙躺在那儿，口吐白沫。他一眨眼，面前出现一个身穿白衣的人，对他说：“你饿了，渴了，舔舔龙的口水会解渴饱肚的。”他听得入神，又一眨眼，白衣人不在了。他照白衣人说的办了，越舔口水越多，自言自语地说：“龙的口水怪甜的呢。”又过一会白衣人又出现了，对他说：“今天，你要逃离这里，否则，要丢掉生命的。”白衣人不说话了。他环视四周，空荡荡的两条巨龙对视着他，尾巴绞成一团，晃过来摇过去，意思是让他骑在上边。他骑坐在两条龙尾上，双手紧紧抱住龙身，双眼闭目只听：“乌如如”一声巨响，两条巨龙飞了起来。过了一会，他睁眼向下俯视，看见了土地树叶在摇曳，他心想：“把我带到哪儿去呢？”他一松手掉了下来，掉在了“巴明”（沙滩）上，摔伤了身体，但保住了生命。这里距村庄不远，但他既饿又渴，走不动了。他便顺手捡到了一只死孔雀，吃了一块肉，另一只孔雀在山里大喊：“村里来了鬼，吃了人，还伤了人，喇嘛快来！”接着飞来一只黄孔雀。它认准猎人是个好人，为他祈祷，做了很多“刀玛”（供品）

立了很多“盘欣”（祭祀鬼神的木棍），这样细心不但没给他带来好运，反而招引来了许多“松科玛”（毒蜂）。它们疯狂地向他扑来。他说：“你这个喇嘛米吉不顶用，我要请大米吉喇嘛。”他吃了半只孔雀肉，然后爬到附近一棵树上，大喊：“这个地方来了魔鬼，请神鸟孔雀驾到。”飞来了一群黑孔雀，吃掉了蜇死人的毒蜂，帮他解了围。

他到家后，小孩长大了，不认识他，不叫爹。他问孩子：“你爸爸呢？”小孩答：“我娘没生我时，我爸上山打猎，掉进冰窟窿，冻死了。”他说：“我就是你爸。”

卡布村

1996年12月搜集

南迦巴瓦峰的传说

从前的从前，卫地方（即西藏地区）有两个有名气的喇嘛，一个叫勒朱戈玛，一个叫丁戈吾。开头，他俩是朋友。勒朱戈玛经学造诣很深，而丁戈吾识字不多，经念得没有章法。汉族国王传来诏书，要两位大师进京弘扬佛法。

国王把两位大师安置在两个经堂里。头天，国王聆听丁戈吾诵经。国王坐在金质宝座上，丁戈吾坐在银质宝座上，他想：今天不能丢丑，国王亲自聆听我诵经，我得装出个样子来。他口齿流利，声音洪亮；音韵时而拉长，时而拉短；时而眼观经书，时而闭眼不视；翻页频繁。国王虽没听懂一句经文，从外观上看，丁戈吾的学识相当深奥，受到了国王的赏识和赞扬，国王亲自赠送他一匹白马，还给了他许多青稞和小麦等粮种。

国王又聆听了勒朱戈玛诵经。他很自信，心想：学识我比丁戈吾深，一定能得到国王的更高奖赏。他和往常一样盘腿坐在银质座位上，视线不慌不忙跟随经文移动，念完一页翻转一页，声调平和，不高也不低。一捆经书尚未念完，国王叫他停念，只给他三升青稞种子，打发他返藏了。他心里很不舒服，百思不得其解，正在纳闷时，丁戈吾讽刺说："真经不如假经好。"从此他俩不和，分道扬镳了。

他俩回到卫地后，矛盾加剧，老师进行调解，说七天后可以见分晓。勒朱戈玛天天不食不饮，第七天时，他斟了一碗茶，茶水满碗，又倒上很多玉米糌粑，不多久，糌粑塌陷，形成了雪崩。他吃了园中的花朵而亡。他投生了，在一老妇腹中待了六年，铁翅膀穿破母腹而出。他生下来会走会飞。生下头天喝水，第二天吃肉，第三天啃骨头。他一气飞到南迦巴瓦峰，那里成了他的王宫，栖息地。它的老婆只有一只眼，一条胳膊和一条腿，它到天庭，对众神说："别看我缺腿手胳膊，谁都战胜不了我。"它来到王宫，说同样的话。天下的神鬼既惧怕它又崇尚它，每年多次诸神聚会，村里的巫婆、米吉也常来请权，最后它成了南峰的主人，主宰天下事，当它发怒时，塌方、泥石流、雪崩不断；当它高兴时，飞云缠腰，头顶雪帽，流淌的泉水能治百病，所以，成群的白唇鹿、香獐、羚牛、白猴等是它的臣民。这里的朝圣香客不断，猎人络绎不绝。

门巴族，卡布村
1996年12月搜集

善良的朱巴古勒

老妇有二个儿子，哥哥叫帕玛布，弟弟叫朱巴古勒。

哥哥起得早，雄鸡啼叫时开始念经，弟弟很烦他，每当哥哥念经时，他故意“崩、崩”屁放个不止。哥哥生气，连妈妈都说他：“哥哥念经是圣洁的，你的作为连神都不会庇护你的。”

哥哥嘴在念经，心里却想着盖房屋、修仓库。弟弟知晓哥哥的心意。

一天举行了“朱巴奏”（大法会），念完经，开始祭祀山神，人们排成长长一行，哥哥手持香把走在前头，弟弟身着猎服走在后边，他走一步放一个屁，惹得人们哈哈大笑，他的狐臭使得大家都捂住嘴。

大家围着一棵大树歇息饮酒，哥哥做草药，他帮助包成一小包一小包的，包完后开始分割他猎获的野羚牛肉，均匀分配，一人一份。哥哥想：弟弟处处为难我，羞辱我，我得治治他。他对弟弟说：“山上有一头野兽，你敢猎获吗？”弟弟道：“那还用说！”

第二天一大早，弟弟身背箭筒，腰系长刀，手持强弓，用唾液润湿了弓

绳，牵着3只猎狗进了山。他翻过一个山头，什么也没有，接着翻过第二个山头直到第八个山头，一无所获，他并不气馁，驻足小憩，喝了泉水，吃了米饭，继续翻山。当他攀登上第九个山头时，眼前出现一头有九只角，比人高的怪兽。他放掉三只猎狗，向怪兽扑去，怪兽招架不住，蹿入密林，钻入山洞，都被猎狗赶出来。怪兽逃入村庄，猎狗尾随，弟弟跟踪入村，只放了三箭，射死了怪兽，兽肉分给了村人，人均一份，村人欢喜。

汉地国王听说帕玛布家消灭了人类得病的祸根——怪兽，大加赞扬，称他和康地的巴布喇嘛为慈悲大师，传召他俩进京畅谈。弟弟提出一同前往，哥哥怕他再次丢人，拒绝了弟弟的乞求，经过再三合计，他们三人同行。

在北京皇宫，朱巴古勒把一捆捆经书堆成两个坐床，上边盖上绸缎。剩下的经书，朱巴古勒用斧头砍得片片纸页飞向天空。觐见皇帝的时候到了，皇帝看见帕玛布和巴布喇嘛坐在经书上，大声训斥道："这还得了！"朱巴古勒道："这有什么了不起，不过是一堆白纸。""胡说！里边是经文。"皇帝说。"仅仅是白纸，一个字也没有。"弟弟答。巴布喇嘛赌咒似地说："如果有字砍你的头，如果没有字你割我们的舌头。"皇帝下令检查，几十个人翻了半天也没有找到一张有字的经书，全是裁得整整齐齐的白纸。皇帝、喇嘛、宫廷官员们都目瞪口呆，呆若木鸡。心地善良的朱巴古勒解围似地说："不用砍头了！还你们的经书。"说罢，他抡起斧头，在白纸上猛捶三下，经书像雪片从天落下，皇帝捡起一张细看："原来是墨汁写得，现在成了金字和银字，纸也比从前好了。皇帝大加赞扬朱巴古勒，并送给他一套新的经书。所以说，现在西藏的经书是汉地皇帝恩赐的。

1997年4月搜集

猎人制服母野人

猎人来到猎场，被一头母野人捉住，牵入岩洞，用巨石堵洞当门，把猎人关在里边。它每天早晨出洞，太阳偏西回到洞里，每天都是背回满筐兽肉，他俩生活在一起。

一天猎人连说带比画，让它带回一些兽皮。它两天时间带回了香獐皮、草鹿皮、猴皮多张。他坐在洞里把兽皮揉得软软的，缝成了黄色、黑色和白色相间的皮衣，穿在身上怪好看的。母野人也要求给它缝一件。猎人应许了，指着麝香说："这几天你多拿回一些这种东西。"时间才过去三天，半人高的皮口袋装得满满的，又过了三天，它带回了更多的兽皮，其中还有一张"西本"（野羚牛）皮，有两庹见方那么大。他简单地揉了下，将湿牛皮缝起来。当缝到一半时，叫母野人钻进皮口袋里，他继续缝制，一直缝制到脖子，将母野人的四条腿和全身除头外，全部缝在了皮口袋里了。猎人烧了一大堆火，坚硬的桐柴越烧越旺，猎人把它推到旺火上烤，越烤牛皮越干，牛皮越干，皮口越小，把它勒得受不了，忙求央道："快帮我脱下皮衣。"猎人说："很快就会好的。"边说边往火里加柴。他背起麝香走了。母野人烧死在洞里。所以说，现在见不到野人，是因为猎人烧死了野人的祖母的缘故。

旺扎，门巴族

1996年12月搜集

悔悟显灵气

一个喇嘛要娶一对姐妹俩为妻。她俩不愿这门亲事，派狗代婚。狗沿着山间小道来到岩洞里，喇嘛生气打了狗。喇嘛派人将姐妹俩捆绑深埋地下。

没过几天，姐妹俩变成了六颗星，遨游太空，后来生了一个孩子，成了启明星，又生了一个孩子围着太阳转圈子，成了月亮。

喇嘛知道这些后，十分懊丧，后来想出一个挽救的办法，就是用玉米粉做成许多供品祭祀神灵，门巴族、藏族至今仍沿袭这个办法举行祭祀。据说，喇嘛这样做后心里得到宽慰，念经祈祷也有了灵气。

讲述人：布都，门巴族，卡布村

1997年2月搜集

众人施计战魔女

一户人家，有爸爸、妈妈、儿子和女儿四个人。儿子在山上放牧。

头天家里来了一个穿白衣戴白帽的人。第二天，来了一个穿黄衣戴黄帽的人，第三天来了一个穿黑衣戴黑帽骑黑马的黑人。主人对客人以诚相待。

客人走后，来了一个魔女，扬言要吃主人的儿子。主人像招待客人那样对待魔女，魔女长相太丑，女儿给它递饭送酒时，都不敢双眼正视，只敢侧身递物。魔女说：“我明日再来吃你的儿子。”一溜烟就无影无踪了。

翌日，太阳刚出山头，魔女前来，在门口将斧头磨得锋利。妹妹陪着哥哥回家，在路上，哥哥对妹妹说：“恐怕难逃魔女杀我的厄运。我死后，你将我的心脏和肝脏用白布包好，连着雪莲花扔向天空。”说着，兄妹俩都掉下了眼泪。

哥哥穿着一身白衣，头戴白帽，骑着一头白色骏马回到家里。魔女眼疾手快，一斧下去，将哥哥的头颅一劈两半，哥哥躺在血泊中。魔女开肠破肚，边砍边吃人肉，惨不忍睹。妹妹央求道：“把我哥哥的心脏和肝脏留给我做纪念。”魔女满足了妹妹的要求。魔女将哥哥的尸体砍成八大块，装筐背走了。

爸爸手捧儿子的心脏、肝脏和花朵对天大喊：“儿子听着，上天打仗，我去；下地打铁，我干！”连喊了几次，隐约听见天上有回音：“能成、能成。”家人把屋里的血迹洗得干干净净，哥哥的遗物连同心、肝、花儿一块装筐埋地下。

爸爸、妈妈和妹妹回到屋里，都不开口说话，还是妹妹先说：“牧场没有人照管，牛会失散的。”妹妹只身去了牧场。

这次去牧场，觉着路程长多了，花了半天时间才到达牧场。成群的大额牛卧在草坪反刍，黑压压一大片。房内传出了悦耳的笛声。她推门进去，样似哥哥但年轻很多的年轻人坐在那儿悠闲吹笛。“妹妹请坐。”哥哥先开了口。“这是怎么一回事？”妹妹问。哥哥说：“我在白人、黄人和黑人的帮助下，施展金蝉脱壳的妙计，魔女杀掉的那个是毒蛇的化身，它吃后死在岩石下。我吃了白人他们给我的食物，觉着年轻多了。”

门巴族，卡布村

1997年2月搜集

行善者与“者布”

一个修行者在“仓康”（修行房）里静坐念经，不时听到房顶有声音，他睁眼仰望，看到一条长毛腿在一伸一缩，他感到惊奇，站起来仔细辨认，认准了是“者布”（野人）的腿，行善者是不杀生的不会危及它的生命。

行善者来到门外烧堆煨桑，“者布”叉开双腿站在火堆的两旁，它还吃了糌粑和酥油，接着像喝甜酒一样喝了一竹桶牛奶，舔了舔嘴。天天都是如此。

不通人性的“者布”天天来“仓康”屙屎。行善者外出，它跟在后边，一天，行善者途中解手时“者布”背走了他装事物的藤筐。他跟踪回到了家里。“者布”天天折磨行善者，最后，行善者想：不能长期这样生活下去，得设法消灭它才能安宁。他借了支火枪，装上火药和石弹，放在大火旁，“者布”喝足了牛奶，在烤火时，好奇地摆弄火枪，引燃了导火线，击中了头部，“者布”倒在火堆上。自此以后，行善者的牛逐渐减少，奶牛都干了奶，最后奶牛死了，他的日子穷困下来。

1996年6月搜集

听懂动物语言的人

一个农夫，种庄稼和打猎为生。

他人聪明，手巧，还会做家具，是个木匠。

一天，他进山砍坚硬的“果美欣”（青冈树）做织布的木梭子。他经过湖边，两条蛇在搏斗，黑蛇咬伤了白蛇，白蛇在地上直打滚，还“嘤嘤”地哭叫，善良的他拎起“刀马”（藤拐杖），一棒打死了黑蛇，轻轻地把受伤的白蛇送入水中。

没过多久，白蛇钻出水面，来到猎人面前，说：“我爸爸和妈妈请你进宫面谢。”猎人说：“你是水中动物，我是人，会淹死我的。”白蛇说：“不会的！你闭住双眼，抓住我的尾巴就行了。”一眨眼工夫，他被带到龙宫，高大的龙宫全是用金光灿烂的金子砌成，翡翠宝石镶满了大厅，两边是一间间玉石卧室，家具有金质的，银质的，海螺做的，锅全是金子铸成，碗全是玉石雕成。堂皇华丽的龙宫使他眼花缭乱，连眼都不眨一下。“猎人朋友！你救了我公主的命，特请进宫面谈。请坐，朋友！”龙王一席话，才使他恍然大悟。他坐在金椅上，唱着玉碗盛的美酒，吃着海螺盘里的海鲜。宫里还有唱歌的，跳舞的，他天天沉醉在这仙影里。

在龙宫住了三天，人间就是三年。他提出要回家了，龙王再三挽留都被拒绝了，龙王说：“你救了我女儿的命，恩情重如山，深如大海，你需要什么东西尽管说，我保证满足你的要求。”猎人说：“财宝如粪土，再贵再好也会花完的。如果你乐意，只给一种东西就行了。”龙王问：“什么东西？”猎人说：“请你给我会说和听懂各种动物，如羚牛、狮、虎、熊、鹿、野猪、犀鸟、鹦鹉、太阳鸟等它们语言的能力。”龙王思忖了半天，开口说：“鉴于你的救命之恩，教会你各种动物的语言倒是可以的，但又怕你惹出祸来，这样吧，你学会后不准对人类使用，否则，我会吃掉你的。”猎人说：“为了保命绝不对人讲！”龙王耐心地教，猎人学得热心，很快能同各种动物对话了，他高兴地回到家里。

一匹黑马和白马在对话，黑马说：“我周游一趟世界，人类会死光的。”白马说：“我周游一趟世界，人死了都复活的。”他和两匹马对话后，白马成了他的伙伴，他俩形影不离。

国王病了，要杀一头大额牛祭神驱鬼。牛说：“你要多备一些柴和水。”猎人对国王说：“你不要宰杀额牛，我这匹白马换你的牛，你会马到病除的。”他用白马换了头大额牛。

他到了一个地方，国王死了，要埋在大江对岸的风水宝地，一片高山草坪上。这里无桥没船，谁也无法到达对岸，这可急坏了王后。国王的一匹坐骑说了话：“除了我谁也别想到达对岸，不过，我脚上扎了一根刺，必须用金针挑出来才能成行。”猎人告诉了王后，用金针挑出了三根粗刺，它驮着国王尸体飞到了对岸，埋葬了国王。

一个鼠崽对妈妈说：“我饿了，去国王仓库吃顿饱餐。”母鼠说：“国王家有只恶猫，不知吃掉了我们多少同族。”鼠崽说：“我跑得快，它捉不住我。”鼠崽刚一进入仓库，就被猫逮住了，鼠崽哭了，说：“这回没听妈妈的话，送了小命，可怜的妈妈会哭一辈子的。”猎人告诉了王后，王后夺回鼠崽，给它吃饱糌粑，放它走了。鼠崽回到窝里，炫耀如何如何和猫周旋，既偷吃了个饱，又没被猫抓住。母鼠听信了它的胡言，说：“儿子真了不起。”鼠崽听到夸奖，哈哈大笑起来。

一只苍蝇对妈妈说：“我饿了，去国王家吃酥油去。”母亲说：“国王家里到处都有蜘蛛，会缠死你的。”儿子说：“我力气大，会冲破蛛网的。”它冲破几道蛛丝，终于飞到了国王餐厅里，它飞了三圈，落到了王后的酥油茶碗里，酥油缠住了它，两只小翅膀在碗里直扑扇，王后把它挑出来，放在热灶上，很快烤干了，它飞到妈妈跟前，说：“我掉到了大海里，善良王后救了我。”

他骑着白马来到湖边，一头20庹长的毒蛇向一对鸳鸯扑来，还自言自语地说：“今天，可要美美饱餐一顿神鸟肉了。”他向那对情鸟发出呼唤：“快！快！快！毒蛇来了！”情鸟刚飞出湖面，毒蛇扑了个空。它俩在空中对他说：

“谢谢人间的恩人。”

他走到哪里，好事做到哪里，天上飞的、地上跑的动物都感谢他，不时还帮助他，他走到村庄，家家迎接，户户欢迎，人们送给他许多许多宝物，他家里都摆不下了，他成了远近闻名的富户。白马也从国王那里偷跑了回来，和猎人叙述着这一段的磨难。

一个穷人变富了，人们羡慕，国王嫉妒，强行抢走了他的白马。国王拉白马，白马不走，他骑白马，白马不动，后边有两个家仆鞭打白马，马背都被打破了皮，血肉模糊。当走到一个栈道上，白马向上一纵身，把国王扔下了千庹深渊，它踩死了两个家仆，又回到村里，和猎人朝夕相处，祥和度日。

1997年搜集

镇妖石

巴日山窝里有一块平地，有十几户居民，这里叫仁青朋村，原本不出名，但莲花生大士飞越了这里，说这里是金刚度母的肚脐，是多吉帕姆仰卧着的圣体。此地名声越来越大，不久，远近闻名，善男信女们视此地为圣地。

这里群山环抱，四周雪山终年积雪，平地掩映在黑布样的原始森林里，林中百鸟争鸣，溪水潺潺，一片寂静，真可谓不是仙境胜似仙境。

18世纪中叶，从门隅迁来六户门巴人，其中有刀吉措美、朱登林巴和贡桑俄色等多名僧人，他们在征得珞巴人同意后在这里建寺盖庙。

寺庙修得并不顺利。白天垒的墙，晚上全部塌落下来；白天上的大梁，晚上跌落摔成几节。经过多年修建，寺庙仍未建成。

大僧人朱登林巴百思不得其解。一天夜里，他做了一个美梦，说莲花生大士告诉他：这里妖怪多，要镇压才能如愿以偿。他醒来后思忖了许久……噢！

原来是这样。

鬼怪们都栖息在地下。朱登林巴决定在妖怪们的身上建寺。

刚挖了一人深的地基，晚上，乌云翻滚，雷电轰鸣，暴雨倾盆，建寺人有的病了，有的死了。

朱登林巴法术无边，他手击法鼓，口念咒经，击钹吹号，将鬼怪都驱赶到刚刚挖好的大坑里。建寺人将块块条石扔进坑里，成了镇妖石。在这个坑基上建寺，人们白天建，晚上修，没过好长时间，修好了寺庙。从此，这座闻名遐迩的寺庙招来了远近的香客，同时，寺庙稳如磐石，再也没有兴风作浪的鬼怪。

门巴族

1956年门巴新年搜集

贪财女丧命

有一个猎人被母野人劫持到岩洞生活了一段时间。猎人叫母野人做了一件直筒的湿牛皮衣服，牛皮干后，把母野人禁锢在里边，不能乱弹，不久，母野人被困死了。

后来猎人背了一筐麝香回村后，久别的乡邻纷纷前来压惊，送酒送肉，当得知他死里逃生而且大有收获后，惊叹不已，不少人蠢蠢欲动。他用麝香换回了许多家畜和生产、生活用品，还换了不少装饰品，家里富裕起来了，在四周属最富有的了。

但那个母野人并没有死，变成了一头雄性野人。

村里有位好吃懒做、贪色着迷的泼妇，当她得知猎人获取麝香的经过后，很是眼馋，偷偷摸摸做前往试一试的准备，光口袋就备了三条。

她来到岩石壁下，攀藤附葛往上爬，进入悬崖上的石洞里。把野人吓了一跳。她紧紧抱住野人亲个不够。但野人不理睬她，想起不久前差点送了自己的生命，说不定这个女人也会图财害命，还会危及他的生命呢。顿时大起报复之心，兽性大作，把她按倒在地，两手一扯，撕断了她的两腿；又一扯，两只胳膊分了家，将碎尸抛出洞外。这个贪财的色女，就这样死掉了。

1997年门巴新年搜集

乞丐当国王

阿登国有一个臣民，名叫旁多嘎多嘎，是个乞丐，两口子无儿无女，缺吃少穿，天天哭丧着脸。开始以乞讨为生，后来捕鱼度日。他心灵手巧，用竹条编织了许多肚大口小的鱼篓，放在有落差的跌水处。他每天下午去收篓，篓篓都装满了鱼，他用鲜鱼和干鱼换粮度日。

一天，他背了一筐鲜鱼来到王宫门口，用鱼换回两背玉米。公子吃过鱼后，命令下属传令乞丐进宫。乞丐来后，公子详细询问了捕鱼的经过，公子说："明日咱俩一道去捕鱼。"

乞丐本来不想同他一道捕鱼的，但公子权势大，会抢走鱼的，还会说："渔场是我们的，从今以后再也不准你下河捕鱼。"他只好应允了。

他俩来到江边，每人都做了五个鱼篓，把水集中在一块，落水处安上了鱼篓。

第二天，他俩一道去查看鱼篓。公子鱼篓里一条鱼也没有，只冲进去一把竹屑，而乞丐的鱼篓里却是满满的。公子发怒了："格！乞丐，你鱼篓里是满满的，我鱼篓里却是空的，冲进来一团垃圾竹屑，又不能吃，真倒霉！"他顺手扔掉了竹屑。乞丐忙说："少爷，请不要生气，你福气好，才有竹屑。你嫌弃它，我用鱼换它，请恩赐给我吧。"

公子心里高兴，心想：鱼可以吃好多天，拳头大的一团竹屑有什么用处？竹屑换鱼正中下怀。公子便说："可以！可以！"

乞丐带着一把竹屑回到家里。他在后院里挖了一个深坑，上足了肥料，把竹屑深埋坑中，浇了20竹桶净水。3月栽种的竹屑，6月长出了一个有腰粗的竹笋。没过几个月，这棵独竹钻到了天上。到一年的时候，竹梢从天上弯了下来，一直弯到乞丐的房顶上。他用这棵竹子编织了许多鱼篓，天天鱼篓满，用鱼换了许多许多东西。从此，乞丐富裕起来，牛羊猪成群，盖了楼房，修了仓库，大米、玉米、鸡爪谷、芝麻装得满满的。

7年时间过去了，国王苍老，国力衰弱，而旁多嘎多嘎，财产富足，有百头牛，百匹马，百只羊，百头猪，五个仓库满满的。国王和乞丐一对比：我天天向下，持续在破落，而讨饭的乞丐却富裕起来了，比我的财产还多，这是怎么回事？这是不是因为他的竹子有福气，是棵神竹。国王请来了占卜师、算命师和喇嘛，经过一天念经、占卜和掐算，占卜师对国王说："我们掐算的结果是一样的，乞丐有了吉祥竹，他才越来越富；你抢来它，你不但不会破落，还会富裕起来的。你若得不到吉祥竹，还会继续破落下去，乞丐有当国王的机会。我们心里都很难过，希望你早作主张。"

国王派3名大臣去传令乞丐前来拜见国王。

乞丐的妻子是个聪明、贤惠的妇女，名叫次仁措姆。国王传走旁多嘎多嘎后，她想：国王传令乞丐是没有理由的，不是吉兆，而是凶兆。从前从未传过他，而今天却带走了他，因为国王破落了，我们富裕了。他是狠心要抢走吉祥竹。她端详了一会，爬上屋顶，摘了7片竹叶，祈祷说："上有堆阿里的福，下有印度的福、汉地的福、康区的福、安多的福，我富裕起来，全托了你们恩赐的福气。今天，旁多嘎多嘎被国王传进王宫，凶多吉少，是为了抢走吉祥竹。我祈求福气不要跑掉！福气不要跑掉！"

她喂了一头红奶牛，她把7片竹叶，塞进了红奶牛的嘴里。红奶牛嚼碎竹叶，咽进了肚里。

太阳大偏西时，旁多嘎多嘎回来了，妻子问他："国王从前不叫你，偏偏今天特地把你叫去，有何命令？"

乞丐答："我俩从前乞讨结为夫妻，住在这里，乞讨在这里。国王他叫我进宫，是命令我把吉祥竹送给他。我已经答应了。"

妻子说："太不应该了！这是强盗。天下哪有这种道理！"

夫妻俩正在谈话，国王派7名大臣和许多佣人前来，一起动手连根挖掉了吉祥竹，抬回栽到国王的后院里。

国王抢走吉祥竹一年了，国王照样天天没落，而次仁措姆照样天天富裕。国王又请来了占卜师、算命师和喇嘛，念经、占卜和掐算。占卜师告诉国王："次仁措姆有一头红奶牛，是吉祥牛，你抢来它，就会天天富裕起来的，很快会富裕到原来的那种程度。你若得不到红奶牛，你还要破落下去的。"国王令3名伦布去传旁多嘎多嘎。

乞丐被带走后，次仁措姆有国王抢走红奶牛的预感。她来到红奶牛跟前，说："国王狠心，要抢走你，不要难过，不要伤心。"她拔掉红奶牛额头上7根牛毛，背上7根毛，尾毛7根。她打开木箱，将牛毛裹在绸缎里，仍放回木箱。

太阳偏西时，旁多嘎多嘎回来了，妻子问："国王有何指示？"

乞丐说："国王说他没有牛了，再三向我央求要咱们那头红奶牛。我已经答应送给他了。"妻子伤心地坐在那里，没有张口说一句话。

国王派7名大臣牵走了那头心爱的红奶牛。

国王抢走红奶牛一年了，还在继续没落，而乞丐还在继续增加财富。国王不但再次请来了占卜师、算命师和喇嘛，还请来了"俄希"（能从铜镜中看出谜底的人）。经过一番折腾，他们对国王说："乞丐有一个木箱，福气都装在箱里。箱里有个缎子小包，福气全裹在那里边。你得到了木箱，会恢复富裕的，若得不到木箱，你会更快地破落下去的。"国王下令传乞丐进宫。

3个大臣带走了乞丐。次仁措姆想：住在阿登王国运气不佳，残忍的国王闹得百姓不得安宁，又会来抢木箱的。她生气地将一把牛毛塞到自己嘴里，一口吃了下去。

太阳大偏西时，旁多嘎多嘎回来了。"国王有何吩咐？"妻子问。"国王说他做龙袍没有绸缎，央求索要我们那匹缎子，我答应了。"乞丐回答说。

国王派7名大臣来到乞丐家，打开木箱，拿走了那匹绸缎。

又过了一年，国王还在没落，穷得更快了，而乞丐却越来越富。国王再次请来了帮手，占卜的占卜，掐算的掐算，看镜的看镜，念经的念经，他们对国王说："你得不到次仁拉姆是富不起来的，得到了她，你的财产会比原来的还多。她如若不愿来，你要杀掉她，否则，你会成为乞丐的，乞丐会成为国王的。”

国王还是派原来的那3名大臣，把旁多嘎多嘎领进王宫。国王说：“我要纳次仁措姆为妾，你得让给我。”大臣们给乞丐灌了多碗烈性头道酒，国王把一把长剑递给了乞丐，说：“我有妻妾五百名，你把次仁措姆杀了，这五百名宫女任由你挑选。”乞丐喝醉了，说：“我的妻子，我能杀掉。”

旁多嘎多嘎被带走后，她知道厄运将要来临。她在房子的四周和9根柱子的屋里，放了13个供灯，灯里盛满酥油，屋里灯火通明。她在反复祈祷。

乞丐拎着长刀回来了。刚到木梯跟前，鹦鹉大叫：“旁多嘎多嘎！你提着长长的宝剑，准备干什么？不害羞吗？不害羞吗？世上夫妻多得很，像你这样用刀杀害自己爱妻的，除你以外，再也没有了！你不要脸吗？没有额头吗？没有眼珠吗？你好好想想、你好好想想。”它刚说完，拉了一泡屎和一泡尿，正好落在乞丐的头上，他立即酒醒了。他持刀进到屋里，鹦鹉紧跟在后，用硬嘴叼他的头，用利爪抓他的脸，用翅膀扑他的身体。“次仁措姆快藏起来！快躲起来！他旁多嘎多嘎没有脸，不知羞，对妻子没有感情，他不是人！他不是人！”鹦鹉边扑打乞丐边说。

夫妻俩坐在火塘边，妻子吐了他一口口水，说：“我俩结为夫妻已经四十多年了，你成了白头，我成了老妇。在前半生咱俩穷困得很，过上好日子也没有几年功夫。现在，我们有吃、有喝、有穿、有用的，牛羊成群，日子过得怪舒服的，在这个时候你为什么要杀我？你不会思想吗？不害羞吗？我俩身挨过身，味相投，这你不知道吗？”

乞丐听后，掉下了眼泪，长刀掉在了地上。这时，次仁措姆搂住乞丐，脸挨脸，亲个不停。她又说：“我俩幸福度日，国王怀恨在心，他要破坏，你却听信了国王的胡言，受了骗，要好好想想。”

乞丐说：“你讲得对，阿登国王心毒如蛇，咱俩在这里不能长住，家里东西一样也不要，咱们走吧，走得远远的。”又说：“你讲的和鹦鹉讲的一样，它也骂了我，我不记仇，骂得对，你们的心都好。我是错了，不会杀你的。”他俩合计，当天就弃家出走了。

次仁措姆怀孕两年半了。他们走了7天，来到一个大草坝上，无村无人，一边是大山，一边是大江。这时，次仁措姆临产，肚疼如绞，她要喝水。旁多嘎多嘎端个锅去江边取水，江边有一片大沙滩，沙丘上落了一只天鹅，它一个身体两个头、两张嘴，它像牛耕地一样在耕耘沙滩，来回走动。乞丐想：奇怪！一只鸟两个头、两张嘴，吃掉我们也不会吃饱的。他扔下锅逃走了。

次仁措姆等呀等呀，乞丐一直没有回来，难产、肚疼、口渴，嘴里直冒火。她慢慢来到江边，看见天鹅耕地，又看见锅扔在了江边，她想："旁多嘎多嘎一定是看到这只怪鸟在耕地，实际上是沙里觅食，把他吓跑了。"她喝了一锅水，孩儿顺利落地，是个男孩，白胖白胖的，脸圆得像十五的月亮，英俊秀丽，两只大眼睛水汪汪的。她在江边走了两三个月后，背着儿子到了异乡，在一个大村里借住了7年。孩子长大后，次仁措姆对儿子说："我看过去是儿子，你看过来是妈妈，只有咱俩了，父亲走失了。这样长期住下去，我俩什么也不会，你会变成傻子的。你到后山找修行者学佛经吧，学成了，会变得很聪明的，可以当圣人的。"这个孩子是吉祥儿，是有福气的孩子，只一年时间就学会了所有经书。"你学会了吗？"妈妈问。儿子答："老师教的都学会了。阿妈，咱们去周游他乡吧。"

妈妈和儿子转了许多国家，每天靠儿子念经化缘度日。一天，他俩来到一个大国。儿子每天摊开唐嘎念经，声音洪亮，人人敬慕，户户都请他。最后，国王也请他念经，把他安置在王宫的经堂里，供灯满屋，烟火缭绕，藏香味扑鼻。他坐在垫子上念道："上有父亲，叫旁多嘎多嘎，母叫次仁措姆，儿子我今年13岁。"旁多嘎多嘎披着老山羊皮袄，在磨糌粑，当他听到儿子念到他的名字时，他倒退了两步，摔倒了。人们往他头上倒水，推他，他闭眼不动，片刻，他动弹了一下，儿子又在念"上有父亲旁多嘎多嘎……"时，他一动不动了，人们又是倒水，又是拉，这时，国王来到跟前，对乞丐说："我请了一个经学满腹的大喇嘛来念经，声音好，经文灵，这种喇嘛世上我还没有见过。他念经，你跌倒，这到底是怎么回事？"

乞丐回了话："老妇是我的妻子，喇嘛是我的儿子。在一个大坝上她临产，要喝水，我去提水，在江边沙滩上碰到一只有两个头两张嘴的天鹅，吓昏了我，走失了，来到国王这里当了佣人。今天，我的妻子和儿子来到这里，我想着想着就跌倒了。这也可能是我遗弃妻子的报应吧！”

这时，儿子知道倒下的人是他的父亲，马上站起来，把爸爸扶起来，让爸爸和妈妈坐两边，他坐在中间。他们亲热地交谈起来。

他们住了7天，提出要走，国王挽留了他们。国王说：“父母养育了你，你要报答父母的恩情。多住一些时间，欢乐欢乐，叙叙家常。”

他们又住了7天，再三央求要回家乡，说：“自己家乡，有权力、有自由；流落他乡，心不舒、身不适。”

他们回到家乡后，木料腐烂，房屋倒塌。他们重新修了竹楼，一个大院坝，还栽了几棵翠竹。他们日子过得怪美的。

在家乡幸福平静地度过了7年，一天，阿登国王要同他们交战，儿子高兴地应战。经过一天交战，儿子的五千兵士打死了国王两万兵士，彻底推翻了国王，父亲和儿子互相推让，最后，父亲接任国王不久，让儿子接替担任了这个王国的国王。

讲述人：格桑尼玛、桑杰绕登
1956年5月，1989年8月24日搜集

善良的女儿

有两个青年人，男的父亲去世，女的母亲病故。3年时间过去了，经过协商，老汉和老妇结为夫妻。一天，小伙子也向姑娘求爱，说：“你没有母亲，我没有父亲，咱俩同居度日吧。”姑娘答应了，两位老人也同意这门亲事。两代人合成了一家。

老妇心眼不实，她把白米饭、肉菜给自己的儿子吃，把谷糠粗饭给儿媳吃。这样的苦日子过了好几年。儿媳虽然吃的是粗茶淡饭，但身体越来越健

壮，而只吃白米饭的儿子的身体却越来越消瘦，体如干竹，风能刮倒。老妇看到这种情况，心想：给我儿子吃的净米、鼠肉，给儿媳吃的是米皮和菜汤，但两个人的身体却不一样，这是怎么回事？她百思不解。

没过多久，老妇对老汉说："看来，你女儿是妖女，不吉利，留下凶多吉少，把她扔到江里，或者赶到山上放在崖顶，否则，我的儿子有死亡的危险，若我儿子死了，我不会再同你一道过日子，只好分离。"老妇多次对老汉这样说。

老汉是个实心的庄稼人，他想：我只有女儿，她也只有儿子，如果吃一样的饭菜该多和睦呀，可是，老伴不一视同仁，不一样对待。老伴要我扔掉女儿，我舍不得，可是，不丢掉女儿，她要同我分离。离婚是不成的。我只好忍痛割爱，我把女儿放到山上，她会流浪到异乡，会有人收养她的。

第二天，父亲领着女儿，一人背一个大藤筐，父女俩上了高山，说是去山上收获元根。

在山腰，女儿发现一片元根，说："爸拉！这里有元根，咱们拔吧。"父亲说："这里元根太小了，再往高处走，会有大元根的。"他俩往山顶攀爬。

快到山顶的地方，女儿发现一大片元根，说："爸拉！这里的元根比山腰的元根大得多，咱们拔吧。"父亲说："山顶的元根比这里的元根还要大一倍。"

父女俩艰难地来到山顶，女儿对父亲说："这里的元根有手推磨的盘石大，咱们拔吧。"父亲说："好吧。女儿你要多拔，拔大的。晚上下山，每人要背满满一大筐。"父亲慢腾腾地总共才拔了三四个元根。太阳下山了，父亲对女儿说："我先下山回家做饭，做好了饭，我上山来接你，你慢慢返回就行了。"父亲只背了几个元根下山了。天将黑了，还不见父亲的身影，她大声喊"爸拉"，回音也是"爸拉"。

天黑下来了，她背着沉重的一大筐元根在原始森林里摸索穿行，突然一下，她被滑倒了，东一晃、西一歪，总是站不起来。她又渴又饿，疲惫不堪。

这里被两座山峰夹在其间，眼前有一股溪水，对面是高耸入天的岩石山，岩石犹如一道白墙耸立在那儿。她环视四周，心潮起伏，她想：我如果有亲生母亲就不会受这种罪了。爸拉扔了我，继母想害死我。如果我命里注定今日就死，会没有家人收尸的；如果命里注定长寿，那么，将来会有人收尸掩埋的。她痛苦万分，泪水如注，面对白色的岩石山唱道："洁白的岩石山，住着圣洁的神主，你是岩石的主人，请听我的怨言，慈善的圣主，请打开你的神门，我是从家乡而来。"唱完，神门仍没有打开。她继续唱道："大慈大悲的圣主，请快快打开你的神门，我因无母受罪而来。"神门仍没有打开。她继续唱道："我上无父母，下无亲属，吃苦受罪，摸黑前来求拜，你若是慈善的岩主，请打开你的神门，救救我这个孤苦零丁的孩子。"歌声刚一落音，白岩石山上的神门打开了。

神门开启后，站在门口的是一个身着红色衣服、脸庞红润的彪形大汉。这个神人他把她引进宽敞的大厅，大厅四壁洁白如奶，石头台阶是摆着数不清的供品，煨桑的香味扑鼻，厅内烟火缭绕，坐床上铺着花斑的虎皮，长条几上放着各种食品和水果。他让她坐在金床上，说："你想吃啥，请自便吧。你在这儿歇息3天，3天后咱们再说话吧。"说罢，他进了第二道石门，石门关得紧紧的。

女儿被折腾了一天，既渴又饿，顺手拎过一个葫芦，斟了一碗鸡爪谷甜酒，一下子喝了下去，还想再喝两碗，但怎么勉强也喝不下去了。一个木盘里放有18种食品她想每样都品尝一口，但只品尝了7样，怎么也吃不下去了。她喝足了，吃饱了，躺在金床上想美美睡上一觉，但刚一躺下，便想起了当天的悲惨遭遇：爸爸违心地把我一人扔在山顶，差点渴死和饿死，险些被狼虎豺豹吃掉，幸亏神门开启，救了我，说明我还不到死的时候。神门里有丰盛的食物，有华丽多姿的衣服，有珍贵的用品，天底下像我这样有运气的幸福人恐怕没有吧。

3天时间到了，神人从第二道石门来到前庭。他对她说："你想吃啥请随便。你把玉体洗干净，换上你喜爱的衣服。"她蹲在大玉缸里，用檀香树水洗身体，穿上了镶有金丝线的缎衣，头发梳成九股披于肩后，本来就美丽的容颜显得更加迷人。神人细心窥视，心想：她比仙女还漂亮，在仙境里还没有见过这样迷人的美人。神人心魂乱了，没话找话说："姑娘这几天日子过得如意吗？"姑娘答："我活了20年，还没有过过这样舒服的日子。"神人说："那么，你愿意长期住在这儿吗？"姑娘道："只要你不嫌弃我，我愿终身待在这里，和你同欢到老。"就这样，他俩一见钟情，谈吐倾心，结成了夫妻。

他俩结为伉俪，不愁吃，不愁穿，欢欢乐乐地度过了7个年头。

时间长了，姑娘想家了，思念父亲了。她想：我没有了母亲，还有父亲，他虽疼爱我，对我还有点情义，但他听了继母的话，用计把我送到山顶谋害，这是人间少有的事。思念骨肉之情人人都有，我还是想念爸爸的。她对神人说："我不回去看看父亲，心里觉着不舒服。"神人说："现在正是前往探视的好机会，他已经老了，活不了多久了。你要带上金瓶装满檀香水，否则，你是制服不了人间坏人的，也治不好老父的病的。"他俩带着仙境的药物回到姑娘的家里。

凑巧他俩抵家时，父亲将要断气了，继母和她的儿子很高兴，在聊天，好像没有发生过什么事情一样。他俩吃得脸红腰粗，而老父瘦如干竹。不大一会，老父停止呼吸，他母子俩毫无痛苦的表情。姑娘和神人心里很不是滋味。神人对姑娘说："你不要难过，我会救活他的。你将金瓶里的檀香水洒七滴在父亲的心窝上，他会苏醒的。"姑娘很认真地照办了。她抱住父亲身体晃了几下，父亲喘了一口气，呼吸接上了，闭目说："我失去女儿，又无亲戚，是谁救了我。"姑娘说："爸拉！我是你的女儿，我是专程回来看望你的。请你快快睁开眼睛看看你的女儿。快快醒来！"她又摇晃了几下父亲的身体，老人心想：我的女儿被后母用毒计送到山顶，想来早被野兽中的虎、熊、豺狼、毒蛇吃掉了呢，可她没有被吃掉，隔这么长时间回来了。

他想到这里，对女儿说："我的女儿！从前的事情是当爸爸的对不起你呀，你不要放在心里，忘掉它吧，爸爸向你赔罪、赔不是！你今天回来又救了我的命，这是吉祥上加吉祥。"

女儿接着说："爸拉！不要难过，从前的事儿别再提了。我今天回来看你，说明我心中没有忘记父亲的养育恩情。你快快睁眼看看女儿一眼，我心里就舒坦了；你快快起来，看看这个世界上的一切。"

神人将金瓶放在老人的脑门上，女儿向父亲嘴里滴入7滴檀香水，顿时，老人眼睛像十五的月亮，双眼睁开了。女儿和神人将带来的18种草药混合研成细末，倒入金匙中，喂了父亲。父亲吃药后，觉得肚子饱了，还年轻了15岁，心里舒服极了。

父亲苏醒后，女儿说："爸拉！你应该清醒了，你不要看继母脸色过日子了，和我们一道去过日子吧。如果我计较过去，记仇的话，今日不会回来救你老人家的。不计较过去，并不意味着不提过去的事，往往过去的事是老师，它可以教育我们。你忘了过去的事吗？你把我领到山顶挖元根，走到山腰看见了元根，你不叫挖，叫到高处去挖，到了山顶要挖元根，你也不叫挖。你把我一个人扔到了渺无人烟的荒野里，你一个人走了。我在返回的林中，差点累死在那里。我面对岩石山大喊几声，扎达扎西神人开了石门，救了我的命，我俩结为夫妻，在那里欢度了七个冬夏。在这么长的时间里，我没有忘记你，天天为你祈祷和占卜。今天，我和扎达扎西来看你，是想和父亲共度日月。请你回头想想、看看，人世间有多少不公的事情，有多少想起痛心、伤心的事儿，有多少丧尽天良的人儿。咱们走吧，扔下没有良心的人们。”

女儿的劝导，动了老人的心，他和女儿、女婿一道回到了那仙境般的岩洞里，共享天伦之乐。

讲述人：江措，地东门巴族　桑杰绕登

1962年7月，1989年8月24日搜集

单身汉

村子里住有两户人家，一户贫穷，一户富裕。

贫穷户是个单身汉，他缺衣少吃又缺喝。年龄也不小还没娶到老婆。

富裕户呢，要啥有啥，应有尽有，日子过得挺红火。有一天，家里的一把大刀对富户说：“我不愿留在你家了，你就把我卖给单身汉吧。”

富户主想，既然它不愿意在我家中，就卖掉算了，反正我家里还有好几把。于是，他把那把大刀卖给了单身汉。

单身汉倾家荡产买来了那把大刀，心里却很高兴。他拿起刀，左看右瞧，

爱不释手。忽然，大刀开口说："我自愿请求来你家，是想帮助你。你为了买我，已经弄得够惨的了，我一定要报答你。现在，这个家也没有什么可留恋的了，我们出门另谋生路去吧。"

"那好吧，咱们说走就走。"单身汉觉得大刀说得有理，就同意了。他把大刀挂在腰间，就上路了。

他跋山涉水，来到一个村子里。村里十分寂静，他觉得十分奇怪。他走进一户人家，发现有个老阿妈正在洗澡梳头。他说："喂，阿妈啦，今晚在你家借宿可以吗？"老太太忧伤地说："当然可以。只是村头有座寺庙，寺里的喇嘛死后，他的妻子也死了。他的妻子死后，就要吃人，每天一个。现在，把村里的人都快吃光了。今天晚上，就轮到我去喂她了。"老阿妈再也说不下去了，呜呜地哭了起来。

单身汉听罢，火冒三丈，对老太太说："你别怕，我替你去，你先给我拿点饭、倒点酒来。"

单身汉饭饱酒足后，挂上大刀就直奔寺庙而去。

寺庙修得高大、漂亮、雄伟，景致美得很。单身汉顾不得多看，直冲殿堂。只见殿堂里躺着一具女尸，单身汉猜想它肯定就是喇嘛的妻子。他镇定了一下，准备攻击。忽然，女尸的鼻孔里出现两个蛇头，接着伸出脖子，身子越来越长。

单身汉胸前挂着的那把大刀，也像蛇一样，自动钻出刀鞘。蛇钻出一截，大刀也钻出一截。蛇出来多快，大刀也钻出来多快。

蛇从鼻孔里全部钻出来，站立着，头对着单身汉，向单身汉猛扑过来。那把大刀正好脱出鞘，刺向两条蛇。蛇紧紧裹住大刀，身子越变越粗。大刀直往蛇的腹部猛刺。

经过一整夜的较量，大刀获胜了，把两条蛇砍成了一段一段的，堆放在殿堂中央。

单身汉欣喜若狂地跑回村里，把大刀除害的消息告诉了村民们。村民们涌向寺庙，看见蛇已被杀，高兴万分。他们疯狂般地放声高唱，翩翩起舞。

喇嘛的妻子也由于两条蛇魔的消除复活了。在村民的请求下，她与单身汉结成夫妻，继承了喇嘛的遗产。

从此，单身汉开始了幸福的生活。

讲述人：洛桑，71岁，门巴族

老渔夫

一个老渔夫打渔过了大半生，他依赖鱼生存，日子过得还算不错。

有一天，他在沙滩和河水中间发现一条小黑蛇。他感到这是一件怪事，不知是吉是凶。

他到山上去找修行的喇嘛，说："我只听说过别处有蛇，可从来没有见过。昨天在河边发现了一条小黑蛇，不知是否是凶兆，特来询问尊贵的喇嘛。"喇嘛说："明日你在家里等我，我去看个明白。"

第二天，他俩来到河边，顷刻间，河水干枯，变成了一幢幢楼房，室内摆满了金碗玉器，金床上空荡荡的，没有一个人影，只在西边的一幢楼房躺着一个老妇人。他问老妇人楼房是怎样形成的。老妇告诉他："你前几天放回江里很多鱼，昨天又放走了黑蛇。这是你应该得到的报应。"老渔夫转告了喇嘛，喇嘛说："你放生的鱼是神鱼，你放生的蛇是龙王。这么多楼房、财产是它送给你的礼物。"

老渔夫高兴极了。喇嘛问他："你日子好过了，今后是从事农业种庄稼，还是继续以鱼谋生？"老夫道："我要种庄稼。"喇嘛说："你明日上山来。"

喇嘛给了老渔夫稻谷、玉米、鸡爪谷、小米、芝麻等九种粮食，和茄子、南瓜、花生等九种菜种，并告诉他："要腿勤手快，不怕流汗，就会有收成，日子过得越来越好。"

老渔夫砍了一大片林地，一把火把大树烧得一干二净。他将粮种和菜种分别撒在地上，以后又松了土、拔了草，秋后粮满仓。他想：勤劳可以致富，可以得到幸福。从此以后，他更勤奋地种地。

有了地，收了粮，他想喂养牲畜，他从山上捉来一对野牛，逮来一对野猪，捉到一对野鸡。他精心喂养它们，不久，牛、猪、鸡成群，他成了这里的富裕户，日子过得红红火火的。

讲述人：尼夏、桑杰绕登，门巴族，地东村

1962年，1989年8月搜集

喇嘛与扎巴的故事

从前，在一座小寺庙里，住着一个喇嘛和一个扎巴（普通僧人）。喇嘛是本寺的主持，常教导扎巴，还告诫扎巴千万不可杀生害命。

扎巴表面上好像很听话，但从来没有把喇嘛的话记在心里。有一天，他竟打死一条蛇，喇嘛十分生气，对扎巴说："我早就说过，不要杀生害命，你却胆敢杀死了一条蛇。蛇可不是一般的生灵，你得把它的尸体送到印度去。"

喇嘛和扎巴都会法术，但扎巴法术浅薄，还没有练到家。要把蛇尸体送去印度，只有喇嘛才能办到。没办法，喇嘛只好替扎巴送了。喇嘛先叫扎巴让灵魂离开躯体，附到自己身上。并说："等我送尸回来，你再把身体归还给我，你自己还是附回自己的身体里去。"说完，喇嘛的灵魂附到蛇尸里，蛇尸复活，在喇嘛灵魂的驱使下，前往印度去了。

扎巴从此主持了全寺，还把喇嘛的妻子占为己有。烧茶做饭，打柴背水，什么活计都叫她干。

不久，喇嘛送蛇返回，叫扎巴还身，扎巴不干。喇嘛不能还原，无可奈何，只好到印度去另谋法子。半路上，他遇到了一只刚断气的鹦鹉。喇嘛便附到鹦鹉身上，鹦鹉复活，飞往印度。飞着飞着，碰到一队商人，它请求道："带我跟你们一道走吧。"商人觉得这只鹦鹉说话伶俐，十分喜欢，就同意了。

晚上，鹦鹉同商人们宿营在一块石头下。半夜的时候，鹦鹉发现石头在滴水。它觉得大事不妙，叫商人们赶紧离开大石头。商人们不听它的话，翻个身子又睡着了。有的还说："烦死了，半夜三更嚷啥，我们哪次过路不住这儿，真是少见多怪。"在它的再三劝告下，有个大商人才不情愿地跟着鹦鹉出来了。刚一离开大石，大石头就塌下来，把那些不听劝告的商人统统压死。

大商人大难不死，十分感激鹦鹉，便把它带回家，好生对待。不久，大商人又要外出做生意了，鹦鹉也跟着去了。有一天晚上，他们在一棵大树下宿营。半夜，它听到大树在说话，要压死大商人。鹦鹉马上叫醒大商人，把将要发生的事告诉了他。大商人叫同伴们赶紧跑开，可大伙都不信，有的还说："我哪次路过不住这，你别吓唬我们了。"大商人也有点动摇了，但一想起前次大石头下那件事，还是跟着鹦鹉离开了大树。他们刚一走开，大树真的倒了，伙伴们都被压死了。

大商人和鹦鹉平安做完生意回来，在家里又住了一段日子。一天大商人对鹦鹉说："我准备去印度做生意，你就别去了，在家帮助太太看家。"大商人交代完，就上路了。

大商人走后，国王的儿子就来与大商人的太太胡混，她怕鹦鹉把她的丑事告诉大商人，所以就想杀死鹦鹉。

那天晚上，太太问鹦鹉："晚上你睡在哪里？"鹦鹉答："我睡在金箱子里。"它嘴上这么说，却睡在银箱子里。深夜，太太把金箱子高高抬起，狠狠摔在地上，想砸死鹦鹉。她万万没想到，鹦鹉没有住在里面。第二天晚上，太太又问它："你今晚上住在哪儿？""我住在海螺箱子里。"鹦鹉回答说。鹦鹉晚上没住海螺箱子里。半夜，太太又把海螺箱子举得高高的，狠狠地砸在地上。海螺箱被摔得粉碎，可是，连根鹦鹉毛都看不见，她又上当了。太太害怕鹦鹉向丈夫告状，更加一心想害死鹦鹉。她又谋害了20次，鹦鹉躲过了20次。家里的家具都全部摔坏了，还是没有害死鹦鹉。

有一天晚上，鹦鹉在门槛上睡觉，看见王子鬼鬼祟祟进了房门。鹦鹉决心治一治那家伙，便学着大商人的声音说了声："快出来接我一下，我回来了。”王子听说大商人回来了，吓得不知所措，慌忙翻窗逃跑。不小心失脚从楼上摔了下去，把命也送了。

鹦鹉想：“这下可闯下大祸了。国王只有这么一个宝贝儿子，肯定要来找麻烦，怎么办呢？”正想着，国王果真带了一队人马来了。国王气呼呼地问鹦鹉道：“我儿子在哪儿？在哪儿？”“没见着。”鹦鹉若无其事地回答。“你还想抵赖，我们早占过卜，我儿就在你们家，已经被你害死了。还不快把王子交出来！”国王咬牙切齿地说。鹦鹉一听，吓了一跳，连忙回答：“国王，你不想想，我敢杀王子吗？肯定是您的星象师弄错了。”

国王令星象师占卜。鹦鹉却赶忙把王子的尸体搬到最外一道围墙下，星象师再占卜后，对国王说：“王子千真万确是死在他们家的窗户下面。”国王派人去搜查，结果扑了个空。国王命令星象师再占卜，卜算结果说王子的尸体藏在最外面一道围墙下。国王下令去搜，鹦鹉说：“慢着，我们打个赌吧。如果最外一道围墙下没有怎么办？”国王说：“那我给你家再加九道围墙。快给我搜！”结果又扑空了，原来鹦鹉把尸体又搬到了最里一道围墙下。国王没办法，只好修起了九道围墙。

国王不服气，又令星象师占卜，卜算出尸体藏在最里一道围墙内。结果，国王的搜查队又扑空了。原来，鹦鹉又把尸体搬到乱石里了。接着星象师又算出来了，国王命令到乱堆里去找。鹦鹉说："且慢，我们再打个赌吧。如果乱石堆里找不到尸体，那你得把乱石堆砸平，砌成一个平坝子。"国王同意了，但又扑了空，只好把乱石堆平整成坝子了。

没想到，鹦鹉抢先一步挖出乱石堆里的尸体，埋在屋底的九层土里了。这下又被星象师占算出来了。国王又下令到房子下面挖。鹦鹉说："别着急！你们没有任何根据，便一口咬定我们杀了王子。现在还要挖我家的房基，绝对不能行。我早就说过王子没有来过我家，我们更不可能杀他，你们到处都找了，也没找到。你们现在要挖我家的房基也行，但是如果找不到王子的尸体，就必须给我家重修一幢用铜和铁建造的12层楼房！如果真的挖出了王子的尸体，要杀要罚，我们都认了。"

国王满口答应了鹦鹉的条件，命令挖。结果还是扑空了，只好给鹦鹉家修成一幢铜和铁的12层楼房。

跟前面讲的一样，鹦鹉赶在国王之前先挖出王子的尸体，又藏到独木桥头。这事很快又被星象师卜算到了。国王下令到桥头寻找。

鹦鹉生气地说：“你们还是不相信我的话，如果再找不着，你们必须把木桥拆掉，重新架一座铁索桥。国王答应了，命令去桥头搜，又扑了个空。

原来，鹦鹉赶在他们前面，先到了桥头，把王子的尸体扔进了河里，漂走了。

国王三番五次找不到儿子尸体，泄气了，把铁索桥修起来就返回王宫去了。

国王走后不久，大商人也经商回来了。鹦鹉告诉他走后家里所发生的一切事情和经过。大商人十分高兴，说：“从今以后，你就是我家人了，我会尽全力照顾好你的。”鹦鹉回答说：“谢谢你的好意，但我不能常住在你家，我要回家乡去了。”

鹦鹉回到寺庙，看到扎巴坐在自己先前的宝座上，威风得很。自己的妻子也被扎巴占有了，干着牛马一般的活计。鹦鹉十分生气，它悄悄走到妻子面前，问：“你现在好吗？你觉得从前的丈夫好还是现在的丈夫好？”妻子流着泪说：“当然是原来的丈夫好，他对百姓和我都好。现在的丈夫可坏了。他……”妻子说着说着放声大哭。

鹦鹉听罢，十分难过。它对妻子说：“我有个办法可让你原来的丈夫回来。”它对着妻子的耳朵悄悄告诉了自己的计策。

妻子听罢，连连点头。她先去捡了一筐又湿又生的柴火背回来狠狠摔在屋里。扎巴见状，气得七窍生烟。“这么湿的柴怎么烧火呀？”说着就要打妻子。妻子也不示弱抽出一根木柴就朝扎巴打去。扎巴万万没有想到妻子敢打自己，躲闪不及，被妻子一棒打死在地。顿时，扎巴显出原形，原来，扎巴是一只羊变成的。

喇嘛的灵魂迅速离开鹦鹉，返回自己的尸体，喇嘛尸体站立起来，上前抓住羊角，要杀死这恶棍。羊（扎巴）求饶道：“请你饶我一命，饶我一命。”喇嘛心软了，斥责扎巴：“你这该死的恶魔，把我害得好苦呀，本该杀了你，但看在过去的交情上，留你一条命。但你的尸体已烂，不能还原了。你就附到这只鹦鹉身上，朝印度方向飞去，落在一家12层楼的家里，好好过日子，去吧。”

扎巴附体的鹦鹉飞到了大商人家，大商人很高兴。好生款待着。可是，没过多久，大商人就觉得鹦鹉变了，好像重新换了一只一样。渐渐地，大商人开始烦它了，把它赶出了家门，鹦鹉被赶出大商人家后，四处流浪，最后被一条狗吃了。

喇嘛呢，灵魂回到自己身体，重新主持寺庙。与妻子一起，烧香拜佛，似乎比以前更显得年轻了。

讲述人：江措、民珠、洛桑，门巴族

1963年2月搜集

不诚实的朋友

从前，一个穷人的儿子和富人的儿子是“刀桑”（朋友）。

一天，穷人的儿脚板上扎了一根刺，他向富人的儿子借针，说：“我脚上扎了一根刺，扎得很深，走路都很艰难，请借用你的针。”

富人的儿子有针，不借用，说：“我没有针，你想办法吧。”

穷人的儿子拄着拐杖一跛一拐地去借针，中途碰到一只老鼠，问：“你有针吗？借我一用。”

鼠说：“我没有针。”

穷人的儿子说：“富人的儿有针，装在‘库布’（小竹筒）里，你去把它偷来一用，用后再还给他。”

鼠说：“我不是小偷，从来没有偷过。”

穷人的儿子继续一歪一歪地往前行，碰到一只猫，说：“猫拉！你的针借我一用行吗？”

猫说：“我没有针。”

穷人的儿子说："我刚才在路上碰见一只鼠，请它去偷针，它不干，你去把它吃了吧。"

猫说："我从来没有吃过鼠，不知鼠肉是个啥滋味。"

穷人的儿子又碰到一条狗，说："你可有针借我借我一用？"

狗答："我不知什么叫针。"

穷人的儿子说："刚才我碰到一只猫，叫它去吃掉老鼠，它不干，请你把猫吃掉。"

狗说："我没有针，也没有吃过猫肉。"

穷人的儿子又往前走，碰到一根棒，说："你可有针？"

木棒答："我没有见过什么叫针。"

穷人的儿子说："我叫狗去吃掉猫，它不干，你去把狗打死。"

木棒说："我不会打，从来没有打过。"

穷人的儿子在前边碰到一堆正在燃烧的火炭，说："你可有针，借我一用？"

火炭说："我不知针是什么东西。"

穷人的儿子说："后边有一根木棒，叫它去打狗，它不干，你去把烧了。"

火炭说："我没有烧过木棒，不会烧的。"

穷人的儿子再往前走，碰到一潭水，说："请借用一下你的针。"

水潭说："我没有针可借。"

穷人的儿子从头说开了，最后央求："请你把那堆火浇熄。"

水潭说："我还没有灭过火呢。"

穷人的儿子走着走着碰到一头犏牛，说："那边有一潭水，你去把它一下子喝完。"

犏牛说："我没有喝过水，不会喝水。"

穷人的儿子继续往前走，碰到一头雄虎，说："请借针一用。"

虎说："你借针干什么用？"

穷人的儿子从向朋友借针挑刺说起，一直说到犏牛不愿喝那潭水，老虎听后，大吼一声："犏牛在哪里？我要吃掉你。"它张着大口吼，犏牛听到了，说："我要喝那潭水。"潭水听到后，说："我要灭火。"火炭听到后，说："我要烧掉木棒。"木棒听到后，说："我要打狗。"狗听到后，说："我要吃猫。"猫听到后，说："我要吃鼠。"鼠听到后，说："请猫先生不要吃我，我去偷针。"

老鼠偷来了富人的针，穷人的儿子挑出脚板上的刺。针还给了主人。

门巴族人至今把不忠实的朋友比作老鼠。

讲述人：益西平措、扎巴江措、桑杰绕登、贡保、西绕彭措

1989年8月1日搜集

顿珠王子的故事

很久以前，有个国王娶了一个漂亮的良家姑娘做王后。王后进宫后的第二年，生了一个白胖胖的小王子，取名叫顿珠。顿珠出生后不久，王后就去世了。

王后死后，国王又娶了一个王后。她是只妖怪变的，十分厉害，把国王管得服服帖帖的。她也生了一个小王子，取名叫朵云。

一天，王后站在王宫的东窗看风景，发现下面有许多孩子在玩耍。他们中间有两个头大的，一个扮作顿珠，一个扮作朵云，进行摔跤比赛。结果"顿珠"赢了。再比，还是"顿珠"胜了。

她看罢，心里很不自在。她转向西窗看，下面也有许多孩子在摔跤玩，和上面的情况一样，都是"顿珠"胜，"朵云"败。王后十分恼怒，她想：这还了得。难道将来的王位要归顿珠？他是一个祸害，我得设法除掉这个心腹之患才行。

顿珠和朵云小哥俩十分友好，每天一块吃饭，一块玩耍，一床睡觉，始终

形影不离。他们时常发誓说："永远不分离。"

一天夜里，王后先给顿珠灌了"麻醉酒"，顿珠昏沉沉睡着了。深夜，王后用黑锅灰抹黑脸，装成魔鬼样子，偷偷摸摸来到顿珠和朵云的床前。她抽出腰刀，对准顿珠就要砍。这时，朵云醒了，一下抱住王后，说："妈妈！你杀我哥哥干啥？"王后羞愧不堪，一句话也没说就跑了。朵云一直没有把这事告诉哥哥。

王后仍不罢休，非要杀死顿珠不可。又有一天深夜，她披头散发，脸上抹上锅灰，悄悄走到顿珠和朵云床前。正当她对准顿珠的心脏举刀要砍的时候，朵云又醒了。他抱住王后求道："求你别杀死我哥哥，别杀死我哥哥，别杀死我哥哥。"王后又被羞跑了。

王后走后，朵云把刚才和上次发生的事告诉了哥哥。顿珠说："好弟弟，我不能和你在一起了。我要跑到很远很远的地方去。"顿珠悄悄地开始准备些吃的和穿的，还搞了些"朵玛"（玉米面捏的供品）切成片晒干，装了一小袋。

一切准备妥当，准备上路了。可是朵云坚决要与哥哥一道走，还说："我一定要跟你走，就是死也要死在一块。"顿珠怎么劝说他也不行，最后只好带上弟弟，悄悄逃跑了。

兄弟俩翻山越岭，不停地走呀走，不知不觉，走进了一片大草坝子，找不到水喝，朵云渴得走不动了，顿珠叫他等着，自己去找水来。

顿珠在四周寻找，连一滴水珠也没有见着。他不放心弟弟一个人在草坝子上，急速返回草坝看看，可是，弟弟已经渴死了。顿珠伤心地大哭了一场，最后还是把弟弟的尸体背到一个山洞里藏起来，用石头把洞口堵得严严实实的。

顿珠又上路了，走了很远很远，他遇见一个正在静修的活佛。他见活佛身上印出一个"唵"字（六字真言中的第一个字），再往自己身上一看，发现也有一个"唵"字。他意识到了这其中的秘密。

顿珠走上前，把自己的不幸遭遇向活佛诉说了一遍。还说："从今以后，您就是我父亲，我愿意留在您身边，永远照顾您，聆听您的教诲。"活佛说："我俩前生有缘，今生又巧遇在此地，这是天意。我就收你做儿子。"活佛的弟子们，也为这事感到高兴不已。

这个国家有个湖泊，湖里有个妖怪，每天要吃一个属虎的孩子。人们一天

不送去，它就兴风作浪，为非作歹。顿珠恰好是属虎的，活佛十分担心，把他藏了起来。

没过多久，顿珠被猎人发现，报告了国王。国王正愁寻不到属虎的孩子祭献湖怪。于是他命令一个信教的大臣，前去捉拿。

大臣来到活佛修行地，得知孩子是活佛的儿子，又见这孩子长得聪明灵俐，还有股说不出的非凡气质。大臣不敢轻举妄动，返回王宫，报告了国王："那孩子决非凡童，我不忍心下手抓他呀。"

国王又派一位不信教的大臣去。大臣来到活佛面前便吼道："快把你那属虎的孩子交出来！"活佛早已料到他们会来的，已把顿珠藏在牛圈里了。这时，他坦然地回答："我哪来的儿子，我从来没有与人接触过。大概你们搞错了吧？如果非说我有儿子，那就是对我的极大侮辱。"气势汹汹的大臣道："如果你硬是不交，那我就不客气了，可不要说我不讲情面！"大臣说罢，就命令随从把活佛捆绑了起来。

"等一等，我这在这，不许伤害我父亲。"顿珠不忍心父亲替自己受罪吃苦，从牛棚里跑了出来。

大臣们把顿珠捆绑着带回了王宫。

国王有一个女儿叫赛姆白玛斯公主，年龄比顿珠稍小一些，公主长得格外迷人，她贤惠善良又懂事。从国王到臣民，没一个不喜欢她的。她看见被绑来的少年英俊漂亮，气度翩翩，爱慕之情油然生起。她打心里喜欢顿珠，想着如能和他一起玩耍该是多么幸福。她不愿他受到一点伤害。她决心搭救他。她说："不能把他扔到湖里，要扔就连我一起扔吧。"说着，她紧紧抓住顿珠不放。

国王大怒，命令臣仆们连公主一起带走。在去湖泊的路上，公主一直死死拽着顿珠不肯松手。上船后，公主已经疲惫不堪，但她连眼都不敢闭一下，生怕被臣仆们把她和顿珠分开。船到了湖心，转了一圈又一圈，公主被折腾得不堪忍受，不知不觉打了个盹。没想到，臣仆们趁这个机会把他们扯开，把顿珠扔到湖里去了。

顿珠并没有被淹死，湖妖也没有吃他，他在水里游来游去，相当自在，游到了龙宫。龙王非常高兴，说："看来你是一个了不起的喇嘛呀。平时，天天下人血雨，太讨厌了。今天不但没下，还出现了彩虹，真是吉祥美妙呀。"龙王说罢，叫仆人拿来美食甘露，款待顿珠。

顿珠在龙宫还想住下去，龙王说："你不可在这儿久留，只因你是人，应该返回人间去，你还有好多事没有做啊。"

顿珠带上龙王赐给的各种宝贝及牛、马等礼物，在龙王的护送下，回到岸上。与龙族辞别后，顿珠径直来到活佛修炼地。见父亲把门堵得死死的在里面念经，他上前去叫门："爸爸！我回来了，请快开门。"连叫两遍，父亲也没有理睬他。当他叫三遍后，才吸到父亲凄楚的声音："我没有儿子了，他已经被国王扔到湖里去了。你们快快走开吧，别再来奚落我了。我现在痛苦万分，需要清静，请走开吧。"顿珠听罢，心里就甭提有多难过了。他哭着把自己被抓走后的经过诉说了一遍，最后说："父亲呀，你开门看看吧，我真是你的儿子，我身上的'唵'字还在着呢。"活佛听罢，转悲为喜，赶忙把门打开，见到儿子，那高兴劲就甭提了。

按照国王的规定，谁家出了属虎的孩子祭献湖怪，谁家就能到王宫去领取一份恩赐。顿珠把龙王送给他的宝贝等物交给父亲，刚安顿好，国王就派人来催活佛去领赏。

顿珠也要跟着去，父亲怎么劝阻他都不听话。活佛见他用葫芦做了个假面具戴着，也就同意了。

父子俩来到王宫，活佛一直进宫里领赏去了。顿珠留在宫外与孩子们玩耍，不料面具落地，被赛姆白玛斯公主看出了破绽。她认出了顿珠，上前紧紧拉住不放，抱头大哭，弄得其他孩子丈二和尚摸不着头脑。

有人把这事报告了国王。国王备感奇怪，问明缘由之后，他说："顿珠啦，我以前不知你是真正的天上下凡来的喇嘛，多有冒犯，请你原谅。过去的事就让它过去算了。现在，我决定由你来执掌国家，我将尽力当好你的大臣。你来当国王，那是天意，是人民的福气。"

顿珠说："如果你真心让位于我，我怎敢推辞。现在，我也有个请求，我弟弟朵云还在一个大坝子上，等着我去为他火化尸体，超度和安抚灵魂。如今，我有了落脚地，我要去履行我的责任和诺言了。"

国王答应，等顿珠一回来，就把王位交给他。

顿珠准备了些荨麻油和芝麻油，带着赛姆白玛斯公主和一些随从，上路了。

走到半路上，遇到一位美丽的姑娘，她问："你们上哪里去？"顿珠把缘由向姑娘讲了一遍，姑娘又问："你叫什么名字？"顿珠回答说："我叫顿珠。"姑娘听罢，愣了一下。若有所思，沉默片刻后道："在一个大草坝上，是有个整天在喊叫'顿珠'的。最近两年好像听不到了，但他的灵魂还在草坝子上游荡。你现在去到那个草坝子上，就反复喊'朵云、朵云'也许能拯救他复活。"

顿珠听罢，伤心地号啕大哭。待姑娘走远了，他才反应过来，我从没有对那姑娘说过弟弟的名字，她怎么知道的呢？这里边肯定有缘故。难道她是朵云变来试探我的。顿珠越想越觉得那姑娘就是弟弟朵云，朵云一定能够复活。

那位漂亮的姑娘确实是朵云的化身。顿珠猜对了。

顿珠迫不及待地赶到草坝上，高声喊叫："朵云、朵云……"随从们在一旁熏烟祈祷。没多大一会儿，草坝上来了一只白猴子，径直走到顿珠身旁，顿珠抚摸着猴子，发现它没有长尾巴。他赶忙用剪刀把白猴身上的毛剪光了，猴子现出原形，它就是可爱的弟弟朵云。兄弟俩九死一生，终于重逢，相互倾吐着思念之情。

回到王宫后，兄弟俩继承了王位，共同执掌天下。这个国家从此日趋强大繁荣。

讲述人：洛桑，宁玛派喇嘛，门巴族，地东村

1955年10月搜集

大江失火索回牛犊

从前，一个村里有两户人家，一家只有一个老汉，有一头公牛，一家只有一个老妇，有一头奶牛，快生牛犊了。老妇把奶牛拴着吃草，老汉也将公牛拴在

一块吃草。一天，老汉去看牛，发现奶牛生了一头牛犊，他起了歹心想占为已有。他将牛犊抱到公牛跟前，牛犊刚生下来，还不认得妈妈，同公牛卧在一起。

老汉回到村里，到处扬言：“我的公牛生了小牛，你们都去看看。”

村人来到草坝，看见牛犊和公牛睡在一起，惊奇地说：“公牛生牛犊！”大家认定牛犊是老汉的。

老妇来给奶牛搬家，换草坝，看到公牛身边卧了一头牛犊，心想：我的奶牛该生牛犊了。

她摸摸奶牛肚皮，肚子扁了：“啊！老汉骗人，村人都相信了，我该怎么办？”她想了又想，决定到官府告状：“我的奶牛生了牛犊，老汉先到草场，他把牛犊抱到他的公牛跟前，说是他的公牛生的，村人都承认是他的牛犊。他骗了村人，请大人决断。”

长官说：“你不是有嘴吗？你能说出证人吗？牛犊跟谁走是谁生的，你懂吗？这个老刁妇不讲理，还来骗我长官大人！来人，狠狠给我毒打，还要依律治罪。”

老妇被痛打了20藤棍，牛犊也没有得到，带着一肚子怨气返回了。途中碰到一只老狗，狗问她：“阿比，你哭什么？实话告诉我，我会帮助你的。”

老妇说："我的奶牛生了一头小牛犊，老汉无理抱走了牛犊，说是他的公牛生的，村人都张口说是他的。我告到官府，没人替我说话，长官还打了我藤棍。"

老狗说："我帮你说话，当你的证人，快快再去申诉。"

老妇再次告到官府，说："我也有证人，证明牛犊是奶牛生的，牛犊的主人是我。"

长官说："你的证人在哪？快快前来作证。"老狗没有来。长官说："你又来骗人，给我加倍重打。"老女这次挨了四十藤棍。

老妇人哭着回家。刚一出官府，碰到了老狗，狗："你又哭什么？"

老妇答："我再次挨了藤棍。"

老狗说："你再次去告诉长官，证人马上就到。"

老妇第三次来到官府，禀报长官："证人来了。"

长官问老狗："你为老妇作证，为何迟迟不来？"

老狗答："回禀大人，'藏布'（大江）失了火，烧得天都红了，我几天时间都没能将火扑灭，所以，来迟了，请大人消气。"

"胡说！大江失火，世上哪有先例？"长官发怒的发问。

"公牛生牛犊，世上哪有先例？"老狗反问。

长官听老狗反问后，认为讲得有理。他到村上查问，令打手打了老汉20藤棍，骂了村人，牛犊还给了老妇。

讲述人：扎巴江措、索朗旺勤、当真，门巴族

1989年8月24日搜集

喇嘛和湖魔

有位喇嘛，名叫喇嘛多吉，他有个僧徒叫平措绕杰。喇嘛知识渊博，佛学

造诣很深，会法术，妖魔鬼怪都怕他，誉满白马岗。僧徒肯学，从师傅那里学到了一套法术。

背后山上有一个大湖，湖里有个吃人的湖主，名叫措堆——湖魔。它吃的人骨堆成了山，它降落的冰雹年年使百姓不得饱肚，百姓恨它，骂它。师徒俩计议要除掉这个湖魔，造福百姓。一天他俩来到了湖边，师傅守候在湖下游，僧徒在湖上游守候。他们在湖边住了7天，还没有看见湖魔。师傅对僧徒说："这湖里没有了湖魔，咱们回去吧。"

他俩返回的路上，在一个大平坝上碰到一个黑脸圆眼，瘦如干柴背着沉重藤筐的人。背筐人问："尊敬的喇嘛和徒弟，你们师徒俩到哪里去了？说实话我可以相助。"

"上边有一个大湖，湖里有个很坏的湖魔，我俩是去制服它的，它不敢出来，我俩只好返回寺院。"喇嘛照实说了。

"阿勒！你俩才住7天，要住13天它才会露出湖面的，不住13天，湖主是不会露面的。湖主的架子大得很，从不轻易钻出湖面的。你师徒还是返回住够13天才能如愿。"背筐人这样告诉他俩。实际上，背筐人就是湖魔。师徒俩返回湖边，照旧师父在湖下边，僧徒在湖上边守候。

他俩在湖边守候了12天了，还没看见湖魔的影子。

每天天黑了，僧徒都在想："在这儿住了7天，不见湖主的面，碰上背筐人说在住上13天，湖主才露面，难道是真的吗？"他捡起一庹长的木棒插在地上，用自己的腰带将自己牢牢地拴在棒上，生怕湖魔拉走他。而喇嘛呢，他天天都在想："论知识比我多的没有了，有什么魔鬼和怪灵我都能使用法术制服它们，怕一个小小的湖魔算什么圣僧？我不用绳子拴，谁也拉不走我。"他俩口念完经，数了念珠，喇嘛躺在地上睡眠，僧徒站着睡觉。

第13天，天亮后，大湖没有了，变成了一座大寺庙，许多喇嘛在颂经，有转经筒的，有击鼓的，有吹号的，还有吹海螺的，寺内烟火缭绕，煨桑之烟钻云霄……他俩都看得清清楚楚。在喇嘛面前有一条宽敞的大道通向寺庙。他想："我福气真好！一生中今日才遇到这种场面，我有幸参加圣僧们的颂经大会终生难忘。"

他洗了脸，擦了手，大步向寺庙走去。僧徒本来就有疑心，怀疑是湖魔搞

的陷阱，现在师傅又要往坑里跳，那怎能行。他再三说明自己的戒心，都没能劝阻师傅前行。当喇嘛迈过18步刚迈第19步，一下掉入不见底的陷阱里。僧徒站在那里发呆，目不眨眼，泪水从眼中涌出，痛哭流涕，伤心至极。大湖又恢复了原样。

僧徒在师傅死后为他念经，超度亡灵。祈祷后，围湖转了一圈，看到师傅的法体漂浮在湖心，心想：我如果捞出法体，湖主永住湖中，今后还会危害人的；今日，我不触动法体，让它腐烂，使湖水发臭，湖主就呆不下去了。

在返回的路上，迎面又碰到那个瘦如干柴的背筐人问清了缘由后说："俗话说恩师如父母，你不能扔下师傅的法体不管，你应把师傅的法体捞出背到后山埋葬掉。你这样做了，我可以送给你许多许多像玉似金一样的宝贝。"僧徒本来就有满腹的仇恨，听背筐人这么说一说，仇气更大了。他念完咒经，抡起一庹长的四棱法鞭，用力抽打背筐人。他边抽边说："你要说实话，你是湖主就承认是湖主。师傅和我是虔诚的佛教徒，是造福百姓，普度众生的。你却害死了我的师傅。你是一个没有人心的黑心人，是神族的敌人。今日，我要除害，护法护教。"他越想越生气，越气抽打得越有劲，当打到20鞭时，湖主被打死了，一具"曲遂"（鱼）僵尸横躺在路上，被野狗吃了。

僧徒返回寺庙。

不几天，师傅的法体腐烂发臭，整个湖就成了一潭臭水，没多久，湖水干涸。湖魔没有掩盖物了，没有水喝了，从此，它再也不能兴风作浪了。没有了冰雹，庄稼年年丰收，百姓过着安居乐业的生活。

讲述人：勒格江措、桑杰绕登，门巴族

1957年9月，1989年8月24日搜集

太阳失火

（江安故事之一）

江安是门巴人的祖爷，他勇敢、善良、好心，他的故事是讲不完的，筐都装不了，背不动。

一个大晴天，一个商人背了一筐石锅去卖。中途碰见一个人问他：“你到哪里去？”

商人答：“我找江安去，去请教致富的办法。他江安没有本钱，却越来越富了。”

又走了一会碰到了江安，江安问他到哪里去，回答说：“去找江安，寻生财之道的。”

江安问：“你筐子里装的是什么？”

答：“全是大小石锅。”

江安说：“太阳失火了！太阳失火了！”

商人抬头看天，额头上的“荣地”（挂在头上的背绳）滑落，筐子掉到地上，石锅摔得粉碎。他生气道：“你骗我看天失火，太阳没有着火，石锅却被摔烂。”

江安说：“你所说的江安，我就叫江安。”

讲述人：益西平措、普巴、拉吾次仁

1989年8月4日搜集

宝“狗”捕虎

（江安故事之二）

江安外出，走了许多地方。一天，他来到林边，碰到一只死虎，两只“嘎乌玛”（狐狸）钻到虎肚吃内脏。江安堵住去路，用绳索拴住了每只狐狸的一只后腿。他剥了虎皮，放在狐狸背上驮着回家了。

在途中碰到一个大商人，有看不到头的马帮，驮的尽是丝绸、砖茶、珍珠、玛瑙等货物。大商人问：“喂！你用什么办法打死了老虎？”

江安说：“我怎能打死老虎？这只猛虎是我这两只宝狗打死的。”

大商人不眨眼地看着花斑虎皮，又看看两只狗，说：“奇怪！这样好的狗！能卖给我吗？”江安答：“嗯吭（摇摇头）希望！我的狗，叫它们往哪里在它们往哪里，叫它们撵虎它们撵虎，叫它们赶狮它们赶狮，叫它们捕野猪它们捕野猪。这是我的宝狗，天底下就这么一对，它们帮我猎获的虎皮就装满了20个仓库。如若卖给了你，我会变穷的，穷得当乞丐。有了这宝狗，会富上加富，狗和我的心一样珍贵，我怎会卖呢！”

商人说：“再三求你了，你要什么我都给。”

江安猜透商人的心，说："只要有了宝狗和辛劳，什么都会得到的，会有几个二十个金库的，好多官员、富户要买，我都不干！印度最大的商人用他全部财产和我换都不换。"

商人越听心里越馋，说："咱们初次见面，得给个面子吧。"

江安佯装难过的样子说："你说得有理，门巴人最讲究面子，看在情义上，满足你的要求。"

商人脱口而出："你既然这样大方，讲情义，我用我所有驮马和货物换你的两条宝狗，你看怎么样？"

江安愁眉苦脸地说："就这样定了吧。"

他俩交换完后，商人问江安："宝狗怎样放法？"

江安说："这狗有个怪脾气，看见了野兽不马上追赶。你三天后，看见了狮、虎、野牛、熊、野猪脚印后，你对宝狗说：'嘎嘎巴日、嘎嘎巴日（白猴子之意，是狗的名字），只去不回！只去不回！'说后解开绳索，放开宝狗去追捕野兽。放狗后，你要等候三天，或者两天，最少也得守候一天，它俩才能赶着野兽回来。"商人得意地说："拉索（遵命），谢谢了。"他牵狗走了，走得那样轻松。

江安赶着马帮，历时几天回到了家里。他把马和货物平均分给了村里的人。

商人牵走狗后第三天，在一片大森林里，看到很多野猪脚印，于是解绳放狗，他对狗说："嘎嘎巴日、嘎嘎巴日！只去无回、只去无回！"连说了三遍。狐狸松绑后窜入了森林。商人守候了一天没见狗返回，第二天没有回来，第三天还不见狗的踪影。这时，他才醒悟过来，骂了一声："我上江安的当了。"

讲述人：益西平措、扎巴江措

1989年8月3日搜集

菩萨偷米

（江安故事之三）

从前，珞渝地区有一个名叫古鲁的商人，他笑里藏刀，可会坑人了，往往用一木碗土盐就能换走二十碗大米，同样用十碗土盐又能换走一大背茜草，一把铁刀要换三背大米，一个贝壳要换一升大米。门巴人都很恨他，但生活用品还得找他换，所以都不敢惹他。这样，古鲁的心越来越黑，手腕也越来越毒，门巴人背地里都叫他“都布且拉”（黑毒蛇）。

古鲁虽这般狠毒，但他见着江安可得让三分，一则因为江安整过他多次，使他吃过大亏，他多少有点怕；二则江安的力气大，背东西，一个可以顶两个人，对他有用。

这次，江安又被古鲁雇来背大米到工布去做生意。江安他们一行20人，为了糊口，只得背起沉重的米包。他们爬高山，过溜索，钻密林，汗水湿透了衣裳，米袋压弯了腰，古鲁就是不让他们歇口气。江安决心再整治一下这个可恨的古鲁，便暗暗想办法。他们艰难地行走了15天，终于翻过喜马拉雅山来到雅鲁藏布江边的鲁夏村，住在村头的小寺庙里。庙里许多各式各样姿势的菩萨引起了江安的注意。他仔细想了一阵，便暗暗打定了主意。

长途跋涉，大家劳累了，尤其今天走了两个马站，大家都睡得很香，有的咬牙，有的打呼噜，古鲁的呼噜打得最响，唯独江安没有入睡。等到月亮绕过山涧的时候，他悄悄地穿好衣服，轻轻推开一扇门，把20包大米一包一包地搬到门外，又悄悄地把门关好，然后又把这些大米藏到寺庙后面一个干净的石洞里。当他干完了这些事时，雄鸡已鸣叫头遍了。江安赶紧给自己的衣袋里装了几把大米，接着又往衣袋里滴了些水，然后到庙里。他休息了一会儿，看看周围无啥动静，便敏捷地在所有的菩萨的手上、嘴上全部沾上米粒，还往菩萨的怀里也撒了些大米，这才放心地躺下睡了。

天一亮，大家都起来了，可是江安却鼾声如雷。不知谁先发现大米包不在了，说夜里来了盗贼。顿时，这个小庙像开了锅似的沸腾了起来，古鲁的吼声最大。

江安被闹醒了，他很不高兴地环视了一周，迷迷糊糊地问大伙发生了什么事。只见古鲁暴跳如雷："蠢猪！你们怎么把老爷的大米弄丢了？"江安假装着急地到处查看着，忽然，他惊讶地把下巴向菩萨翘了翘。这下，几个门巴人立即指着菩萨齐声大叫起来："他！他！他就是盗贼，他就是盗贼！"其中一个门巴人似乎知道一些内情，故意煽动说："唉！这些菩萨可吃了顿饱饭。"古鲁眼瞪着菩萨，又气又急，他拿过拐杖，就劈头盖脸地向菩萨打去，一气打断了十根青枫木拐杖，还未解恨。满庙菩萨被他打得缺胳膊断腿的。江安强忍住笑，心想：你这个狠毒的古鲁，今天可逃脱不了应得的惩罚。

这事传得很快。附近村子里的喇嘛和村民们手持大棒，杀气腾腾地赶到这里。古鲁像受了很大的委屈似的，向人们哭诉着，想求得人们的同情。人们根本不理他那一套，把他绑起来像抬死猪一样地抬走了。江安高兴地将石洞里的大米弄了出来，公平地分给了大家。

讲述人：米米朱巴，男，门巴族79岁

墨脱县地东村人格桑，69岁，门巴族

1962年6月14日搜集

江安借粮

（江安故事之四）

一天，固谿卡附近珞巴、门巴人三三两两地凑在了一起。因为各家眼看着就又没米下锅了，可恨的庄主谿堆又不肯借粮。大家商量来，商量去，还是没有办法，最后决定去找江安，想让他给大家出个主意。

人们来到江安的家门口一看却愣住了：江安的小女儿已经瘦得皮包骨头，只见她依偎在爸爸怀里，有力无气地说着："阿爸，我饿呀！"一向开朗的江安，看着可怜的女儿，只是使劲地皱着眉头。看到江安一家这么困难，大伙儿心情十分沉重，都不愿再给他增添麻烦，纷纷安慰了江安一阵后，正准备离开，却被江安叫住了。

江安知道，大伙一定是为借粮的事来找他商量的。为这事，他也想过好些日子了，只见他低头想了一会儿。然后在地上用脚划了个"丁"字形，接着，伸着指头向大家耳语了一阵，大伙听了江安的一番话，像是吃了定心丸似的，兴致勃勃地离去了。

第二天，江安带着20个穷兄弟，翻过一座叫同同拉的大山，来到了当地最大的庄园——固谿卡。门卫知道了江安他们是来借粮的，急忙进去向主人谿堆通告，谿堆一听又是来借粮的，不禁恶狠狠地问道："来了多少贱人？"

谿堆一听来了这么多人，满脸的横肉都抖了起来："都带有什么东西来？"

"看上去好像连一根藤绳也没有带。他们一个个瘦得皮包骨头，紧锁着眉头，饿得连腰也直不起来。"门卫回答说。

谿堆一听，这才松了一口气，尔后不知道他想出了什么鬼主意，竟"哈哈"大笑起来。

接着，豁堆阴阳怪气地说道：“有——请——江安！”说着便洋洋得意地斜躺在虎皮卡垫上，拍着老婆的手腕，盘算着新的鬼主意了。

“大人！贵体康健！”江安的话打断了豁堆的美梦。

豁堆一下子坐了起来，他斜眼看了看江安，果然瘦骨嶙峋，连说话也好像没有力气。“咯！贱人江安，你们祖辈欠下我的债还没有还清，今天又来借粮？”

江安向他鞠个躬说：“有修养的人把自己掩藏起来，他的名声还是世上传扬；把桂花插在瓶子里，香气还是散往四方。尊贵的大人，您的名声在外，糌粑香遍四方啊！”

豁堆听得乐滋滋的，他想：你这个聪明的智囊，我今天可要你上我的圈套。他奸笑着对众人说：“看在江安的面子上，今天可以借给你们粮食，而且还要让你们用身上的口袋装！”

众人异口同声地说：“谢谢大人恩典！”

豁堆随手把钥匙扔给了他的老婆，叫她带他们去装粮。自己又开始打起如意算盘了。他自言自语地说：“江安！江安！让你那百灵鸟般的嗓音也歌颂歌颂我豁堆的恩情吧！嘿嘿……”

不大一会儿，豁堆的老婆气急败坏地跑回来：“老爷！不好了！”豁堆的眼睛瞪得像鸡蛋一样，忙问：“出了什么事？”

婆娘上气不接下气地说：“上当了！他们怀里都揣着一条绸子口袋，每个人装得足有20克哪，我不让他们装那么多，他们还说，老爷说了，身上的口袋都可以装满哩！”

阴险狡诈的豁堆早料到了这点，只见他眼珠子骨碌一转，说：“哼！上当！我要叫他们高高兴兴地背出，原封不动背回！我要以威严压服他们，以妙计维护体统！走！”

江安他们刚装满口袋，豁堆就奸笑着把他们叫住了：“江安呀！你们的绸子口袋骗了我，把我心疼的粮装走那么多。为了都讲信用，也该让我提个条件了！”

江发知道他要打鬼主意了，便装着很诚恳的样子说：“好马一鞭，好人一言，大人请便！”

“背起粮袋不准落地休息，一直走到我眼睛看不到你们的地方为止。”庄主自信地大声说。

“大人的话可算数？”江安问。

“上等人说话，句句如佛经。”庄主严肃地说。

江安他们吃力地背起了沉重的粮袋子，齐声说道：“谢谢大人，夫人！再见了！”然后艰难地离去。

谿堆的老婆看着被背走的粮食，心疼地落了泪。谿堆拍拍她的肩膀，说：“这些贱人身上的肉还没有你那条狗身上的肉多，要不了多久，他们又会把粮食送回来的；否则，这些下等人就会为粮食丧命！”

“再见了！”远远的地方，原来弯腰驼背的江安他们直着身子，向谿堆打着招呼。

谿堆惊讶地瞪起了眼睛。

“再——见——了！”更远的地方又响起了江安他们告别的呼声。谿堆夫妇的脸色，青一阵，白一阵。

“再——见——了！”群山都在呼应着。

谿堆夫妇看不见江安他们的身影了，在“再见了”的声音中瘫了下来。

原来，那一天，人们根据江安在地上画的“丁”字和所要求的数字，连夜赶制了许多“丁”字形的手杖，每隔一定距离栽一根，连续栽到庄园附近。这样，他们负重走到手杖跟前，可以腰不弯、粮袋不落地地靠在上面休息。江安他们走得很远了，谿堆也没有发现，至今，门巴人、珞巴人凡负重外出，比如过山换物、进出狩猎、收割、背柴，都少不了要带一根手杖。这根手杖，传说就是江安祖爷留下来的。

讲述人：米米久美、尼玛顿珠，门巴族，荷扎村

1956年6月6日村搜集

两个江安斗智

（江安故事之五）

从前，有两个江安，一个住在“工日嘎布”（门巴族的神山），一个住在“嘎布刀登”（印度的圣地）。两个江安都很聪明，有名气。

两个江安都听说对方有本事，智谋多端，谁也不服气谁，总想见见面，比试比试，斗垮对方，争个高低。于是，他俩就约定了斗智的时间和地点。

门巴人的江安知道印度的江安是个粗脖子，他计划在“大脖子”上整倒对方，让他知道知道门巴人的厉害。

门巴人的江安什么活计都会干，狩猎是能手，种地也在行。

约定斗智的时间快到了，门巴江安用藤绳套住了一只“卡夏”（扭角羚羊）。当晚，他给“卡夏”盐水喝，不给草吃，让它喝了五大葫芦盐水，肚子圆溜溜的。天快亮时，他把“卡夏”杀了，足足接了两个“巴浪”（盛水的竹桶）的血。他把羚羊的胃洗得干干净净的，胃的颜色呈淡黄色，同人的肤色一模一样。他把凝结了的羊血倒入羚羊胃囊中把口缝好，套在自己的脖子上试了试，一晃一动，衣服领口又大，使人看不出破绽，江安高兴地睡着了。

第二天，门巴江安起得很早，吃过大米、玉米混合饭，套上大脖子，来到了“吉康”（村里的公房）。

两个江安寒喧问好后，盘脚坐在木板地上。双方都假意客套了一阵，门巴的江安首先开了腔：“依我看，咱俩的大脖子里的都是血。”

对方满不在乎地把头一摇，说：“不！不！大脖子里不是血，而是肉。”

话毕，他俩互相摸了对方的大脖子，感觉一样，同样都是软绵绵的。

门巴的江安发誓说：“如果里边不是血，而是肉，我甘愿为你的终身奴仆。”

对方鄙视了一眼，也发誓说：“如果里边不是肉，而是血，我也情愿做你的终身仆人。”

经过协商，两人一致同意由一个挂着“俄夏”（腰刀）的围观者当众动刀，来验证是肉还是血。双方都在发抖，印度江安脸色苍白。

门巴的江安胸有成竹提议先割他的脖子。这下正好迎合了对方的心愿，满以为自己要占便宜了，要获胜了。

一个高大体壮的门巴人用锐利的“俄夏”在门巴江安的粗脖子上划了一个大口子，顷刻，紫色的血块撒了满地，江安身上、脸上全是血，大家差一点就认不出他是江安了。他躺在木板地上，装着闭眼，只喘气，不言语，“哎哟、哎哟”在喊叫。不一会，他喊着要喝水，一气喝了半个“巴浪”的水，又过了一会，摇摇晃晃站起来，带着肯定的口吻对对方说：“你输定了！”

印度江安洋洋得意地说：“我没有输！我的大脖子还没有割呢。”

还是那个门巴人，还是用那把“俄夏”，在印度江安脖子上划了一个大口，鲜血流了满地，对方痛得直叫娘，像猪一样，在地上直打滚，他痛得连个“输”字还没有吐清楚，就死了。

讲述人：益西旺秋、罗布旺秋，门巴族，荷扎村

1957年9月15日搜集

石锅的来历

（江安故事之六）

门巴族和珞巴族的灶具主要是石锅，做饭烧菜用石锅，蒸馏白酒用石锅，煮猪食用石锅，过山交换石锅深受藏民的青睐。可以说，石锅成了这两个民族的当家灶具了，同时，它还是上乘的馈赠品。

远古时代，珞渝地区是个大平原，早晨太阳从地下慢慢地钻了出来，晚上它又慢悠悠地钻入地下，那时天上和地下都有很多珍宝，珍鸟异兽，水草丰茂，五谷丰登，可以吃的野果很多，可是，奴隶主贪婪而残忍，人民生活十分困苦。

江安爷爷老两口和穷兄弟们一样，早晨鸡叫下地，直到夜猫子出来了才回家，从来不知劳累。他们种的庄稼长得特别好：鸡爪谷压弯了禾秆，小米穗头像狼尾巴，20个玉米棒子有一克重。每到收获季节人们悲喜交加，喜的是又是一个丰收年，而悲伤的是凶恶的豺狼又要奴隶们用两个20天，不分白天黑夜地为他们收割、打场、运粮，光运粮就得翻两座大山。末了，还得把所有的收获都送到奴隶主老爷家去还债。大家都说："央曲"（雅鲁藏布江）是奴隶们流的眼泪和汗水汇集而成的。

一天，穷哥儿们来到江安爷爷家，共商对付还债的事情。江安爷爷想了好一会，才对乡亲们详细地讲了他的计谋，大家听后都很高兴，认为江安爷爷胆大心细智谋过人，他的打算很巧妙，又很周密。第二天，大家带着斧头、钻子、铁锤来到江边。在一块高2庹的灰白色的岩石壁下搭起了一个木架，先把一块两个人才能抱住的大石头挖了出来，又经过20天的精心加工，一个皂石锅终于做成了，大家高兴得掉下了热泪。他们立起三块石头当灶脚，锅内装满了水，你加一把柴，他添一把火，众人拾柴火焰高，没过多久，水就开了，开水同劳动者一道欢笑。江安爷爷和乡亲们把石锅合力抬下，放在地上，约莫有两顿饭工夫开水还在沸腾，大家高兴得又蹦又跳。

这一天，庄园主和管家带着帐簿出来讨债了，光帐簿就满满装了两个马褡子。江安爷爷看见来路上尘土飞扬，他急忙用土将石锅下的火炭埋掉，扔掉灶脚石，四平八稳地盘腿坐在那儿喝茶。老爷和管家经过大半天长途跋涉，口渴了，肚饿了，马累了，他们看见石锅里茶水沸腾，清香扑鼻，就勒住了马缰，跳下马来，在江安爷爷对面席地而坐。

"格！江安！你在这儿做什么？"管家首先开口问，

"老爷口渴了，喝碗香茶吧。"江安爷爷给他俩每人斟了一碗香味诱人的滚茶。"你问我在此做什么？我上个月得了一个宝锅，是天神赐给的，我准备到格当（今墨脱县一个乡）那边换些金银珍宝，回来兑换粮食养活家里人。"

这时，石锅里的开水像理解主人的心情似的，翻腾得更厉害。老爷和管家看得入了神，眼不眨、口不语，直咽口水。江安爷爷不紧不慢地说：“天底下就这么一个宝锅。不烧柴，不点火，装上冷水就能开。不少老爷拿好多庄园来换，我都不干！”

老爷越看越入迷，确实周围无柴无火，而锅里的水一直滚开。如果能弄到这个宝贝，去献给国王，庄园又要增加20个，金库银库又要增加20个，说不定还会加官晋爵呢！老爷越想越甜蜜，嘴里吐出了一句话：“这锅我买定了！”江安爷爷一本正经地说：“不行呀，老爷！我不卖！”老爷说：“你要啥，我给啥，请说吧！”江安爷爷仍慢条斯理地说：“好多老爷给那么多庄园，我都不换。”老爷打断江安的话说：“我的庄园给你一半，整整20个，够人情了吧！”

此时，江安爷爷叹了口气，做出忍痛割爱的样子说：“看在老爷的面子上，这样吧，我不要你的庄园，也不要你的金银财宝，只要你俩的衣服、马匹和马背上的那两个褡子就行了。”

老爷开始有点舍不得，但想到国王的青睐和赏赐，就点头答应了。于是，老爷和管家脱下了自己心爱的衣服，穿上了江安爷爷补丁摞补丁的破裳。管家亲自给老爷斟了一碗香茶，也给自己斟了一碗并得意地喝下去。江安爷爷临走时告诉老爷和管家："这个宝锅有个怪脾气——爱打瞌睡。锅里装满水后，要经过主人的提醒才会开的。怎么提醒呢？要用石头连敲五下，头次轻轻敲，片刻后再敲第二下，第三下和第四下，要一次比一次重，若水还没开，最后一下猛力一击，水就开了。"衣服破烂的老爷连连点头说："记住了！记住了！"头次穿上绸缎衣服的江安骑着高头大马，牵着另一匹驮着满满两个马褡子的债契，飞驰着向遥远的地方去了。

老爷和管家得到了石锅，真是如获至宝，他们已经在盘算着国王会赏赐多少庄园和金银了。两人喝着喷香的清茶，却忘记了时辰，忘却了起程，直到滚茶快要喝完，日头已经不高了，管家才对老爷说："老爷，咱们试试宝锅的本领吧。"老爷点头同意。管家气喘吁吁地端满一锅冷水，老爷说："我来试试看。"他用一个木碗大的圆石头连续敲了四下，水还没开，他最后使出吃奶的力气猛击石锅，"当——喳"一声，石锅被打烂了，满锅冷水到处横流，连老爷和管家的衣服都被浸湿了，他俩像傻子似的，目瞪口呆，脸色苍白。过了好长时间，老爷才吐出了一句话："又被江安骗了。"

打那以后，老爷收债没收有了凭据，乡亲们再没人盯着催债要账了，过年清静了，安安生生过了20个年头。

讲述人：米米格桑尼玛、丹增，门巴族，江兴村

1956年8月6日于江兴村搜集

捞金板

（江安故事之七）

秋季，天高气爽，景色迷人，庄稼金黄，平静如镜的江水里倒映着大自然的娇容：一块块犹如金板的旱稻、玉米和小米的农田，随着微风的吹动掀起金色的波浪，伴着洁白的浮云，在江里形成一个人人向往的美妙世界。江安和伙伴们放下石锅，坐在岩石上，欣赏着这诗情画意的南国风光。

“世界是美丽可爱的，可是，它不属于咱们。”经过片刻沉默，江安说出了大家的心里话。

又是一阵沉寂。

从小失去父母的单身汉旺堆好似是自言自语地问道：“难道天底下穷兄弟们的命都是这样苦吗？”

不知是谁回答了旺堆的问话：“俗话说‘窘阿’（红嘴乌鸦）的嘴都是红的。天下穷人都是苦命的。”

江安点燃了一支旱烟，吸了两口开了腔：“地是咱们开的，庄稼是咱们种的，粮食都叫贵族老爷抢走了，这个世道真不公正，咱们得想办法砸碎它。”

越说大家越伤心，越气愤，20个伙伴一起唱起了珞渝有名的歌谣：

我不是没有家乡，

我家在三种三熟的地方；

我不是不爱家乡，

只因为那里没有太阳。

歌声刚落，穿着绸缎的宗本被20个农奴轮流背着下了山，后头还跟着四个背枪的保镖，从老远就边走边骂：

“格！多次讲了，不准你们唱着这些丧歌呀。”

江安答道：“空肚子逼着我们吐哀情。”他机灵地朝江里看，催大家：“快！快！都把衣服脱光！”他边说边脱衣服，大家都跟着脱衣服。

到了跟前的宗本被搞糊涂了，忙问：“你……你们脱衣服要干什么？”

“我们生活困苦天神都感动了，怜悯我们，她恩赐给我们的一块金板掉到江里了。”江安一本正经地答道。

贪财如命的宗本听到“金板”二字，魂都上了天，脉膊跳动也加快了，连忙问：“金板在哪里？金板在哪里？”

江安和伙伴们边脱衣服边站起来，指着大江说：“那不是嘛！那不是嘛！”

说也奇怪，就在这一刹那间，天空格外晴朗，阳光格外刺眼，无风无浪，倒映在江里的那块稻田，就像金板一样放射出耀眼的光芒，四周还镶嵌着绿色的宝石，中间还有几个穿着白衣的仙女在舞蹈。说时迟，那时快，宗本生怕江安一伙捞走金板，他连衣服都没来得及脱掉，猛力向江里扑去，只听见“扑通”一声，平静的江水溅起层层浪花，无情地划破了那块“金板”。四肢乱扑腾的宗本在水里挣扎着，慢慢地被吞没了。

讲述人：江措、贡保、尼玛曲杰，门巴族，墨脱村
1956年搜集

借马

（江安故事之八）

贪得无厌的领主压榨得农奴们直不起腰来，辛劳一年，连个半饱都达不到，吃棕树、挖野菜度日，百姓怨声载道，叫苦连天，江安又想出了治治这个恶棍的计谋来。

江安来到奚谷卡，见了领主双手作揖，说：“老爷！给你效劳一生而被你赶出庄园的‘朗生’（奴隶）波达娃患病很长时间了，现在饭不食，水不饮，到了病入膏肓的时候，近处的‘觉姆’（巫婆）和‘巴吾’（神汉）都无能为力，现在只好去请旁的‘巴吾’了，想借借你的马，五天就回来了。”

领主想：波达娃原是我的“朗生”，年老患病，我把他撵出了庄园，他如果死了，按规矩还得由我负责安葬。江安他来借马，何不向他要租马钱？便说：“借马倒可以，可是得付租马钱。”

江安问：“你一天要多少马钱？”

领主说：“这是我的坐骑，一天起码得10两藏银！”

江安说：“乡间惯例一天才二两呀！”

领主说：“你嫌贵！我还不愿借的呢。”

江安也不再“求情”了，牵着这匹高头大马说：“老爷！五天以后再见。”

到了第6天，马还没有还来，领主有些纳闷，亲自找江安去了。他在江安门口看得清清楚楚，听得明明白白：“这可怎么样办呀？你这匹不争气的调皮畜牲，你哪来的那么大劲，钻到地底下去了，那里哪有草呀，我去叫你主人把你拉出来。”江安佯装一把鼻涕一把泪地哭啼着。领主故意问了一遍，江安又述说了一遍。

领主的头发都竖了起来，忙问：“我的马钻到哪里了？”

江安说：“你跟我来！”

江安把领主领到山腰林间的草坪上，这里水草丰茂，土地潮湿，一脚下去可陷很深。江安指着翘着的尾巴说：“这是苇草，草好，营养高，牛马吃了膘肥体壮，我本想让它吃饱后给你送去，谁知它越吃越有劲，一下子钻到地下了，我怎么拽它都拉不出来，累得我满身大汗！”

领主想：马肉也不能吃，是它自己钻到地下的，怎好埋怨人家，再说，江安是为我的“朗生”办事的，如若事情闹大了，我的威望会一扫而光的，我的面子往哪儿搁！他不敢提藏银的事，灰溜溜地走了。

愚蠢的领主，他又一次上当了。原来，马并没有钻入地下，江安用它和金质马鞍换来许多大米和酥油，都分给了包括波达娃在内的穷苦人家了。

1988年搜集

贪婪的国王

（江安故事之九）

偏僻山沟里有一个王国，国王叫旺扎，这个小国的臣民被国王压榨得喘不过气来，人民怨声载道，却敢怨不敢言，因为一个臣民曾反抗过而被国王扔到了江里。

罗布顿珠是个忠厚的臣民，他年过花甲才喜得贵子，起名曰江安。江安人聪明，口齿伶俐，白皙的肌肤，圆圆的眼睛水汪汪，一岁会说话，5岁就进山狩猎了，回回背回满筐肉食，同憨厚、耿直的父亲相依为命。村人都喜欢同江安聊天、相处。

江安从小性格开朗、果断，好抱打不平，伸张正义，为臣民们伸了好多冤，雪了许多恨。臣民们十分爱戴江安，有难找他帮忙解决。

国王贪财如命，大至金银财宝，小至木板草料，他都要索取。他雇人干活不给吃饱，还想方设法不付报酬，臣民对他深恶痛绝。

国王令罗布顿珠去耕地，并说："你今天耕一天地，收工回来后要告诉我走了多少步、犁了多少行。"

天大黑了，爸爸才回来，江安看着爸爸愁眉不展的样子，问："今天出了什么事闹得你这样闷闷不乐？"

爸爸说："累了一天，还没数清一天走了多少步、犁了多少行呢。"

江安说："爸爸数那些数目是没有用的。"

爸爸答："这是国王吩咐的。"

江安说："岂有此理！这是国王不愿付工钱的借口！"

父子俩说着说着，门外传来马蹄声。

“格！你今天走了多少步、犁了多少行？”国王开门见山地问。

父亲低头不语。

江安针锋相对地道：“国王大人！你应该是个明了事理的君主，我也想请问你：你骑马到寒舍，马走了多少步？”

国王愣了一下，结结巴巴地说：“谁，谁，也，数，不，清。”

江安趁机反驳道：“是呀，犁地一天，谁也数不清走了多少步、犁了多少行呀！”

国王无言对答，红着脸骑马回宫了。

春天来了，万物复苏，处处呈现一派春意盎然的景象。

国王派下属到各家各户收缴酥油差、鸡蛋差，公牛、公鸡都要缴差。江安家也逃不脱这种厄运。

“江安！你爸呢？”收差人问。

“我爸病了，在家躺着呢。”江安答。

“罗布顿珠，快快把酥油拿来、鸡蛋拿来！”收差人说。

江安制止收差人入内，说：“我爸爸正在生小孩，外人不得入内。”

收差人大笑：“我还没听说过男人生小孩！”

江安趁机反攻：“公牛哪有奶挤、公鸡怎会生蛋？”

国王和收差人都夹着尾巴走了。从此，这里公牛、公鸡不再缴纳酥油差和鸡蛋差了。

1988年9月搜集

江安当国王

（江安故事之十）

江安约国王下湖洗澡，国王说："下湖洗圣水澡是多年的夙愿了，但苦于不会游泳，没能如愿。"

江安说："这有何难？！不会可以学会，我来教你。"

江安准备了四个大葫芦，一对用扯不断的瑞番树纤维拴牢，一对用见水就断的茶拉树皮相接。

下水那天，湖边站满了看热闹的人。

国王坐在虎皮垫上，小条几上摆满了饭食和水果，还有一锅醇甜的鸡爪谷黄酒。

国王饭饱酒足后，说："江安！下水开始。"

江安抱住两只拴牢的葫芦跃入湖中，片刻，他漂浮水面，两脚一上一下地踩水，双手身后划水，缓缓前进，悠闲轻盈的动作，招来了阵阵掌声。

他上岸后，国王亲自向他敬酒三碗，他祝国王游泳成功。

国王照江安的动作，紧抱葫芦跳入湖中，他手脚配合不当，有时进，有时退，在水中泡的时间长了，茶拉树皮断了，两只葫芦分道扬镳，国王沉入湖底，再也没有浮出水面。

江安机智聪明，心地善良，百姓推选他为国王。

讲述人：东升，男，43岁，乡炊事员，门巴族
布都，男，52岁，达木乡副书记，门巴族
1997年5月搜集

印度江安输了

（江安故事之十一）

印度一个江安，门巴族一个江安，他们都聪明绝顶，闻名遐迩，但两人，互不服气，总想战胜对方，苦无机会。

一天印度江安沿江北行，来到墨脱县格林村。门巴江安认识印度江安，而印度江安却不认识门巴江安。门巴江安向对方寒暄了几句，说："今日拜见师兄，分外高兴。"印度江安回敬说："别客气，初次见面，认识了就是朋友。"

印度江安受到热情款待，对门巴江安说："我是来向你求教的，不知朋友能否赏个面子？"

门巴江安道："印度江安闻名天下，多才多艺、智谋超人，我怎能在师兄面前丢丑？"

印度江安直爽地说："咱俩先不分师徒，比试一下再说。"

"怎么个比试法？"门巴江安问。

印度江安说："这叫'不流口水'。你吃我的荞麦饼，我吃你的广柑，如果谁吃后流了口水，算谁输了。"

"这个办法好！"门巴江安说。可是，印度江安不知道，这里的野广柑酸得是难以入口的，不是印度甜广柑呀。

两个江安各准备了五个广柑和五个烙饼。

比试那天，看热闹的人把村头草坪围得水泄不通，人头攒动。

门巴江安首先开了腔："先从我开始。"他顺手拿起烙饼，拧摺长条，大口大口地吃起来，不时眨眼，一鼓作气吃完了五个烙饼（门巴族的一种食物，十分苦涩），但人还能承受。他不但没有掉下一滴唾液，连个饼渣都没有掉下来。门巴江安的精彩表演赢得阵阵掌声。

轮到印度江安了。他站在人群中间，时而转动广柑，时而环顾四方，面带笑容，好一副得意的样子。他开始剥广柑皮，溅溢出来的果汁使他时时闭眼。他刚咬了一口果肉，就酸得舌头伸得老长，黄色唾液流个不止，连眼泪都落下了。他清理完嘴巴，说："门巴师兄赢了。"

好客的门巴江安给印度江安准备了很多大米、肉食，还送了一程。

讲述人：东升，男，46岁，门巴族

达木，乡炊事员，珞巴族

1997年4月搜集

江安当驸马

（江安故事之十二）

国王的公主年少貌美，许多国王前来提亲，都被公主婉言谢绝了。

江安不信那个邪，他要探个虚实。

王宫里的酒妇酿出来的酒不是酸，就是苦，国王早就想雇一个行家替代她们。

“国王老爷！家里无粮糊口了，我是来请求准许外出讨饭的。”江安开门见山地说。国王知道江安人虽然狡诈，但本事高超，打猎是行家，酿酒、料理家务是个内行，有“好管家”的殊称。国王说：“外出乞讨是可以的，但总不如在家乡的好。如果你乐意，留在宫内当管家，你意如何？”

江安说：“你看我这个衣服破烂的样子，别人见了会笑话国王的。”

国王说：“这好办，就这样决定了。”

第二天，江安进宫当了管家。他的权力可大啦，国王把钥匙都给了他。“山是白雪坡是树”，江安穿上绸缎衣服，样子大变，俊俏迷人，不注意观察，不会认出是江安的。

他在宫里，为国王效劳，一切安排得停停当当，像酿酒这样的细活路，他自己亲自动手。国王笑了，王后笑了，公主笑中还浸透着一种令人钟情的音韵。

为了祝贺国王三十大寿，江安特酿制了五大葫芦头道鸡爪谷甜酒，别说喝啦，闻一下都呛鼻子，酒劲比白酒大得多。傍晚，江安正在筛酒时，公主闯了进来，她闻到香喷喷的醇酒，非要喝上两碗不可。江安给她斟了一竹瓢，喝完一瓢，她还要喝，说“越喝越想喝”。她接连喝了三瓢，白皙的脸蛋绯红，随即投入江安的怀抱，手到处乱摸。于是他俩不知不觉地同居了，当晚公主破例躺在了低贱人的床上。在以后的三年时间里，他俩如胶似漆，贴得相当紧，但国王和王后却没有发觉。

三年公主连续生了三个孩子，国王问公主是“谁的孩子”，公主守口如瓶，不言不语。

江安准备走了，他给孩子们很多香蕉。启程时，王宫的人都来送行，国王问孩子“香蕉是谁给的”，孩子们都说“爸爸给的”。江安才走了几步，孩子们抱住腿，说：“爸爸！别走！”国王这时才醒过来了，因挽留不住，只好送了二十驮金银财宝，还有食物和衣服等陪嫁品。

江安和公主作揖谢了国王和王后，带领孩子回了家。

平民百姓的江安成了不住王宫的驸马。

1968年搜集

江安卖猪肉

（江安故事之十三）

江安和国王共养一头肥猪。江安猛击猪头，打得肥猪卧地不起，不吃不喝，双眼紧闭。“报告国王，不好了，那头猪患了疯病。”江安说。国王看到猪腿伸得直直的，口吐白沫，肚皮忽扇直喘气，说：“这样吧，你把它杀了，拿到村里去卖，千万别说是疯猪病猪。”

“禀报国王！百姓不买病猪肉，还骂了我，说我缺德，把我赶回来了。”

国王是个吝啬鬼，说：“煮了自己吃。”

江安把大部分猪肉分给了百姓，给国王煮的猪肉里放了许多泻肚的“扎遂”（即巴豆）。肉煮烂了，“扎遂”药汁熬透了，国王一天三顿吃了肉，喝了肉汤。当晚，国王一夜未眠，几乎是在厕所里度过的。

“国王大人！我说病猪肉不能吃，你偏要吃，害得你泻肚不止。”江安假装正经地说。

“那怎么办呢？”国王问。

“‘觉母’（巫婆）可治愈你的病。”江安打趣地说。

江安领着国王，背了一筐送给“觉母”的米、肉、酒、油等食物，手提一个大葫芦，来到“觉母”院里。

“觉母”头戴半人高的尖顶纸帽，身着红色衣裙。国王坐在葫芦上。“觉母”时而向他身上洒水，时而向空中抛粮，时而持刀挥舞，时而坐地颤抖，时而围着国王转圈，左转五圈，右转五圈，时而叉腿伸腰，口中不知说些什么，把国王折腾得打盹了，用力过猛，坐烂了葫芦，一屁股坐在地上，屎尿沾了一身，人们捂着鼻子走了。国王一甩手，狼狈地向王宫走去，他听到了山谷中回荡着讥笑他的声音。

讲述人：益西卓玛，女，59岁，门巴族，德果村
1997年4月搜集

江安战胜阿古登巴

（江安故事之十四）

藏族有个阿古登巴，聪明过人，他专门整治那些心术不正的有钱有权的人，他的名气可大了，没人不知，无人不晓，小孩还怕他呢。

阿古登巴听说门巴有个江安，斗赢了天底下的许多聪明人。他想和江安比个高低，但是，“这个江安是个了不起的人物，非同一般，要想战胜他，必有超过他的才智”，他喃喃自语。经过苦思冥想，他想出了一个江安无法破解的方法。

阿古登巴对家奴们说：“咱们家没来过盗贼，听说门巴江安比盗贼还厉

害，今晚把20条猎狗拴在院坝周围。如果江安顺利进来并从我或夫人口中取走那颗稀世珍宝，我甘拜下风，拜他为师。”

夜半时分，江安带了许多猎狗爱吃的羚牛肉，说着猎狗的“语言”，每条猎狗都吃了许多肉，它们不但不嗥叫，还摇头摆尾，像迎接家人一样亲热。

江安悄悄来到卧室，阿古登巴夫妻俩侧躺在床上，阿古登巴口噙一会珍宝，嘴对嘴吐到妻子嘴里，这样来回折腾了许多次，“喂，接好。”他把宝石吐了出来，江安正好接住了。

天亮后，阿古登巴问妻子：“珍宝在哪里？”

妻子道：“你没有递给我呀！”

从此，在雪域盛传门巴江安战胜阿古登巴的故事。

讲述人：达娃，男，56岁，门巴族，卡布村
东升，男，43岁，乡炊事员，门巴族
1997年2月搜集

拜汉族江安为师

（江安故事之十五）

门巴江安去汉地拜见汉族江安，想见识见识汉族江安的本事。他背着糌粑、砖茶和酥油，拄着拐杖上路了。

江安走了好多个20天才到了汉地的边缘。

门巴江安走呀，走呀，脚上打了泡，结了茧，夜宿一户人家。这户人家背回很多河沙，往河沙里倒了很多“水”（实际是白胶漆）。

门巴江安奇怪地看了半天，问：“这河沙是做什么的？”

房东答：“这是搓绳子用的。”

江安说："在我们家乡是用羊毛或棉花搓绳纺线的。"

房东说："在我们这里是用河沙搓绳。"

江安说："如果你搓成了，我拜你为师，称你为师。"

房东小伙子仔细地将糨糊似的河沙搓成一根根粗细不等的沙绳。江安惊奇地观看着。

房东搓完沙绳，两人痛饮甜酒。房东说："我就是汉族江安。"门巴江安谦虚地说："盛传汉人聪智过人，汉族江安更是出类拔萃。今日，我看了师父精彩的表演，真是名不虚传。"

汉族江安为门巴江安送行，还赠送了玉碗、银杯以及盘缠，双方惜别。打那以后，门巴人还在盼着汉族江安到家做客呢。

讲述人：刀扎巴，男，35岁，门巴族，达木乡卡布村

1997年珞巴年搜集

汉藏江安斗智

（江安故事之十六）

西藏地区有个江安，趾高气扬，看不起所有的人，他听说汉地有个江安，智谋超人，斗智没有输过，他不服气，总想和人家比个高低，但路途遥远，不便成行，他派一个聪明过人的朋友替他说合。

“藏族江安请你在一天内数完这一升青稞粒。”特使对汉族江安说。

青稞籽粒又滑又小，难以数完，汉族江安他将青稞煮胀了，很快数完了，并告诉特使数目，说：“我钦佩藏族江安的才华，趁此向他求教，并请他将这一升‘加尼’（灰灰菜籽）在一天内数完。”

特使将“加尼”交给了藏族江安，他端起簸箩，籽粒来回滚动，他才数到九，一堆籽粒混到一起了，怎么数都无法数清，问：“他是怎么数的？”特使如实说了。他将“加尼”倒入锅中煮了，结果粘成了一团。他叹气说：“这回算是汉族江安赢了。”

“藏族江安请你把它拉直，像箭杆那么直。”特使将一个牦牛犄角交给了江安。

这个犄角弯了两圈，坚硬如铁。江安将它用文火煮了半天时间，犄角由硬变软，他摆弄几下弯角，弯角变成了直角。“这个圆葫芦请藏族江安朋友也把它拉直。”江安递葫芦时说。

“这是江安弄直了的牛角。他请你把这个葫芦拉直。”特使递给藏族江安牛角后说。

藏族江安问特使：“他是怎么把弯角弄直的？”“他是用开水把弯角煮成了直角。”特使说。

藏族江安将葫芦煮成了一锅粥。他灰心丧气地说：“我拜汉族江安为师，我得亲自前往向他学习。汉人聪明，名不虚传。”

讲述人：旺扎，男，55岁，门巴族
达木，珞巴族，卡布村
1997年春节搜集

“我取‘骗具’去”

（江安故事之十七）

藏族江安头戴有金顶黄帽，身穿缎料藏袍，脚踩长筒皮靴，骑着高头大马，三个骑士尾随，一路奔驰，尘土飞扬，好不威风。他们来到一条激流旁，碰见一个衣服破烂，袒胸裸怀，大腿露在外边的人，他身背藤筐，内放一把斧头，佯装砍柴的样子。江安问：“喂，乞丐！你到哪里去？”那人答：“我去西藏拜访远近闻名的江安。”那人反问：“请问朋友，你到哪里去？”江安答：“汉族江安才华横溢，我去拜见，若他当面能骗住我，算他真有本事。”那人道：“我就是汉族江安。”藏族江安说：“这就好了，你现在开始骗我吧。”那人道：“我骗人的‘果刀才木’（骗具）放在家里，我去拿来。”他刚走了三步，拐回来说：“走路太慢，借借你的马会快去快回呢。”藏族江安把缰绳给了汉地江安，他刚走出几步，拉紧辔口，马停了下来，说：“它嫌我穿的破烂，咱俩换换衣服吧。”江安把金帽给了人，他又走了三步停了下来，江安把缎衣给了他，最后把藏靴也给了他。他骑着骏马长发蹚过一人深的激流，他上崖后大喊：“藏族江安，这就叫‘果刀才木’，再见了。”藏族江安瘫在江边。

讲述人：旺扎，男，55岁，门巴族，卡布村
1997年门巴新年搜集

江安施计逃出门

（江安故事之十八）

汉族的江安抱住色拉寺前的一根经幡，说："经幡快倒了，'色拉赛刀'（金顶）快掉下来了。"藏族江安说："在哪？在哪？"汉地江安说："你抱紧经幡，我去喊人栽牢它。"

藏族江安紧紧搂住经幡，累了，困了，他往上一看，幡杆上的风马旗在飘动，大喊："旗杆快倒了！旗杆快倒了！"喊声招来一群僧人，用力推经幡都推不动，大家生气道："'旗杆倒，寺庙完'这个忌讳的谚语你忘了？这是毁寺行为！"僧人把他带到寺庙，装在皮口袋里，饿了三天，还挨了三天皮鞭，浑身屎尿，臭气熏天。

他俩又相会了，藏族江安说："你骗了我，寺庙折腾了我三天，这是头一回，不计较了。咱俩去国王仓库偷些财物度日。"

夜深人静，他俩撬开国王最贵重的仓库，藏族江安熟知贵重物品置放的位置，他进仓装袋，三大皮口袋递给了守门的汉族江安，他顺手把门关上了，藏族江安在漆黑的仓库里急得满头大汗。他急中生智，将一锅蜂蜜抹了一身，再沾上棉花，坐在那里思索逃出的方法。门突然打开了，王后瞧见一个长满白毛的怪人，一溜烟跑回了王宫，藏族江安趁机逃回了家。

讲述人：旺扎，男，55岁，门巴族

达娃，男，57岁，门巴族，达木乡卡布村

1997年门巴新年搜集

江安挨打

（江安故事之十九）

一个既不聪明也不是傻瓜的年轻人在途中碰到了江安，江安问：“朋友！你到哪里去？”答：“我到处流浪去。”年轻人又反问：“朋友！你到哪里去？”江安答：“我周游世界去。”年轻人又问：“你周游世界，要花很多钱的，你带了些什么？”江安答：“我单身独汉，走到哪里乞讨到哪里，还发愁饿肚皮？”江安反问：“你带了些什么财物？”年轻人答：“我带了一升金豆。”他害怕江安不相信，从筐中取出金豆，金豆被阳光射得江安睁不开眼睛。

他俩一道同行，走了大半天，江安说：“现在人心不实，小偷多，弄不好金豆会被偷去或者抢走的，带在身上不如埋藏起来保险。”年轻人认为讲得有理，将金豆埋在草丛中，说：“7天后我俩再来取。”

深夜，年轻人睡熟了，江安悄悄把金豆换了埋藏地。

他们在外游逛了六天，第7天去扒金豆时，金豆没有了，两人互相埋怨，争执不休，只好对簿公堂。

年轻人对国王说：“我老实告诉江安说我带了升金豆，他说金豆带多了，一是用不完，二是不安全，他叫我把金豆埋藏起来，7天后回来时再取也不晚。7天后去挖金豆时，金豆被偷走了，我怀疑是他偷的，请国王公断。”

江安反驳道：“金豆是他藏的，我俩同行没有离开过，怎么会是我偷的呢？”

国王思考了一会，说：“神灵最公道，还是请它裁定吧。”国王又说：“村头那棵古柏是神的化身，它向来说一不二，裁定了许多疑案。明日你俩要回避，不能前往，由‘米吉’（祭师）占卜裁定。”当晚，江安藏在古柏的树洞里。

第二天，古柏周围站满了观看祭仪活动的人。“米吉”把猪肉、酒、大米饭放在距古柏20庹远的地方，他盘腿而坐，双手时而击鼓，时而旋转念珠，时而撒粮，时而洒酒，嘴里喃喃不停，祭仪毕，他说："请神柏开口，到底是谁偷了金豆。"江安在树洞里说："是那个年轻人。"当年轻人赶到，听到此话时说："神也会说假话！"一气之下点火烧了那棵干枯了的古柏。江安被呛得钻了出来。国王打了江安20藤棍，痛得他叉着腿回家了。

讲述人：果达，男，56岁，旁辛乡党委书记，门巴族

1997年4月搜集

江安脸红了

（江安故事之二十）

江安是个聪明人，但聪明过分了，有了失误。

江安妈妈去世了，他虽然伤心，但想得开，说："人都是要死的，只不过分先死后死而已。"他不按门巴人的规矩丧葬，背起母尸就近埋葬，安葬后大喊："妈妈！慢走，直奔向天堂。"喊声惊动了正在收获玉米的土地主人。两人对吵起来，经过村庄首领裁定江安败诉。首领说："你是个精明的人，却对养育你的母亲如此无情，这是第一条；第二条，选择土地是要占卜的，还要经过土地主人的同意，否则主人家会接着出现不幸的，这个责任你能负得起吗？"江安承认了错误，脸红得比猴屁股还红——这是江安第一次在人们面前丢丑。

讲述人：旦达，男，65岁，门巴族

果达，男，56岁，门巴族

1997年搜集

江安升"天堂"

(江安故事之二十一)

工钦喇嘛对江安说:"这只岩羊好大好肥呀,快快射箭,让我一饱口福。"

江安说:"它哎哎叫是啼哭,我打死成千上万头野兽,还没有见过会哭泣的,它一定有伤心事,我不能杀它,它带我可以升天堂的,你若愿意去,紧跟着我来。"江安往下一跳,正好骑在岩羊背上,一溜烟无影无踪了。片刻工夫,从山顶传来江安的呼唤声:"工钦喇嘛!我快升到天堂了,你赶快来呀,这里是你梦寐以求的地方。"工钦喇嘛怕追赶不上江安,一纵身跳下悬崖,摔得粉身碎骨。

讲述人:旦达,男,65岁,门巴族

果达,男,56岁,门巴族

1997年4月搜集

国王烧王宫

（江安故事之二十二）

国王躺在床上，想着从前上过的当，越想越生气，你江安骗我吃鹿屎，又骗我杀了牛和猪，弄得我这么狼狈，我得整死你而后快。

国王一连三天在江安住处逛荡，江安有所发觉并做了准备。当晚鸡快叫时，外边狗叫个不停，还有人小声说话的声音，江安快速地从地洞走到了后院，藏在竹林里观察，原来是国王和打手们一伙，悄悄来到吊脚楼旁，用松明子点燃了江安的竹楼。不多时，整栋楼房塌陷，火舌有20庹高，老远老远都照得通明，国王只说了一句话："这下，可除了心腹大患。"

江安无家可归，住在远处山上一个岩洞里面，洞顶挂着一个烂麻袋，一条细藤绳拉出洞外。一天，一队马帮路过这里，夜宿洞里。深夜江安拽着细绳一拉一松，麻袋里的炉灰洒满洞里，老板和伙计们满脸都是灰尘，睁不开眼，江安趁机扛走了老板一袋白花花的藏银和珍珠玛瑙回了村。村人奔走相告，热闹非凡。

国王原以为烧死了江安，听说江安从天堂返回，还带回了很多贵重钱物，他要亲眼看见。"谢谢国王烧掉了我的房屋，使我升了天堂，现在从天神那里安然返乡。"江安边说，边故意将钱物摆弄一番。国王羡慕得发出"呵啧、呵啧"的赞叹声。"我也这样做能成吗？"国王问。"你是国王，保险比我还强，是会如愿以偿的。"

国王叫仆人们准备了9背松明子和20背干竹和桤木，他亲自点火，9层王宫燃烧了9天才烧成灰烬。国王烧掉了房屋，又没能升到天堂得到宝物，这才知道受了骗，上了当，瘫倒在那里。

讲述人：东升，男，43岁，门巴族

1997年门巴新年搜集

国王去“朝圣”

（江安故事之二十三）

残害人民的国王屡遭江安的嘲弄，记恨心头，欲将他铲除为快。他命令仆人将江安装入木箱，投江消恨。

仆人背着木箱走到中途，远处传来悦耳的笛声，国王前去看热闹。国王走后，仆人问江安：“国王要把你送到哪里去？”“谢谢国王要送我到印度圣地刀吉登去朝观、拜佛、成仙。”江安答。“咱俩换换好不好？让我先去一趟，你下次再去可好？”仆人说。仆人打开木箱，他俩对换了衣服，江安打扮得和仆人不相上下。江安将仆人装入木箱，用藤绳捆紧，背着木箱，陪同国王到了江边。“江安！祝你成为鱼腹之物。”国王说着，将木箱掀入滔滔江水里。

江安在外3个月，用藏银换了一背水果糖和红糖，还有印度的点心。站在王宫门口，看稀罕的人围得水泄不通。国王听说江安回来了，还带了许多印度可口的食品，感到惊讶。“你不是……”没等国王说完，江安首先开了口：“谢谢国王把我送到圣地刀吉登，那里四面环水，森林密布，寺庙林立，佛祖遍地，喇嘛成群，供灯通明，孔雀展翅，鹦鹉歌唱，真是一片净土。我在那里仅住了三个月，体肥膘增，真是人间天堂。这些吃的是小喇嘛送给我路上吃的，敬请国王品尝，以饱口福。”垂涎三尺的国王每样都吃了，连声赞叹“味道好极了”。江安还送给国王一大包食品。

晚上，国王和王后吃了食品，王后说：“真是佛地净土的食品，不仅味道好，还能长生不老呢。”王后同意让国王先去一趟刀吉登，然后她再去。

“江安！圣地那么好，我也能如愿吗？”国王问。江安说：“你是国王，更会受到尊重，礼遇更高，收效更大。”

江安指着咆哮的大江对国王说：“雅江漂流一天一夜就到圣地了。”他让国王钻进不能透气的口袋里，拴牢袋口说：“国王大人！饿鱼在等着你呐。”接着手提口袋扔向江中，国王淹没在滔滔激流中。

国王再也没有回来，百姓推选江安当了国王。

讲述人：东升，男，43岁，门巴族，达木乡炊事员

1997年门巴新年搜集

摔锅

（江安故事之二十四）

珞渝一带的灰石头很多，聪明的门巴人和珞巴人把它挖个坑做成石锅，做饭烧水用。这也是背过雪山去工布和波密与藏民以物易物交换食盐、生产、生活工具和用品的本钱。这件事惹得领主红了眼，下令不准百姓们自由交换，所产的石锅一律上缴于他；违者挨鞭，还要没收财物。

江安和穷兄弟们合计，要整治一下这个凶残而吝啬的领主。

这年七月，阳光灿烂，通往波密的雪山融化，人可以通行了。百姓们三五合伙一道过山交换去。

领主雇了20个身强力壮的百姓为他向波密背运石锅。说妥的工钱是每个人一口袋大米。江安是个彪形大汉，当然也被雇佣来了。

这是出发的第3天了，才走到雪山脚下，背夫们艰难地挪动脚步，汗水湿透了单薄的衣裳。走着走着，突然前方发出震天的巨响，江安大声呼喊：“雪崩了”！背夫们抬头仰看，支撑背筐的“荣地”（背带）从额头上滑落，背筐

电器酥油桶公司

落地，摔烂了全部石锅。这个情节，领主的管家看得一清二楚。可是，他不会知道，雪崩是常事，而摔锅却是江安事先安排好的。

江安一伙向领主讲了经过，领主半信半疑，他问身旁的管家，本来管家想说个假话讨好主人，但雇工在场，只好点头说："是这样。"管家恨江安，因为江安曾几次骗过他，他怕得罪了江安，以后再次挨整，所以，才没敢说假话。

江安一伙提出工钱，吝啬的领主吓得目瞪口呆，尽管他再三抵赖，但终究有管家的"大人从不食言"一句话起了作用，领主只得认账，雇工们背着满满一大口袋大米欢唱着向家中走去。

领主赔了夫人又折兵。

讲述人：曲登、旺勤，门巴族

1956年搜集

石板路和沙石山

（江安故事之二十五）

领主的妻子患病一年多了，祭神驱鬼20次了，仅牛和猪都被杀了20头，杀的鸡就更是无数了。请过神汉，也请过巫婆，病情却在加重。连印度的巫师都说是"鬼魂附身"。领主急得团团打转，茶饭不思，日夜不眠。他苦思冥想也没有找到办法。

他派人在要道路口、垭口贴了许多布告，言称"谁能治愈夫人之病，愿将财产偿付一半"。事过一个月了，仍无人应召前往。

一个奴仆向愁眉苦脸的领主献计说："山那边有个名医叫江安，他治愈了很多疑难病人，而且还是一个'文金'（先知者）。"

领主请来了江安，按贵宾规格接待，还送了一个金“嘎吾”（护身符）作为见面礼。

江安详细询问了病情，不时摇头晃脑，装成为难的样子。他说：“真正的神医是巴日山上‘仓康’（修行房）里正在修行的慈善佛爷，我是他的帮手。他可以医治百病，是全国闻名的妙手回春的大师。”

江安夹了一口菜，慢条斯理地说：“巴日山就在我们村庄上边。从村庄至‘仓康’有两条路，一条是石板路，一条是沙石路，上去必须走沙石路，回来只能走石板路，否则，不会有灵气的，求医拜佛也白搭了。”

领主带着献给“神医”的金银财宝顺着沙石路向山顶艰难攀爬，山上全是细沙，深至膝部，几乎是走三步退两步，太阳偏西了才走完这一段不长的沙路。

江安顺着石板路，一步一步地前进，不多时，就到了山顶的“仓康”。他吃过午饭，歇息了片刻，穿上了袈裟，头戴有五颜六色布絮，遮住半面脸的巫师帽，静静地坐在竹壳垫上，等候领主前来求医。

领主上气不接下气地来到了“仓康”前，累得瘫倒在地，两个家奴将他扶起。他小心翼翼地进了“仓康”，下跪磕头，“祈求神灵保佑，请求佛爷开恩除疾”。接着，领主亲自将礼物献在巫师面前。

“巫师”油腔滑调地胡诌一番，弄得领主一拜再拜，显得格外虔诚。“你爱妻得的是不治之症，而且已经传染给你了，你们活命的时间不会太久了。”江安正说着，领主急得头冒汗，嘴结舌：“只，要，能，治，好，我，俩，的，病，财，产，分，给，你一半……”江安趁热打铁说：“不过，还是有挽救的办法的，我这里有药神赠给我治你们俩重病的药，吃药后会很快痊愈的。可是，这里有个条件，你家财产堆积如山，仅粮仓就有20个，这些都是你从百姓那里掠夺来的。今日，照顾你的面子，按你允诺的办理就行了。”领主说：“绝不食言！绝不食言！”

回去的时候，江安从沙石山上一溜烟滑到了家；而领主走石板路，很晚才走下山来。

领主是个吝啬鬼，但在江安和众人的催促下，终于将所有财产，包括二百头牛在内，拿出一半分给了穷困的百姓们。

讲述人：罗布、当真、贡嘎，门巴族

1962年搜集

锅生仔

（江安故事之二十六）

领主不准百姓自造石锅以后，他垄断了石锅，把锅价提得很高。百姓家里的石锅用久了，烂边的多，豁口的多。江安又想出了治治领主的妙计。

“报告领主老爷，明天是祭祀佛祖日，人多，想借借你的大石锅煮茶。佛爷显灵了，也有你一份呀。”江安面对领主直说了。

领主说：“借物是要付给利息的。”

江安答：“那当然了！”

江安将领主那口可以装下人的大石锅背走了。

第三天，江安将大锅送还了领主，锅还没有落地，江安首先开了口，说：“领主的石锅是个母的，昨晚生了一个儿子。”

领主大笑：“锅还会生育？”

江安放下石锅，从大锅中取出一个小锅，兴致勃勃地说：“你看儿子多像它妈，黑乎乎的，胖墩墩的。”

领主高兴得嘴都合不拢了，说：“以后需要，再来借嘛！”

过了半个月，江安对领主说：“明天是莲花生大士的诞辰日，全村人都要参加祭祀，想借用你的大石锅和大铜锅，同样有你一份灵气，当然，更欢迎老爷参加了。”领主将他最大、最新的一口大石锅和一口大铜锅大方地借给了江安。

时间过去了九天，江安才慌慌张张地前来：“老爷！不好了，两口大锅都死了。”

“混账！锅怎么会死呢！”领主生气道。

江安装出一副凄苦的样子说：“有生就有死嘛！”又补充一句：“老爷若

是不信，请你光临。"

领主跟着江安来到现场，江安指着一堆石片说："石锅就死在这里。"又指着一堆黄色碎片说："这是大铜锅的尸体。"领主看着这一片狼藉，骂了一句"阿白如"，拂手而去。

领主是不会知道是江安的计谋的，这是江安事先准备妥当的，石片是捡来的，黄色碎片是竹壳上涂的黄姜水。

穷人们用两个大锅从波密换回了9背食盐。

讲述人：白登、根保、尼夏，门巴族

1957年7月搜集

江安杀猪

（江安故事之二十七）

江安和国王合伙养了一头猪。

国王对江安说："嘴馋了，杀猪吧。"

"国王大人，你吃猪肉，还是喝汤？"江安问。

"当然是吃肉了。"国王说。

江安把刚煮了一下的猪肉递给国王，说："请进膳。"国王啃不动，扔了，说："我要喝汤。"

江安给国王盛了一碗连油星也没有的肉汤。

江安把猪肉分给了百姓。

他俩又合伙养了一头肥猪。

国王命令江安杀了猪，并说："这次我还吃猪肉，多加一把火，煮烂点。"

江安不时加青冈柴，一头猪煮了大半天。

江安将白花花的骨头递给了国王，说：“请食用吧。”

国王啃了半天也没能填饱肚皮。

江安把一锅稠稠的肉汤分给了村民。

讲述人：格桑卓玛，女，22岁，门巴族
果达，男，56岁，门巴族
益西卓玛，女，68岁，门巴族，墨脱县旁辛乡旁辛村
1997年4月搜集

牛钻地

（江安故事之二十八）

江安和国王合伙养了一头大犏牛。

江安精心喂了才一年，牛就体高肉肥，穷哥儿们十分眼气，对江安说：“如果能痛痛快快地吃顿牛肉，解解馋该多好啊。”江安说：“我来做东，满足大家的渴望。”他把牛杀了，户均一份分给了大家。“国王！不好了，咱们的犏牛丢失三天了，说不定是遇到了兽害，咱俩去找找看。”江安说。

江安领着国王东走西转，荆棘划破了国王的衣衫。太阳偏西了，江安带着国王来到了他预先埋好牛尾的沼泽里，稀泥漫膝，老远都能看到尾梢：“那不是咱们牛的尾巴嘛！”江安接着说：“它钻到泥潭里了。咱们俩把它拉出来，你劲小拉尾梢，我拽尾根。”他俩拉呀、拉呀，歇了三次都没能拉出来。第四次拉时，国王往外拉，江安往泥里塞，又歇了一次，“这是最后一次了，国王要用劲拉。”国王腰都拉弯了，江安一松手，国王拉出了牛尾，栽倒在泥潭里。江安把他拉起来，国王满身是泥泞，江安趁机说：“牛尾巴被咱们拉断了，国王变成了黑人，咋个回家呀？”国王正在为难时，江安解围说：“咱俩

对换衣服，你可以体面回家了。”国王穿着江安不遮丑的破衣，江安穿着沾满泥的绸缎衣服，心里美极了。王宫的人早就在门口摆上醇酒静候国王凯旋呢。妇女们看到国王不遮丑的下身，都捂嘴大笑。国王羞得大病一场。

讲述人：东升，男，43岁，门巴族
1997年门巴新年搜集

种金豆

（江安故事之二十九）

有一年，大雨倾盆，洪水灾害造成颗粒无收，人民缺衣少吃，头人的差役赋税横征暴敛，加上官府大规模地抢夺，人民一贫如洗，饥饿和疾病夺走了许多人的生命，江安的一个弟弟也暴尸村头。江安看着穷兄弟们迫切的期望，早晚都在揣摸一条生路。

那晚，江安的破草棚里挤满了人，大家七嘴八舌地议论，江安说："活人总不能叫尿憋死吧！我看，这样行不行，大家议一议……"大家听了以后问："要10个金豆干什么？"江安说："以后你们会明白的。"

大家心齐，都在出力，东家凑一点，西家凑一点，江安把金块化成金水，倒在10个木头模型里。10个金豆终于铸成了，有一大把那么多。

当地的大领主有个郊游踏青的习惯，太阳偏西时准时骑马回府。

这天，江安将四个金豆悄悄地埋在路旁边的沙地里。当远处尘土飞扬时，他扬起锄头挖呀、刨呀，边挖边筛。凑巧领主路过这里，惊奇地问："格！江安，你在做什么？"

"回敬大人，我在收金豆呢！"江安答。

领主问："沙里哪来的金豆呀？"

江安直爽地回答："我有种金收金的技术，别人是不知晓的。我今日种，明日收，种一收二。"他边说边筛，一下子筛出了四个金豆。他故意地掂量了一下，说："还挺重呢！"又补充说："多种多收呢。"

"多种多收呢"一直在领主的脑海中回荡，"我那满仓的金子都种下去一次、两次、十次、八次，那不是可以获得十仓、八仓金子吗？送一半给国王，会得到更多的奖赏，弄不好还可以当上一个三品宗本（即县长）呢！"他越想心里越热，脉搏跳动都加快了，忙说："明天也给我种种金子，先试验试验。"

当晚，领主派人送来五个金豆，来人说："领主叫你明天种下，他后天要亲自来查看呢。"

第三天，领主亲自来到了沙地。这时，江安累得满头大汗，领主到时，还差四个金豆。江安拼命地挖呀、筛呀，没过多久，十个金豆全部筛出来了。"领主大人！昨天种下的五个金豆，今天收了十个。"江安说。领主捧着沉甸甸、金灿灿的金豆，惊奇地“啧啧”个不停。

“今晚将半个金库的金子送来，请你种下。”领主说。领主没有食言，当晚，领主派了20个人背来了20包金子。

第四天，江安惊慌地跑来，“报告领主大人！金子全部烂掉了”。顺手将一筐烂成黑泥的芋头递给了领主，补充说：“大涝成灾，连地里的庄稼都霉烂了。”领主无言以对，狼狈离去。

江安把金子全部都分给了挣扎在饥饿线上的穷兄弟们。

讲述人：当真、江措，门巴族

1956年5月搜集

松耳石

（江安故事之三十）

达娃背回满满一筐干羚牛肉，他累了，在达帕岩洞歇息时，不远处有一颗晶莹的白石块，他捡起来一看，是一颗白色松耳石，中间还串着一节丝线，他大喊失主，山间只传回他的声音。

穷得一贫如洗的达娃如获至宝，第一次给爱妻戴上了耳环，金光闪烁，令人羡慕不已。村里像油锅炸开了，人们议论纷纷，妇女们七嘴八舌地当成奇闻唠叨着。

这件事很快就传到贪财昧心的宗本耳朵里。他传令达娃把松耳石送归宗本所有。达娃同宗本在宗政府门口吵得不可开交，看热闹的人围得水泄不通。

宗本说：“松耳石应该归我！”

达娃说：“是我捡的，只能交给失主！”

宗本问：“在哪里捡的？”

达娃答："在达帕后山的岩洞里。"

宗本说："这就对了，达帕山是我的猎场。"

达娃反驳道："它又不是长在达帕山上的宝贝。"

宗本无理地狡辩："凡是我地上的东西，包括人，全部都是归我的。"

他俩争执不休时，江安终于开口说了话："看来只有请达帕山神来判决了。"

他们面对大山坳，双手合十放置胸前，江安说："请大家聆听山神的旨意。"

"这颗松耳石应归宗本所有，还是应归达娃所有？"江安故意把头句话的声音压低，尤其是"宗本"二字，只有宗本自己才能听清，而说第二句话时，故意把嗓门提得高高的。他的问话刚一落音，山坳里回音是："还是应归达娃所有。"一问三次都是这个回音。

江安面对宗本说："尊敬的宗本大人，山神是最公平的了！"

宗本无言以答，灰溜溜地走了。

讲述人：工布、桑杰，门巴族，背崩村

1957年门巴新年搜集

江安"懂"鸟语

（江安故事之三十一）

王后的九眼石丢了，这是全国唯一的一颗宝石呀，王后哭啼，国王茶饭不思。经过上百人几个月的查找，连老鼠洞都挖了，可是，一点结果都没有。

国王恨江安，因为江安多次整过国王，骗过国王，还使国王丢过丑。

但是国王有时又不得不用江安，因为江安聪明过人，力大无比，听说还通

晓鸟语。“我为啥不叫江安给我找呢？”国王想定了。

江安躺在树下，侧耳静听鸟儿叽叽喳喳的叫声，双目紧闭，连国王问他“你在听什么”时都没有睁开眼，时而愁眉苦脸，时而笑逐颜开，装得天衣无缝。突然，他坐了起来，说：“国王陛下光临，有失远迎，敬请原谅。”“没有什么，没有什么。”国王头次这么谦虚，又问：“你刚才在笑什么呀？”

江安趁机说：“鸟儿们在议论什么九眼石呢！”

国王急忙说：“难道是王后的九眼石有着落了？”

江安说：“听鸟儿们讲，宝石主人不给一半财产是不讲丢失的地点的。”

国王寻宝心切，因为自从丢失了宝石后，王后夜夜失眠，不饮不食，哭闹连天，病入膏肓，再拖下去恐怕会命归黄泉的，所以当场就答应了。

江安时而左耳朝天，时而右耳朝天，闭眼张嘴，微笑挂满脸庞，不时还自言自语地说些含糊不清的话。国王站在那儿，呆若木鸡，眼珠一动都不动。时间过去了好一阵子，鸟儿们纷纷归巢了，百鸟啼鸣。又过了一会，江安一拍大腿，说：“鸟儿们总算说了真话！”

“在哪儿？”国王急问。

江安慢腾腾地回答："鸟儿们说，它们在寻食的时候捡到了一颗发亮的石头，蚂蚁们还在石眼里比赛钻洞呢。大家害怕它被钻烂了，就把它藏在村南头的乌木树下，上边盖了厚厚一层干土，还在上边压了一块石板。"

"真谢谢你了，也该谢谢鸟儿们了。"国王说："我的王后有救了。"他派一名仆人前去告诉王后。

王后来后，国王陪她一道跟随江安一伙前去找宝石。

江安在乌木树下到处挖呀、刨呀，挖了一大半，还不见宝石。他坐下歇息，国王疑惑起来，说："只要找到宝石，我愿分出一半财产给百姓。"江安问："国王说话可否算数？"国王急答："绝不食言。"江安在他之前埋好宝石的地方反复挖呀、摸呀，突然大喊一声，吓了国王一跳，当江安把九眼石递到王后手里时，国王和王后都激动得掉了眼泪。

江安把国王十个仓库里面的财物都分给了老百姓们。

原来江安拾到宝石后就立刻把它埋在乌木树下了。

讲述人：朱巴、工布，门巴族

1956年搜集

江安给国王医治耳病

（江安故事之三十二）

达帕王国的国王杰保右耳聋了三九二十七天了，御医是个巫师，天天驱鬼禳灾，今天杀鸡，明天宰猪，后天杀牛祭祀，都没见效，还是一点声音都听不见，而且耳内痒痒的。国王焦急，王后哭泣。

国内治不愈，还先后请过多个其他王国的巫师，都无法治愈杰保的耳疾。

杰保国王是个杀人不眨眼的贪财鬼，各种差役不下百种，如公鸡要缴蛋差，公牛要缴酥油差，妇女要缴麝香差……数不尽的差役，受不完的罪。谁敢哪怕是稍微的一点反抗，都要遭到挖眼睛、割脚板的惩罚。百姓敢怒不敢言，但仇恨的烈火却埋在心里。

达帕王国有个人去向杰保国王报告，说他们达帕王国有个专治疑难病症的巫师，名叫江安，不妨请他前来医治。杰保国王按贵宾礼遇招待了来人，并送给他一包大米和三串项链，同时，派大员陪同客人前去，还请灵验巫师。国王哪会知道，这是江安设好的圈套。

江安被隆重迎进王宫，住在接待邻国国王的卧室，卧室金碧辉煌，虎皮垫，乌木床，各种金质、银质、玉质装饰品摆满了五层木架。和杰保国王平坐平起，吃同样的饭，喝一样的酒，这是江安少有的享受。

第三天，江安问问国王病情，察看了耳朵，只是摇头，他猜透了国王的心思，大声说："你的右耳聋定了，再难以听到声音了。"杰保听后，放声大哭，王后再三乞求江安治愈国王的耳疾。在王后的再三请求下，江安开了腔："国王造孽太深，小鬼钻到耳朵里，这叫报应。不过，还是有办法治愈的。"王后打断江安的讲话，忙说："只要能治好国王的耳病，什么条件都可答应。"

江安接着讲了预先准备好的条件："治愈这种病，天底下非我莫属，看在国王和王后的面子上，我保证治愈国王的耳病，让他走出无声的世界。"王后听后，脸上有了笑容，说："你讲条件吧。"

江安趁热打铁说："两个条件，其实很简单，等于拔了一根毫毛而已。"王后紧紧追问："你讲条件吧。"

江安说："第一条是取消国内所有苛捐杂税，让臣民们休养生息，喘口气，过个饱肚的日子。"江安还没讲完，王后虽心里极度反感，但口头上不得不斩钉截铁地说："这条我们同意。"

江安接着说："第二个条件是将国王的财产分出一半给受饥挨饿的臣民们。"王后对着杰保左耳一一说了一遍，他俩议论了几句，脸色苍白，皱纹满面，最后王后开口说："这一条我们也接受了。"

江安装着不信任的样子，问："国王和王后可会食言？"王后答："绝不食言！"

江安问国王的管家是否听到了国王的承诺，众口答："听到了！"

江安杀了一头肥猪，分成20块，每块肉上都插了一个小木板，上涂鸡血，他喃喃自语地连他自己都不知道说些什么，接着向国王喷了三次水，让国王侧身躺下，他急速从右袖筒里取出一只其他昆虫无力抗争的黑蜘蛛，塞到国王的右耳边，让它钻了进去，拉出了一只白蜘蛛。江安用小手指沾了一点黑色的水（那是盐水中放的锅灰）在国王耳朵里反复擦洗，江安小声对往国王右耳说了一句："国王康健。"国王马上跳了起来。

江安治愈了国王杰保的耳病，他双耳可以同时听到声音了。江安趁机说："请兑现允诺的条件吧！"

在江安的穷兄弟们面前，在管家面前，国王和王后虽然很不乐意兑现那两条挖心的条件，但是在众人面前不得不答应马上落实国王自己承诺的条件。

国王派20名仆人到全国各村宣布：从现在起，免缴一切苛捐杂税。

各村臣民群聚王宫，首先搬出一半财产，然后由江安平均分配给大家，每户都分别拿到了一头牛和一头猪。大家背着东西，赶着猪、牛，唱着，乐着往回走。

从此，达帕王国无差无税，人民过着无忧无虑的日子。

讲述人：格桑、尼夏、普巴，门巴族，地东村

1957年搜集

报雨石

（江安故事之三十三）

达帕是个小国，只有五条山沟那么大，人口才三百来户千余人。这里无霜无冻，四季如春，什么农作物都有，人民也忠厚勤劳，可是国王暴政，百姓一

半粮食加一半“达协”（棕榈树）苦度岁月，疾病瘟疫横行，民不聊生。百姓对残暴的国王恨之入骨，但是都敢怒不敢言。

一天，几个穷苦猎人在一起议论：“达帕国王该早死”，“他患绝症该多好啊”，“他被洪水冲走就谢天神了”。大家只有一个心愿：没有国王就天下太平了。一个爱打赌的猎人说：“谁能把这个恶贯满盈的国王赶走，我们就选他当国王！”江安搭腔说：“你说话可当真？”大伙都说：“除暴英雄肯定该当国王！”

江安对他们吩咐了一阵子，大家满口答应：“照办！”

有一天，黑云密布，他们几个来到王宫，个个满头大汗，气喘吁吁地说：“禀报国王，有一个可怕的灭顶之灾不知国王是否爱听？”

国王看他们个个惊慌不堪的样子，忙说：“快快说来。”

头一个人说：“快下大暴雨了，河水上涨，泥石流将要掩埋王宫了。若想知洪灾何时来临，村东头泉水处那根石柱会告诉你的。”另一个补充说：“若石柱是干的，说明平安无事。”

还有一个接着说：“石柱是个先知先觉的占卜师，若它全身湿漉漉的，说明暴雨将至，厄运来临。”

国王听后，两眼发直，呆呆地站在那里，他想得很多，他记起了往昔的一段惨景：他12岁那年，暴雨连绵，洪灾频繁，一天中午王宫背后涌出一股泥石流，将王宫的大半财产冲入大江，幸亏保全了全家的生命。四十年过去了，往事记忆犹新，一想起那事全身发抖。今日，臣民的提醒不是没有根据的。“我要亲自来办才放心。”

国王每天早晚去观看石柱，三天过去了，石柱干干的，他松了一口气。

第四天早上石柱还是干干的，下午开始潮湿了，国王又紧张起来了。

第五天，石柱上有水珠。国王更紧张了。

第六天，石柱往下滴水。当晚，国王一夜未眠。

第七天，大雨倾盆，石柱往下淌水。“不好了，大灾来临，逃为上计。”国王对王后说。国王全家翻山逃走了。

暴雨下了三天，国王一伙被洪水卷走了。

江安被选为国王，将财产全部分给了臣民。

原来，这个石柱是“础润而雨”的报雨石，是江安栽的，并非神石。

臣民们都夸奖江安智谋超人。

讲述人：工保、丁增，男，门巴族，背崩村

1997年搜集

一个“邦琼”

（江安故事之三十四）

一个印度商人背着一大包金银项链和首饰沿着雅鲁藏布江向北走来，他已经跋山涉水多天了，累得疲惫不堪，鞋底都磨平了，但他多次来以物易物，得益巨大，每回都能换回一包麝香。他累得心甘情愿，回回满载而归。

这天，他在格林村以物易物交换，两串贝壳项链要换一个麝香。百姓个个和他讨价还价，都嫌他的东西贵，骂他心黑如毒蛇。江安听到百姓议论后，心上一计，非得整整他一顿不可，“叫他满包而来，空手而归”。

江安是个能人，会打猎，善编织，百姓都说他是个能工巧匠。他用竹篾编织的“邦琼”名扬天下，印度人特别青睐它。“我要用这个‘邦琼’骗骗印度商人，以平民愤，偿还损失。”江安自言自语地说。

印度商人走路慢，江安先走一步，在一片芭蕉林处，江安丢下“邦琼”的盖，走了一小段路，又扔下“邦琼”的底，然后他躲藏在林中。印度商人看见“邦琼”的盖，心里想捡，“可惜只是一个盖”，他继续往前走，看到“邦琼”的底，“这么漂亮的‘邦琼’又可卖很多卢布”。他放下货色，往回走去捡“邦琼”的盖，江安趁机背走了商人的货色。

江安把在路上“拾”的东西分给了百姓们。

讲述人：当怎、普巴、男，门巴族，地东村

1956年搜集

栽头发

（江安故事之三十五）

这里的宗本是个秃头，头顶亮得像云母，他平时总是用一块布遮挡着，既麻烦，又难看。他找过许多人治疗都无济于事。江安在这事上头有了想法。

江安得知宗本催差收税返回的时间。那天，江安穿戴不同于往常，活像一个有钱人，后边还跟着两个陪同，背着藤筐。江安一伙过江后在藤索桥边吃午饭，宗本一行十余人抵达，江安忙起身相迎，说：“不知老爷驾到，有失远迎，敬请原谅。”宗本看了半天才认出是江安，忙问：“你像个新郎，是去迎亲吗？”

江安双手作揖说：“我穷得一个人都养活不了，还娶什么女人。”

宗本又问：“那你去哪里呀？”

江安为难似地说：“真不好启齿，巴结国王派两位大臣请我去治病。”

宗本问：“巴结国王患了何病？”

一个陪同说：“我们的国王是个秃顶，除了耳边有几撮毛发外，全头光亮。”另一个补充说：“本国没人能够治疗，请了许多国家的名医也无能为力。江安是个妙手回春的神医，国王特请江安前去治疗。”说完，从背筐中取出几个竹筒，筒里全是黑黝黝的头发。宗本目不转睛，心想：“栽在我的头上该多幸福啊。”宗本边想边说：“请问二位师傅，可否先给我栽头发？”

“那可不行！国王已经三个二十加十岁了，还想娶第二十个妻子，正因为没有头发，人家才不嫁呢。如果有了满头黑发，国王的愿望就可以实现了。他为了这事，已经花去了20筐金子了。”一个刚说完另一个急中生智说：“这次，我们送给江安师傅两筐金子，他才勉强成行的！”

宗本是个吝啬鬼，但为了漂亮，也为了美女，张口说：“这样吧，我给江安师傅四筐金子，先给我栽头发吧。”

两个陪同按照预先商量好的对词说：“看在宗本的面子上，先给宗本大人治病吧。”

宗本按照商议的办了，他第三天将四筐金子送给了江安。

江安从竹筒里取出一撮撮黑毛贴在宗本的光头上，满头黑乎乎的。宗本从水中看清了自己的黑头，满意地笑了。

临别时，江安再三交代，栽的头发三年才能“长根”，三年里不能洗头。宗本连声说：“知道了，知道了！不洗头，不洗头！”

宗本哪会知道，江安在竹筒里装的是“加欣”（树胶），一把一把的猪毛立在筒里，把它贴在哪里都是直立的。

讲述人：占堆、尼玛、阿达、罗布，门巴族

1956年、1996年搜集

难不倒江安

（江安故事之三十六）

这件事是由一个大臣引起的。

这天，风和日丽，秋高气爽，国王和大臣们围坐在一起饮酒、聊天。其中一个大臣说："咱们卡日王国智者除了江安外，别无他人。"这话激怒了一向高傲自大、目无他人、飞扬跋扈的国王，他一摆手，呼地站了起来，口溅白沫地说："难道一个叫花子比我国君还强？我敢打赌，我要和他比试。"

"怎么个打赌法？"江安被召进王宫，一针见血地问。

“你若赢了，打赌的财物归你；你若输了，你得赔我如数的财物！”国王斩钉截铁地回答，既严肃又面带笑容，仿佛他将要赢了似的。

江安问：“国王金口可会食言？”

国王答：“一言值千金，绝不食言！大臣们可以作证！”

国王是个有名的吝啬鬼，平时讨饭的人很难要到国王的一碗糌粑。他对王后讲：“江安整过我多次，我上当受骗没法计数，这次，可要好好整治他一下，索回骗去的财物。”他小声讲了和江安打赌的细节，王后笑逐颜开，说：“国王真是胜似圣人！”

大臣和家仆们根据国王的吩咐，在草坝上将一百头奶牛和一百头牛犊分别拴在两处。母牛唤儿声、犊牛叫妈声，响彻大草原的天际。国王对江安说：“这是第一赌，你明日中午得从这一百头母牛和一百头牛犊中辨出每头母牛和它的牛犊来，分辨清楚了，可以把母牛和牛犊带走。”

到了中午，饿了一夜的母牛和牛犊，“哞哞”的叫声震耳欲聋。国王及大臣们饭饱酒足了，国王对江安说：“后悔了吧，你算输定了！现在，开始分辨吧！”

江安的20个帮手个个眼疾手快，首先解开了拴牛犊的绳索，它们一窝蜂似地钻入奶牛群中，你冲我碰，乱作一团，片刻工夫听不到“哞哞”叫声了，帮手们最后给奶牛松了绑，一头奶牛后头跟着一头牛犊向草坝深处走去。国王看着江安赶走了这二百头牛，心像刀绞，脸色发青，愣了好半天才吐了一句话：“这回算你赢了，明日开始第二赌！”

国王气得连晚饭都没有吃，他自言自语地说：“江安他能分辨出大牲畜，小牲畜他可分不清了吧！”

国王将一百只绵羊和一百只羔羊分别关在两个羊圈里。刚刚产下羔羊的母羊和不能离奶的羔羊，“咩咩”的叫声在山谷中回响。国王斜着眼蔑视说：“这是第二赌，你得分辨出每只母羊的孩子。”

江安和帮手们守候了一晚。他不让母羊吃草，不让羔羊喝水。太阳老高了，国王好似没有睡醒，对江安结结巴巴地说：“认不出母子也没关系！开始认吧！”

江安一伙同时打开羊圈门，母羊找小羊，孩子找妈妈，它们碰撞在一堆，跪在地上吃奶的羔羊不时被撞翻在地，没过多少时间，一片静悄悄，母羊舔着羔羊，羔羊昂首吮奶。国王呆如木鸡，哑口无言。当江安的帮手赶着羊群走的时候，他才恍然大悟，说："江安！明天进行第三赌！"

国王对大臣说："江安能分辨牛、羊，恐怕鸡这么小的动物他应该分不清了吧。"

国王令家仆将所有母鸡和小鸡分别关在两个鸡舍里。母鸡不止一百只，小鸡比母鸡也不知道多多少倍，有的一只母鸡带有二十几只小鸡。母鸡"咯咯嗒、咯咯嗒"的叫声和小鸡"叽叽"的叫声闹得人们不能入眠。国王不服气地对江安说："这是第三赌！你要辨认出每只母鸡和它的小鸡！"

待国王下令"开始"，帮手们有的去打开鸡舍的门，有的将玉米籽撒在开阔的地上，母鸡边觅食，边呼叫，不大一会，一只只母鸡后边跟着一群小鸡。国王傻眼了，看着远去的鸡群，眼泪流到了肚里。

诡计多端的国王说："江安！你是个狡猾的人。明天还要比赛输赢！如果我赢了，你得把牛、羊、鸡如数归还于我！"

江安反驳道："谚语说，赌不过三！"但平民抵不过国王，只好再加试一次。

国王将一百根一人高、拳头粗的桤木棒交给了江安，说："你要分辨出它的根部和梢部来，分不出来吧？"说着"哼"了两声。

因为木棒粗细相当，用肉眼是难以分出根部和梢部的。江安和帮手将一百根木棒扔于水中，根部重便沉于水中，梢部轻便朝向水面。国王验收了二十根，全部说对了，因为国王事先悄悄在根部做了记号。

国王瘫在水边，江安一伙唱着歌回家了。

讲述人：丁增、尼玛、扎巴，门巴族

1959年搜集

宰牛

（江安故事之三十七）

“老爷！不好了，咱们那个大额牛绷断了藤绳，又蹦又跳，谁也逮不住，见人抵人，见牛抵牛，闹得村里鸡犬不安。听江安议论说是牛疯了。”管家对领主说。

领主传令：“召江安觐见老爷。”

“不知老爷召见小小的江安有何贵干？”江安作揖说。

领主说：“你说我的那头牛得了疯病，你把它杀了算了。”

江安装作为难的样子，不情愿地说：“你的牛不是疯了，而是害了牛瘟，这种病传染可快啦！要不了几天，你的几百头牛都会传染上这种不治之症，还会祸及全村、邻村、邻国的牛群，那时，你可赔不起呀！”

领主听了“传染”二字，吓得心里忐忑不安，“还得赔偿”，更加揪心地痛，忙说：“请你把它杀了吧。”

“杀瘟牛是会患病的，我怕丧命，你还是找自己人宰杀吧。”江安假装恐惧的样子。

领主听到“丧命”，更是惧怕了，求饶似地说：“这样吧，你把瘟牛杀了，我给你20头牛和20斤粮食，够情谊了吧？”

江安“哈哈”笑了三声，说：“东西倒是不少，不如人命值价吧。”

领主头次吐出长长的舌头，恳求江安帮忙，说了许多奉承江安的话。

江安打断了领主的话说：“看在领主的面子上，我把命豁出去了。”领主忙道：“谢谢！谢谢！”这也是领主头次对“贱民”说了个“谢”字。

愚蠢的领主是不会知道牛“疯”的原因的。原来，领主的这头比人还高的

种牛，一年四季不关不圈，常年放养，吃农民的庄稼，人们都是敢怒不敢言。江安不信这个邪，非要除掉这头祸害不可。种牛在百姓庄稼地里反刍时，江安将一支带毒的“达帕”竹箭插进了种牛的屁股上，牛痛得乱蹦乱跳，横冲直撞，发了疯似的吼叫。

江安带领几个穷兄弟，费了好大劲才抓住了“疯牛”。江安对领主说：“就在你牛圈里宰杀吧。”

领主说：“这可使不得，它会传染的。你们拉到远处的河边处置吧。”

江安拔出竹箭，“疯牛”温顺了，江安在林中“处置”了这头足足有十背肉的大额牛，牛肉都分给了农奴。

讲述人：丁增、当怎、普巴，门巴族

1957年搜集

一条鸡腿

（江安故事之三十八）

江安在领主家当长工，领主非常吝啬，一天三顿饭，稀饭可以照见人影，两张荞夹饼薄如纸张，家奴们只能吃个半饱。领主还经常故意克扣长工们的实物工资，而重活脏活安排得大家喘不过气来，江安经常戏弄领主，这次，他又有了新主意。

江安刚从地里砍树回来，还没坐下歇口气，领主叫他给婆娘炖鸡。机会来了，江安虽表面不乐，但心里很高兴。

他从一百只鸡中挑选了一只最大的公鸡，鸡炖了好长时间，肉都离骨了，江安和伙伴们喝了鸡汤，吃了一条鸡腿。他往石锅里又添了两葫芦水，将稀稀的连油星都没有的鸡汤和少一条鸡腿的烂鸡肉给领主送去。领主将鸡翻了一个身，大骂道：“怎么只有一条腿呢？”

“老爷！鸡是只有一条腿呀！”江安顺口回答。

时值正午，炎热的夏季，一只鸡缩着一条腿，只用一条腿站在树下打盹，江安指着鸡说：“老爷！你看，鸡不是只有一条腿吗？”

领主仿佛领悟了什么，说：“原来鸡只有一条腿呀！”

愚蠢的领主是不会知道鸡有两条腿的。

讲述人：索朗扎西、桑杰旺堆，门巴族

1967年10月搜集

江安和卡拉

（江安故事之三十九）

在门巴人的村村寨寨，江安和卡拉（爱说大话的人）的许多故事，可以说是家喻户晓，人人皆知。江安是个穷人，聪明勤劳，心地善良，帮穷济贫，抱打不平，捉弄权贵，深受百姓们的爱戴。卡拉是个懒汉，好吃懒做，手脚不干净，从小就没有名字，因其爱吹牛，说大话，人们都叫他“卡拉”（牛屁王）。下面，只讲几个他俩的小故事。

一、砍树驱鸟

卡拉天天太阳当午才起床，一躺下就不想起来。他只养了一只公鸡也被杀吃了，说雄鸡报晓影响了他睡觉。他门口有一棵榕树，有二搂粗，枝叶茂盛，果实累累，是鸟儿们的栖息处，不少鸟类还在树上垒窝筑巢，生儿育女。每当天将亮时，鸟儿们争相歌唱，百灵、画眉和鹦鹉等歌声更是悦耳动听。这充满生机的活跃氛围却引起了卡拉的憎恨。他也曾经不乐意地起床驱赶鸟儿，但当他回到屋里时，鸟儿们又飞回树上欢唱了。他奈何不了鸟儿，去找点子多的江安给他想点办法："江安老兄！我门口树上的鸟儿们叽叽喳喳叫个不停，赶也赶不走，请你给出个主意，赶走小鸟，让我安静睡觉。"

卡拉睡懒觉早就使江安不安，因为，江安看着一个年纪轻轻的人因懒而挨饿受冻，心里很不是滋味，多次劝他、帮他，没起作用，江安仍不灰心，继续努力促使他醒悟过来，变成一个自食其力的人。他开玩笑似地说："你睡在树下轰走鸟儿。"当晚，卡拉确实睡在了树下，不过一夜没合眼。他第二天又去找江安，说："人们常说'夜深人静'，可树下并不安静，黄莺、猫头鹰它们偏偏在其他鸟儿歇息时或独唱或合唱，闹得我难以入眠。还得请机智的江安老兄帮忙了。"

江安说："唯一的办法是砍树了。"卡拉想：对！把树砍倒了，砸死那些该死的害鸟们。

卡拉费了半天时间，只听到"咔嚓"一声，二搂粗的榕树被砍倒了，鸟儿们在他砍树时展翅飞走了。说来也巧，断树正好砸坏了他的草棚。

在善良的族人帮助下，卡拉又盖了一大间吊脚竹楼。从此，卡拉稍有转变，大家欢喜。

二、虎头兰草

那天，江安在追赶一头受伤的羚牛时，在一棵古树下小歇，百鸟齐鸣的悦耳声令他心旷神怡，疲劳赶走了一半。他昂头仰视，发现树上有一丛开黄花的兰草，他爬上树一看，原来是一棵象征吉祥如意的虎头兰草，他小心翼翼地连带苔藓一起挖了出来。他把它栽在吊脚竹楼的晒台上，不时地给它浇水、洗刷宽叶子。黄花有拳头大，越开越多，逗人喜欢，前来观赏的人络绎不绝。好事传千里。没过多久，一个商人赶着马帮前来买花。经过一番讨价还价后，江安终于用它换了10头牛、10背大米、10背食盐。江安的日子过得美滋滋的。

江安是个无私的人，他将粮食和食盐分给了村里的穷苦人，卡拉也无例外得到了一份，他过了一段时间的饱肚生活。

后来卡拉饿急了，忽地想起了江安。就去问江安是如何得到粮食的。江安对权贵"油嘴滑舌"，那是为了变相的反抗；而对穷兄弟们可是实打实的，从

不说假话，这是人们有口皆碑的。他对卡拉照实说了经过。

卡拉苦于无粮度日，也钻入林中寻觅宝草，第一天一无所获，江安劝他别气馁、别泄气，并给了他口粮。第二天，在江安的一半劝一半赶之下，他又进了林子，找呀，寻呀，太阳偏西了，才在一棵树上看见了一丛开红花的兰草，它虽不如虎头兰花高贵，但也换了三背大米和三背食盐，他又过了一段饱肚的生活。

江安每次见他，总爱说：“睡下不如起来，起来不如干活。”江安坚信，卡拉，本质是好的，总有一天他会勤劳起来的。

三、认妻为鬼

门巴人认为鬼怪多如翠竹，遍地皆是，有动物，生物，也有非生物；有看不见的，也有看得见的。比如“鬼人”。它们勾走人的灵魂导致人患病，所以门巴人敬畏它们，生怕得罪了它们而招来祸灾，举止言行十分谨慎。

一个夜晚，伸手不见五指，一群青年围着篝火在听“巴吾”（神汉）讲述鬼怪的故事。故事讲得十分离奇，荒诞不经，听者互相依偎，惊恐万状。这时，空气好似凝固了。突然，卡拉站起来夸口说：“我不但不怕鬼，还能认出鬼来！不信，咱们可以打赌嘛！”在大家的赞扬声中，卡拉又夸口“在三天里揪出鬼来”。

头两天里，卡拉冥思苦想也没有想到识别“鬼人”的办法。第二天傍晚，他来到了江安的破棚里，开头就说：“我是来请教你分辨谁是鬼、谁是人的方法的。”江安用甜酒招待了客人。他俩边喝边谈鬼，酒快喝完了。卡拉说：“说了那么多，识别鬼的话一句也没有透露。”江安呷口酒说：“方法很简单，你双腿叉开，低头从裤裆下面往后看，头脚倒立的人就是鬼人。”

卡拉如获至宝，急忙赶回了家。他怕鬼，尤其怕自己家里有鬼。他用力敲了门，门“咔嚓”一声开了，他从裤裆下面往屋里看，见开门的妻子的头脚确实是倒置着。他万分惊慌，心想，自己竟和鬼人混在一起，说不定哪一天她会吃掉自己的。他越想越生气，一气之下，抡起一根青冈棍，朝妻子头上打去，仅打了一棒，妻子便命归黄泉。

讲述人：格桑尼玛、贡布、朱巴，门巴族

1956年，1962年搜集

不要驴奶酥油

（江安故事之四十）

这里的领主荒诞不经，自己制定了很多惨无人道的规矩。比如，凡在庄园领地居住的百姓，不论是差户还是行户，都得支差纳税；只要是牛，不论是公牛还是奶牛，都得交酥油差，而且每头每年得交5克。这个苛刻的规定，闹得有奶牛户也吃不上酥油，无奶可挤的户还得高价买酥油交差。百姓恨透了领主。于是江安和穷兄弟们想了个抗税抵差的办法。

这是发生在夏天的事。夏季草丰水旺，天气炎热，牲畜吃鲜草，酥油是黄色的；冬季牲畜吃干草，酥油量少且是白色的。

太阳升起一阵子了，庄园周围乱成一团，驴驹和母驴的惨叫声刺耳地痛。

妇女们在挤驴奶，有的在酥油桶里上下搅动，旁边放了几坨黄色的酥油。驴叫惊动了马叫，村里鸡犬不宁。领主被噪声惊醒了，他来到二层楼的阳台上，伸着懒腰，忙问侍从："村里死人了吗？"聂巴管家答："是村里人在挤驴奶！"领主问："挤驴奶做什么？"聂巴答："挤驴奶，交酥油差，而且已经交了好几个月了。"

领主在聂巴陪同下，亲自来到现场，那里母驴叫，驴驹号，连人们说话都听不清楚。领主用拐杖指着几坨酥油问："这些黄酥油都是驴奶打的吗？"江安和几个妇女异口同声地说："没有牛奶酥油，只好交这些驴奶酥油了。"领主生气道："这真是欺人！俗语说'驴最贱，奶最脏'嘛！你们让老爷吃这世界上最脏的食物吗？"

江安忙答："这也是被逼出来的呀！没有牛奶酥油，只好交驴奶酥油了，不交的话，老爷不会宽恕我们的。"

领主吐了几口唾沫，好像恶心似的对管家说："不要他们的驴奶酥油了，把他们过去交的驴奶酥油统统退回去。"

江安和穷兄弟们双手合十，感谢领主的"恩典"。

江安和村民们跟着管家来到仓库，领主收的酥油一包摞一包，仓库堆得满满的。江安和村民们按照管家的吩咐，将一包包黄色的"驴奶酥油"扔出仓外，村民们扛回了家。最后，仓库里还剩下20包白色酥油，那是去年冬季差村民们交的酥油。

从此，每隔一个月，村民们拎着黄酥油去交差，都被挡了回来，即便是冬季，也是这样。村民们过上了不交酥油差的好日子。

讲述人：格桑、尼夏、江措，门巴族
1963年8月搜集

动物篇

家猪和野猪

自从阿崩嘎仁发明了弓和箭后，他教会了很多人使用弓箭狩猎，猎获了很多野兽，百姓生活好起来了。

有一天，阿崩嘎仁和伙伴们在追赶一头羚牛，从雪山一直追到原始森林中。羚牛惊吓了正在拱地的一头猪，猪飞也似的向深处逃窜，阿崩嘎仁的衬衣湿透了，但他仍穷追不舍。人累，猪更累，它跑不动了，不久，它钻入一个大树洞里。阿崩嘎仁用熏烟的办法把它熏了出来，他连射三箭，箭箭击中了猎物，它不足百步倒地毙命。他扒开草灰，发现洞中尚有两头“吱吱“叫的小猪，便把它背回了家喂养。那头黑色的小猪，大大的耳朵耷拉着，给啥吃啥，后来成了家猪。那头棕白色的小猪野性难改，它不吃东西，两眼成了红色。一天晚上，它悄悄跑到林中。这就是野猪的来由，后来它成了珞巴人狩猎的对象。

1954年12月搜集

猴屁股为什么发红

一只猴子来到一户人家，指着小孩问大人：“你这小孩吃什么长得这么肥胖？”大人说：“主要吃鱼肉长大的。”

“鱼是怎样捕捉的？”猴子问。

渔夫答：“截流江水，可以捕到很多很多的鱼。”

“我们也能捕到很多鱼吗？”猴子问。

渔夫答：“你们猴子那么多，手脚又灵巧，拦河筑坝，待河床干涸，鱼儿成堆的，任你拾捡。”

猴王下令全国猴子前来筑坝，它们干得可欢了，仅三天时间就断流了。渔夫在河床的一潭水中放入九筐“龙仁”（毒蝎），猴子们在水潭中冻得发抖，被“龙仁”蜇得喊爹叫娘的，蜇死的多，活的少。活着的上岸央求渔夫“求你为我们暖下身体”。渔夫想：造孽的猴子们糟蹋庄稼，从山上滚石砸死砸伤多少人和家畜，今天，可要好好治治这些狡猾的害人虫了。渔夫叫他们钻入一个大树洞里，用石头堵住洞口，打着火镰。将火苗投入洞内，片刻，洞里干草燃着了，熊熊烈火烧死了大多数猴子，逃出来的屁股至今还是红的。

讲述人：纳龙

1997年搜集

珞渝为何没有大象

一天，象慢悠悠沿着雅鲁藏布江从南向北走来。许多野兽没有见过这个庞然大物，纷纷逃向森林。“卡夏”（草鹿）是个机灵的动物，耳灵鼻尖，擅攀悬崖，它得知这个消息后，前去一视。它俩寒暄一阵后，大象低头俯视：“卡夏”长得怪美丽的，金黄色的皮毛，灵巧的躯体，鬃毛一拃长，两支小角像竹笋，圆眼水汪汪，越看越羡慕。它再回头看看自己：粗糙的皮肤一根毛也没有，鼻子长得像根绳，越看越丑陋。它调头南下印度，从此在印度定居下来，没敢再来一次，害怕“卡夏”讥笑它。“卡夏”鼻梁上的两道白印就是讥笑大象流的眼泪留下的痕迹。

讲述人：纳龙，珞巴族
达娃，男，63岁，门巴族
达木，珞巴族，卡布村
1954年搜集

兔子和白唇鹿

兔子和白唇鹿是一对好朋友，它们和兽类都很和睦、友好，常在一起晒太阳，戏耍，说家常，从不斗殴打架，甚至没有吵过架红过脸。

一天，多嘴的兔子对白唇鹿说："鹿姐姐，你看，咱们的朋友们个个都很漂亮，而你呢，嘴上一片白色，好似糌粑粘在了上边，怪难看的。"白唇鹿不高兴地答："白色又怎么样？不影响吃草呗。"兔子无话回答，灰溜溜吃草去了。

隔了一天，风和日丽，宽敞的草坪上躺满了食草动物，羚牛呀、香獐呀、岩羊呀、扭角羚呀、鹿呀……数也数不清。兔子从一边挤到白唇鹿旁，又提起白嘴唇的事。鹿听得不耐烦了，随口说了一句："兔妹妹！你不要光挑人家的毛病，你去水边照照自己吧。"

兔子从湖边返回来，对白唇鹿说："我长长的耳朵，红红的眼睛，软软的毛发，美丽极了。"

白唇鹿不满意兔子妄自尊大的模样，顺口说出一句："你是个豁嘴呀！"

兔子再次到湖边，确认了自己是个豁嘴。从此，兔子再也不去挑剔别人的短处了。

讲述人：嘎琼纳卡，卡布村

1962年7月搜集

骄傲的鹰

一对老鹰称雄霸，想当鸟王，所有的鸟族都被它们骂了，它们还啄伤了一些小鸟。大家都不愿和它们为邻，逃避着它们，讥笑着它们。它俩来到高山上建巢筑窝。

它俩衔来了许多兽毛，在一个古树杈上垒了一个圆圆的大窝。一只兔子对鹰说："鹰大哥！这是一棵枯树，快要倒塌了，在它上面安家会大祸临头的。"

鹰俯视说："小小的兔子！你知道什么？树怎么会倒！它根扎得很深，

推还推不动呢！”

兔子很认真地说：“这是一棵死树，不是没有树叶嘛。”

鹰很自信地说：“正因为没有嫩枝遮挡，我才选中了这儿。不过，它会再长嫩枝和树叶的。”

一晃时间过去了几个月，三只雏鹰儿也出壳了，一家子欢欢乐乐。

一天，两只鹰都展翅出窝觅食。中午时分，天气突变，雷电轰鸣，乌云翻滚，狂风骤起，大雨倾盆，古树被刮倒，雏鹰被摔死，鹰爸爸和鹰妈妈看到这种惨景，痛苦不已。兔子在一旁安慰说：“接受教训，善听逆言，分清好坏，不要蛮横……”兔子还没讲完，它们飞走了。从此，它们孤独深居在山洞和悬崖。

讲述人：仁真刀吉、牛布，珞巴族

1955年搜集

白马岗为什么没有兔子

从前，青蛙和兔子都住在白马岗地区。为争夺地盘，这两个家族经常打架吵嘴，闹得大家不得安宁。

一天，它俩在橡胶树下乘凉聊天。兔子对青蛙说：“咱俩都挤在这怪不舒服的。咱俩比赛爬山好了，明天太阳刚升起时开始爬山，谁先爬到山顶，谁长住白马岗；谁后爬到山顶，谁就搬到工布（今米林和林芝县）去住，不准住在这里。”兔子凭它腿长、跑得快，认定了自己将第一个到达山顶，成为白马岗的主人；而青蛙却想：我虽然个小腿短，但伙伴们聪明，会有取胜的办法的。

青蛙召来了所有伙伴，有白色的，有黑色的，有青色的，有大的，也有小的，答应比赛提议的青蛙向大家讲了比赛条件，大家都非常气愤，个个都讲了对付的办法。一只老黑青蛙说：“大家都讲我们是龙王的后代，定能胜过傻兔

的。这样吧，从这里到山顶有20个‘那当’，每个‘那当’去一只青蛙，一直到山顶。”大家都认为青蛙爷爷的这个办法好。它们连夜赶到各自的那当，在那里等候。

太阳从东山顶上探出了头，兔子懒洋洋地起来了，伸伸腰，喊青蛙：“朋友，启程吧。”

兔子和青蛙一同出发向山顶跑，兔子很快跑到了第一个“那当”，说：“我跑完了第一个‘那当’，青蛙还在后面爬行呢。”

“伙计，别吹嘘，我早已来到了。”青蛙在头一站的休息石头上开了腔。

兔子慌张了，心想：它跑到了我前边，先到了“那当”，我得拼命跑才不会落后。它上气不接下气地向山上跑去。

当兔子到达第二个“那当”时，站在那里往山下看，说：“这一回你青蛙可撵不上我了吧。”

“喂！你的上边还有我呢！”青蛙在兔子上边又说话了。

兔子一瞧，青蛙在它的上边，坐在地上，昂首讲话。心想：它青蛙怎么比我跑得快？它又拼命向山上跑去。

当兔子来到第三站时，累得喘不过气来。休息了片刻，它对山下说：“这次你可超不过我了吧？”

青蛙从上边说话了："什么赶不上你的长腿？我跑到你前边了。"

就这样，兔子十分纳闷，又不敢休息，不停地往山上跑，每到一站时都有青蛙在它上边说话。当它再有几步就到山顶时，大声向山下喊："我第一个到达山顶，你青蛙输定了，快快离开白马岗，去工布安家吧。"

这时，坐在山顶的青蛙说了话："兔子米米（爷爷），你傲气太大了，第一个抵达山顶的是我而不是你！"

兔子听见山顶说话声，抬头仰视，答应比赛的那只青蛙坐在峰顶，它出了一身冷汗，心想：这回可完了，比赛输了。

它俩坐在山顶，青蛙说："米米，你说的话要算数！你输了！你不能再待在白马岗了，要么去工布，要么去波密，要么去印度。"

从此，兔子搬走了，在工布繁衍生息。至今，白马岗地区及珞渝部分地区兔子绝了迹断了种，而水田、沼泽、林中各色青蛙成群。

讲述人：安布，珞巴族，卡布村

益西平措，门巴族

1955年8月，1989年8月1日搜集

大象和牦牛

古时候，印度有两种动物，一种叫大象，全身无毛；一种叫牦牛，长毛长满全身。它俩都吃草、喝水，和睦相处。日子久了，大象对牦牛说："世上最香的要属食盐了，藏地有盐，但那里冷，我身上没有毛，怕冻死，还得麻烦老弟去驮盐了。"

牦牛向来少言寡语，乐于帮人。它翻山越岭，蹚河涉水，经过长途跋涉来到了西藏阿里。这里水草繁茂，食盐成堆，牦牛高兴得忘记了驮盐之事，在这儿住下了。

直到现在，印度大象吃一会草就会抬头朝北看看，那是它还在等候牦牛驮盐回来呢。

讲述人：江措，珞巴族猎人

1968年7月搜集

老虎身上花纹的来历

一天，蝙蝠来到大草原的一角，砍了许多许多楠竹，一劈两半，又劈成四份，坐在那里削制箭杆。它不时地拿起箭杆，用一只眼仔细观察箭杆是不是很直。它削得正有劲，来了一只老虎，全身的毛都是红色的。红虎问蝙蝠："喂，帕旺（蝙蝠）拉！你在做什么？"蝙蝠答道："我在做箭杆。"红虎顺手拿起几支箭杆，闭一只眼，用另一只眼观察后说："帕旺你真能干，连弯竹也被你削得这么直。"蝙蝠说："我只会做直的，不会做弯的。如果你愿意，我可以将你的弯曲尾巴修成直直的。"红虎一回头，看见自己的弯尾巴拖在地上，心里怪不舒服的。蝙蝠又补充道："弯尾巴要短命，再说也难看。"

老虎说："你这个能手愿将我的弯尾巴修成直的，我当然高兴啦，并且谢你了。"

蝙蝠将许多一庹长的干竹子劈成两半，半边半边的干竹将红虎的弯尾巴捆得紧紧的，用红藤绳拴过来缠过去，怎么甩打也不脱落不掉。蝙蝠对红虎说："你往草原的中心跑，哪里草高草厚往哪里跑，这样弯尾巴才能变成直的。千万注意，不能往草原边沿跑，否则，会前功尽弃的。"

红虎十分激动地说："谢谢您的恩情。"

蝙蝠用火镰打着了火，点燃了竹竿，红虎蹦向草原深处。

红虎经过的地方，火越烧越旺，烧得红虎乱蹦乱跳地冲向草原更深处。整个草原都在燃烧。红虎身上也着了火，痛得它在地上打滚。所以，它的红毛变成花斑，它的后代也成了现在这样的花纹和花斑。

老虎逃窜回到蝙蝠处，坐在一边，有气无力地说："帕旺！你骗了我，你看我被烧成了什么样子。兽王我今天不报仇，七天后咱俩比试比试，看谁输赢。"蝙蝠同意和老虎比试高低。

老虎又说："你把所有帕旺都叫来，我把所有老虎都叫来，这样比试才有劲。"

蝙蝠说："我们帕旺是小鸟，个头小，钻到草丛里你们找不到的，要比，就在我家里比，我家在悬崖上的岩洞里。"老虎答应了。

蝙蝠集合了所有伙伴，它们在岩洞里晃动的岩石上做了许多泥巴人，有打枪的，有拉弓射箭的，有用刀往下砍的，有用矛捅的，有用双手高举石头的……各种姿势都有。

七天时间到了，要比试了。所有老虎都来了，站满了整个大草原，被烧成花斑的老虎"夏啦嘎拉东巴"（没有毛的老虎）走在最前头。它大喊："帕旺在哪儿？帕旺在哪儿？快出来认错吧！"

"我在这里，我在这里！"蝙蝠从岩洞里伸出头答道："你们要怎么比法就比吧。"

花斑虎想："怎么个打法？我们跳也跳不到帕旺跟前，如何是好？"它想了一会儿，对大家说："我看这样吧！我劲大，站在最底下，我身上站一只老虎，老虎身上再站一只老虎，这样一只一只地接起来，可以到达帕旺岩洞的，吃掉全部帕旺。"大家都说这个办法好。

就这样，一只老虎身上站一只，一只接一只，所有老虎都站在伙伴身上，活像一架高高的梯子。最上边的那只老虎接近了岩洞口，它看见洞里有许多许多将要射击的、刺杀的、摔石头的、射箭的和捅矛的人，吓得它直发抖。它听见帕旺下了命令："你们这些兵在干什么？现在可以射击了、刺杀了、扔石头了、射箭了、砍刀了。你们不要杀其他'米米卡拉'（老虎），专杀最底层那个'夏拉嘎拉东巴'。"于是它觉得所有泥巴人都开始动手了，吓得直发抖，心直跳，一下子从第二只老虎身上摔了下来，接着第二只从第三只身上摔了下来，第三只从第四只身上摔了下来……所有老虎都落下悬崖摔死了，只剩下最底层的夏拉嘎拉东巴和一只母虎还活着。今天的花斑虎都是它们的后代，花斑虎少的缘由也在这里。

讲述人：安布，珞巴族
益西平措，门巴族
1956年搜集

蚂蚁和大象

蚂蚁很勤奋，不怕苦，不怕累，而且不自私，捡到的食物一律运到窝里，供大家同享。

有一天，一群蚂蚁肢解了一只死鸟，它们排成长长的一行向蚁窝行进。大象在一边看热闹，不时地讽刺说："看你们的样子，个儿小得人们看都看不见，个小有什么力气。"讥讽完还藐视地"呸"了一声，吐了一口口水。

一只稍带黄色的蚂蚁不服气地回答："你个大有什么了不起？树那么大还砸不死小虫呢！咱们走着瞧呗！"说完还很生气地"哼"了一声。

不久，蚂蚁的爸爸死了，要送茔地埋葬。按照珞巴人"父死儿背尸"的规

矩，蚂蚁把父尸举得高高的，一晃一晃地往前走。大象在一边“咕咕”直笑。蚂蚁含泪道：“你爸爸死了，你也得送尸！”

没过多长时间，大象的爸爸死了。蚂蚁很懂礼节，很讲情义，从不记仇，胸怀如天，它带着礼物前来吊唁，并安慰了一番。

三天后，蚂蚁前来送葬，它不客气地、严肃地对大象说：“大象爷爷！按照咱们珞巴祖传的习俗，你得亲自把你爸爸背去埋葬。”送尸时刻到了，送殡的兽类、鸟类、虫类成群结队，大家都很悲伤。大象的鼻子用什么办法都没能把父尸翻动过来，更不要说背走了。围观者叽叽喳喳议论纷纷，大鹏鸟开了腔：“知足才能胜，自大必吃亏。”大象听后脸都红了。蚂蚁在一旁说：“你输了吧？”它听后羞得脸朝后，鼻子耷拉着，但仍不认输，还用脚去踩蚂蚁。蚂蚁趁机爬到大象的腿上又爬进它的鼻腔里，咬得大象直甩鼻子，直跺脚，忙说：“蚂蚁弟弟快出来吧，咬得我受不了了。”蚂蚁说：“你再逞强，我会钻到你肚里去。”大象知道打赌者输的一方不认输厄运会降临的，再说，蚂蚁钻到肚里会咬穿它的肠子，忙说：“我认输！我认输！”蚂蚁才从大象鼻腔跳了出来。

自此以后，直到今天，大象吃东西时都相当细心，把食物甩了又甩，生怕把蚂蚁吃到肚里，咬穿肠胃，危及生命。

讲述人：纳卡，女，55岁，门巴族
纳龙，男，34岁，珞巴族
1955年搜集

山鼠和家鼠

“卡如”（山鼠）和“康布”（家鼠）在途中相遇，成了朋友。

山鼠说：“朋友！请到我家里做客。”

家鼠在森林深处的树洞里住了三个月，天天吃的是各种树果，如板栗、青冈籽、松子、芭蕉、甜果和各种草本的果子，如野燕麦籽、野青稞、野荞麦等，肉食也不少，深二庹的树洞里堆积的食物全部吃光了。

“康布”说：“吃完了你的库存，走，到我家做客吧。”

它俩来到村庄石墙缝里，洞小得它俩转不过身来。“康布”说：“朋友，我弄吃的去，你稍等片刻。”

“康布”叼来一堆牛粪，说：“请进膳吧，朋友！”“卡如”一闻，捂住了鼻子。

“康布”叼来一堆猪屎，说：“朋友！进餐吧，这个好吃。”“卡如”连眼睛都捂住了。

“康布”叼来一堆人屎，刚进洞，臭气熏走了“卡如”。

“卡如”走出洞口说：“原来你是个懒汉呀，不储存食物，光吃臭屎呀！”

从此，它俩分道扬镳，“卡如”不进村，“康布”不入林，互不往来。

讲述人：向东，男，25岁，门巴族
立东，男，35岁，珞巴族
1997年搜集

白兔与岩羊

一只“热吾”（岩羊）卧在草地上歇息，先后窜来虎、豹和熊，都扬言：“饿肚子了，要美餐一顿。”岩羊对它们说：“你看我瘦成这个样子，身上哪有肉嘛。待我长肥了，再吃也不晚，再说，我就住在草坪上，是不会跑掉的。”虎、豹、熊听信了“热吾”的话，窜入林中觅食去了。

“‘热吾’大哥！你伤心个啥呀，看你泪水把脸毛都浸湿了。”一只白兔说。

“小兄弟呀！你可不知道，我今天上午首先是碰到一头猛虎，接着遇到一只恶豹，中午又来了一头黑熊，它们都要吃我，我骗它们等我长肥了再吃我也不晚。看来，迟早厄运会降临的。”“热吾”说。

白兔教“热吾”怎样攀登悬崖，并说：“不用怕，我来对付它们。”

白兔把虎、豹、熊集中在一个偌大的枯树洞里，说：“树洞里挂有很多很多肉食，你们稍等一会。”白兔站在树杈上，咬断了悬吊着的“加纳杰布”（毒蜂）窝，成千只毒蜂飞出蜂窝巢，虎、豹、熊身上布满了毒蜂，没过多久，它们个个伸着腿，被毒蜂蜇死了。

白兔从树上跳了下来，来到草坪上，这时，“热吾”已经学会了攀爬悬崖，成了攀岩的能手，至今，它仍是动物界攀岩的冠军，它的老师是白兔，所以，岩羊和白兔是一对形影不离的好朋友，友谊长存。

讲述人：班登，男，20岁，门巴族，旁辛村
仁康，男，42岁，珞巴族，达木村
1997年搜集

大雁夜宿旷野有因

鸟王大鹏鸟召集鸟族所有的成员：大鸟和小鸟，雄鸟和雌鸟开会。劈头就说：“现在世界上没有树，咱们没有栖息地，天敌又多，为了建设美好的家园，使世界变成绿色，咱们要植树造林。”

鸟儿们飞到水边、山上、沼泽里衔来一棵棵小草，大个头的鸟如鹰族负责栽高处的树，小个头的鸟如燕子等负责栽低处的树，浇水呀、施肥呀、拔草呀、松土呀做得很认真，没有几年工夫，原来是小苗，接着长成了小树，现在

都长成了大树了，鸟族们在树上建巢筑窝，生儿育女，繁殖后代，欢乐地生活在林海里。

从一开始，“昂巴”（大雁）就反对栽树建家，它不但不参加，还说风凉话，鸟族们都不喜欢它，不愿和它往来。鸟王下了命令，不准它在树上居住，所以它们现在还睡在旷野里。

讲述人：纳龙，男，34岁，珞巴族
纳卡，女，52岁，门巴族
1997年搜集

孔雀诞生记

姐姐是坨酥油，妹妹是只鸡，姐妹俩祥和度日。

头天，妹妹下地劳动，姐姐跳到锅里，酥油炒的菜格外香，妹妹一而再、再而三地夸奖姐姐的手艺高超。

第二天，妹妹假装劳动走了，但是没有走多远，它就悄悄返回来，从木板墙缝中看到姐姐把炒锅坐在火塘三条灶石上，炒锅冒烟了，它跳了进去，在锅里打滚，不多久酥油化了许多，再打入鸡蛋，炒的菜香喷喷的。

第三天，妹妹说：“姐姐啦，你连续在家做了两天饭了，够累了，今天该我给你做饭了。”姐姐劝它也不听，只好让妹妹在家做饭了。

妹妹照姐姐那样做了，当它跳进热锅里时，鸡毛都烧焦了，最后，热锅粘住了鸡毛，妹妹被烫死了。

姐姐饿着肚子回到家中，看到妹妹被烫死的惨景，放声大哭，说：“傻妹妹呀，你怎么能这样做呢。”

姐姐无心在这里生活下去，伤心地出走了。

途中碰到一只黑兔和一只白蛙，当得知妹妹被烫死一事，它俩安慰说："我俩可以帮助你妹妹复活。"

黑兔弄来很多贝母鸡羽翎插在妹妹身上，白蛙从蓝湖中取来很多圣水给妹妹洗了澡。刚洗完不久，妹妹突然间变成了一只迷人的孔雀。从此，它成了鸟族中最美丽的一员。

讲述人：吉如，男，53岁，珞巴族，达木村
1997年搜集

不孝的蜘蛛

一对"巴嘎仁"（蜘蛛）夫妻相依为命，互相关照，养儿育女，日子过得欢乐、幸福。

雄性"巴嘎仁"临终时对儿女们交代："我死后，把我的尸体送到山顶。如果山顶承载不了，送到背后山岩；如果山岩承载不了，叫马儿驮运；如果它驮不动，叫骡子驮运；如果也驮不动，叫山羊驮运；如果还是驮不动，那你们就把我吃个精光算了。"它死后，儿女们嫌麻烦，直接吞食了它们的爸爸。

珞巴人对于那些不孝、不肖子女，常以"巴嘎仁"为喻。

讲述人：吉如，男，53岁，珞巴族，达木村
1997年搜集

狐狸和虎拔河

山上的小动物被狐狸吃完了。它七天没有进食了，饿得肚直叫，走起路来东摇西晃的，眼睛半睁半闭，没精打采地朝山下走去。中途与虎相遇，双方戒心倍增。虎也是多日没捕捉到猎物了，也是饿得心慌。它俩都想制服对方，饱餐一顿。还是狐狸先开了口：“虎王爷，都说你劲大无比，咱俩今日比赛拔河，以定输赢。”虎说：“都说狐弟跑得快，今日我倒想领教领教。”

狐狸砍下一根长长的藤条，把一头拴在虎的脖子上。虎把另一头绑在狐狸的脖子上。狐狸说：“我在上边，你在下边，咱俩往两头拉！”话音刚落，老虎直奔山下，狐狸招架不住，直喊：“虎爷！停停。”狐狸被拖死了，老虎美餐了一顿。

讲述人：保红，男，25岁，珞巴族

扎西，男，24岁，珞巴族

1997年搜集

蜜蜂和萤火虫

蜜蜂和萤火虫是好朋友。

第一天，蜜蜂领着萤火虫到了自己的地里，金色的稻穗使它喜出望外。它俩跳到这个穗上站一站，又跳到那个穗上玩一玩。太阳偏西了，它俩飞回了住处过夜。

第二天，萤火虫领着蜜蜂到了自己的地里，玉米棒子个大又粗，惹人喜欢。它俩飞到这个棒子上闻闻，一会又飞到那个棒子歇歇。天快黑了，蜜蜂催促萤火虫起程回家。蜜蜂多次催促，萤火虫总是说“还早着呢”。天黑了下来，它俩才起飞，萤火虫有亮光，它径直地飞回了住处，蜜蜂开始尾随有光的萤火虫飞行，渐渐远离萤火虫，眼前一片漆黑，翅膀受伤，夜宿大树上。

萤火虫飞回住处，饱餐了一顿，饭菜一扫而光。

翌日，快中午了，蜜蜂才忍着空肚，没精打采地飞回住处，一口饭、一口酒也没有了，它生气了，对萤火虫说：“你心不实，不够朋友，只顾自己，不管他人，坑了我，咱俩分道扬镳好了。”说完，远走高飞了。

讲述人：白马拉姆，女，34岁，珞巴族

永生，女，20岁，珞巴族

1997年搜集

家鸡为什么不会飞

“嘎仁当”（松鼠）和“芝仁”（家鸡）是朋友。

“嘎仁当”说：“天底下湖最大。”“芝仁”说：“草原最大。”它俩互不服气，都憋了一肚子气。

一天，“芝仁”被猎人安的暗枷套住了，“嘎仁当”帮它松了枷，救了它的命。“芝仁”谢谢它。

过了三天，“嘎仁当”也被暗枷套住了，大喊：“‘芝仁’朋友！快来救命呀！”“芝仁”最嫉妒“嘎仁当”的精明和灵巧，它假装解套，实则越拉越紧，最后“嘎仁当”还是被暗枷夹死了。这时，出现一个白发老人对“芝仁”说：“你心黑妒贤，见死不救，恩将仇报，取掉翅膀是对你的惩罚，从今不准你再飞向天空。”所以，至今的“芝仁”只能行走，不会飞翔，还受人的看管，这是受惩罚的结果。

讲述人：扎西拉达，男，55岁，珞巴族
巴嘎，女，55岁，珞巴族
1997年搜集

鹧鸪飞不起来的缘由

贝母鸡和鹧鸪是“加如”（女友）。

鹧鸪向贝母鸡借了10升稻种，说妥是秋后还种，借一还一。

秋收过了好长时间，贝母鸡对鹧鸪说：“女友！新粮都吃了一半了，稻种还没有还我呢！”

鹧鸪边说边唱：“不是十升是九升。”

贝母鸡说：“明明是十升，还是你数的数，‘鲁玛’（盛粮食的竹皿）都装得满满的。”

鹧鸪边说边唱：“不是九升是八升。”

鹧鸪不听女友的好说歹说，再唱：“不是八升是七升”“不是七升是六升”“不是六升是五升”“不是五升是四升”“不是四升是三升”“不是三升是二升”“不是二升是一升”，它唱渴了，喝足了水，大唱一声“不是一升，没有借种”。它用劲过猛，声嘶力竭，嗓子喊哑了，所以，它的后代都不会歌唱。

贝母鸡说：“有借有还，赖账无脸。”

鹧鸪是鸟族，但做了亏心事，所以，它飞不起来。

讲述人：平措，男，42岁，珞巴族
旺扎，男，57岁，门巴族
1997年搜集

老鼠歹心酿祸灾

哥哥是木匠，手艺精巧，做出来的家具和工具都很美观结实，深受人们的喜爱。

弟弟是个画匠，画技精湛，画出来的图案栩栩如生，人们赞叹不已。

哥哥做家具，弟弟作画。这个国家里用的都是他们的产品，人人夸奖他俩，个个盛赞他俩。可是，他俩却遭到了嫉妒心极大的老鼠的嫉恨。

木匠院里堆满了许多精致的家具，屋里摆满了用家具换来的金质、银质、铜质、铁质用品和装饰品。这些玲珑精巧的东西惹红了老鼠的眼："我要一把火烧掉它们！"

老鼠在木匠房屋下面挖了两个通道，一个通屋里，一个通院坝，通道底部是一个大坑，堆满了茅草、干竹等引火柴。

一天，木匠兄弟俩进山砍木料，家中无人看守。老鼠趁机扒通了通道，一把火引燃了干柴，大火从通道烧到屋里和院坝，很快燃着了吊脚竹楼和干透了的家具，烟柱直冲云霄。兄弟俩俯视山下，见冒烟的地方正是自己的家，马上扔下木料，飞跑回村，呈现在面前的是一片废墟，他俩瘫在地上。

"木匠和画匠！朋友！火是我点的，你俩可暖和？"幸灾乐祸的老鼠坐在草地上频频点着头说。

讲述人：扎西次旺，男，65岁，门巴族

永中，男，57岁，珞巴族，旁辛乡旁辛村

1997年搜集

骄傲的老鼠

一对老鼠同吃同住同偷窃，日子过得再美不过了。

母鼠对公鼠说："咱俩要生养后代才算美满幸福。"不到三个月，母鼠生了五个鼠崽。

母鼠对鼠崽说："你们的父亲晚上没有歇过，偷来肉饭喂养你们，恩情够大的了。"

母鼠又对公鼠说："你外出要格外小心，有只公猫是你的天敌。"

公鼠说："这么长时间了，还没有遇到灾难，有只猫有什么了不起，它逮不住我的。"

天黑下来了，公鼠不慌不忙地从大路上朝家走去，当它挠痒时，被猫抓住吃下了肚。从此，母鼠没有了丈夫，鼠崽没有了父亲。

母鼠要去偷窃被儿女们挡住了："你去是危险的，妈妈！你若遭不幸，我们都成了孤儿，会饿死的。"

母鼠说："你们爸爸不会躲藏才被吃掉的。我的行动敏捷，猫是抓不住我的。"猫听到了这些话。母鼠边走边唱道："你爸偷窃不得法，偷窃不成丧了命，我有办法对付猫，偷回食物养儿女。"猫听后笑了。

母鼠跑一会儿停下来听一听动静。猫隐藏在大石后，距大路几步远，母鼠没有看见。当母鼠起步时，猫窜上去吃掉了母鼠。鼠崽饿死在窝里。

所以珞巴人有句谚语说："做事马虎不得，小心谨慎才能胜"。

讲述人：安布，珞巴族猎人，卡布村

1968年搜集

知了哭妻

知了成虫了，爸爸和妈妈劝它娶个媳妇，它说："我不找老婆，过一辈子独居的生活。"

爸爸和妈妈想抱孙子，再次劝它娶妻，说："天底下动物中大个的有大象、羚牛、熊、野猪、白唇鹿等，小个的有白猴、香獐等，鸟族里有双角犀鸟、孔雀、太阳鸟等，它们都很漂亮，任你挑选一个当妻子。"知了说："合心意的一个也没有。"

一天，知了猎获了一头羚牛，背到湖边歇息，水中出现了一条鱼，它跳入水中，和鱼同居了三年。

知了对鱼说："咱俩结婚已经三年了，应该回家看望双亲了。"它俩一道往家走。走了一阵，鱼口渴走不动了，知了用箭筒取水，倒在鱼口中，泼在鱼身上，它俩又往前走了一截，鱼喘不过气来，知了马上去江边取来水，喂了鱼几口，剩下的泼在鱼的身上，它俩又继续往前走了一段，鱼躺在那里直拍尾巴，知了取水回来时，蚂蚁啄食了鱼的双眼。从此，知了失去了伴侣伤心得很，每到夏天，它站在树上哭泣，喊"果英、果英"（可怜、可怜）。那是它在哭妻呢。

讲述人：旺扎，男，57岁，门巴族
平措，男，42岁，珞巴族猎人
1968年搜集

豺狗和狐狸

这里四周群山环抱，条条溪水潺潺，土地肥沃，水草丰茂，牛羊成群，膘肥体壮，几户人家过着安宁而美满的生活。

后来，百姓们家的小畜天天在减少，这种异常的情况引起了人们的注意。

一天，老猎人隐藏在大石后，看见一只“帕仁”（豺狗）在追逐羊群，“噢！原来是你呀！”他心生一计，决心为民除害。

他在“帕仁”时常出没的地方埋了一个暗枷，枷上放的诱饵是一块长条肥肉。另在一处挖了一个一人多深的陷阱。

疑心多端的豺狗被猎人打后好几天没敢出来觅食。

饿了四天的豺狗拂晓前在村头边走边闻，忽地，它看到了一块肥肉，几次欲试，都不敢靠近诱饵。它往后走了几步，巧遇朋友狐狸，狐狸先开了腔：“帕仁老弟！你找什么呀？”“帕仁”答：“我闻到了肉味。”说罢边向后退，而狐狸则向暗枷方向寻找，它虽狡猾多疑，但肠肚饿得咕噜响，围着诱饵转了一圈，用前爪扒掉了肥肉，但却被暗枷夹住，越挣越紧，嚎叫声响彻山谷。“帕仁”趁机叼走了肥肉，趴在一旁啃吃美食。它吃完肥肉站了起来，伸了一个懒腰，朝狐狸叫了两声，仿佛是说：“活该！倒霉！”

“帕仁”幸灾乐祸地摇晃着身子，没走多远，它掉进了陷阱。

从此，这里恢复了平静，牛羊满山跑，没人看管，没有了兽害，畜牧发展得很快很快。

讲述人：嘎姆安布，珞巴族，卡布村

1955年搜集

“瓦嘎仁”与乌木树

猎人追赶羚牛已经翻过了三座山了，累得疲惫不堪，肚饿口渴，可是这里只有嶙峋巨石，哪有什么水呀。他绕过一块块巨石，听见一处石头下有“哗哗”流水的声音，他扒呀扒呀，指甲都磨掉了，流出了鲜血，他扔掉石头，从上面又滚下颗石头，扔呀，滚呀。他站起来环视四周，在他的上方有一只“瓦嘎仁”（双角犀鸟）往下滚石头，他心想：我刨个坑，找点水喝，而你却往下滚石头，弄得我白费工夫。他一气之下，捡起一块石头打死了“瓦嘎仁”。他爬上坡去，捡起鸟尸，发现在鸟尸旁有一股涓涓的泉水，水中盘着一条毒蛇，绿绿的眼睛，口吐白液，有股怪味。这时，他才醒悟过来：这股泉水是毒水，“瓦嘎仁”为了救我，我却把它打死了，真是恩将仇报呀，我对不起你呀，一定让你有个好归宿。

猎人射死了毒蛇，将它扣在大石板上，成了雄鹰的美餐佳肴。

猎人将鸟尸带回村里，埋在土质肥沃的阳坡上。说来也怪，第二年这里长出了一棵乌木树苗，以后长成了大树，你看乌木树梢扇形的树冠多像“瓦嘎仁”的头呀。

讲述人：安布、牛布，卡布村

1957年6月搜集

可悲的香獐

一天，晴空万里，风和日丽，香獐躺在雪山下的草坪上反刍。两只耳朵不时地扇动，四条腿伸得直直的，它睡得多么舒坦呀。

一只猛虎觅食时与香獐相遇。老虎看见香獐的两颗长长的獠牙裸露在外，吓得向后倒退了三步，心想：它个头虽没有我大和壮实，但牙比我长多了，肯定比我厉害，不和它作对了。它想着想着，低着头走了。

狡猾的老虎没走多远，趴在那儿，双目直瞪着香獐。

愚蠢的香獐见老虎躲着它，很是得意地说："虎爷怕我的长牙，躲开了，实际上我的獠牙只是摆设，什么也嚼不动，可是却把虎爷吓住了。"香獐自言自语，老虎听得清清楚楚，猛扑上来，吃掉了香獐。

讲述人：江措、求吕，珞巴族，卡布村

1955年搜集

猎狗与猎人

仙狗下凡后，一直在想：我和谁一道生活合适些？它想来想去，“还是和兽王狮子在一起最好。”于是它上了雪山。

狗对狮子说：“我没有伙伴，和你一起住好了。”

狮子说：“我也无伴，咱俩一块住吧。”

夜半时分，狗发出“乌如、乌如”的叫声。

狮子问：“老弟，谁来了？谁来了？咱俩往哪里逃？”

狗答：“来了一个东西，从来没有见过。”狮子听后吓得毛都立了起来：“怎么办？怎么办？咱俩往哪里逃？”

天亮后，狗对狮子说：“你帮不了我的忙，我要去与虎为伴。”

狗对虎说：“我俩结为伙伴，住在一起，你说行不行？”虎也高兴地同意了。

夜半时分，狗又发出“乌如、乌如”的声音。

虎问：“你看到了什么？听到了什么？”

狗道：“我看到来了一个东西，不知是什么怪物，吓得我睡不着觉。”

虎说：“那怎么办？那怎么办？咱俩会被吃掉的，快、快逃命吧。”

天亮后，狗对虎说：“你是兽王，居然也对付不了怪物。我要去找熊爷为伍。”

黑熊非常乐意与狗为伴。

狗晚上照样发出“乌如、乌如”的叫声，熊吓得往洞里角落钻。狗想：你也胆小如鼠，我不如去与人为伴。

到了半夜时分，狗儿照样发出“乌如、乌如”的叫声，猎人问它：“喂！你看见了什么？快说！快说！”

狗答：“我看见一个怪物到了咱俩跟前，我怕极了！”

猎人听后立即站了起来，一手取弓，一手拿箭筒，毒箭已经上弓了，猎人问："怪物在哪？"这时狗说了实话："我什么东西也没有看见，只想试探一下你的胆量大小。没想到你是英雄，什么都不怕，真是好样的。"

猎人听后十分生气，说："珞巴人最忌讳说假话，你骗了我，今天我要射死你！"

狗在这时才讲了自己的身世。它说："我本来是仙狗，住在天界神域，仙王派我下凡来帮助人间获得幸福的。我下凡后先后同狮、虎、熊相处都没能长久，它们个个胆量都小，后来遇到你，你胆量大，什么都不怕，咱俩相处，什么都可以战胜的，什么都可以得到的，父亲仙王也会如愿以偿的。"

猎人听后十分感谢仙王的恩典，也十分钦佩仙狗的勇敢。从此，仙狗在猎人家定居下来。一直到现在，猎狗和人形影不离，同是一个家庭的成员。

讲述人：安布，珞巴族猎人
益西增措，门巴族
1956年10月5日搜集

猴子和老人

老两口在栽种芋头。猴子问："爷爷！奶奶！你们在干什么？""我们在种芋头。"老人回答。猴子问："芋头怎么种法？"老人回答："一个一个埋在地里。"猴子笑着说："哎，世上哪有这种种法？种芋头要煮熟，剥去皮，用香蕉叶包住，拴上藤绳埋在地里。下种后一个月不能下地察看。"老人按猴子说的办了。猴子天天来到地里，顺藤摸芋。它天天这样生活，不到一个月吃完了所有芋头。

一个月后，老人到地里一看，吓了一跳，伤心地哭了。丈夫对老伴说：

“咱们上了狡诈猴子的当，吃了亏，非抓住猴子不可。”

老妇说：“猴子跳得快，又在树梢上，手逮不住，箭射不着，咱们这样做吧……”

老两口在地边盖了一间草房，有门有窗，煮熟的芋头放了一堆。关门的绳子被老妇紧紧抓在手里。

吃惯了熟芋头的那只猴子带来一群猴子，进屋争食。老妇一拉绳子，关住了猴子。老人捉住了那只骗了他的猴子，放走了其他猴子。

老人生气道：“奸诈的猴子你也有今天。”随手拔刀欲砍，吓坏了猴子，它央求道：“爷爷，你要杀我是可以的，但我满身虱子，臭味又大，你把我洗干净后再杀也不晚。”

老人把猴子带到溪边，猴子说：“水太小，洗不干净。”

来到一条小河边，猴子说：“还是洗不干净。”

老人带着猴子来到一条又大一些的河边，猴子还说：“洗不干净。”

他们来到雅鲁藏布江边，老人说：“比这再大的江河是没有了。”猴子说：“杀我是可以的，你们看我身上哪有一点脂肪，不信你们看着。”老人察看猴屁股，说：“红红的都是瘦肉。”稍一松手，猴子一窜好远，逃走了。

至今，珞巴人对猴子存有戒心，想方设法捕杀它们。

讲述人：江措，珞巴族猎人，达木村

1968年7月14日搜集

青蛙惹纠纷

老两口要去刀耕火种砍林地，阿保老汉用细石磨快了斧头和阿米老伴的弯刀，带足了午饭和一竹筒甜酒，打上绑腿，他俩下地了。他俩砍的这块林地是

“那钦”，全是大树。他俩互相配合砍伐，阿保放倒林树，阿米砍断树枝。他们劳动得正欢，近处沼泽地里的青蛙说了话：“阿保和阿米！你俩在干啥？这里是我的地盘，不准你们砍树种地，否则，我要抢走你们的工具、饭和酒，连绑腿也要抢，所有财物都要抢！”阿米老妇听得清清楚楚，告诉了阿保，说：“水沟里谁在说要抢走咱俩的东西？”

阿保老汉说：“不要听那些大话。”继续砍伐林木。

阿米老妇再次说道：“我又听见在说现在就抢，斧头、弯刀、午饭、甜酒、绑腿都要抢走！一件不留！阿保你停下来听听好吗？”

阿保停下细听，果真不假。他朝水沟边走去，看见一只特大的黑青蛙，昂着头，朝砍树方向在说：“要抢！要抢！”他连忙返回来告诉阿米：“是一只特大的青蛙，它说要抢，肯定会来抢的，咱俩是抵挡不了的，快逃！快逃！”

阿保害怕胆小的阿米老伴摔倒，拉着她的手，快速地离开了。

老两口眼不好使，途中踩住一条蛇，把它踩伤了，蛇发怒了。附近有太阳鸟的窝，它爬上树吃了鸟蛋。这叫“生了马的气，打了别的牛”。

太阳鸟生气了：“你蛇无缘吃了我的儿，好狠心呀！”它飞上高空，拉了

屎，正好落入犀鸟的嘴中。

大犀鸟发怒了：“无缘无故，你太阳鸟太欺人了，把屎拉到我的嘴里。”它飞到“嘎希同阿如”树上，摘了拳头大的果子，把坚硬的果核打在了树下歇息的盘羊身上。

盘羊仰头观望，说：“你大犀鸟和我无仇无怨，为何打伤我？”它们疯似的跑到一块地里，吃完了全部荞麦苗。

农民心痛地告到宗府：“盘羊凭什么吃光了我的禾苗，我吃啥呢？请宗本把它除掉，绳之以法。”

宗本派打手喊来了盘羊，问：“你为什么要吃庄稼人的禾苗？你得赔偿损失。”

“我正躺在树下休息，大犀鸟在树上用拳头大的果核打伤了我，我生气了，才吃了荞麦苗。”盘羊答道。宗本又问：“你说的是真的吗？”

盘羊答：“一句假话也没有说。谁敢欺骗宗本大人！”

宗本命令招来大犀鸟。

宗本说：“你大犀鸟没事干了！用果子打痛了盘羊，还打伤了，怎么办？”

大犀鸟说：“我打盘羊是逼迫的，太阳鸟把屎拉到我的嘴里，臭得很，它在发怒，你说怎么办？”

太阳鸟说："黑蛇吃了我的儿女，如果说有错，全怪黑蛇。"

蛇答："我不得已才吃了太阳鸟的儿女！阿保和阿米无故踩了我的背，我火了才吃了鸟蛋。"

宗本召来阿保和阿米："你俩没事找事干！那么多的路，那么大的路，你俩不走，偏偏踩在蛇身上。惹得蛇吃鸟蛋，引起一串纠纷。"

阿保和阿米同声回答："青蛙大喊大叫，说要抢走我们的斧头、弯刀、腰刀、弓、箭，还扬言要抢走我们的午饭、甜酒、绑腿等财物，吓得我俩逃跑时，一不小心踩到了龙王的少爷，很是对不起！"

宗本审问青蛙："你扬言要抢走老人的财物，为什么要抢？照实招来。"

青蛙一句也没有回答。

宗本又说："你造成了这么多灾难。俗话说，错话用嘴巴纠正，脏手用净水洗掉。你老实招来，否则，对你要实行酷刑。"

青蛙同样没有回答。

宗本大发脾气，命令属下将炒锅烧红，扣在青蛙身上，炒锅上压了一块石头。

许久许久，宗本下令掀开炒锅，青蛙被压扁了，但没有死，还在出气，可是，它的眼睛鼓了出来，嗓子也烫坏了。从此，它后代的身体都是扁的，鼓眼睛，再也不会歌唱了。

讲述人：安布，珞巴族

益西平措，门巴族

1955年10月1日搜集

果英鸟和达比鸟

果英鸟住在河边，夏季“嗡央、嗡央”地鸣叫，它随季节往高处迁徙；达比鸟住在高山，冬季“嘶乌、嘶乌”的鸣叫声老远都能听见。

一天，它俩相遇，果英鸟说：“从江边到高山属于我的地盘。”

达比鸟说：“从高山到江边都是我的领地。”

为争属地，它俩决定交战，分出胜负。

江边叫“宾”的竹子，质地松软，果英鸟用它做了许多竹矛。

高山上长的都是“西牛”硬竹，是制箭的上等材料，达比鸟做了很多竹矛。

交战时间到了，它俩在途中相遇。果英的软竹矛不能伤对方，而达比鸟的硬竹矛却刺死了所有的果英。

所以直到现在，白马岗地区从高山到江边，只有达比而再也看不到果英了。

讲述人：旺扎，珞巴族猎人，卡布村

1968年搜集

白蛇公主

村里有个乞丐，穷得吃了早饭，没有午饭，吃了午饭，没有晚饭。一天，他出村乞讨，走在两个大湖的中间，路上边是白水湖，下边是黑水湖。他走着走着，突然看到从白水湖里钻出一条白蛇，从黑水湖里钻出一条黑蛇。它俩在大道上较劲，乞丐在旁边看热闹。它俩在翻腾，黑蛇个大粗壮，把白蛇咬得“啧啧”直叫，想逃也逃脱不掉，乞丐怜悯起白蛇来，他抡起手中的藤杖，一棍子打死了黑蛇，把尸体扔到黑湖里，他把白蛇放生了。白蛇摇摇摆摆地回到了白湖里。

乞丐外出乞讨一个月了。他背着剩下的一藤筐玉米，顺着原路回家。在打死黑蛇的地方，白蛇守候在那里，说：“乞丐！你救了我的命，我要偿还命价。怎样报答你的恩情呢？你跟我一道去龙宫吧，我不会亏待你的，我有一颗慈善的心。”乞丐说：“阿啧！奇怪！我是去不了湖底的。你有什么报答的，请用嘴噙来。我无法入湖。”白蛇说：“喂，傻子！你怎么去不了湖底！我有办法。你抓住我的尾巴，闭上眼，跟着我就可到龙宫的，不会出差错，不会死的，圣水不会伤害你的。我死的话你也得死；我不死的话你也会活着。来吧！抓紧！”乞丐放下粮筐，抓紧了蛇尾，闭上眼睛。他被白蛇带到湖里。

白蛇说：“睁开眼睛。”乞丐张目一看，龙宫里全是水晶和金子。太阳从哪儿升起，又从哪儿落山都是不知道的。吃的全是白米饭和鱼虾之类的肉食。睡的是金床，盖的是绸缎龙被。龙宫里有唱歌跳舞的宫女，天天都有娱乐看。他认为在龙宫才住了一天，实际上人间已经过去一年了。在龙宫，吃、住、穿、用、娱乐是他从来没有享受过的。他在龙宫住了三年后，对白蛇说：“我在这里住了好多天了，想回家看看。请把我送出去吧。”

白蛇说：“算了吧，你安心住下，你回去缺吃少穿的，过孤独日子又为什么？这里过的是神仙的日子，还有那么多宫女，任你挑选一个当你妻子，久住龙宫多舒坦。在这里，没人欺负你，不需要劳动，想吃什么有什么，长住下去吧。”

乞丐说：“我不住了，想回家了。这里宫女是不少，我心爱的一个也没有。”他围着龙宫转了一圈，看了热闹，心里很不痛快。一个老妇问他：“你是人间的乞丐，跑到这里来做什么？”

乞丐如实回答道：“你问我来龙宫的原因吗？我在乞讨的路途上，看到白蛇和黑蛇在殴斗，白蛇将被咬死时，我用棍棒打死了黑蛇，救了白蛇的命，它把我带到龙宫来了。我在这里住了好长时间了，生活过得十分美好，我想回人

间看看，白蛇再三挽留我多住一些日子，你阿比大娘看如何是好？”

老妇说：“你是人间的人，应该回到人间。龙王和白蛇公主为了报答你的救命之恩，是会送给你重礼的。龙宫里有金、银、珍宝、绸缎，吃的、穿的、用的会送给你很多很多的，这些东西都会吃完、穿完、用完的，要这些东西不能用上一辈子的。龙王和白蛇公主给什么宝贝你都不要接受，你只要龙宫门口拴着的那条无毛又瘦的老狗。你要一再提出只要那条狗，这才是真正的宝物，对你永世有用。请务必记住：只要那条老狗！”他打心里感激这位阿比老妇的教诲。

乞丐对白蛇再次央求：“我明天要回人间。”

白蛇说：“再三挽留你都不成，只好让你回去了。在你走之前，龙宫里的宝贝中任你挑选，你要什么、要多少都会奉送的。”

乞丐说：“你们龙宫里宝贝装满了所有仓库，我都不稀罕。我不要金银财宝，玛瑙珍珠不稀罕，绸缎不眼馋，如果说要给我什么东西的话，把门口的老狗给我就满足了。如果不愿意，我什么宝贝也不要，空手而归就行了。”

白蛇向龙王珞纳宗钦说了乞丐的心愿，龙王心里很是难受，说：“这是个怪人，他要什么宝贝都可奉送，样样宝贝他都看不上，偏要我这条心爱的天界、地界和龙界独一无二的宝狗。不给他吧，他救了我公主的命，是说不过去的。给他吧……”它想了很多很多。

又过了一天，乞丐对白蛇说：“我明天要回人间了。只要那条老狗；如若不给，我连一根针也不拿走。”

白蛇又禀报了龙王父亲，父王答应将宝狗赠送给救命恩人。

白蛇对乞丐说：“你非要这条老狗，父王答应送给你。你今后要好好地饲养它，不要打狗，它会帮助你获得幸福的。”

白蛇解开金链条，将狗交给了乞丐。白蛇说：“你闭上双眼，拉住它的尾巴，就可回到人间，回到你离别了多年的家里。”

回到家后，乞丐和狗相依为命，有饭同吃，亲热无间。乞丐将狗拴在门口守家。

白天，乞丐下地干活，或者走亲访友，偶尔下河捕鱼或进山狩猎。他晚上回来后，火塘里火苗旺盛，饭菜做好了，地扫得干干净净，竹碗竹盘擦得发亮，鸡爪谷甜酒筛了一竹筒，家务活干得利利索索，屋里散发出扑鼻的香味……天天如此，日日如此。乞丐想：有人怜悯我，要不，这些是谁干的呢？他边吃边想，边对狗说："世上还是有好心人。"这样的日子过了一年。

一天，东方国王要举行七天祈祷大会，管吃管喝。东王下令全国臣民都要前来祝贺和观赏。这时，狗说了话："喂，乞丐！你到东王那里看热闹去，娱乐和吃喝是人间最快乐的两件大事，你会尽兴的，会长寿的。明天早点启程，一定要去！"

第二天，乞丐一大早吃过饭就去东王那里了。他转了三圈王宫，来到娱乐场所，有跳舞的、有唱歌的、有射箭的、有赛马的，热闹非凡。快到中午时分，有一美貌女子骑着一匹白马，白马膘肥体壮，马鞍、马蹬全是金子铸成，马垫全是缎子的。她骑马围王宫转了三圈，接受喇嘛摸头灌顶后，扬长而去。

晚上，乞丐回到家里，照样吃的、喝的都准备齐全了。他和狗边吃边喝，狗问："王宫大吗？草原辽阔吗？"乞丐答："大得人都走累了。"

狗又问："你看到美男子了吗？看到美女了吗？"乞丐答："集中了这么多人，可是一个美男子也没有看见。快到中午时分，却看见了一个仙女，骑着白马，备的金鞍，转了王宫，喇嘛摸了头，她骑马飞走了。这个仙女是没有人敢同她比美的。"

狗说："阿勒！这个美女住在哪里？叫什么名字？"

乞丐答："我没有说一句话，她住哪叫甚我都不清楚。"

狗说："你明天还要早点启程前去观赏。"

翌日，乞丐照例早早去了王宫看热闹，一连好几天每天都看见那个貌似仙女的美女转王宫。一连五天都这样过去了。

乞丐是个聪明人，他想得很多，他想：如果我能娶这个美女为妻，那该是多么幸福呀。说不定那个仙女就是我的老狗变的吧。世上的美女除了她没有第二个了。我得想法得到她。他想出一个办法。

又过了一天。乞丐一大早就出门了。没走多远，他又返回藏在屋外，从木板缝里往屋里窥视。他看见老狗脱掉狗皮，变成了一个美女，再仔细一看，就是他之前天天看见的那个骑着白马转王宫的美女。她脱掉狗皮后，正在干家务活。乞丐突然跃入屋内，捡起狗皮，正准备向火塘里投扔之时，仙女说："不要烧它，扔到木屋的顶篷。”他把狗皮扔到房顶上，平房变成了二层楼房。仙女叫他再次扔到房顶，变成了三层楼房。她叫他再向上层扔去，三层楼顶顿时变成了龙形的金顶，四角还有金铃。二层楼里男女佣人满屋，三层楼里，一间仓库装满了金银，一间仓库堆满绸缎，一间库房食物满仓。仙女叫他将狗皮扔到院坝，顿时牛羊成群。仙女又叫他将狗皮扔向草原，瞬间大草原变成了大村庄，人欢马叫。这时，狗皮也消失了。妻子对他说：“你来得早了点，不过没关系。国王的命令很严，会下很多道命令为难你的，你不要害怕，不要胆怯。她叫你干啥你都承诺下来，我有足够的办法对付她的。你要记住，一不害怕她，二要承允她。失败在等着这个残忍的东王的。”他俩平静而美满地度过了一个年头的岁月。

一年过后，东王对大臣们说：“乞丐娶了个美女，过上了好日子，把他叫来问罪。”

东王问乞丐：“你的妻子是从哪里娶来的？楼房是怎样盖成的？大村落是怎样形成的？金库、银库和牛羊是怎样来的？你要如实地讲来。我东王是个女王，有五百个佣人，有五百个丈夫，但我看中的一个也没有。今天，我只爱慕你这个男人。我说的你办到了，我不抢你做夫，如果办不到，我只好抢你当我的丈夫了。我叫你办的事是：明天一天要砍完一背（约56千克）青稞种子的林地。”乞丐答应了。

乞丐心痛地弯着腰回到了家里。妻子问他：“乞丐，什么事让你那样伤心，哈着腰，低着头，苦眉愁脸，东王有何吩咐？”乞丐答：“东王的命令真狠，命我明日一天砍倒一背青稞种子的林地。”

妻子说：“这事难不住人的。没有关系，你只管放心。明天一大早，咱们挤完白奶牛、红奶牛和黄奶牛的奶，再做许多糌粑供品，你到湖边，大喊三声‘龙王舅舅，请吃你最爱吃的三种奶水和供品，我要砍一背青稞种子的林地，这是东王的命令，我是来借工具的’”。他到了湖边，照妻子交代的说了，顿时，从湖底浮起一个木箱，漂到他的面前。他背起木箱回到家里。

他和妻子吃了饭，他背着木箱来到森林里，妻子叫他画出砍伐林地的界线。他砍了林地四角的标记，然后打开木箱盖，里边没有人，全是工具，斧头呀，砍刀呀，弯刀呀。他照妻子说的办了，将工具并排放在那里，叫他到林地上边，坐在大树杈上吹竹笛。他刚开始吹笛，就看见密密麻麻的人争先拿起工具，拿斧头的砍大树，拿砍刀的砍大树杈，拿弯刀的砍断树枝。他看得眼都花了，笛子吹得越有劲，越悦耳。太阳偏西时，就砍完了一大块林地。人们自动将工具整齐地放入箱中。他背着木箱回了家。

乞丐抵家后，妻子问他："砍完了吗？"乞丐答："砍完了。"妻子又说："刚才东王派人来叫你明日一早去拜见她。"

第二天一大早，国王派三名大臣来传乞丐去晋见国王。"林地砍完了吗？"国王问。乞丐答："砍完了。"国王说："明天要点火烧林，要烧尽全部砍倒的树木，如果烧不燃、烧不完，我可要动手抢你了。"

乞丐伤心地回到家里，妻子问："看样子你不高兴，有何难事吓住了？国王有何指示？"乞丐说："国王总为难我，昨天砍的林地，命我明天就要燃着烧尽，一根树枝烧不尽，就要抢人的。"

妻子说："没关系，这有什么难处，你明日送木箱去，带上龙王爱吃的三种牛奶和供品，大喊三声，说你是来还工具、借火的。你会借到火的，会烧得满天通红、地发黑的。"

翌日，乞丐背着木箱，带上牛奶和供品来到湖边，大喊三声："龙王！我送工具来的。请龙王舅舅喝牛奶、吃供品，我来借火的，东王命令严得很，也狠得狠，叫明天烧完林地，烧不尽林地要抢人的。"说罢，他闭上眼睛，睁开眼，有九把火炭放在面前。

他带着九把火炭回到家里，妻子催他赶快吃饭，交代说："你把火炭分别放在林地周围，你仍回到林地上边的树杈上吹笛。树木虽湿也会燃起来的。"他照着办了。火舌冲上了天，烟云遮住了太阳，林地一片火海。他高兴极了。

他带着九把火炭回到了家里。吃过晚饭，他赶紧报告了国王。国王问："树木都烧完了没有？"乞丐答："一根树枝也没有留下，全部烧成了灰烬。"国王说："烧完了就好。你明天一日要播种完，播不完照样要抢人的。"

"今天国王有何指示？"妻子问。"国王心地狠毒，手段多端，又下了命令，叫我一天把一背青稞种子播种完，如果播不完……"乞丐回答道。妻子安慰说："这有什么难处。你明日送火把去，带上三种牛奶和供品，说是来借人和工具的，龙王会满足你的需求的。"

第二天清晨，乞丐拿着火把，带上牛奶和供品，快速来到湖边，大喊三声，“龙王舅舅，请享用食品，请收下火把。国王又下了命令，叫今天种完一背青稞，如若播种不完……”他闭双目，一刹那，一个木箱出现在眼前。他高兴地背着木箱回到了家。

他吃过饭，背上一大筐青稞种子来到地里，打开木箱，将挖土的竹、铁两种工具并排放在地上，种子放在林地中央，他仍坐在大树杈上，刚吹响了竹笛，就看见几个人在撒种，黑压压一群人在刨地埋种。半天时间就播种完了。

他禀报了国王，国王问：“真的播种完了吗？”乞丐将空口袋放到国王面前，回答道：“全部播种完了，请国王派人前去察看。”国王又说：“空口袋你带回去，给你一天时间将撒下的种子一粒不剩地捡起来，装满一袋给我送回来。捡不完种子，即使只剩下一粒，还是要抢人的。”乞丐听后掉下了眼泪，心想：好恶毒的国王呀，你为了抢人，夺走别人的幸福，给我制造了多少麻烦，一个比一个难，一个比一个狠。种子埋在土中，会有什么办法捡起来，这是完全不可能的。又不是大粒种子，青稞子小得连眼都难辨认，这事我办不成，家有被破坏、夫妻有分离的危险。

“你为何淌着眼泪回来？国王有什么命令？”妻子问。乞丐答：“今天才种完，命令明天要捡回全部种子，不得遗留一粒，装满口袋送回王宫，否则……”妻子安慰他说：“你不要担心，这有什么困难。你明日送工具去，带上牛奶和供品，请龙王品尝，龙王会帮你的。”

天亮后，他带着工具、牛奶和供品来到湖边，大喊三声龙王舅舅，说：“我送工具来了，请收下。请舅舅大人享用食品。我再次来求援的。东王残忍心毒，今天下播完，令我明日捡回全部种子，否则，要拆散我们夫妻俩。请再次开恩，借给我捡回种子的人。”说着说着，他又掉下了泪水。他一闭眼，再睁眼，三只鹌鹑站在他面前。他带着小鸟回到家里。

乞丐心情平静了一些，他饱餐了一顿，又破例喝了两竹筒甜酒。妻子对他说：“你心里不要难过，国王是难不住我们的，她不会得逞的！你尽管放心。明日你带上鹌鹑到地里，把空口袋口朝天放在林地中央，放开小鸟，说‘捡完种子’。你仍坐在树杈上吹笛。它们会一粒不剩地捡回的。”

他到地里，对鹌鹑说：“捡回种子，一粒不剩。”到口袋跟前说：“放在这里。”他放开鹌鹑，仍回到树杈上吹笛。过了大半天鹌鹑们站在地里休息了，他下来一看，口袋还不满，他叫小鸟们再找找，小鸟说：“地里一粒种子也没有了，我们嗉子里都装满了，准备带回喂小鸟儿。”乞丐说：“种子带来时，口袋是满满的，不满的口袋送给国王，她会抢走我的。”他刚说完，小鸟们从口中吐出了种子，正好，口袋还是满满的。

乞丐将满袋种子送到王宫，国王生疑地问：“昨天撒下的种子，今天捡完了吗？”乞丐答：“请国王看看口袋就明白了。请国王相信，我一粒不剩地捡回了种子。”国王问：“你讲假话了吧？种子埋在地下，你是怎样捡回的？昨天撒下去，今天捡回来，够难的了。我不理解是怎样捡起来的？”乞丐答：“我的眼力可以看到地下很深的地方，帮助捡种子的人很多很多。国王如若不信，请打开口袋仔细过目，干干净净，当然了，也会有一点泥土的。”国王叫大臣倒出种子，果真有少许泥土，她这时才相信了，心想：这个乞丐真了不起，什么难事都难不住他，说：“喂！乞丐！我们这次比试，算你赢了，不过，我还不服气，不认输，还要比试下去。我有一头公黄牛，是世上最大最凶猛的，明天和你那头小瘦黄公牛抵架，谁赢谁输比后看。你若输了，我要抢人，我若输了，算我倒霉。”乞丐想：国王是条毒蛇，坏主意是不会完的。他低着头回了家。

妻子问：“今天国王有什么新点子？”乞丐答：“国王的黄牛天下有名的雄壮，她硬要和我的小黄牛抵架，国王黄牛赢了，她就会抢走我的。”

妻子说：“这事也不难，你送小鸟去，借头黄牛就行了。”

乞丐带着小鸟、牛奶、供品和供水，来到湖边，大喊三声“龙王舅舅，请龙王收回小鸟，请龙王享用供品，还请龙王大慈大悲，借我一头黄牛”。他一闭眼，小鸟没影了，跟前站着一头只有半人高，又小又瘦、浑身全是牛屎的老黄牛。他看后心酸地想：东王的黄牛是出名的，大如小山，凶如猛虎，今日，龙王借给我一头这样的丑牛，是不是故意刁难我呀。可是他又一想：俗话说看物不能看外貌，要看内涵。再说，龙王帮我多次了，次次胜利，这头牛说不定是神牛吧。龙王借了牛，就是大恩大德了。

他牵着小牛回到家里，将牛拴在门口，妻子边给他盛饭斟酒边问：“给了牛没有？”答：“借是借给了，不过借了一头形象十分丑陋的小瘦牛，它怎能比过国王赫赫有名的大牛呢！”妻子安慰地说：“没有问题！瘦牛可以战胜国王的大牛的。”

太阳刚刚升起，大草坝上站满了观看牛抵架的人群。

国王和乞丐的两头牛被牵到草坝中央，两头牛相距5庹远，两头对峙，牛由人牵着，国王坐在高高的虎皮垫子上，乞丐站在一边，好像有点打颤。国王下令：“比赛开始。”两个人松开短短的缰绳，两头牛的红眼都瞪得老圆，发出了震耳的吼叫声，两牛都猛力地向对方冲去，角对角，弓着腰，眼睛更红，瞪得更大了，互不退让，有时两牛后退几步，又猛扑上去，这样抵过来，抵过去，将到吃午饭的时候，小瘦牛有点招架不住了，直往后退，一退就是十几庹远，这时，乞丐心里像装了石头一样沉重。“我输定了，国王要赢了。”他自言自语地说。

午饭后，继续比斗。草坝上看热闹的人更多了，连四周的山坡上都是人。开头，国王的牛很勇猛，步步进逼，把乞丐的瘦牛往后推了20庹远，但瘦牛一直在坚持，顶住国王的牛头不放。太阳偏西了，瘦牛才用力顶国王的牛，国王的牛招架不住，后退距国王两个20庹远了，还在倒着直往后退，瘦牛很轻松地将大牛推到很远很远的地方，最后推到国王宫殿门口，瘦牛后退几步，猛力冲上去，一下抵死了国王的大牛。国王心痛如割，乞丐满脸笑容，嘴都合不拢了。国王说：“乞丐！心里高兴吗？你不要回家，咱们话还没有讲完呢。”乞丐说：“国王有何指教，请吩咐吧。”

国王说：“明天咱俩比赛斗鸡，看谁赢，看谁输。”

乞丐牵着龙王的牛回到家里。妻子问："国王又有何吩咐？"

乞丐说："今天，咱们的瘦牛是赢了，但又说明天要斗鸡，这可怎么应付呀？"

妻子说："这有什么难处！你明日送牛借鸡去。"

天亮后，乞丐牵着牛，带上鲜奶、供食和供水来到湖边，照例大喊三声龙王舅舅："请收下你的神牛，请享用鲜奶、供食和净水，今天请借只公鸡。"他说完一闭眼，牛不见了，面前放了一个木盆，盆里站着一只又小又瘦的公鸡。

太阳出来后，草原上站满了看斗鸡的人群。国王的大公鸡"咕咕咕"连叫三声，整个大草原都听得见。乞丐的小公鸡小声"咯咯咯"地叫着。两只公鸡相遇，大公鸡展翅扑过来，小公鸡只是前后左右地躲藏，有时钻在大公鸡翅膀下。午饭时分，小公鸡的鸡冠流了血，毛被啄掉不少，它的翅膀夹得紧紧的，乞丐看后怪心痛地想："小公鸡是斗不过大公鸡的，我是输定了。"午饭后，两只鸡的斗势都很猛。小公鸡个小动作快，它不时从大公鸡腿下钻过去，扑在大公鸡身上，啄大公鸡的鸡冠和鸡眼。大公鸡招架不住，只是低头躲藏，小公鸡一直把大公鸡追到王宫门口，最后只几口就啄死了国王的大公鸡。

乞丐对国王说："尊敬的国王，经过多次的比试，你回回输了，看来，国王没有什么了不起，没有什么值得害怕的理由。"

国王说："三天后咱俩交战，集合你的全部士兵，谁赢了谁是英雄。"

乞丐想：国王人多兵多，有枪有箭，有刀有剑，我可没有这些，但是，他还是满口答应了下来。

乞丐回到家里，妻子问："咱们公鸡赢了吗？"

乞丐答："斗鸡是赢了，可是又下令三天后要和我交战，叫我招兵应战，我去哪儿招兵呀，我去哪儿借枪借箭呀？"

妻子说："没有问题！国王是难不住我们的！你明日送还神鸡去，说请借给士兵和武器，它会大方借给你的。不用担心不用怕，国王会失败的。这也可能是最后一次比赛了。"

乞丐抱着神鸡，带上鲜奶、供品和供水来到湖边，同样大喊三声龙王舅舅："请收下神鸡。请享用供品，请借我士兵和武器同东王交战。"他刚一睁眼，神鸡无影无踪了，面前放了一只木箱。他背着木箱回家了。

"借给了吗？"妻子问。乞丐答："借给了，这不是嘛！"

妻子安慰他说："不用担心，不要胆怯，国王会输的，不用半天时间，就能将国王和她的士兵捣成肉泥，打成粉末。那时，你可以当国王了，我可以当王后了。"乞丐高兴了三天。

第四天早晨，大草坝上是黑压压的国王士兵，草场中央插着国王的旗子，国王焚了煨桑，念了祈祷经，在等候乞丐的到来。乞丐单身慢腾腾地来后，放下木箱，插上了自己的旗子。国王下令"交战开始"。乞丐打开木箱盖，从箱里跳出好多好多士兵，有持枪的，有拿弓箭的，有拿予的，有握长刀的，个个都穿着铠甲，头戴羽翎帽，他们冲向国王的士兵，国王的士兵抵挡不了，招架不住，直往后退，乞丐士兵猛追逃兵，大草场上国王士兵尸体成堆，国王的士兵被击毙、中箭、砍头、戳洞，全部被消灭。这时，乞丐抓住国王的缎袍衣领，猛地将她推倒在地，一脚踩在国王的身上，说："你输了！当我的奴隶吧。"

从此，乞丐当了国王，妻子当了王后，东王的财产全部归新国王所有。乞丐除了暴君，天下太平了，平民百姓过着安宁的生活。

1997年搜集

她和蛀虫结了婚

夫妻俩生了一个漂亮的女儿，远近闻名，上门求婚者挤破了门，有国王、酋长、富人、猎人，她一个都看不上，急得妈妈直打转，劝她说："我唯一的爱女！那么多的好人、富人，你完全可以从中挑选一个心爱的丈夫，可你相不上一个意中人，你到底要嫁给一个什么样的人？"

女儿说："世上谁的权力大，我就嫁给谁。"

她到太阳那里说："太阳大哥！你的权力最大，我想嫁给你。"

太阳说："是的，我的权力大，有了我人间才有了温暖和阳光。可是比我权力大的还有。”她问：“谁？”太阳回答说：“云彩会遮住我。”

她到云彩那里，说：“云彩大哥！你的权力最大，我愿为你的妻子。”

云彩说：“是的，我的权力大，有了我人间才消除了炎热的煎熬。可是，比我权力大的还有。”她问：“谁？”彩云回答说：“风能吹走我。”

他到风那里。说：“风大哥！你的权力最大，我想当你的媳妇。”

风说：“是的，我的权力大，有了我黑云一扫而光。可是比我权力大的还有。”她问：“谁？”风回答说：“大树可以挡住我。”

她到树那里，说：“树大哥！你的权力最大，和你结为伉俪是我最大的心愿。”

树说：“是的，我的权力大，有了我，挡住了飓风吹倒房屋和庄稼。可是权力比我大的还有。”她问：“谁？”树回答说：“虫蛀了我的身体。”

最后，她和蛀虫结了婚。

不过，结婚才七天，啄木鸟吃了她的丈夫，她独守空房，成了寡妇。

讲述人：果达，男，56岁，门巴族，墨脱县旁辛乡党委书记
向东，男，28岁，门巴族，旁辛根登村农民
斗思，男，34岁，珞巴族
1997年搜集

青蛙娶妻

三公主容貌迷人，眼睛水汪汪的，远近闻名。一只青蛙想娶三公主为妻。它从墙缝里钻到王宫，藏在墙脚的洞里大喊：“国王！国王！我是来求婚的，请把三公主许配给我吧。”国王听后感到很奇怪：“谁在胡喊什么？怪刺耳的。”一个大臣告诉他：“有人在喊，说是来求婚的。”

“国王！国王！请把三公主嫁给我吧。”大公主什么也没有看见，听见了声音。

“国王！国王！我要娶三公主为妻。”二公主听见了声音，什么人也没有看见。

“国王！国王！我来求婚的，三公主嫁给我吧。”三公主奉父王之命出去察看，转了三圈什么人也没有见着，但看到了青蛙。她对父王说：“原来是只青蛙在喊叫。”国王听后骂道：“它是青蛙，我的三公主美如仙女，哪有仙女嫁青蛙的。”

国王派大公主前去劝说：“你是六兽之一，是畜牲，哪能同公主结为夫妻？父王将我许配给了东王，二妹也许诺嫁西王，三妹将当南王的王后。父王再三交待，公主不能嫁给你。”青蛙说：“公主不嫁与我，我要哭，而且哭得很厉害，请你们不要前来劝说。”

青蛙哭了起来，越哭声音越大，突然刮起一阵大风，将王宫的鸡全刮到了河里。国王派大公主前来说：“请不要再哭了，再哭王宫就要倒塌了。”二公主也前来帮腔：“父王答应了你求婚的要求。”青蛙说：“请问国王把哪个公主许配与我？”二公主禀报了父王，国王说：“大公主许配给它。”青蛙听后道：“我不要大公主，也不要二公主。我只要与三公主结为夫妻。”大公主和二公主同时说：“父王说过多次了，三公主不能嫁给你。”青蛙说：“三公主不嫁给我，我要大闹地震的。”大公主说：“你想怎么闹你闹吧。”二公主说：“我们不怕你闹什么地震。”

青蛙施展它的魔力，大吼几声，山崩地裂，天昏地暗，从地下往上冒火。王宫的楼房也都发出“喀嚓、喀嚓”的响声，房子好似都在晃动。国王着急了，派大公主去对青蛙说：“父王答应你的请求，同意三公主嫁给你，父王请你进屋面谈。”

青蛙高兴地一蹦一跳来到王宫，国王说：“你非要与三公主结为夫妻，天底下那么多国王会笑话我的。不答应吧，你又哭闹得王宫险些倒塌。这样办吧，你住在王宫里，九个月后再成亲。”

在九个月里，青蛙在王宫里东蹦西跳，时而跳到楼顶，时而钻入仓库。一天，它在金床上睡着了，国王很不高兴，就对青蛙说：“你成天活动得太不像样了。”青蛙说：“我高兴呀，所以才到处游逛的。”

时间过得很快，九个月过去了，青蛙对国王说：“国王！正月十二是个吉日，我同三公主完婚最为合适。”国王同意了青蛙提出的结婚日期。

青蛙同三公主成亲了，临别时，母后送给三公主一把铁锤，并且说：“你在路上把青蛙打死。”

上路后，他俩来到一个大草坪上，三公主打一锤，它跳一下，打了许多锤都没有打着青蛙。青蛙非但没有生气，反而笑着对三公主说：“你父王是被迫将你嫁给我的；你母后还想害死我。你人美心善，我俩今后会不愁吃不缺穿地和睦度日子。你放心，我不会计较前仇的。”

半夜时分，三公主醒来，一个人躺在绿茵茵的草地上，青蛙不知去向。

天放亮时，青蛙喊醒三公主说：“快起来！快起来！”他们眼前出现了一座三层楼房。青蛙对三公主，说：“咱们去看看楼房。”楼房底层是仓库，二层是厨房，三层是卧室。青蛙又说：“这就是我们的家了。”他们来到厨房，酥油茶打得又浓又香，米饭、鼠肉味美可口。他们美美吃了一顿。三公主感到奇怪，心想：这里没有其他人，这些饭菜是谁做的？她起了疑心，问青蛙：“这些饭菜是你做的？”青蛙回答道：“你们说我是畜牲，畜牲会做饭吗？”三公主喝足了酒，吃饱了饭，夸奖说：“比王宫里饭菜味道还好。”

他们在楼房里过了几天美满如意的生活。一天早饭后，青蛙对三公主说：“你若感到寂寞，可以到外面去观赏风景。”

三公主下楼后，她的疑团还未解开，藏在那里看动静。

三公主走后，青蛙脱掉青蛙皮，显出了原形，原来他是一个英俊的青年。他点火烧茶做饭，正在忙乎着，三公主飞快进屋，抢走青蛙皮，她扬起青蛙皮，三层楼房变成了九层；她把青蛙皮扔向草场，草坝成大村庄，人满村，畜成群；她把青蛙皮挂在墙上，王宫里拥满了大臣和佣仆。从此，他俩成为国王和王后领导臣民生活。

讲述人：顿加，珞巴族，猎人，故事家

格桑尼玛、白马仁钦，门巴族

1968年7月14日搜集

猴子变人

珞渝的山上时常滚石伤人，珞巴人很是畏惧。

后来，猎人们发现原来是调皮的猴子们干的，人们恨透了它们，但一般情况下也不伤害它们，因为，传说猴子是人的祖先。

大地母的娃儿数不清，但都是猴子，有白猴、黄猴和黑猴；有长尾巴猴，也有短尾巴猴。

一天，猴子们在山顶摆弄石头，比赛谁的劲大，石头垒得最高。突然石堆垮了，石头滚下山去，石头碰石头，速度越来越快，石头相击，碰出不息的火星，燃着了干草，火势越来越猛，燃着了整个森林，肚饿难忍的黄猴去林中觅食，熟肉吃饱了，但毛发被烧焦了，所以，人身上没有了毛。猴子们坐的机会多了，短尾巴被磨掉了。林中潮湿，猴子受不了寒冷，它们搬到了岩洞居住，捕捉小动物度日，到后来变成了人。

1957年搜集

野猪变人的故事

兄弟俩都是猎人，都结了婚，哥哥没有小孩，弟弟的小孩成群。

他俩进山狩猎，在山腰一个大树洞里，发现一个野猪窝。在清理草堆时发现干草里掩盖着一个小孩，弟弟说："这是凶兆。"他一手提起小孩的脚，让他头朝下，正准备往地上摔时，哥哥说："别摔死他，是鬼是人，养大了再说。你儿女多，我无儿无女，我收养他了。"哥哥把小孩抱了过来。

说来也怪，这个娃儿经过细心喂养，一天一个样，天天见变，六个月会说话了，到处跑着玩，5岁时可以猎获野兽了，10岁时是远近闻名的猎手了。15岁时，经过珞巴人推选，成了上珞渝（今东贡以上、达兴以下）的部落首长，起名叫扎本玖阿。

扎本玖阿管理上珞渝期间，向百姓摊派很多很多徭役和税赋，慢慢地引起了珞巴人的愤恨，连门巴人都吐口水咒骂他，想方设法要杀他。

一次，扎本玖阿到东贡收差，珞巴人热情接待。氏荣氏族商议消灭扎本玖阿的办法，最后一致同意由9人去对付他。

那天，扎本玖阿喝了不少酒，9人中的首领对他说："都说你劲大如牛，酒量如海，今天我们赌饮一下。你能把门口那个'达吾'（直径1.5米的大铜锅）像端碗似的拿起来，把锅里酒喝完吗？"扎本玖阿很轻松地提起"达吾"两边的铁环，"咕嘟、咕嘟"一气喝下去，将要喝完时，九个人一齐动手，有的抓手，有的抱腰，抱腿，有的抓手、抓衣，使他动弹不得，他急中生智，一脚踢向前方，一个持刀壮汉的睾丸被踢破，一脚往后，踢掉了一个人的生殖器，用力一挣，用拳头打死了5个人，冷不防，他背上挨了一刀，脊椎断裂，倒在血泊中。

扎本玖阿被害后，噩耗传来，他家里人悲痛欲绝，说失去了支柱。弟弟说："我们都是男人，他死了，我们不像男子汉了。"

扎本玖阿的后代已经有五代了：他的儿子富吉，孙子芝岗，重孙米居和米如，第四代是江措，扎西拉达是第五代。

米日雅西氏族崇尚野猪，视为图腾，是他们的祖先。

1997年春节搜集

松鼠的下场

一个“米吉”外出手持摇鼓，摇得“咚咚”响，路过一棵树下，惊动了树上的“欣格”（松鼠），它手中的“达达”（碗大的的甜果）跌落下来，正好打在“达比”（青蛇）的尾巴上，它生气地吃了“瓦戈仁”（大犀鸟）的蛋，“瓦戈仁”生气了，落到一棵竹子上，压倒了竹子，竹子碰翻了一个大石头，石头从山上滚下，砸断了家鸡一条腿，它痛得钻入屋内，在灶塘里扒拉，火炭燃着了房屋。主人抓住家鸡问：“你为什么烧我的房子？”家鸡说：“不怨我，是滚石砸断了我的腿。”主人问石头：“滚石你为什么砸断家鸡的腿？”石头说：“不怨我，是竹子把我打翻下去的。”主人问竹子：“你为什么弄翻石头伤人？”竹子说：“不怨我，是犀鸟太重，把我压弯了碰翻了石头。”主人问犀鸟：“你为什么要压弯竹子？”犀鸟说：“不怨我，是青蛇吃了我的儿子。”主人问青蛇：“你为什么要吃犀鸟蛋？”青蛇说：“不怨我，是草鹿踩断了我的尾巴。”主人问草鹿：“你为什么要踩断蛇尾？”草鹿说“不怨我，是松鼠砸痛了我。”主人问松鼠：“你为什么要砸伤草鹿？”松鼠无言可答。主人设暗夹，套住了松鼠，主人说：“这是你自作自受的下场。”主人吃了一顿丰盛的晚餐。

讲述人：扎西，男25岁，珞巴族猎人，达木村

1997年搜集

神鸡助猎人

一个猎人和一个“米吉”（祭司、神汉）进山狩猎。

天黑下来他们住进一个岩洞里。猎人说，咱俩讲故事吧。

猎人在讲故事时，一个独角的“特让”鬼（专门偷窃幼儿灵魂的鬼）从猎人的额头到鼻尖，来回慌张地窜上又窜下，“米吉”看得清清楚楚，他觉着好奇，笑出了声来。猎人说：“你讥笑我，我不说了。”“米吉”说：“我不是讥笑你，继续说下去。”猎人说：“我不说了。”“米吉”说：“明天打不到野羚牛，可能猎到野鸡，你拿竹筒去取水吧。”忠厚的猎人身背弓箭，手拎竹筒前去取水。他在泉水处碰到一只大花鸡，一箭击中了它。他俩美餐了一顿，还敬祀“特让”，请它帮助捕获羚牛。在以后的几天里，猎人猎获了很多羚牛，返回时，每人背满满一筐干肉干。

现在，珞巴人对鸡十分崇尚，同时把它视为圣洁的宝物，因之成了祭献鬼神的主要祭品。

讲述人：达娃

1997年搜集

灰母鸡当鸡王

一只母鸡，有三只小鸡，从中要选取一只能干的鸡王。

母鸡将一件蓝衣服送给了鸡娃大姐，它在林中“咕咕咕咕”地鸣叫，母鸡说：“你不行。”

母鸡将一件花衣裳给了鸡娃二姐，它在林中“叽叽喳喳”地鸣叫，母鸡说：“你还不如大姐呢。”

母鸡将一件灰衣服给了小母鸡娃，它在树梢“咯叽咯叽”叫个不停，母鸡

说："你成，可以当鸡王。"从此，小鸡娃成了鸡族的鸡王。它以后变成了贝母鸡。

讲述人：达娃，男，63岁，门巴族

1997年搜集

老虎怕兔子

兔子和老虎成了朋友，开头几天日子过得还算和气。

一天，它俩在晒太阳，虎对兔说："我要吃掉你。"

兔说："我能战胜兽王雄狮。"

虎说："你若真能战胜它，我会把你放生的。"

兔子来到山上，大喊了三声："白雄狮，有人要和你比斗输赢。"白雄狮从山上匆匆跑来："谁敢和我比输赢？在哪里？"兔子说："跟我来。"

它俩来到湖边，站在高高的岸边，兔子指着湖说："就是它！就是它！"白雄狮看到水中，有头白雄狮，它龇牙咧嘴，水中倒影的白雄狮也呲牙裂嘴；它耸耸肩，鬃毛都立了起来，前爪乱扒；水中的白雄狮照样耸耸肩，鬃毛也竖了起来，前蹄乱扒。白雄狮扑了上去，湖水激起了波浪，它在湖中找了半天也没找到对手，爬上岸后，浑身发抖，生气说："兔儿你骗了我！""我怎敢捉弄兽王爷！它钻到湖底了，不信你看。"湛蓝的湖水静悄悄，白雄狮低头一看，好似对手在嘲笑它，它又猛力跳入湖中，"你的对手逃到湖中小岛上了。"兔子大喊白雄狮向湖心游去，不过，一去再也没有回来。

兔子把白雄狮的尸体吊在树上，回家了。

"我把兽王打死了！"兔子得意地对虎说。

"甲巴岗（蔑视语）！天下奇闻，从未听说过。"虎说。

“不信，咱们去看个虚实。”兔子说。

它俩来到山下的开阔草地上，兔子指着一棵桂树对虎说：“你看，那是啥？”

老虎抬头一看，一头比它大得多的白雄狮吊在树上，头耷拉着，吓得它窜入林中。

从此，兔子一代一代在这里繁衍生息，没有天敌地生存了下来。

讲述人：纳龙

1997年搜集

蝙蝠的厄运

“工钦帕旺”（蝙蝠）向“丁增曲扎”（一种善叫的花鸟）求婚，花鸟答应了它的要求。

蝙蝠说：“咱俩成婚，得有一个窝才行。”花鸟说：“那当然了。”

蝙蝠说：“我上树折树枝，你在树下接住就行。”

蝙蝠折腾了半天才咬断一个树枝。花鸟接过树枝一看，树枝上血淋淋的，“吐休”喊了一声，说：“原来你是一个‘嘎希工’（懒汉）呀。”

讲述人：达娃

1997年搜集

白猪赐福

兄弟二人狩猎为生。他们没有种子，不会种地，哥哥打猎，弟弟在家喂猪，烧茶做饭。

哥哥每天背回很多兽肉，羚牛肉、岩羊肉、草鹿肉，应有尽有。

弟弟好奇，尾随哥哥上了山。他看到，到了猎场，哥哥放开把猎狗，自己脱光衣服赤身坐在石头上逮虱子。没过多久，猎狗撵来一头羚牛，哥哥穿好衣裳，系好腰带，一箭射去射中了羚牛。他剥了牛皮，把肉割成一条条放在岩洞竹架上烘烤。他砍了一节竹子扔了出去，长成了丛丛竹林。他从洞中取来泉水烧茶，哥哥的动作弟弟看得清清楚楚。

弟弟提出他要上山狩猎，哥哥怎么劝阻，弟弟也听不进去，只好答应了。

弟弟照哥哥的做法办了，猎获了野兽。他砍了不少竹子，一节一丛，整个猎场都长满了竹子，人都钻不进去。他取了水，但木塞堵不住泉眼，泉水把岩洞和整个猎场都淹没了。

哥哥知道这些后生气了。他到了岩洞，泉水已经流光了，一滴水也没有了。

哥哥生气出走了。他到处流浪，走到哪，乞求到哪，吃住在哪。

弟弟感到孤单，寻找哥哥去了。中途碰见一位年轻人，那人告诉他："你哥哥就住在村里那个大房子里。"兄弟俩见面，都流了泪水。"哥哥，咱们回去吧，是我得罪了你，惹你生气出走。今后会听哥哥的话，好好过日子。"弟弟再三劝说，哥哥再三拒绝，说："弟弟！你回去后，把咱们那头白猪杀了，猪肉、内脏一点也不要吃，切成小块，置放在石上、树上、岩洞、水边。记着千万别馋嘴，对你会有好处的。"

弟弟按照哥哥说的办了，而且办得认真。当晚，他躺在地板上前思后想杀猪的事，想着想着睡着了。他睡过了头，梦中老人告诉他：“你命运好，福气来了”，弟弟脸上露出了笑容，睁眼一看，一切都变了，三户人家变成了百户大村，人头涌动，牛羊成群，一个俊俏少女大方地对他说：“我是你的妻子。”从此，他过上了吉祥如意的生活。

1997年搜集

山羊的风采

一对老夫妻养有九只山羊和九只母鸡，靠吃鸡蛋、喝羊奶度日。

一天，来了一个魔鬼，问：“‘阿保’（老大爷）‘阿米’（老大娘）！你老两口靠吃什么食物生活的？”

老人答：“靠吃九只鸡的蛋和喝九只羊的奶过活的。”

魔鬼说：“如果不给我一只羊和一只鸡，我要吃掉你俩。”这话把他俩吓得只好满足了它的要求，给了它一只母羊和一只母鸡。

隔天晚上又来了一个魔鬼，问：“‘阿保’‘阿米’！你俩靠吃什么食物生活的？”

老人答：“靠吃八只鸡的蛋和喝八只羊的奶过活的。”

魔鬼说：“如果不给我一只羊和一只鸡，我要马上吃掉你俩。”他俩势不力敌，只好给了它一只羊和一只鸡。

每隔一天晚上都来一个魔鬼说同样恐吓的话，他俩只得给一只羊和一只鸡，最后只剩一只羊和一只鸡了。

他俩再也待不下去了，只好背井离乡，老汉牵羊、老妇抱鸡出走。走在一个怪石嶙峋的陡峭山谷中，母羊不愿走，老妇步履艰难，老汉在前头牵着羊，老妇在后边扬鞭赶着羊，在过一条垮沟时，老妇拽着羊尾，坡度太大，一下子拽掉了羊尾，老妇手攥羊尾坐在那里啼哭，老汉走远了，没有听到老妇的哭声。

她进退维谷，两边是神工鬼斧的峭壁，脚下是怪石林立的峡谷，只好入岩洞过夜。她坐在火堆旁，顺手将羊尾放在火上烘烤时，羊尾说了话："'阿米'！你别烧我、吃我，我只这么一点大，也填不饱你的肚子，留着我，将来对你会有好处的。"老妇道："'甲巴岗'（蔑视语），小小的羊尾对我会有什么好处！"羊尾说："日子久了会知晓的。"

老妇怀中揣着羊尾，忍着饥饿，一颠一跛地往前攀爬，太阳落下山时，她来到一个村里，住在一间无人住的空房里。羊尾首先开了腔："我知道你饿了，我去偷东西了。"羊尾一会偷来米，一会偷来肉，一会偷来油，一会偷来盐，国王仓库里的食物样样都被偷了回来。

国王管家发现粮库中食物被偷，报告了国王，国王派了三个家仆守候粮仓，还是被偷："报告国王，昨晚没有看见一个小偷，东西照旧被偷，只有一只小狐狸窜过来窜过去。"国王说："难道牲畜也会偷盗？不可能。"

过了三天，老妇杀了一头羊尾偷来的国王的白头犏牛，这是一头神牛，被国王视为象征吉祥、富裕的宠物，家仆们找了一天，才在老妇门口看到牛皮，羊尾自告奋勇地说："是我偷来的。"国王下令捉拿盗贼。国王说："咱俩打个赌：今晚你若将王后的玛瑙偷去，算你是英雄，免于鞭刑。""国王大人说话可算数？"羊尾问。"一国之长从不食言。"国王斩钉截铁地说。

夜深人静，国王和王后紧闭三道门，国王说："可要把玛瑙保存好。"王后说："咱俩轮流保管，紧紧攥在手心。"王后取下玛瑙递给国王，国一攥了一会，又递给王后，王后攥一会又递给国王，这样递过来递过去，羊尾从门背后的地板洞里钻了进来，趁国王递给王后之机，从中接过了玛瑙。过了一会，王后说："把玛瑙递给我。"国王说："刚才不是给你了嘛。"王后说："没有给我呀。"国王和王后互相埋怨，国王说："说不定是羊尾偷走了吧。"

第二天，太阳刚爬上山头，羊尾来到王宫里，看热闹的人挤得水泄不通。"国王大人！这是王后的玛瑙，现物归原主。"国王和王后笑了，百姓们都以钦佩的眼光目送着羊尾走出去的身影。

羊尾帮助老妇到寿终。

至今，珞巴人对羊怀有很深的感情，在不少岩石上刻有羊的壁画，在每年喜庆的“望果节”的竹楼里都少不了羊的模型。他们崇尚善良，弘扬好人好事。

1997年搜集

兔子和狗熊

兔子和熊是朋友。

他俩住在林中一个岩洞里。

兔子让熊睡在火堆的上边，它用力扇火，黑烟呛得熊喘不过气来。

第二天晚上，熊要睡在火堆的下边，兔子从上边用力扇火，火越烧越旺，黑烟越来越浓，呛得熊上气不接下气，烫得熊直往外挪身，熊怕烧着自己，只顾躲身，一下子摔下了悬崖，一只腿跌断了。兔子来看它，告诉它是风把它吹下崖的，安慰说：“你会很快好的。”还说：“罗刹鬼令我上山引风吹雪，我只好唯令是从。你在这里等着。”说完兔子一溜烟上了青山。只听见“沟”的长长一声，大风呼啸，尘土飞扬，白云漫天，熊眼里吹进了灰尘，眼都睁不开了，熊生气道：“你害了我。”兔子说：“罗刹鬼又令我上山放风，不得违命。”不多一会，熊在一棵大树上搔痒，旁边有一窝“加纳志布”（毒蜂），兔子敲起了锣，打起了鼓，惊动了毒蜂，毒蜂群起而攻之，把它蜇得直打滚。它想脱逃又抓起一根藤条，来回摆动，觉得好玩，兔子在旁边助兴地说：“真有意思。待会锣鼓响起时，你用力打秋千，会玩得更开心。”兔子一手敲锣，一手打鼓，越敲越快，越打越有劲，熊打秋千也越来越快，只听“扑通”一声，藤条断了，熊摔成一个大疙瘩，躺在那里，没精打采地说：“兔子害了我；兔子害了我！”趁它张大口叹气时，一条毒蛇钻到了它的肚里，毒性大作，熊再也没有起来。

斗和、保红、扎西，珞巴族猎人，墨脱县达木村
1997年7月搜集

古堆鸟

“古堆”（山雀）鸟的窝在鸟族里是最漂亮的，怪逗人爱的。

一天阿巴达尼在林中行猎，听见一群“古堆”鸣个不停，声音尖脆，老远都能听得见，他仔细观察，发现在一棵“久珠”（榕树）树上有许多“古堆”

在忙碌着。忽然他发现最低的一枝树枝上，有两只“古堆”正在宽树叶下垒窝，他静静地看着，“古堆”也不怕他，它俩衔来许多软树条，东西铺一根，再南北铺一根，这样来回铺，不久，一个两个拳头大的鸟窝编织成了，鸟蛋漏不掉，圆形鸟巢令人赞叹。

阿巴达尼回到家里，多日思考着圆形的鸟窝，他想呀想，终于想出了用竹篾编织簸箕、竹筛，后来发明了竹编如圆形带盖的“邦琼”和四方形有盖有底的“休斯贡”等。

1957年搜集

野猫的故事

林中野猫来到村里，对母鸡说：“咱俩做朋友吧。”母鸡说：“你会吃我的。”野猫说：“哪有朋友吃朋友的呢。”他俩同吃同玩，晚上各回各的家。

母鸡对野猫说：“我今日要生蛋，你下地劳动吧。”野猫说：“你中午给我送来炒鸡蛋和米饭，再带一块肉来。”

母鸡生过鸡蛋，做了香喷喷的煎蛋，装了一“邦琼”米饭，一块羚牛肉。野猫享了口福，说：“饭菜合口，明日午饭会更香的。”

第二天太阳快落了，午饭还没送来，野猫在回家的路上，碰到母鸡托人送来的饭，还有烧得红红的炒锅，野猫一下坐下去，屁股粘在了锅上，忙站起来，屁股皮被烫掉，还拉了一锅屎。它回到家里，对母鸡说：“你害得我好苦呀，差点把我烫死。”母鸡说：“热锅是叫你热饭用的。”野猫说：“你的心真好。”

“朋友你晚上歇在哪里？”野猫问。

“我睡在生蛋的地方。”母鸡回答。

“昨晚我找你一块睡觉，鸡窝里找遍了都没有看见你的影子。今晚你睡哪里？”“我睡房顶木架上。”母鸡回答。

“昨晚你没有睡在木架上。今晚你睡哪儿？”野猫问。“我睡在桃树上。”母鸡答。

野猫好多天没有吃过肉，嘴馋得很。它整夜都在寻找母鸡，天快亮时，母鸡在仓库房顶扇了几下翅膀，野猫扑上去，把母鸡吃了。

鸡窝里的鸡蛋失去了妈妈，痛哭流涕，决心为母鸡报仇。它途中碰到毒蜂，毒蜂问：“鸡蛋姐姐，你去哪里？”“野猫吃了我的妈妈，我报仇去！”鸡蛋说。“你一人势单力薄，我帮你报仇。”毒蜂说。

它俩途中碰到了毒箭、锤子、石磨、毒蛇等，都乐意帮鸡蛋为母亲报仇。

它们来到野猫家里。过了好久，野猫才懒洋洋地回来，嘴里还喃喃自语：“今天运气不好，一无所获。”它去掀锅煮饭，刚一打开锅盖，一群毒蜂蜇了它，它痛得在床上直打滚；头放在枕头上，被锤子砸了一个洞；去取毒箭，被箭筒里的毒蛇咬住了手；去吹火，鸡蛋爆炸，炸瞎了它的双眼；它绷断细绳逃至门口，被石磨砸死。大家哈哈大笑，鸡蛋感谢朋友们相助才如愿以偿，为母亲报了仇，雪了恨。

1996年11月搜集

贝母鸡施计脱险

一只贝母鸡被猎人兄弟安的“盲”（圈套）套住了。哥哥说：“杀了它算了。”弟弟说：“怪好看的，拿回村上让大家看看。”弟弟抱着它进了村。村中央聚会的地方，里三层外三层站满了看热闹的人。贝母鸡发亮的灰色羽毛和鸡翎使村民们眼花缭乱。贝母鸡抖抖翅膀，往前走几步，又后退几步，突然，它使劲全力绕过人头飞向村外。“怪可惜的！怪可惜的！”人们同时叹了一口气。

鸡族里贝母鸡聪智过人，飞术超群。这次差点丢了命，使它更加小心，从此，它活跃在高山草甸，不再回到村间。

1997年11月搜集

三头虎

大天公和大地母婚后生了三头神虎。

老大叫米达克拉，是头大神虎；老二叫加达克拉，是头铁神虎；老三叫萨拉克拉，是头土神虎。

开始，它们玩在一块，吃、睡在一起，大家和睦无争。

三兄弟长大后，常常为争食闹得不可开交。老三个小体弱，被老二咬断了一条腿；老二的一只眼被老大抓瞎了。

一天，妈妈带回一头扭角羚，弟兄们争食搏斗了起来，老三被挤下悬崖，老二被老大抵下悬崖。它俩死后，毛发变成了树木、百草，骨骼变成了沙石、山脉，肉和内脏变成了动物和虫豸，血液变成了河流。

东贡部落视虎为祖，从不与虎为敌。

1956年11月搜集

知错的青蛙妈妈

一只青蛙妈妈带着一群孩子在沼泽地里戏要，玩得好开心，打滚、追逐，还有的四条腿朝天在晒太阳，妈妈瞅着顽皮的孩子们。太阳偏西了，它们玩够了，肚子饿了，妈妈领着孩子们在沼泽里捕捉昆虫充饥。当它们来到沼泽边沿，看见一头大额牛在草坪上低头吃草，高大的躯体，黑黑的皮肤，长长的弯角，“邦琼”大的蹄子，长头左右摆动着，不时往前迈步……把大家吓了一跳，大家都目不转睛地昂首观看，“这是什么动物？”一个问一个，都回答不了，问妈妈，妈妈摇摇头。

一只大些的孩子问妈妈：“你不是常说，你是世界上最大的动物吗？”

一向夸口的青蛙妈妈内疚地说：“原先咱们住在沼泽深处，那里都是咱们蛙族的家，我就是最大的了。谁知这里还有比咱们蛙族还大的动物，今后都不准夸口乱说了。”

从此，青蛙谦虚起来了，只只温顺，从不主动惹是生非，朋友也多了起来。

1997年搜集

大象选国王

夫妻俩有一男一女两个孩子，他们以打猎为生，采摘蘑菇木耳度日。

妻子临终时对丈夫说："我是不行了，我死后你要好好照管孩儿，你不要往上去山顶，不要往下去河边。把我掩埋在村头。切切牢记。"妻子死后，他把她扔入湖中。

妻子死后一个月了。丈夫忘记了妻子的遗言。一天，他去了后山，看见一个头发拖地、獠牙朝天的妖魔从山下走下来，他急忙爬上大树。妖魔来到树下，翘首仰望，对他说："下来吧，咱俩结婚好了。"他不敢看它一眼，侧身说："看你那个怪样子我害怕。"妖怪说："我的样子虽丑，但不是本相，是打扮成这个怪样的，我的本相是这样，你看。"话音刚落，它变成了一个美女，两颊绯红，双眼皮，逗人喜爱。他从树上下来，他俩手挽着手往家里走。

快抵家时，他对她说："你在此稍等片刻，我先回去打扫一下。"

他进家后，首先把两个尚未成年的儿女安置在房子顶棚上。妹妹对哥哥说："爸爸娶了继母，咱俩苦日子降临了。"他俩从此吃住都在那里。

第二天，继母进山了。他俩来到湖边，妹妹洗头时，看见水里有他俩的人影，说："这是凶兆，这可怎么办？"哥哥说："不是说山上'仓巴'会占卜嘛，叫爸爸去见见他，占个吉凶。"

继母装成"仓巴"早已到了山顶"仓康"（修行者的房子），身着袈裟，头戴五彩纸糊的有须子的纸帽，盘腿坐在那里，闭眼，喃喃自语。

丈夫向"仓巴"说明情况后，她佯装抓玉米籽，放了9堆，然后数每堆粒数，说："这是凶兆。"她又摆弄佛珠，又说："确系凶兆。"他问："那怎么办呢？"她稍停片刻说："只有忍痛割爱才能驱斩禳灾。"她舔了一下嘴，说："杀一个孩子，吃掉心和肝才能全家安宁。"

他扫兴而归。姐弟俩问道："爸爸！你今天怎么这么悲痛？"他照实说了。弟弟说："杀了我好"，唱道："占卜吉凶杀骨肉，杀我避灾最理想，姐姐心肝是毒肉，弟弟才是好药材。"弟弟唱过，姐姐唱，都提出先杀自己。他怀念妻子疼爱儿女，没有伤害他们。

又过了一阵，姐弟俩去圣湖洗头，水中倒映着他俩的面容和人影。姐弟俩又恳求爸爸去占卜。

继母从石板路早早来到"仓康"，丈夫顺着沙坡往上爬，上三步，下滑二步，太阳偏西才爬到"仓康"。继母打扮成"仓巴"，占卜结果仍是"凶兆”，“必须用孩子的心和肝才能消除厄运”。

继母顺着沙坡下滑，很快回到家里。丈夫从石板路一个台阶一个台阶下山，很晚才回到家里。

继母和孩子都抢先询问占卜结果。他讲后，姐姐和弟弟都提出先杀自己。继母趁热打铁说：“‘仓巴’占卜灵验。”

爸爸动刀时，他妻子跃出水面露出半个身子，对他说：“你不听我的话，才造成今天的悲剧。两个孩子不能杀，用这条金鱼去避邪吧。”他把金鱼煮成汤，每人喝了一碗，大家才放心。

八月十五月儿圆，姐弟俩照旧来到湖边洗澡。当他俩洗完梳妆时，他们的玉容倒映在水中。

他们向爸爸讲述了今天看见水影的经过，继母插嘴说：“这只有‘仓巴’才能禳灾了。”

第二天一大早，爸爸启程了，只能从沙坡去“仓康”，而继母却从石板路早早来到“仓康”。占卜中，她用三支犀鸟翎在他头上来回摆动。占卜后，她说：“只有你孩子的心和肝才能禳灾。”

爸爸回到家后，看见三支犀鸟羽翎，起了疑心，凝视半天，他对她说：“这几根羽翎占卜时我见过，‘仓巴’是你装扮的吧？”她忙说：“不是我，不是我。按‘仓巴’讲的办了才能显神。”善良的爸爸轻信了她的话，准备动手杀孩时，他妻子又从湖中跃出半个身子，说：“你人妖不分，险些酿成大祸。你把这只水獭拿去治病吧。”他们吃了水獭肉，喝了水獭汤，才放心了。

一天，姐弟俩在湖边玩耍，妈妈从湖中跃出半个身子，对他俩说：“你俩长住下去，凶多吉少，还是往东去东方国王那里。这是两根针，口渴时，用金针轻轻扎一下，圣水会源源流来；肚饿时，用银针轻轻扎一下，上等饭食佳肴会填饱肚皮的。”他俩接过金针和银针时，妈妈的影子消失了。

姐姐趁着爸爸和继母不在家时，她领着弟弟向东方走去。当他们翻过三个山头时，口渴肚饿了，先是姐姐用金针和银针扎，后是弟弟轻轻扎，既没扎出水，又没扎出饭，姐姐说：“妈妈给的神针咱们不会用，才没扎出水和饭。这样吧，你在这儿等一会，我去找水寻饭。”话音刚落，面前出现一个老妇，头发苍白，腰弯腿不直，个儿矮小，姐姐对她说：“请婆婆照管好我弟弟，我去找些水，弄些饭。”这是一座岩石山，既无溪流，又没泉水，她找呀找，寻呀寻，没有找到水源，她只好用包弟弟的布用牛蹄坑中的少许雨水弄湿带回来。她回到原处后，老妇和弟弟都不见了。

原来，老妇把弟弟卖给了一个商人，换了三件衣服和三串贝壳项链。

商人把弟弟装在一个大箱里，过木桥时，桥板晃动，马惊一跳，木箱掉入江中。冲呀冲，木箱被冲入一个鱼篓中。渔夫打开箱一看，原来是一个小男孩，他泄了气，说："我家孩子多，都快养活不了，这个就扔到江里算了。”另一个渔夫的鱼篓里大鱼小鱼满满的，但他无儿无女，看见一个白胖小子在眼前多兴奋呀。他对这个渔夫朋友说："你的难处我都明白，这样吧，咱俩交换吧，小孩给我，鱼拿回去养活你的儿女。”

孩子长大了，东方王国要选国王，许多人都希望自己的儿子能够中选，但渔夫却害怕孩子被选中，他把孩子藏在树上。

选国王那天，人山人海，男孩们身着盛装，手持弓箭，排成长长一行，锣鼓喧天，20头大象对每个男孩进行触摸，没有选中一个。大象们长鼻朝向四方，然后一同向东坡走去，领头大象将渔民暗藏的男孩从树上用鼻子举得高高的，其余大象跟在后边，长鼻左右甩打，表示喜庆和欢乐。它们把男孩放在国王的宝座——金椅上，男孩头戴金帽，身着黄色的龙袍，脚穿五彩长靴，他成了东方国王。

东方国王有颗慈善心，他下令向穷人分发食物，无衣者给穿的，乞食者给吃的，国家强盛，百姓安宁。

自从失掉弟弟后，姐姐到处流浪，乞讨为生。后来听说东方国王不时向穷人恩施东西，她打很远的地方前去乞讨。她在宫廷旁边高坡上反复唱道："东方有个国王，视穷人如父母，闻名遐迩远方，前来探个真假。”国王侧耳静听三遍，觉着声音很熟，“难道是我姐姐？”他叫人传令她进宫。她刚到大门口，国王看清了是他亲姐姐，左脸有块黑痣，右脸酒窝很深，头发蓬散披肩，衣服褴褛难以遮丑，赤脚袒胸，满脸污秽，国王伤心地昏了过去。他醒来后喊："快把她请进来。”姐姐到了跟前，他难过地又昏了过去。片刻，才苏醒过来。他叫姐姐用牛奶洗了澡，头发梳得溜滑，换上了新衣新鞋，显得格外漂亮，一说话脸上两个酒窝显得自然美丽。姐弟俩形影不离，常常长谈到深夜，他俩感到幸运和自豪。

过了几天，弟弟提出一道去探视父亲。姐姐劝阻，“还是先去看看母亲。”

他俩带了很多礼物和食物，在圣湖边大喊：“慈母！慈母！儿女缅怀你！爸爸虐待，继母陷害，儿女格外思念亲娘。”随即母亲跃出半身，女儿向她投扔衣物，儿子向她投扔食物，她说：“我被水吸住，不得脱身。”女儿扔去一个鱼钩，正好钩住了她的衣袖，他俩用力才把妈妈从水中拉出，原来妈妈的下身是条蛇，儿子从湖中打捞出妈妈的下身，把她对接上，涂些麝香，妈妈可以走动了。妈妈把女儿和儿子紧紧抱在怀里。弟弟让姐姐领着妈妈回了王宫，他一人去看望父亲。凑巧，继母卧床不起，弟弟说：“只有去‘仓康’修行才能治愈此病”。他背着她，两天时间才抵山上。他砍了很多易燃的油松树板，盖了一间新“仓康”，地板、天花板、墙板都是红松木，房底堆了九筐干松明子，“仓康”一点缝隙都没有，不通气，不透光。他和继母在此住了七天时间。第八天一大早，他对继母说：“今日神降临，天气炎热，给你洗个圣水澡，你会痊愈的。”他把门关得紧紧的，用藤绳把门拴得死死的。他喊道：“东方的刀杰条巴神，西方的门朗才巴神，南方的旦巴元神，北方的条央朱巴神，请你们从四面扇起狂风，助我一臂之力，实现夙愿。”说毕，他从房底点燃了松明子，四面狂风骤起，火舌忽东忽西，忽南忽北，继母在房内喊：“真热人，快快烧。”火，好似懂得东方国王的心意，大火燃着了地板、墙板，火焰进了屋内，黑烟呛得她咳嗽，她用劲开门，也无济于事，半天时间，“仓康”被烧得殆尽，继母也被化为灰烬。从此这里没有了妖魔，人们安居乐业，过着无忧无愁的生活。

儿子把爸爸领到王宫，他低着头，不敢正视家人，还是老伴首先开了腔：“抬起头来，看看我们。你心里内疚，我们理解，你偏听偏信，受骗上当是昨天的事，忘了它吧，咱们重新生活。”女儿说：“过去的事不再提了。”国王让妈妈坐在金椅上，爸爸坐银椅上。大家同欢同乐，同饮同唱，祥和地喜度日月。

1997年搜集

人是猕猴变的

原来世界上没有人。

魔崖妖女“扎桑姆”对猴少爷说：“咱俩结婚吧。”

猕猴说：“我是黄权喇嘛，不能结婚。”

魔女说：“我来做酒，你放酒曲。”

魔女煮好了玉米和鸡爪谷，叫猕猴投放酒曲。

猕猴把酒曲搓成粉末，落下一只黄蜂。黄蜂爪子把煮熟的粮食扒散，猕猴照样把酒曲均匀地撒在粮食上，稍停片刻，待不烫手时，将酒粮装入竹桶，用灶灰稀泥封口。

三天时间，酒酿发酵成了，魔女叫猕猴筛酒，猕猴筛了一石锅的甜酒，魔女叫猕猴畅饮，猕猴爬到树上，吃树果，喝露水。魔女生气地命令猕猴回到岩洞，不准它吃树果和喝露水，它饿了，渴了，只好喝酒，一下子喝了半锅，醉醺醺睡着了，它俩同居了。

第二年，第三年到第五年，它们年年生小孩，小孩有男女，但都是猕猴娃。魔女告诉孩子们外出要遮住脸，两只大猴听妈的话捂住脸，只露出两只眼睛，成了猕猴的祖先，小猴们没有捂脸，最后都变成了人，是人的祖先，你不信的话，有实例为证：藏族叫人时叫“格”，猴子也发出“格”的声音。

1996年12月搜集

比试争偶

“木格”（孔雀）的娇姿招惹鸟族纷纷前来求婚，把“木格”围得水泄不通，有的向它献情。歌王百灵献唱：“你若对我有情请用眼睛表明，你若对我无意反身各奔前程。”“木格”连看它一眼都没有。它又唱道：“孔雀虽然美丽，不能自己觅食，我面相虽丑陋，却能自食其力。”为了争婚，鸟族们打架，吵嘴不断，闹得不能安生。

“工耕帕旺”（蝙蝠）召集鸟族们开会，它话语简练，只说了一句：“谁飞到太阳上谁娶‘木格’为妻。”

鸟族们不管大的，小的，肥的，瘦的，强的，弱的都使尽全力向天空飞去，把太阳都遮住了，不到中午时分，差不多都跌落了下来，“工耕帕旺”紧紧抓住“甲桂”（雄鹰）到太阳将要下山的时候才飞回来，离地面很近时，他轻巧飞向太空，大家正在夸奖“甲桂”时，它俯冲下来，吓了大家一跳，都以惊异的眼光瞧看它，它夸夸其谈太阳上的光和热，抖抖身子，伸伸翅膀，说：“太阳似火，把我的毛都烧焦了。”“木格”成了“工耕帕旺”的妻子。

开头它俩的日子过得还不错，白天它俩在一起，晚上“工耕帕旺”回崖洞。一天，“木格”去崖洞，看到它的丈夫悬吊着，丑态更加难看了，心里不是滋味。

它俩去砍柴，“木格”砍了满满一背，去帮丈夫收拾柴火时，树枝上都是血，仔细一看，丈夫的嘴巴烂了，牙齿咬掉了，“木格”一气之下，扔下丈夫和儿女（孔雀蛋）去了印度，再也没有回来。现在江边样似孔雀的小水鸟就是“木格”的后代。

1996年11月搜集

野兽助人灭女妖

一个年轻人受继母虐待，叫他上山去挤虎奶，他办了；明天，叫他上山挤狮子的奶，他办了；后天叫他去挤羚牛的奶，他办了；大后天，叫他去挤熊奶，他办了。熊对他说："你继母是女妖，总有一天连你也会被吃掉的，别回去了，这是法号，你一吹，什么都会收到的。"他抱住法号进入了梦乡。法号被偷，他顺着脚印找到了国王庭院，原来是国王令家仆干的。他吹起法号，号声在山谷中回响，成群野兽围住了王宫，兽王狮子和兽爷老虎分别吃了国王和偷法号的家仆，熊、野猪咬死了王后和家仆。

年轻人回到家里，夜里继母起身要吃掉他，继母的亲生儿子三次劝说："妈妈！哥哥是个好人，不能伤害他。"

第二天弟弟将昨晚的事讲了，说："母亲是狠心的女妖，她会吃掉你和我的。咱俩逃走吧。"哥哥说："你是她的儿子，她不会残害你的。"弟弟说："不！妖魔是鬼不是人，什么伤天害理的事都会做出来的。她吃掉你，接着会吃掉我的，咱们走吧。"

当天，兄弟出走了，没走多远，弟弟既恨母亲，又想母亲，他返回了，当晚被他妈妈吃掉了。

哥哥在外流浪了三年，听到了和学到了很多制服妖魔的办法。

当哥哥回村后，本村和邻村的人都叫她吃完了。他对女妖恨之入骨，决心除掉她。

哥哥把女妖引到湖边，将她投入湖中，她爬上岸了；将她捆紧，她挣脱了；将她吊在梁上，她咬断了绳索。他采用许多办法都未能制服她。

最后他挖了一个大坑，足足有三人深，他把她骗到坑边说是挖"觉当"（山药），他猛力一推，她跌入坑中，他用大火焚烧了她。这个坑成了大湖，名叫："布裙湖"，是个圣湖，湖里长满了"白玛"（莲花）。从此这里安宁了，成了圣地，朝觐者络绎不绝，人民安居乐业。

1997年4月搜集

互让才能和平

狐狸名叫东马，鹏鸟名叫甲琼，猴子名叫达瓜洛桑，鹧鸪名叫戈咕。它们住在一块，吃在一起，这样过了一段时间，大家一团和气，没有红过脸，日子过得安定。

过了一些时候，它们互不相容，互相揭短。首先，甲琼吹嘘它的飞技如何如何，它的尖嘴如何如何；东马也不示弱，吹嘘它的锐齿和利爪如何如何；达瓜洛桑吹嘘它的跳跃如飞；戈咕吹嘘自己躲藏本领，它们都想成为名家，闹架是常事，为分地盘还互相打过架。

一天它们来到村里，碰见一只“如布”（雄鸡），它有半人高，伸翅时双翅有一庹长，腿粗且高，鸡冠耷拉着，红红的羽毛，大家对它投以的羡慕的目光。东马它们信任雄鸡，恳求雄鸡给以裁判。它们各自将自己说得完美无缺，把对方说得一无是处，雄鸡听后，哈哈大笑起来。它从恐龙不和械斗绝迹讲到当前，还说：“我知道人想的啥，动物想的啥，还知何时该报晓，主人喜欢我，相处得不错，和是最宝贵的，用钱物是买不到的，以愚之见，你们各有长处，也各有短处，要容得下朋友，心里能装下弓和箭，这样，你们可以互不干扰，自在生活，为了各自和平的生活，我给你们分下地盘，互不干扰，各自在自己的地盘里生存。东马身居高山草甸，甲琼在崖洞生活，达瓜洛桑栖息大森林，戈咕落户灌木丛。欢迎大家到我家做客叙谈。”

东马它们称雄鸡为“根拉”（师长）。

从此以后，东马它们在各自的领地自由自在地生活。

门巴人谚语说：“树不可能没有节疤，人不可能没有缺陷。”这是告诫人们不要说自己全对，别人什么都不好。

1996年11月搜集

短命的贪心猴

绵羊和猴子是朋友。

猴子对绵羊说：“地上的东西咱俩吃腻了。听说地下的‘觉当’（极甜的野生地瓜）很好吃。”它俩来到林中，绵羊顺着藤蔓挖呀挖呀，刮呀刮呀，累得满头大汗，好半天时间才挖到一块。猴子坐在旁边，边吃边看，绵羊挖一块，猴子吃一块。到天快黑的时候，绵羊挖了一筐“觉当”。猴子说：“你累了，我背筐子，你去取水。”

绵羊背着竹桶背水去了，猴子趁机背上“觉当”快速爬到树上。绵羊背水回来，猴子坐在树枝上边啃吃“觉当”边对绵羊说：“朋友！上来！咱们一块吃吧。”绵羊挖了一天，既饿又渴，对猴子说：“咱俩搭伙吃，你吃皮，我吃里边的，或者你吃里边的，我吃外皮也行。”猴子洋洋得意地边吃边看绵羊，还不时地挥手让绵羊上来。这些情景被“加纳杰布”（毒蜂）看得一清二楚，它对绵羊说：“羊大姐，你别哭，我帮你夺回‘觉当’。”它飞落在猴子脸上，屁股上蛰了两下，猴子疼得一手捂脸，一手搔痒，一松手，一筐‘觉当’掉下来。时间一长，蜂毒发作，猴子跌落下来，绵羊猛扑过去，抵死了猴子，背着“觉当”回了家。

讲述人：达姥，门巴族，卡布村

1996年12月搜集

猛虎除妖

一个富儿和一个穷儿一道进山挖山药。富儿是个女孩却很懒，穷儿勤快得很，爱出力，不怕累，身上一身汗，每天都能挖到一背筐脚板苕。而富儿女坐在石头上梳发打扮，从来不动手劳动，穷儿照样分给她一半劳动果实。

一天穷儿的母亲杀死了穷儿的父亲，因她是个妖魔。儿子回来时，她正灌好了肠子，那是爸爸的肉和血。妈妈骗他说是“羚牛肉”，他见不到爸爸，产生了怀疑，村人告诉他，他妈妈是个妖魔害死了好多人。他决心施计铲除这个祸根，为父亲报仇。

妖妈有个小儿子是个小妖。那天，他带着小妖进了山。他将小妖装入口袋，从山顶顺着大垮沟滚到岩底，摔死了。

毒狠至极的女妖哪能饶了穷儿，她追赶穷儿到一块萝卜地，问："毒萝卜！看见一个男孩路过此地没有？"萝卜不理她，她一连拔了七棵，萝卜才说："往前走了。"她没走多远问一只"杰崩"（野鸡）："短尾巴！看见一个男孩从此走过没有？"本来"杰崩"不想告诉她，迫于无奈才说："看见他朝前走了。"穷儿逃命，满身是汗，对一只虎说："虎爷爷！救救命，一个妖婆追来要吃掉我。"虎让他藏在自己的右耳里。刚隐藏好，妖婆问："无毛的光屁股老虎！看见一个小孩没有？"老虎是兽王，本来自尊心就强，听见她蔑视地喊："党赤身（骂人的话）老虎"，怒气冲天，待理不理地说："没看见！"女妖说："你不说，我要吃掉你。"老虎说："请来吃吧！"女妖扑过来，老虎纵身一跳，骑在女妖身上，女妖向后一缩，爬到老虎背上，大口咬了一口，魔爪乱抓一番，撕破了一块虎皮，老虎大怒和女妖格斗起来，经过九个回合，老虎咬死了女妖，撕成了九大块。弄得满地血迹，一片狼藉。

讲述人：个勤顿珠，男，29岁，门巴族甘登乡炊事员

1997年5月搜集

兔子成了众矢之的

兔子、狗、熊、猴子是朋友。

一天，兔子分物，一块猪肉归它，一双坚硬的羚牛皮靴套在狗熊脚上，一副镲给了猴子。熊穿着长筒皮靴难以爬树，花了大力才爬上了树，从树上跌了下来，摔伤了筋骨；猴子好奇，两扇镲对击，发出刺耳的声音，许多猴子惊慌地摔下悬崖，死的死，伤的伤。熊和猴商计要杀掉兔子。

兔子吃了猪肉，泻肚不止，它躺在石头上听到熊、猴在说话，知道是来报

复的。它急忙逃向崖顶，边跑边拉稀屎，熊、猴顺屎追赶，它俩看见兔子钻到一个小石洞里，它俩挖呀、搬呀，挖了一个长洞，搬掉许多石头，只抓断了兔子的尾巴，当挖到中间时，崖洞塌陷，砸死了狗熊和猴子。所以，直到今日，兔子成了兽类的众矢之的。但它的后代都是短尾巴。

1997年搜集

大鹏鸟为何绝迹

有一天，蝙蝠来到了江边沙滩上，捡到一个喇嘛念经时少不了的法器，也是喇嘛的食具。在法器的里边和边缘上包着银片，有个银质底盘当垫座，喇嘛们视这为宝。蝙蝠在摆弄法器时，从天上飞来一只大鹏鸟，问："帕旺啦！你在做什么？"蝙蝠答道："我在给法器镶银边。"

"我还没听说过你会做这么精致的法器。"大鹏鸟蔑视地说。

蝙蝠说："我手艺高超，人人皆知。"

大鹏鸟说："我能将这个法器弄得粉碎。"

蝙蝠说："它比石头还结实，你是无法弄烂的。"

大鹏鸟说："你不信咱们试试。你把法器反扣在石头上。我从天上冲下来可以将它砸得稀巴烂。"

说罢，大鹏鸟直飞蓝天，这时，蝙蝠快速地用一块圆石头替换了法器。当大鹏飞到人都看不见的高度，凶猛地直扑下来，用力过猛，将那块大圆石砸得粉碎，但它却倒在了一边，蝙蝠趁机将碎石扔掉，将法器口朝下放回原地。蝙蝠嘲弄似地说："鸟王大人！你劲小如风没能将法器碰烂。"

大鹏鸟回头看到法器仍放在原处。生气道："我真没有本事，连那个小东西都碰不烂，被小小的蝙蝠嘲笑，我还算什么鸟王呢？"

大鹏鸟又飞向蓝天，蝙蝠又取走了法器，放上了大圆石。

大鹏鸟直扑下来，将圆石碰成了糌粑那么细，但它没站稳，又跌倒在一边了。蝙蝠动作麻利，赶忙扫掉碎石，放回法器。

蝙蝠说：“大鹏鸟兄，你口气大，会吹牛，是个名副其实的‘卡拉’（牛皮王），可是，你的飞力像羽毛，只是吹吹而已！那么大一只鸟王，连一个小小的法器都碰不碎，真不知世上还有羞耻事！”

大鹏鸟羞得头都抬不起来，它发怒了：“我最大的劲属最后这一次了，再碰不碎法器，我宁愿不要鸟王的头衔。”说吧，它飞快地穿入了云雾遮掩的天空。蝙蝠照旧取掉法器，放上了一个更大的花岗青圆石。

大鹏鸟在高空盘旋了一圈，直扑而下，只听得“咔嚓”一声，它将大青石砸得更碎更细，这次它没有跌倒，站在大石上，仔细一看，它砸碎的不是法器，而是坚硬的青石，它生气地对蝙蝠说：“狡诈的帕旺，你真会骗人，用石头替代法器。我是鸟王，胸膛能盛下弓和矛，这次饶了你，7天后咱们比试输赢。”

蝙蝠说：“你是大鸟之王，我是小小的帕旺，只要你不害臊，咱俩可以比试。世界上知道了大鹏鸟和小帕旺在比赛都会羞你的。”

大鹏鸟说：“小小的帕旺智能多变，欺骗了鸟王，世上还有什么脸红的事！咱们非比试到底不可。”

“那就请便了。我住在竹林里，7天后竹林见。”蝙蝠答应了7天后的比试。

7天时间里，蝙蝠带领所有蝙蝠将一片大竹林全部砍成了竹桩，尖尖头朝上，竹竿被掏空，地下挖成条条通道，棵棵竹桩相通。

7天时间到了，该比赛了。大鹏鸟领来了很多伙伴，把天都遮住了，领头的鸟王大喊：“帕旺你在哪里？快快出来低头认输！”

蝙蝠通过地道，从空竹竿中钻出来，坐在尖桩上，答道：“廓热！廓热！（喂！喂！）！鸟王！我在这里！我在这里！”

大鹏鸟说：“咱们怎么个比赛法？”

蝙蝠说：“你们身材高大我个小，你们只要抓住了我，就算你们赢了，我服输！”

大鹏鸟都飞向竹林的天空，鸟王在蝙蝠头顶40庹高空大吼：“帕旺！你站好，我下来了！”它猛力扑向蝙蝠站的地方，当快要捕捉到蝙蝠时，蝙蝠体小身轻，敏捷地钻入空竹竿里，鸟王被尖尖的竹桩穿肚而死。蝙蝠从地道里钻出来，站在附近的另一棵尖桩上，大喊：“鹏鸟兄，快来捉我呀！”第二只大鹏鸟照样被尖桩穿死，第三只、第四只……所有大鹏鸟都这样被蝙蝠捉弄而死，每个尖桩上都留有一只大鹏鸟尸体。从此，人们再也没有看见过大鹏鸟，它绝迹了。

讲述人：益西平措、桑吉绕登、桑阿、布都

1989年8月21日搜集

蝙蝠和太阳鸟

蝙蝠用尖竹桩妙计害死了大鹏鸟，可是，大鹏鸟的血堵住了蝙蝠的出口，蝙蝠在竹洞里高喊：“鸟类朋友们，快来救救我，把洞口的血弄掉，救我出去，我给你们工钱。”鸟们都用力地扒血，将凝固的血块一口一口地叼走，红色的太阳鸟最卖力，所以血染红了它，它至今还穿着红衣服。蓝鸟的颜色是大鹏鸟的“曲遂”（汗水）染成的，帕旺从洞里钻了出来。

小鸟们向帕旺要工钱。帕旺说：“你们看看自己的身体就知道了。”群鸟看了看自己鲜艳的羽毛，帕旺接着说：“这些衣服就是我送给你们的工钱。”

大家哑口无言，但好多鸟仍不甘心。

“我们把你救了出来，现在要兑现给工钱的许诺了吧。”群鸟都在高喊。

帕旺对太阳鸟说：“你先前的衣服是灰色的，现换成了红色，这是我送给你永不掉色的衣服，够情谊了吧。”太阳鸟俯视自己鲜艳的羽毛，满意地笑了。

帕旺又对黄色的雌性太阳鸟说：“我赠给你黄色羽毛够朋友了吧。”它对自己的羽毛也挺满意的。

所以，今日门巴人称那些不守信用的人是帕旺。

讲述人：益西平措，男，64岁，门巴族

1989年7月24日搜集

自相矛盾

蝙蝠飞到屋里，双脚抓住木椽，头朝下，倒挂在屋檐下。

老鼠看到了问：“你不像天上飞的鸟类，也不像我们地上跑的老鼠，你属于哪一类？”

“我叫帕旺，属于帕旺类。”蝙蝠说。

“你的头怎么是扁的？”老鼠问。

“喇嘛摸头灌顶太多了，超过千次，所以被摸成了扁的。”蝙蝠道。

“你耳朵里为什么长满了毛？”老鼠问。

“我没有听到一句念经声，所以，才长满了毛。”蝙蝠答。

老鼠问：“你眼睛为什么那么明亮？”

蝙蝠答：“我不断地喝青油才眼睛雪亮。”

“你为什么嘴里长满了毛？”老鼠问。

“我从来也没有喝过青油，所以，嘴里才长毛。”蝙蝠答。

老鼠听了蝙蝠的话，大声笑了起来。

讲述人：益西平措

1989年8月15日搜集

羊尾巴帮穷人

从前，有一个富户的公子和一个穷户的孩子。

他俩共养一只山羊。

公子说：“咱俩合着只养了一只羊，不如杀了吃肉算了。”穷孩子不敢不同意。

公子说：“我抓住羊头，你拉着尾巴，咱俩往两边拉，谁拉到的肉归谁所有。”

穷孩子拉断了尾巴，一整只羊归公子所有。

穷孩子低着头，回到家里，坐在火塘边，将羊尾放在灶旁，生气道：“要只羊尾有什么用？”他顺手去烧羊尾。这时，羊尾说了话：“不要烧我，留着对你有用，以后你叫我做什么都会如愿的。”他捡起羊尾，反复细看，感到奇怪。

“留着对我有用！好！今天试试看，你能将公子家的大米、鸡爪谷、肉、酒都拿来吗？”穷孩子试探性地说。

“我能全部搬来的。”羊尾说罢走了。

羊尾一连搬了三天，回来时看上去只是一只羊尾，它晃动着身子，粮食从毛缝里流个不停。只三天时间，“绕遂”（偏房）装满了粮食。

穷孩子说："粮食够吃了，现在需要酥油。"

羊尾用三天时间，搬来的酥油装了一大木箱。

穷孩子说："酥油不少了，再拿肉来。"

羊尾用三天时间，搬完了富家的干肉、干鱼和几头鲜猪肉。

羊尾又用三天时间，搬来了富户的金碗玉碟、丝绸衣物。

穷孩子富了，日子越过越美，而富公子却成了乞丐。

讲述人：益西平措

1989年8月1日搜集

一个窝里三条心

鹞子、猫头鹰和鹞鹰是朋友，它们经常在一起，有肉共享，有时翩翩起舞在蓝天。可是，它们的心却并没有想在一块。

它们三个住在一棵大树上，鸟窝叠得很大很大，它们共居一巢。由于心不齐，意愿不同，它们互相干扰，影响睡觉。鹞子希望天亮，大晴天；猫头鹰希望天黑，没有月光更好；鹞鹰喜欢阴天，它们各有各的思想和爱好。有时也免不了要吵嘴打架。

这个寓言是说服人们要互相谦让和谅解。

若某家有了矛盾，调解人会说："你们不要向鹞子、猫头鹰和鹞鹰学习。你们是人。"

讲述人：益西平措

1989年8月4日搜集

夸口的公鸡

公鸡和母鸡结婚后，母鸡生蛋，公鸡守窝，日子过得还算幸福。

母鸡孵出了许多小鸡，总怕被禽兽吃掉。一天，它对公鸡说："咱俩结婚后，生了这么多儿女。野猫来了怎么办？猫头鹰来了怎么办？"

公鸡说："我有硬嘴，可以啄烂它们的皮肉，还怕什么猫头鹰！它有翅膀，我的翅膀更大，儿女都可藏下边，我还有利爪，个头也比它大，要比打架我准赢它，有什么可怕的。"

母鸡说："你说的怪好听的，但是难说呀。上次，我从树上落下来，不是还吓坏了你。你胆小如松鼠，我是不放心的。"

公鸡又说："你有两张翅膀，儿女都可藏起来，我不但有大翅膀，而且劲大无敌，完全可以打败它们的。再说，咱们两个，还对付不了一个？咱们什么都不怕，不会发生危险的。"

它俩都放心地过日子。

一天，母鸡在窝里生蛋，儿女们在草坪上觅食，一只猫头鹰猛冲下来，吓跑了公鸡，叼走了几只小鸡。母鸡听到小鸡鸣叫，赶忙下窝寻找儿女，一个儿女也没有了，公鸡也不见了，它喊："公鸡男子汉，你躲到哪里去了？你平时夸口什么都不怕，猫头鹰飞来，你扔下儿女藏了起来，快出来！"公鸡从刺丛中钻了出来，结结巴巴地说："抓，抓走了，几，几个，儿女"，连说三遍。

门巴人对夸口的人常以公鸡为例教育人们。

讲述人：益西平措

1989年8月1日搜集

植物篇

古榕树

在雅鲁藏布江大拐弯的南迦巴瓦峰下，有一个叫邦英的地方，那里有一棵六个人才能抱拢的古榕树，它的气根都有人头那么粗。在离地面大半人高的树干上插着一根“邦琼”粗的石头，传说那是一个贪心者的手臂。

这个村里有两个人，一个是穷人，靠采摘野果度日；一个既富裕又贪心，爱占小便宜。

穷苦人每天一大早进山采集野果、野菜，下午很晚才回家，每天来往都要经过古榕树，这也是他歇息的地方。一天暴雨如注，他空手回家，在大树下悲伤地哭了很久，眼泪湿透了衣服。突然他听到有人问他：“你有什么伤心事哭得这么悲惨？”他睁眼一看，原来是树爷爷在对他说话。“树爷爷！你可不知道呀，今天大雨倾盆，我没有采到食物，老婆和孩子要挨饿了！”古树说：“你手伸到我的肚子里，会得到吃食的。”他一只胳膊伸进了树洞，却拿了一串红红的松耳石。他向古树谢了恩，额头碰了三下“树爷爷”。

穷苦人用红松耳交换了牛和食物，还换了衣物和家具。从此，他辛勤耕耘，日子一天天好起来了。

那个贪心人看着穷苦人生活一天天好起来，便来打听。穷苦人是个老实人，把古树爷爷赠松耳石的经过详详细细地告诉了他。他得意地点了点头。

贪心人一大早上了山，在山上转了一圈，在古榕树下大哭大嚎假惺惺地哭嚎却一滴眼泪都没有。古榕树问：“你有什么难处哭得这样伤心呀？”他编了假话，古树心中有数，便说：“你手伸到我的口中会如愿以偿的。”他一只胳膊从树洞伸了进去，拉出一串串红松耳石，地上堆了一堆，他还往外拉，突然大树闭嘴，一下子把他的手咬住不放，他拼命往外拖，结果拉断了，一只胳膊

夹在树缝里，最后变成了石头，被来往人唾骂。那些红松耳石，最后都变成了甜蜜蜜的浆果，供众人品尝。

1997年搜集

冷杉树和杜鹃树

在珞渝地区的原始森林里，凡是有冷杉树的地方，树下必然生长着密密麻麻的杜鹃树。它们为什么要互生互长呢？

在很早的古代，一个富人有许多奴隶，其中有一对青年男女。男的英俊勇敢，是个箭不虚发的好猎手，女的聪明漂亮，是一个织围裙的巧姑娘。他俩相

亲相爱，爱得像树胶一般。但主人不但不准他们相近，还要霸占姑娘做他第十个妻子。他俩被迫逃了出去。当他们快要逃到山顶时，残忍的主人射了一支毒箭，射中了男青年。姑娘痛苦欲绝，死死抱住小伙子，哭得眼睛都淌出血了。眼看主人带人追上来了，姑娘噙泪用青年的腰刀自杀了。一眨眼工夫，男青年变成了一棵冷杉树，姑娘变成了一棵杜鹃树，紧紧围绕在冷杉树下。看到这种情景，气得眼里冒火的主人命令随从把冷杉树和杜鹃树砍了下来，结果越砍越长，越长越多，长得漫山遍野都是，把主人一伙淹没在茫茫的林海中了。

讲述人：江措，77岁，珞巴族，达木村

1988年8月11日搜集

藤索桥

珞巴人的家乡是个美丽富饶的地方。大米、玉米、鸡爪谷、香蕉、柑橘、西瓜等，收成都很好。家乡什么都好，就是地形不好，沟深谷狭，雅鲁藏布江弯弯曲曲从高耸入云的岩壁中间向前方奔泻，石壁的顶端被白云覆盖着，两岸的岩石几乎要合拢了，狰狞的岩石尖向着江心，江水掀起几人高的浪涛击声更使人惊心动魄。“下山到江边，上山钻云端，两岸呼叫能听见，走起路来得一天。”这是对珞巴人家乡地形的写照。

珞巴人心地诚实，性格强悍，擅长狩猎和歌舞。

珞巴的青年男女美丽健壮，男女对歌三天三夜也没个完。江东岸的达东小伙子和江西岸的亚乃姑娘，在对唱情歌中互相爱慕，结下深厚感情，愿做终身伴侣。

可爱而可恨的大江却阻碍了两岸人民的来往。

可爱而可恨的大江使得达东和亚乃不能结成良缘。自从达东和亚乃在对唱

情歌中相恋以来，他俩天天在江两边倾诉爱情，憧憬着幸福生活的美景。中午时分，亚乃在香蕉树下睡着了。在梦中，一个老人对她讲，打鱼可以使她得到爱情和幸福。她醒来后便约达东明日来射鱼。

第二天，达东和亚乃手持长弓，身背20支箭来到江边。他俩每次都射中了江心跳出水面的大鱼，可每次大鱼都挣脱箭头，自由自在地向下游游去。当他们把箭全射完后，累了，渴了，饿了，什么幸福也没有得到。他们扫兴而归。

晚上亚乃躺在自家竹楼门外的竹棚上乘凉，回想着梦中老人的话，又想到今天劳累了一天什么也没有得到，她越想越生气，翻了一个身，睡着了。还是那个善良的老人对她开了腔："姑娘，别灰心，一天的劳累算什么！要得爱情，要有爬上南迦巴瓦大雪山那样的毅力才行。你明日再去射鱼，在箭尾拴上一根细藤就可以如愿以偿了……"老人说得多么认真，她想得多么美好。伴随着甜蜜的微笑，她说了梦话。当妈妈把她叫醒后，她一夜没有睡，沉醉在幸福的回忆里。一夜辛劳，一条长长的细藤削成了。

翌日，江两岸站满了看用箭射鱼的人，恰巧这时江心跃出了一条大鱼。达东和亚乃都击中大鱼，由于达东的箭尾没有拴细藤，大鱼拖着亚乃的细藤向下游悠闲地游去。

接受失败的教训，就有成功的希望。他们没有气馁。聪明的亚乃又想出了一个好办法：俩人的箭尾都栓上细藤，一方击中鱼后，由另一方把鱼拉过来。大家都说这是一个好办法。群帮群助力量大，在大家帮助下达东和亚乃很快削成了两根又细又长的细藤。达东和亚乃在大家的支持和鼓舞下，尽力向鱼射去。霎时，两岸都射中了目标，红尾巴鱼在水中打起滚来，把两根细藤交织成一个疙瘩，博得姑娘和观众们的喝彩。经过协商，彼岸的达东松了手，鱼被姑娘拉过来了。这时，一条细藤横贯在大江上，它给人们一个很大的启示；接着，他们便把粗大的藤条来回拉了五六根，拴在两岸的树上，便成了藤溜索，人可以从溜索上滑过江去，达东是第一个滑过江的，他紧紧抱住亚乃不放。从此，两岸的居民便有见面的机会了，小伙子和姑娘们沉醉在爱情中，你听，他们唱得多么动听，多么欢乐。

小伙子唱道：

谷粒像金子，
姑娘似桃花，
我心里的人呀，
不知你心里想谁？

姑娘唱道：

你勇敢又健壮，
打猎是能手，种地也在行，
哥哥呀放心吧，
你心上的人儿等着你。

以后经过不断地改进，便创造了奇特的藤索桥，也就是今天横贯于大江和一些支流上的藤桥，人们可以从桥上走到对岸去，两岸的人们你来我往，方便多了。

讲述人：安布，男，72岁，珞巴族猎人
当怎、格桑、尼夏，门巴族，卡布村
1955年8月搜集

松树和藤子

开头，朱地的朱吉旺杰和雅鲁藏布江南岸的旺木旺杰是朋友，朱地“芝美”（松明子或油松）很多，但没有藤子，而旺木地方藤条很多，但没有松树。

一天，朱吉旺杰和旺木旺杰商议，互通有无，利于双方。

朱吉旺杰心底实诚，按约定的时间地点，将松树苗扔到江南岸的沃土上，不久，松树成林，人们砍取“松明”照明，晚间，松明把村子照得通红。

旺木旺杰嫉妒心强，他用圣力把藤苗扔过朱吉旺杰头顶，落到了马尔康山沟，现在，架藤索桥都从那里砍藤。

朱吉旺杰生气了，念了咒经，把扔过江的松树全部招了回来，所以，现在朱地只有松树没有藤子，而江对岸的旺木旺杰住地只有藤子而没有松树。

讲述人：纳龙

1998年搜集

分山药

冬天到了，植物枯萎，树果落尽，猴子们爬树攀石辛劳半天，也难美美饱餐一顿。它们挤在林中挨饿。

一天，一对猴子在一起议论，甲对乙说："地上没有咱们的食物了，不能白白饿死，咱们从地下索要食物。"

乙说："对了，想起来了，咱们一块去挖'觉当'好了。"

它俩在林中寻找"觉当"的藤蔓，找了好半天，才找到一根枯萎的蔓条。它俩卖劲地轮流挖呀，刨呀，累得身上都出了汗。当挖到半人多深时，一根白花花的"觉当"露出来，它俩高兴地流了泪。甲对乙说："咱们各分一半。"乙说："请你分吧！"

猴甲将"觉当"一掰为二，递给了猴乙一块。猴乙不满意地说："你分得不公平，你那块大，我这块小。"它俩争吵起来，还互相抓扯了几下。

它俩争斗得不可开交，一只兔子走了过来，问道："请问两位猴哥，你们为何这样不和？"两只猴子争先恐后地申明自己的理由。兔子接过两块"觉当"，看看这边，又看看那边，"哎"了一声，摇摇头说："是分得大小不均匀。"

两只猴子都说："请兔子妹妹帮忙了。"

兔子拿了一块说："这块要大一些。"说完，它咬了一大口，说："现在大小差不多了吧！"

两只猴子说："这块又大了一些。"

兔子拿起一看，说："这块又大了一些。"它又咬了一大口，说："现在均匀了吧。"

两只猴子一起说："那块又大了一些。"就这样，兔子咬了这块，又咬了那块，最后两块都被兔子吃光了，"再见！"说完，兔子钻入草丛中。

两只猴子气得直跺脚。

1997年搜集

竹和藤的故事

南方国王有三个王子，北方国王有三个公主。三王子和三公主的貌相出众。北王得知后，委派三名大臣带着哈达和一升金子前往南方，向南王提亲，想让三王子入赘为婿。南王听后说："我听说北王的三公主人才超众，贤惠出名，我也有让他俩成对的心愿，我答应了这门亲事。"大臣问："什么时候成亲为好？"南王说："明年吧，请北王择选吉日，我按时打发三王子前往。"

来年，北王选派七名大臣带着彩礼前往。头名大臣向南王说："这一克金子是送给南王的，一克玉器是送给王后的，一克玛瑙是送给三王子的。这是北王的一点心意，请南王收下。"双方商定当年十二月十六日举行婚礼。

婚礼办得既隆重又热闹，臣民百姓都来祝贺。

北王王宫后院有一座花园，内有金花、银花、海螺花、铜花和一种毒花。北王派三名大臣前去摘花，准备献给上门女婿。一个大臣问另一个大臣："摘哪朵花？"那个大臣是个坏心眼，说："你不要摘红花，也不要摘黄花、白花和绿花，摘那朵黑花就行了。"

三王子喝过鸡爪谷甜酒，又喝了米酒，无意地将北王岳父送给他的黑花放在脸上，又放在嘴里细嚼，顷刻间他口吐白沫，倒地毙命。北王得知后，想："他可能不愿入赘才走这一步吧。"三公主抱住王子的尸体，放声大哭，说："我俩结婚连额头都没有碰一下，你就这样走了，让我伤心透了。你既然不愿娶我为妻，到这里来干什么？"

国王和王后都伤心地哭了。国王安慰公主说："他已经走了，咱们把他火化了，让他早点去到极乐世界。"佣仆们背来九背青冈柴，垒成四方形柴堆，尸体放在柴堆中央。三公主向柴堆倒一碗白酒和一碗米饭，然后点燃了

干柴，火光通明，火焰有九人高，柴火燃完了，尸体完好无损，连衣服也没有燃着。人们双手合十，围绕尸体转了三圈，尸体仍然没有燃烧。大公主脱掉衣服，扔向尸体，尸体仍然没有燃烧；二公主也投扔了自己的衣服，照样没有起火；三公主的衣服投到尸体上，马上燃烧起来了。三公主说："父王、母后、大姐和二姐，请你们不要伤心难过，也不要生气，我和三王子生前不能结为夫妻，死了也要如愿以偿。"话音一落，她跳入火海，同三王子一道化为灰烬。

北王伤心地令大臣们将一半骨灰撒在大路上边，一半撒在大路下边。没过许久，大道上边长出一丛翠竹，大道下边长出一丛藤树，翠竹和藤树都开了花、结了果。

翠竹上落有一只雄花鸟，藤树上雌花鸟垒有窝。雌花鸟说了话："喂，咱俩生前没有能成婚，现在成双吧。"雄花鸟应允了。雌花鸟飞到翠竹上，同雄花鸟吃了竹籽；双双飞到藤树上吃了藤果。它俩双双外出，对对回巢，同唱共鸣，快活地生活。

一天，来了两个印度商人，一个对另一个说："我多次路过这里，原来这里既没有竹也没有藤，更没有鸟鸣。今天，竹藤成林，花鸟齐鸣，真是怪事，这是凶兆，不如把竹藤砍了，射死花鸟，心里才痛快。”另一个则说：“不要毁树，也不要杀鸟。听说，花鸟最怕虎头。咱们在竹子和藤蔓上各挂一个虎头试试看。”

两个商人在竹上和藤上挂了虎头，花鸟害怕了，三天没敢来吃果子。雌鸟说了话：“尊敬的商人，请你们积福积德取掉虎头，我俩要吃树果。”商人不答应。它俩又饿了三天。

一天，来了一个穿着破烂不堪的乞丐，雌鸟央求道：“可爱的乞丐大哥，请你把两个虎头摘下来，换取一点粮食度日。”乞丐背着虎头走了。

一对花鸟这才又飞到竹头上、藤上吃了果实。雌鸟对天说：“咒两个黑心的印度商人赔本丧命，老狗收尸。祈祷乞丐万事如意，黄金满筐，不再乞讨，娶妻养小，长寿到老。”雄鸟祝愿乞丐“虎头换粮仓，得马500匹，当上国王”，咒骂印度商人“死在棍棒下”。

三年后，挂虎头的印度大商人死在木棒下，另一个大商人的500匹驮马和货物全部输光了，下身仅围一块破布逃回来。他途经竹林处，雌鸟讽刺道：“商人先生！你们上去时，驮马成群，好不威风，如今都成了这个样子！”商人丧气地说：“驮马和货物全被土匪抢走了，伙伴也被打死了，我独自一人才逃出来的。”二只花鸟同时说：“你俩黑心对待我们，才落到这样地步，这是应得的报应。”

又过了三年，摘掉虎头的乞丐带回500匹驮马、驮的全是金银财宝、玛瑙玉器、绫罗绸缎、海螺珠宝。雌鸟说：“这是你积德的结果。”雄鸟说：“我俩跟随你一道走行不行？”乞丐说：“可以。”雄鸟又说：“你腾出一个空木箱，戳很多洞眼，把我俩装在里面。”乞丐照办了。

晚上住下后，乞丐打开木箱喂鸟，花鸟变成了一对花孔雀。乞丐高兴地掉下眼泪。

在路上，乞丐碰到一个富商，富商问：“乞丐！你原先穷得只有一个破竹碗和一根藤棍，没几年功夫你是怎样变成富商的？”乞丐老实地讲了经过。“噢！原来是这样。你的一对孔雀卖给我行不行？我出高价。”富商说：“这样好了，也不讲价钱了，用我这500匹驮马及货物换你的两只孔雀。”乞丐答应了富商的央求。

富商喂养孔雀7年，一对孔雀同时死了。富商伤心地说：“喂它们7年，什么好处也没有得到，还赔了那么多驮马和货物。”说罢把鸟尸扔了。

富商派了一大群人返回寻找乞丐，索回驮马和货物。可是，那对孔雀先期到达，对乞丐说：“有个富商会来找你麻烦的，赶快搬到远处去吧！免得遭殃。”说罢，在孔雀指引下，他们连马带物迁到很远很远的山沟里。聪明的孔雀用双脚和翅膀掩埋了人畜的脚印。富商带领500名士兵赶到时，空坝一片寂静，连个人影也没有，一个脚印也没看见。富商不知乞丐去向，瘫倒在地上。

讲述人：桑杰绕登，门巴族　布都、纳龙、珞巴族

1988年7月搜集

后记

在我国，珞巴族和门巴族大多居住在边境的深山峡谷中，其中以位于世界第一大峡谷中的墨脱县最多。他们在开发、守卫和建设边疆的事业中立了大功，守住了祖国的大门，这是他们对祖国的巨大贡献。同时，他们在“独居一隅”的艰苦环境里创造了自己独特、古老、原始的珞渝文化，给中华文化增添了异彩，给世界文坛培育了一朵奇葩。

1954年秋，我服从调动前往珞渝（墨脱）工作。在同珞巴族、门巴族的长期交往中，发现他们聪智、文明、诚实、好客，是“不上锁的人”。这样淳朴的民族深深地吸引了我。经过9年的搜集和观察，我先后为珞巴族和门巴族申请成为单独民族上报了11份书面材料（其中1956年写的1.5万字原始稿件保存至今）。1964年和1965年，国务院分别确认了门巴族和珞巴族各作为一个单独民族。许多媒体，如《解放军报》《西藏文化报》及西藏卫视、湖南卫视均称“冀文正在这两个民族的确认上功不可没”。我尽了一名老兵的社会责任，他们的尊严得到了尊重，我的心境也安定了。

1952年秋，我任通麦工作组长，从那时起，我就开始以口问笔记的形式对藏族民间文学、民间故事、谚语和情歌进行了搜集。许多故事、情歌打动了我的心，它们内容生动、曲谱悦耳、歌词动人，我想将其记录下来，等退休后讲给孙辈们听。1954年进驻墨脱后，珞巴族和门巴族浩如烟海的民间文学大大震撼了我，待我精通他们的语言后，更是大吃一惊，他们将个个故事都赋予人性，以小胜大、以弱制强，处处体现着狩猎民族的特征和心愿。他们的习俗渗透着原始人类群居群婚的许多事项，仿佛带我遨游了人类的童年记忆。他们的歌谣言简意赅，情歌居多，是他们生活、生产的写照。我发现，珞渝文化是民族文化中的瑰宝，是不可复制的，是不可多得的文化“活化石”。在墨脱工作的16年中，我忙里偷闲，采得百余万字。1970年调离墨脱后的18年中，我采取“请出来”的办法，邀请了6批共18名珞渝民间文艺家前来我拉萨家中采录，获得了大量原始文化资料。经过半个世纪的艰辛努力，为了采风拍照，我徒步翻越喜马拉雅山28次，吃了大苦，花了大钱，采得了500多万字的文字资料，拍摄了上千张20世纪五六十年代的老照片，录制了168个小时的大峡谷原生态歌曲、习俗和故事。

电子科技大学出版社秉着传承民族文化的重要使命感，对这500多万字的资料进行了首次系统性的归纳梳理，出版了“珞渝文化丛书”，包括《白马情歌》《智语箴言》《灵在民间》《峡谷流韵》4本。文化的发展总是带有深深的历史演变痕迹，这套丛书中有多处内容涉及了珞渝人民在旧西藏时期农耕打猎的生活习俗，而如今许多动植物已被列为国家珍稀动植物，已不再允许进行狩猎或采摘，但为了尊重和保持其文化的原始韵味，我们对此仍进行了保留。

此套丛书从策划立项到最终出版，历经几年的时间，这期间，家人给予了我莫大的理解与支持，社会各界关心民族文化的同仁也给予了我很多的支持与帮助，电子科技大学出版社社长也是该书的项目人郭蜀燕及诸位编辑更是为此套丛书的出版付出了辛勤的努力，在这里，我对他们表示衷心的感谢!

“珞渝文化丛书”只是揭开珞渝文化这幅画卷的一个开篇，其中仍有许多不足与疏漏之处，恳请各界人士予以指正。相信今后会有更多热爱民族文化的人士对珞渝文化进行更深入的研究与探索，将我们优秀的民族文化传承下去。

冀文正

2015年12月于成都

图书在版编目（CIP）数据

灵在民间 / 冀文正编著. — 成都：电子科技大学出版社，2015.12（2016.10重印）
（珞渝文化丛书）
ISBN 978-7-5647-3420-6

Ⅰ. ①灵… Ⅱ. ①冀… Ⅲ. ①珞巴族—民间故事—作品集—林芝市②门巴族—民间故事—作品集—林芝市Ⅳ. ①I277.3

中国版本图书馆CIP数据核字(2015)第307229号

灵在民间
LINGZAI MINJIAN
冀文正　编著

出　　版	电子科技大学出版社 （成都市一环路东一段159号电子信息产业大厦 邮编：610051）
总 策 划	郭蜀燕
责任编辑	徐　波
责任校对	王　坤　马　瑶　李　倩
装帧设计	林雪红
摄　　影	冀文正　曾承东
插　　画	魏　静　吴　莉
主　　页	www.uestcp.com.cn
电子邮箱	uestcp@uestcp.com.cn
发　　行	新华书店经销
成品尺寸	170mm × 240mm
印　　张	30
字　　数	475千字
制　　作	成都华林美术设计有限公司
印　　刷	四川煤田地质制图印刷厂
版　　次	2016年3月第一版
印　　次	2016年10月第二次印刷
书　　号	ISBN 978-7-5647-3420-6
定　　价	72.00元